错过世界遇到你

丁墨 著

百花洲文艺出版社
BAIHUAZHOU LITERATURE AND ART PUBLISHING HOUSE

图书在版编目（CIP）数据

错过世界遇到你 / 丁墨著．—南昌：百花洲文艺出版社，2015.8（2016.6 重印）
ISBN 978-7-5500-1464-0

Ⅰ．①错… Ⅱ．①丁… Ⅲ．①言情小说—中国—当代
Ⅳ．①I247.5

中国版本图书馆 CIP 数据核字（2015）第 168490 号

出 版 者　百花洲文艺出版社
社　　址　南昌市红谷滩世贸路 898 号博能中心 20 楼　邮编：330038
电　　话　0791-86895108（发行热线）　0791-86894790（编辑热线）
网　　址　http：www.bhzwy.com
E-mail　bhz@bhzwy.com

书　　名　错过世界遇到你
作　　者　丁　墨
责任编辑　吴砚晨
经　　销　全国新华书店
印刷装订　北京嘉业印刷厂
开　　本　880mm×1230mm　1 / 32
印　　张　11.5
字　　数　270 千字
版　　次　2016 年 3 月第 1 版
印　　次　2016 年 6 月第 5 次印刷
定　　价　32.80 元
书　　号　ISBN 978-7-5500-1464-0

赣版权登字号：05-2015-301

如发现图书质量问题，可联系调换。质量投诉电话：010-82069336

Contents

【目录】

Chapter 01

青春仿佛因我爱你开始，但却令我看破爱这个字。

杨千嬅《大城小事》

楼下的形势十分危急。

简单工整的厂房正中，是一片光秃秃的水泥地，又白又亮，在日光炙烤下，仿佛嗞嗞地冒着热气。

超过五十个年轻男人，手持铁棍木棍，一脸凶相地站在场地正中。这样的阵势，令围观人群都捏了一把冷汗。

慕善盯着楼下看了几分钟，转头问："徐总，就由着他们闹？"

她问这话时，俏生生地站在窗边金灿灿的阳光里，原本就令人动容的美艳容颜更添了几分朦胧的精致。

她的语气有点不可思议，令站在她身旁的中年男人——徐总火气更大："这帮混混！流氓！"

慕善一脸的感同身受："这些混混啊……前几天还有您辞退的员工来我这里闹事——说是人事部告诉他们的，您听了我们的意见，钻《劳动法》的空子，给他们安排有毒有害的重体力活儿，试用期满就解聘……"

徐总一愣，面色沉下来："没这回事！我请贵公司做顾问，都是战略上的大事！慕总你先坐，我去收拾他们。尾款的事，我们稍后再谈。"

看着徐总的身影飞快地消失在走廊里，慕善微微一笑，权衡片刻，起身下楼。

慕善年初回本省创业，开了家顾问事务所，服务的公司也是良莠不齐。徐氏是家中型企业，却一直拖着五万尾款不付。她今天亲自上门催讨，却刚好遇到混混来工厂闹事。

下楼的时候，她想，其实大家都不容易。

白花花的水泥地上，阳光刺眼。院门口聚集了三三两两看热闹的路人，还有人停车驻足观看。

保安和强壮的工人迅速集结，很快就达七八十人，与门口的混混形成对峙。双方互相叫骂，械斗一触即发。

慕善小心翼翼地往前走了几步。她一身精致的黑色小西装，丝袜长腿、黑发雪肤、乌眉红唇，十足的花瓶，站在一群蓝衣工人间，十分醒目。

很快，举着"黑心工厂坑害工人"横幅的混混中，那个穿山寨阿玛尼的头目大肖发现了她。

"她是老板的同伙！"

大肖毫不怜香惜玉，亲自将慕善从人群中拽出来，丢进己方阵营。几个年轻人立刻围上来。

徐总此时正偷偷躲在办公楼上，遥控着保安队长，看到这一幕，他也震惊了。他万万没想到慕善会被挟持，心内暗骂这个女人坏事。慕善虽然不是达官显贵，却也是北京回来的创业青年，万一伤到她，事情闹大，可就不好收拾了。

保安们踌躇着不敢上前。慕善似乎吓到了，低垂着头，看不清表情。

看到局面瞬间逆转，混混头子大肖得意地大喝："把拖欠的工资和医药费都补上，我就放人！"

徐总犹豫不决，心内盘算着要不要叫会计去拿钱，却没料到有人在这时火上浇油——一辆奔驰车突然冲进院子里，一个人拉开车门气势汹汹地跳下来。

是徐总的小儿子徐远达。

徐远达是典型的暴发户、富二代，玩车玩股票玩女人。他的饭局，慕善装傻充愣，十次只去一次。

他四处一看，怒了——一帮明显来自城乡接合部、打扮土气的混混，竟然在自家门口闹事！他想追的慕善，还被他们抓住。

“操你妈！”眼看他就要冲上去，工人们连忙把太子爷抱住、挡住。

慕善远远地望着他，迟疑片刻，软软的声音，欲哭无泪般唤了句：“徐少……”

徐远达之前觉得慕善有点高傲，颇难上手，此时她这一声无奈的“徐少”，很有低头的感觉，令徐远达心头一荡。

他也不是莽撞的人，刚才的热血不过是要面子。想了想，他掏出手机。

“周哥！是我，小徐。这边有点麻烦……没，就一帮混混闹事敲诈……是吗？您就在附近？带人过来？谢谢！太感谢了！”

他故意大声讲话，在场的人都听得清清楚楚。

他的语气太嚣张太自信，令沉默的混混们显得有些不安。

徐远达搬的救兵很快就到了。

出乎所有人的意料——只来了一辆车。

那是一辆黑色的宝马760，缓缓地停在工厂外斑驳的树荫下，像一片黑色的阴影。

首先下车的，是一个穿着灰色T恤的高大年轻人。他摘下墨镜，五官深邃，麦色英俊的脸上，挂着懒洋洋的笑。

两个穿着白衬衣、笔挺西裤的男人，面无表情地跟在他后头下车，衬衣绷得紧紧的，显示出结实有力的肌肉。

混混们顿时露出喜悦和轻蔑的神色，大肖却不知想到什么，神色有点凝重。

“周哥！”徐远达朝为首的那人迎上去。周哥安抚地拍了拍徐远达的肩膀。

宝马的后排似乎还坐着人。周哥低头对车里的人说了句什么，然后漫不经心地对身后两人道：“办事。”

那两个人打开宝马车后备厢，拎出个编织袋，用力一抖。

一团东西掉了出来。

那是个人——竟然是个血肉模糊的人！

有人认得那人的衣服，惊呼，那正是大肖安排在周围挡路拦车、拖延警察的混混。

大肖这边所有人的脸色全变了，他们没料到对方不发一言就先废了他们一个人。

在一阵令人难堪的安静中，那两个貌不惊人的手下就这么安安静静地走进人群，其中一个走到大肖面前，语气平淡地问：“你是管事的？”

大肖嗫嚅两声，其他混混竟然都不敢出声。有几个胆子大的吼两句，声音竟然有些抖。

几分钟后。

五十个混混，倒下去七八个。最醒目的是大肖，他爆发出凄厉的惨叫声，已被那人踩在脚下，头挤着地面，几乎变形，两只胳膊也被卸了，软塌塌地垂在两侧，身体其他部位，却因恐惧而僵直。

其余四十几个混混又急又怒，却根本不敢动。事实上，从那个血人被扔到他们面前开始，他们就怕了。打架一旦害怕，再多的人也是输。

慕善也被周哥的两个手下拉了出来，带到一边站着。

徐远达兴奋地朝混混们骂道：“让你们闹事！”看到掉在地上的条幅，狠狠地踩了一脚骂道：“老子坑的就是你们这些农民，妈的！”

大肖被拖到周哥面前，已是面无人色。

“哪里来的？叫什么？”周哥蹲下，笑嘻嘻地看着他。

“响川县……大肖。”大肖垂头丧气。

“我姓周。”周哥语气温和地拍拍他的肩膀，“大肖哥，来城东先跟小弟打声招呼啊，下次再过界，两只手就接不回来了。”

一个小时后，慕善拒绝了徐远达的殷勤，一脸惊魂未定梨花带雨，坚持自己开车走了。

车刚离开徐氏没多久，她立刻抽出面巾纸，擦干泪痕，又补好妆，抬头望着镜中的女人，鲜活精神。她弯眉一笑。

过了十五分钟，慕善抵达约定地点，找到停在繁华商场门口的一辆蓝色宝来。慕善上了车，司机是个年轻男人，笑着对她说：“效果很好。”

慕善墨黑的大眼一亮：“螳螂捕蝉，黄雀在后，没被人发现吧？”

“你放心，我刚才一直扮路人，摄像机也藏得很好。”年轻男人眯着眼笑，“尤其是徐远达吼的那句‘坑的就是你们农民’真是画龙点睛！城东私营工厂廉价使用农民工，生产条件恶劣早有传闻，我有信心这一期报道会轰动全市，甚至省里都有可能惊动。”

慕善看他一眼：“见好就收。关于那个‘周哥’的部分，最好剪掉。”

他微微一愣，点点头：“我知道。”

天色全黑的时候，慕善七拐八拐，来到城南一家小诊所。

两个年轻人守在门口，认出慕善，恭敬地喊道：“慕小姐。”

这架势让慕善略有些尴尬，她很淡定地点点头，走入诊所。躺在唯一的一张病床上的，正是刚刚被踩在地上暴打的混混头目——大肖。

“慕小姐。”大肖挣扎着坐起来。

慕善连忙按住他：“躺着！没想到徐远达会叫来黑社会，你受罪了。”

“没事。那些人我们也惹不起。”大肖咧开嘴笑，“你的记者朋友拍到了吗？”

“搞定了，你在家等着看新闻吧。”慕善淡淡地笑了一下，“用不了几天，徐氏就会把钱给你送上门。”

离开诊所后，慕善的心情格外轻松。她先给公司秘书打了个电话，让秘书明天发正式催款通知给徐氏。

“对了，记得‘随口’提一提，慕总受了惊吓，拿出你看肥皂剧的八卦精神，描述得越凄惨越好。”

“慕总，”秘书嗔怪地答道，“放心，交给我。”

慕善开着车行驶在夜色中，修长如玉的手指轻轻敲着方向盘，嘴角浮现出轻蔑的笑容。

拖欠她的项目款不还？还用她当挡箭牌克扣工人工资，想搞臭她的名声？

真黑。

慕善离开后，大肖还处于浴血奋战之后的激动中。

当初，他听说几个兄弟的亲戚被徐氏工厂欺骗，投诉到劳动仲裁机构，却因缺少证据而无法起诉。他火冒三丈，在徐氏蹲点之余，顺便叫了几个兄弟去围堵为徐氏出谋划策的慕善。

谁知他正穿着凉拖、裤衩在写字楼里晃，却被慕善盯着看了半天，最后还被请进了她的办公室。

大肖原本还没想好怎么做，可这个女人却一脸高深莫测地告诉他——没事，去闹。警察？警察最不想管的就是群体案件。派几个人在路上拦着，让警察也能顺水推舟。等他们赶到，我们的事早办完了。

就这么跟这个女人一联手，轰轰烈烈地闹了一把。

大肖想着想着，就开始迷迷糊糊地做梦。突然，他猛地一个激灵惊醒，只吓得魂飞魄散——

下午教训他的两个白衬衣男人，正站在他的床边，沉着脸，像阎罗一般。

而那个周哥，就站在他们身后，笑嘻嘻地看着他。

大肖声音都抖了：“周、周哥，我不会再去城东了……我、我在这里打针……”

周哥盯着他狼狈的脸，语气异常温和：“不好意思，哥今天下手重了，你们的医药费，我包了。不过，哥也被你的人打了一拳，他还想操我死了的老娘。”

大肖被周哥的温柔吓坏了，连说不用。

周哥笑了笑，声音一沉：“白天就觉得你们这帮混混不对劲——我老大想知道，你和那个女人在干什么？”

老大？周哥还有老大？

大肖这才注意到，周哥身后还坐着个男人，因为诊所里光线很暗，只能看清那个男人穿着西装，背影笔直地坐在简陋的小沙发上。

不怒自威。

大肖哪里敢瞒？便战战兢兢地一五一十都说了。

那个男人一直沉默着，也没有发问，不知道在想什么。

周哥眼尖，伸手在大肖衬衣口袋里一摸，在一堆零钱中找出一张名片，递给那个男人。

男人接过，这才有了响动。他站起来，走到光亮处，低头看着名片，修长干净的手指，轻轻摩挲着纸张的边沿。

男人比大肖想象的年轻许多，身材甚至略显清瘦。

当大肖看清他的样子，心头微震，只觉得他跟自己见过的任何人都不同，那容颜，那眉眼，竟令他想起冬夜里一弯干净透亮的月亮。当男人抬头看过来，大肖觉得自己就像泡在冰冷如水的月光里。

然后，大肖看到那清俊得不像凡人的男人嘴角轻轻一挑，抬起手，将那张皱巴巴的、还沾着血迹的名片，放入了剪裁精良的西装口袋里。

从外表看，慕善是个装饰品般亮闪闪的女人。

她身材劲爆，明眸皓齿，妆容精致，很多人第一眼见到她，都猜想她大概是依靠男人，开家公司玩票，作不得数。

事实上，这个清晨，穿着松垮垮的T恤、头发乱得像鸟窝的慕善，满嘴牙膏泡泡站在厕所里，非常郁闷地想——如果徐氏的钱还不到账，下个月给员工们发完工资，自己就要与康师傅为伍了。

好在这天下午会计报告，徐氏的欠款终于到账。慕善坐在狭小却明亮的办公室里，神清气爽。

她想了想，吩咐会计拿了一万块钱，打电话给大肖。

“慕小姐？”大肖有些意外的感动，“不！不用了，医药费够的，你太义气了！”

大肖的拒绝太坚定，令慕善有些疑惑。

询问了几句伤势后，慕善话锋一转：“对了，那个周哥……什么背景？”

大肖嗫嚅：“我也不是很清楚。”

慕善心里“咯噔”一下，叹了口气，软软道：“大肖哥，你有事瞒着我，我知道咱俩不算熟，但我自问对你掏心掏肺……”

大肖有点急地打断她：“慕小姐，我……你……要小心榕泰集团。我打听到，周哥是替榕泰办事的。”

晚上八点，慕善坐在幽静的酒店包间里。

对面坐着的是董宣城，正是昨天在徐氏偷拍的记者。

董宣城看着对面的女人。

T恤、牛仔、素面、马尾，笑得心无城府的样子，哪像白天那个意志坚韧、执意创业的职场女强人？

董宣城一夜没睡，满脸胡楂，眼睛通红明亮。他叹了口气道：“慕老大！慕老总！你也知道我正在赶稿，到底有什么事非要面谈？我没时间！”

慕善清浅地笑笑：“哦……没时间？当初某人求我搞定毕业论文，发誓鞍前马后在所不辞，原来是我的幻觉。”

董宣城嘿嘿一笑：“你真损。”

慕善这才满意，慢悠悠地啜了口茶道：“说说榕泰。”

这个新近崛起的全省第一企业、全国金融投资业和房地产业的超级大鳄？

董宣城神色一怔：“这种高门大户啊……你想知道什么？”

基本信息网上都能找到，慕善既然约他来，显然是想了解更深入的东西。

“他们有多黑？”

“不好说。”董宣城目露精光，“在霖市，最不能惹的，就是榕泰的丁氏父子。”

夜色渐深。

董宣城把自己所知，挑重点告诉了慕善。

榕泰的董事长兼总经理丁默言，娶了副市长那年长自己十岁的亲妹妹。他黑白两道通吃，如今，榕泰已如同盘根错节的大树，成为霖市一霸。

霖市另一霸是吕家，掌门人是年方三十五岁的吕兆言。明面上，吕家主业在房地产上，但据传吕家真正的家底，还是黄赌毒。

两强对峙，榕泰更占上风。

至于南城顾天朗、北城夏老三，虽然人多势众，名气也大，但都是老一辈混混，又穷又凶，算不上黑社会，与榕泰、吕家根本没法比。

“你惹谁都好，千万别惹丁默言。”董宣城轻蔑地笑笑，“他可是霖城的夜夜新郎，你这小身板，经不起那老东西折腾。”

慕善神色微动：“五十岁的夜夜新郎？”

董宣城深深地看她一眼：“整个霖城，没有丁默言得不到的女人。大学教授、警花、来过霖城的明星……不管你愿意还是不愿意，呵呵……”

慕善收了笑。

“垃圾。”她的神色冷下来。

“姑奶奶，你小声点！”董宣城故作紧张地左右看看，惹得慕善莞尔。

董宣城想了想又道：“还有丁珩，榕泰的太子爷、副总经理，他的名声倒是不错，年轻能干。不过，你也别招惹。”

“小号种马？”慕善鄙夷。

“丁珩不像他爹一样滥交，交过的女朋友没几个。不过，我有私家消息……”董宣城双眼一眯，“我们报社的社花几年前跟过他一段，后来，她跟人爆料，说丁珩很生猛，每天晚上换着花样往死里折腾，她好多天都下不了床，难怪当时她总请病假……”

月色明亮，慕善开着车行驶在稀疏的车流里。

她不觉得榕泰会跟自己有关系，可董宣城的话太直白，令她忍不住邪恶地脑补一些乱七八糟的画面——一个猥琐阴险的中年大叔；一个长着巨大性器、浑身肌肉结实、汗水涔涔的黝黑猛男。

令人敬而远之。

刚把车停在租的公寓楼下，慕善就接到母亲的电话，内容毫无意外的是念叨慕善创业的轻率，还有督促她尽快相亲。

等慕善上了楼，在沙发上坐了半个小时，母亲依然在低声埋怨。这种感觉，令慕善感到温暖，也有些无力的倦怠。她打起精神说了几句调皮话，哄得母亲高兴了，这才挂了电话。

至于相亲……对于母亲提醒她的未来女婿的各种条件——要名牌大学毕业、挣得不能比慕善少、家里条件不能太差，慕善都满口答应，心里却觉得母亲那辈人将爱情想得太轻易。她不想到了年纪就找个“条件”差不多的男人，浑浑噩噩地过一辈子。

如果真要论条件，以母亲心中那个人为模板，要求并不算高。可这么多年，她也没找到一个刚好符合她要求的人。

这晚慕善睡得并不安稳。也许是董宣城的话影响了她，她竟然梦到一个看不清脸的男人，强硬地将自己压在床上，又重又热，令她喘不过气来。早上醒来时，她竟然口干舌燥。

起床时，她发现昨晚窗户没关，房里居然有极清淡的烟味儿，也许是从窗外飘进来的？

在洗手间里，她一抬头，就看到镜中自己脖子上挂着的老旧项链。对现在的她来说，这银链子很廉价，普普通通毫无特色，挂在她深深的锁骨中间，宛如一道黯淡闪烁的水痕。

她摸向锁骨上方，那里隐约有片红痕，大概是枕头压出来的，又像是过敏，不痛不痒，她也没太在意。

过了几天，《霖城日报》大幅刊登了董宣城的独家报道。

当报纸送到徐氏父子办公室时，两人目瞪口呆。不过，他们已无暇关注太多——他们很快被责令停业整顿。

全城议论纷纷。

慕善看到报纸时，打了个清脆漂亮的响指，告诉员工们今晚她请客吃火锅——办公室里欢呼声一片。

慕善的好心情维持到五天后。

那天下午原本很平静，一名员工挂了电话，震惊地冲进慕善的办公室，说刚刚打电话来的是榕泰集团，他们想要合作。

不等慕善开口，整个办公室都沸腾了——

那是榕泰，资产过千亿的集团，随便拔一根毛就够他们吃一年的。

唯一笑不出来的是慕善。

她承认这个诱惑极大，如果真的做成榕泰的项目，她就能彻底咸鱼翻身。

可她不是看到眼前利益就屁颠屁颠跳下去的女人，她心里清楚得很——榕泰涉黑，现在规模再大，说不定哪一天就出事。她除非傻了才会去跟这个集团扯上关系。

第二天，她给对方联络人去了电话。

听到她因为人手不够而婉拒，对方颇有些意外，但也没作更多劝说，只是笑笑说会向领导汇报。

领导？哪个领导？慕善有点恶毒地想，是夜夜新郎老当益壮，还是野兽太子金枪不倒？

答案在次日早上自行揭晓。

慕善走出家门，刚下楼，脑子里还在想着给另一个企业的建议书，一阵低沉的引擎声后，她抬头看到一辆黑色厚重的凯迪拉克稳稳地停在自己面前。

两个西装笔挺的男人下了车，微笑着看向她："慕小姐，我们老总想见您，烦请您上车。"

车子后座，隐约有个人影。

看着面前孔武有力的壮汉，再瞄一眼"00009"的车牌，慕善神色不变，低头弯腰钻进车里。

车里坐着个年轻男人，修长的腿交叉叠放着，双手随意地搭在膝盖上。

看清他的长相，慕善想到一个成语——

活色生香。

黑色衬衣之上，是一张十分标致的脸，齐整的短发、乌黑的浓眉，鼻梁挺阔、唇线柔润，像一幅色彩匀称饱满的画，每一笔每一画都着力均匀舒适。

或许是下巴的线条有些柔和，又或许是嘴角浅浅的酒窝令这张年轻俊朗的脸隐约平添了几分不该有的孩子气。

"嗨，我是丁珩。"他的声音懒洋洋的，清润悦耳，漫不经心的态度就像在宣告——此刻，世间一切事都不重要，丁太子表露自己的身份，才是顶顶重要的事。

跟想象的有点不同。

慕善神色已经疏淡下来，脸上挂着标准的职业笑容："丁总，久仰。"

久仰你在床上的生猛。

丁珩像是看透了她的客套，又像是洞察了她别有用意的寒暄，他那俊脸微微一扬，双眸便含了笑，极黑极亮。

像极了杂志封面上优雅而冷漠的年轻男士，又纨绔又蛊惑。

他的目光挺认真地打量她的全身，语气颇有几分玩味："在霖市，头一回有女人拒绝与榕泰的合作。"

慕善没有立刻回答，反而随意地往后一靠，双手随意交握，显得极为放松。米色小西装上，凝脂般细白的脸笑意绽放，如同有微凉的春风拂过。她语调缓和：“丁总，有时候拒绝反而是好意。”

“哦？”微微上扬的尾音，竟然很有韵味。

“我并非拒绝，只是力不从心。”

丁珩“嗯”了一声，笑容一扬，几乎是咬着字重复：“力、不、从、心？”

这句话本无异样，被他说出来，却无缘无故令慕善心中一颤，好像他一句话、一个眼神，都自成风情。

慕善笑了笑：“我的公司加前台才九个人，项目交给我，丁总放心吗？”

“有道理。不过，通常来说……”丁珩慢条斯理地说，“拒绝榕泰的公司，都会死得很惨。”

这威胁有点直接了，慕善脸色一沉。

“尝试过才知道行不行，对不对，慕……善？”他的声音比一般男人清脆，当他随意念出她的名字时，竟有几分溪水似的潺潺动听。

既来之，则安之。

慕善定下心来，笑靥盛放：“那就恭敬不如从命。”

只是……

墨黑的车窗上，他那张标致的脸投射下模糊却足够英俊的剪影。慕善想，是自己对野蛮太子的脑补太厉害，还是这个男人存在感太强？他的每一句普普通通的话，都令人心中微惊。

凯迪拉克平稳地停靠在榕泰集团的地下车库，司机为二人打开车门。丁珩并不多言，转身阔步走向专梯。

慕善快步紧随其后。

银色簇新的电梯缓缓上升，丁珩背靠在墙壁上，抄着手好整以暇地看着慕善。

“别紧张，”他居然安慰她，“我爸不会吃人。”

慕善极稳地答道：“嗯，我也不会。”

丁珩微微一愣，笑了。

电梯门“叮”一声打开，光滑如镜的大理石地面上，倒映着顶层总经理办公区的奢华与空旷。漂亮的专属前台小姐见到丁珩，快步迎上来：“丁总。”

丁珩极有风度地微一躬身，示意慕善先行。

慕善抬起头，目光锐利地扫视一周，莞尔一笑：“闻名不如见面。”

前台小姐见惯达官贵人，在慕善温和而清亮的目光下，神色越发乖觉恭敬。

丁珩将她的神态尽收眼底，不动声色地与她并肩走入总经理办公室。

厚重的檀香木门徐徐推开，宽大明亮的办公室里，书桌后的男子站了起来，笑道：“终于把慕小姐请来了。”

慕善有些意外。

其实，在看到丁珩时，慕善就对丁默言的容貌有了新的预估，可是看到真人，还是超出她的预想。

也难怪副市长的妹妹昔日会嫁给还是混混的他，尽管鬓角微白，脸上亦有了些许细小皱纹，但高大的身材比年轻人还要挺拔，容颜有着与儿子相似的深邃俊朗，只是更显成熟矍铄，仿佛岁月在他身上留下的不是沧桑，而是硬朗的磨砺。

这样的男人，就算一日日老去，也会令许多女人倾心。

仿佛全然不知慕善之前拒绝的事，丁默言仔细地看着面前的女人，语气有些吃惊：“慕小姐这样年轻，有二十五岁吗？”

慕善惊笑：“丁总眼力真好。”

丁默言看了一眼自顾自在沙发上坐下的儿子，语气揶揄：“阿珩，你看慕小姐这么年轻就创业，像我，很好。这一点上，你可不如慕小姐。”

丁珩不置可否地一笑，慕善露出恰到好处的惊讶：“丁总哪里的话，小丁总年轻有为，我刚来霖市就听人说，小丁总是年轻一辈中难得的才俊。”

丁默言哈哈大笑，他拿起桌上的电话：“让刘经理上来。”

丁珩则偏头看着慕善，声沉如水："小丁总？这是你们北京那边的称呼？"

这对父子给慕善的感觉居然不错。比起传闻，她更相信自己的直觉判断。

她浅浅一笑，不答反问："您喜欢这个称呼吗？"明眸灼灼，毫不示弱。

丁珩笑而不语。

丁默言叫来的是战略发展部的经理刘铭扬。刘经理三十多岁，相貌敦厚，沉稳干练。他坐下后，劈头盖脸就是一句："慕小姐，你的公司凭什么在霖市立足？"

如果说之前慕善拒绝合作是怕惹祸上身，那么，面对刘经理的质疑激将，慕善已准备好全副武装应战。

她可以避祸，却绝不能任人看轻自己的事业。

"哦？刘经理，在您眼里，衡量一个公司好坏的标准是什么？"慕善避其锋芒，究其根本。

时间推移，两人的对答有些激烈，甚至针锋相对。

刘铭扬质疑年轻的慕善能否胜任，慕善举一反三推断榕泰内部管理的不足，彼此的交锋，竟然渐渐有种畅快淋漓之感。慕善甚至觉得，她还不一定能拿下榕泰项目。

丁氏父子发言不多，倒像是局外人旁观两人交锋，偶尔丢出一两个敏锐的问题，慕善答得圆圆满满。

丁珩甚至还亲手给慕善添过一次茶。慕善坦然受之，目不斜视。

不知不觉聊了一个小时。

刘铭扬心服口服，一脸笑容。丁珩靠在沙发上，盯着慕善的侧脸，似乎在重新打量她。

丁默言则微微一笑，对慕善说："铭扬会和你敲定合同细节。"

慕善早已料到这个结果。她仿佛经历了一场大战，此时才察觉后背有些湿。她伸出手，恭敬地对丁默言道："我很荣幸。"

丁默言朗笑，抬臂，厚实温热的大掌，将她的手轻轻一握。

丁默言又看向丁珩。

“慕小姐是名校毕业，又在顶尖外企待过，视野很宽。你有时间多与慕小姐交流，对你管理公司有帮助。”

丁珩看似敷衍地随意一点头：“我会的。”

慕善看着这对看似完美的父子，脑海里忽然冒出一句话——

伴君如伴虎。

那她是与虎谋皮，还是骑虎难下？

会议室里，刘经理很职业，一条条与慕善敲定合作条款。谈及价格时，慕善心中预期是一百万。她拿起纸笔，很认真的样子算了算，平静开口：“五百万，首付百分之四十。”

刘铭扬眉都没皱一下，竟然只象征性地砍掉十万，便写入了合同。

慕善趁机问：“刘经理，榕泰为什么会找到我？”

刘铭扬惊讶地笑：“丁少没跟您说？这是我的主意。我跟徐远达是朋友，他给我看了你帮徐氏做的成果，我认为很专业，所以自作主张把你推荐给老板，他看了之后也觉得不错。慕善，这也是老板对我的信任，希望你好好干，不然我也不好交代。”

原来如此。

应该是这样。要是丁氏父子真对自己动了其他心思，没必要拐这么大的弯。

慕善当着刘铭扬的面还故作淡定，淡淡地给公司财务打电话。电话那头传来员工们隐隐欢呼的声音。慕善低下头，偷偷眉开眼笑。

合同签订后，刘铭扬又引领慕善见了榕泰其他两位副总。临近中午十二点，他笑道：“陈副总下午三点股市收盘后才有时间，我们先去吃饭吧。”

陈副总？

毕业于香港大学金融系的高才生，回内地短短四年，已执掌榕泰半壁江山。榕泰的金融投资公司正是由他掌管，房地产业则是丁珩操刀。齐头并进，才有了榕泰今日的辉煌。

究竟是什么样的人物？慕善拭目以待。

慕善随刘铭扬走到电梯口，见到丁珩斜靠在过道上。看到慕善过来，丁珩指间火光一闪，偏头点了根烟，深吸一口，走上来。

仿佛极自然地，他的长臂在慕善腰间虚扶一把，低头叼着烟，黑眸隐有笑意："一起吃饭。"

这个虚扶，在职场里，只是寻常的男士对女士的礼节。

可由这样一个英俊的人做出来，实在太有风情。他随随便便往那里一站，都是一幅流光剪影的画。他的指尖不经意间碰到慕善的腰，仿佛有电流酥麻蹿过，令慕善后背一阵僵硬。

一旁的刘经理闻言笑道："那就劳烦丁少，我去为慕总准备办公室。"立刻走得没影了。

电梯下行。

丁珩一只手夹着烟，另一只手松了松领带。

"你的确有本事。"他眼中居然有真诚的赞许。

慕善心道：你也跟传闻不同。

面上，不动声色地笑。

慕善没料到电梯直接停靠在地下一层。穿过几层门，她闻到扑鼻而来的饭菜香味，听到熙攘的人声。

等他带着她在用餐处坐定，她才真的相信。

他竟然带她吃食堂！

没有豪车，也没有昂贵的酒店。

更加没有孤男寡女。

这是大厦自带食堂里专门开设出的一个房间，摆放的食物比外头大食堂精致许多，也没什么人，但还是充斥着浓浓的职场气息。

慕善知道，这应该是专供公司高层的小餐厅。

这样……很好。

她不得不承认，比起精致皮相，比起风流姿容，带她吃食堂这个举动，才令她对丁珩刮目相看。

似乎察觉到她的动容，丁珩将面前餐巾一摊，道："怎么？失望？"

"不，惊喜。"

丁珩闻言，双眼一弯，极绅士地伸手，帮她把面前的餐巾铺好。

这顿饭吃得极愉快。

饭快吃完的时候，丁珩电话响了。

"那块地我势在必得，不管你用什么手段，去办。"

"嗯，知道了，让周亚泽处理。"

慕善安安静静地听他打电话。现在她面前的，才是榕泰杀伐果断的太子爷吗？

慕善知道了那天的"周哥"就叫周亚泽，他果然是榕泰的人。让他这个黑帮头目去处理的，会是什么事？

那天车上的人，是丁珩吧？不过，他好像对她没印象了。

丁珩挂了电话，抬眸看着她沉思的脸。

"你会看到更多。"他意有所指，像提醒又像威胁。

"我会选择性地装聋作哑。"她答得直白。

因为直白，反而显得坦率正直。

他微微一怔，笑了，有点坏坏的样子。

"不行，你忘了，我们要多交流？"

吃完饭不到一点，丁珩低头看了眼手机，问慕善："炒股吗？"

慕善摇头。

丁珩点了根烟，轻吐一口："今天大盘跌了150点。"

榕泰将近一半的资产在金融投资市场，那他们的损失还真不小。

"有影响吗？"慕善问。

丁珩却从容地笑："陈总不会让榕泰有事。"

能让丁珩如此信任，慕善对与陈总的会面更期待了。

返回顶层，刚走了几步，慕善听到隐隐约约的钢琴声，缠绵悠扬，在安静的午后，有说不出的惬意，连带这冰冷奢华的顶层，都染上了几分充满人情味的温柔。

听清曲调，慕善微微一怔。

丁珩脚步一顿，阔步走到宽阔的走廊尽头，打开一扇门，走了进去。慕善快步跟上。

进了门，琴声越发清晰，似泉水于空谷追寻，又似天空流云，干净清透，捉摸不定。

视野也随之豁然开朗。这是间足以容纳五六百人的大厅，数盏水晶灯璀璨明亮，墙上数幅名画静谧安详，水磨大理石地板光滑如镜。

一架奶白色的钢琴静静地矗立在大厅正前方，一尘不染，闪闪发光，整个大厅陡然显得高贵圣洁。

隔着七八米的距离，慕善停下脚步。

从她的角度隐约看到那人纯黑西装的一角，与白色钢琴形成鲜明对比，又显得无比融洽。

钢琴背后是谁，对她来说并不重要。

重要的是，有生之年，她竟然再次亲耳听到有人弹奏这首《天空之城》。

记忆模糊却深刻地袭上心头。

那是一个阳光炽烈的午后，学校的琴房被她霸占。她歪着头打量风尘仆仆的那人，故意挑衅：“你没想我！”

那人冷着脸，大概觉得自己匆匆赶回来，她却不领情，有些生气。

最后，他什么也没说，却坐到钢琴前，弹了一曲她最喜欢的动漫插曲。

“弹一遍，想你一遍。”他低沉的声音像在叹息，“我每天都会弹。”

“弹到一百岁？”她红了脸。

“弹到我死。”

……

大概年少的时候，把天长地久想得太轻易。

琴声停歇。

“怎么样？”丁珩熟稔而漫不经心。

“连跌三天。”那人的声音从钢琴后传来，竟然是慕善喜欢的低沉、清润。

“操！亏了多少？”丁珩低低骂了句。

“重仓超配，账面亏了二十亿。”那人声音不紧不慢，内容惊心动魄。

“下午能赚回来吗？”丁珩蹙眉。

“也许能，也许不能。”淡淡的，没有半点焦急。慕善只看到修长白皙的手指一抬，琴声如同流水，再次从那手指间缓缓淌出。

更难得的是，太子爷丁珩脸色依然如常，好像亏的不是他家的钱，又或者是，他对这个人完全信任。

正在这时，丁珩身上的手机响了。他掏出来，同时对两人道：“陈北尧。慕善——公司新的顾问，你应该已经听说。”

琴声戛然而止，突兀得一点不像之前淡定沉稳的陈副总。

慕善的心也仿佛随着那陡然夭折的琴声猛地一跳。

丁珩拿着电话走出门，隐隐传来他愉悦的声音：“我在顶层……北尧也在……”

丁珩再说什么，慕善已经听不清了。

钢琴背后那人站了起来。

人极近，目光却极远。一步之遥，却仿佛隔了千山万水，怔怔相对。

此人一身纯黑笔挺的西装，高大的身躯挺拔却略显清瘦，像黑色苍穹中，一弯明月穿云而出，光魄动人，又像皑皑冬雪里，一棵青松浑身赤寒，孤傲而立。

头顶的水晶灯仿佛瞬间失色，只余他沉默而夺目的容颜，令慕善心头剧震。

她想象过千万遍与陈北尧重逢的情景，但万万没想到，当日孤寒无依的落魄少年，摇身一变成为港大高才生、榕泰的副总。

他的轮廓深邃了许多，也添了几分青年的硬朗，可慕善还是一眼就认出了他。

——再不会有人，拥有这样清澈的气质。

学业、工作……这些年来，任何事都不会令慕善太过慌乱，可此刻，她看着这个阔别八年、近乎陌生的男人，却觉得心口猛地一缩，那颗一直都很安分的心脏，竟然极快速地跳动起来。

他对自己什么感觉？

他还记得过去吗？

他此刻会不会跟她一样，几乎按捺不住心中的悸动，全身就像在火上慢慢灼烤着，又痛，又怕，又蠢蠢欲动？

他大概，还恨着她吧？

她该怎么办？

“陈北尧……没想到会遇见你。”这真是一句彻底的废话，她竟然自乱阵脚。

陈北尧根本无动于衷，清透的目光静静滑过她的脸，淡淡地点点头：“慕小姐，久违。”

他的语调极缓，少了几分记忆中的少年锐气，却更显坚定有力，始终不变的，是那份隐隐的、清冷的自信。

那是慕善一直都很喜欢的。

可是……慕小姐？这称呼令她心里一凉，同时又有些自嘲：不然呢？难道还期望他叫自己“善善”？

也许在他眼里，他们之间，不过是年少荒唐。

她收敛心神，重新变得滴水不漏：“陈总年轻有为，我会尽力促进项目顺利完成，还要多多仰仗陈总。”

他不搭腔，神色似有片刻沉凝，而后，清亮目光滑过她精致的眉眼、淡红的樱唇，还有领口一小片如玉的肌肤，眸色越发地淡：“慕小姐成熟老练不少。”

像赞许，更像讽刺。

极度疏离冷漠的语气，令慕善心里忽地一沉。

他似乎也没兴趣交谈，沉默着伫立在那里，清冷料峭的身影，越发显得宽肩窄腰，长身玉立，站在钢琴前，是一幅行云流水的流畅剪影。

他从西装裤兜里摸出烟盒，点了一根，静静吸着。烟雾缭绕，他的目光明明盯着她，却似乎放得极远。

门再次被推开，慕善松了口气。

“曼殊马上到。”丁珩对陈北尧说，又看向慕善，“我表妹。”

丁珩的表妹，就是副市长的独生女儿。慕善心中一动。

陈北尧却似有些不耐烦，语气平平：“马上开市，我下去了。”

他像一阵风似的走过，丁珩却手臂一伸，揽着他的脖子，显得两人关系极近。好像在陈北尧面前，丁珩多了几分年轻人的不羁。

他单手递给陈北尧一根烟，陈北尧接了塞进嘴里。丁珩从口袋里掏出打火机给他点上，似笑非笑道：“多陪陪她。”“她”指的自然是他那位表妹。

陈北尧含糊地应了一声。

男人之间，大概不需要更多话语。

慕善胸口一闷。

八年过去了，他意气风发，有兄弟有事业，也终于有了新的“她”。

可自己呢？

门口传来一个清脆柔软的声音：“珩哥，北尧哥！”一抹鹅黄身影闪了进来。来人看起来二十岁出头，瓜子脸白白嫩嫩的，大眼睛漆黑娇俏，青春的气息仿佛都要从那明丽的脸蛋上溢出来。

曼殊那灵动的双眸看看两位男士，又看看慕善，最后还是回到陈北尧身上。

“陈总……”她吐吐舌头，好像很怕陈北尧的样子，“马上开市了，你不在，同事们心都不定，让我来叫你。”

陈北尧看了她一眼，指间夹着烟，目不斜视地往前走。曼殊快步跟上，像犯错的小孩跟着沉默的大人。

很登对。

“分析报告写完了？”他淡淡道，口气严厉。

“嗯，放你桌上了。”曼殊朝丁珩做了个鬼脸，堂堂副市长千金，心甘情愿地低声下气，“我写了通宵呢！”

陈北尧却似乎连赞许都懒得给，匆匆走向电梯。经过慕善时，停都没停一下。

丁珩将慕善略有些僵硬的神色收入眼底，淡淡道：“他就是这种人，技术宅男，面冷心热。你做你的，不用管他。”

这话让慕善意外地心中一暖。

“谢谢。”她的语气极真诚。

她素白的脸上双颊微红，墨黑大眼似有氤氲水光，粉唇浅浅勾起，就像一朵极清艳的花，玲珑包裹在米色西装套裙中。

丁珩一愣，正想说什么，“叮”的一声，电梯到了。慕善和丁珩都抬头看过去，只见陈北尧正好把头转开，阔步走进了电梯。

丁珩下午有会，他将慕善交给刘铭扬。慕善跟着他到了安排好的办公地点，却有些意外。

这是榕泰总部基地里一幢独立的五层建筑，装修很新。墙体上四个醒目大字让慕善有点想要撞墙。

“榕泰投资”。

“人多，场地紧张，只有投资子公司地方宽敞，条件也好，所以把您和您的团队安排在这里。”刘铭扬把她带到五楼，“没问题吧？”

“没问题。”慕善有点走神。

——陈北尧跟她彻底没关系了，怎么会有问题？

榕泰投资不愧为国内顶尖金融公司，一踏入色调冷硬、宽敞明亮的职场，就看到西装革履的员工个个专注于电脑前。慕善跟着刘铭扬从走道穿行过去，竟然都没人抬头看一眼，可见工作紧张程度。

刘铭扬把慕善领到一间宽敞的屋子前，笑道：“这儿原来是休息室，条件还不错。你中午可以在这里休息一下——不会有人打扰。”

慕善忙道谢。

刘铭扬走了，慕善一个人坐在五十平方米的房间里。公司其他同事发了短信，约莫一个小时后赶到。她昨晚就在加班，今天一早又如逢大敌，确实有些累了。

她抬眸看了看，房间布置得很好，一组看起来就很舒服的皮沙发，还有一排办公桌椅，角落里还有饮水机、咖啡机，甚至还有台电视机。

她反锁好门，拉下窗帘，又查看了另一扇室内门——打不开，大概是封死的。她放下心来，定好闹钟，仰面倒在厚实的皮沙发上。

盯着雪白干净的天花板，她的眼眶有点湿热。她想，自己也许挺好笑的，十七岁时喜欢得要生要死，在别人眼里，其实根本不算爱情吧。

她忍了忍，平静了一下，抬手解下脖子上的项链，塞进了公文包里。她想，自己再也不需要了。

她闭上眼，模模糊糊地想，没什么是过不去的，就这样了。

不知睡了多久，她迷迷糊糊间感觉身边似乎有个人影。

她悚然一惊，猛地睁眼，呆住。

这是梦境般的一幕。

银白的灯光下，陈北尧竟然就站在她身旁，居高临下，静静伫立。

黑色短发垂在他白皙的前额，他低着头，侧脸俊朗，眼神冷漠。慕善顺着他的目光看下去——他修长的大手，轻轻握住一只纤细的黑色女式皮鞋，指腹甚至还沿着皮革边沿轻轻摩挲，仿佛正在抚摸的，是她的赤足。

那是她的鞋，大概是什么时候从脚上滑落，被他捡起。

那墨黑的眸像是凝了冰雪，定定地盯着她的身体，隐隐又像有不悦之色。慕善刚要开口质询，却被他的动作惊呆了。

他竟然慢慢蹲下，动作是与神色极不相符的温柔。他伸手托住她一只光滑如玉的脚踝，将那只掉落的鞋轻轻套了上去，然后小心翼翼地将她的脚放回原处。

他的身子并没有马上动。他沉默片刻，嘴角忽然浮起似有似无的笑意。而后，俊美的侧脸缓缓伏下，在她纤裸干净的脚踝上，落下轻不可闻的一吻。

做完这一切，他才抬头，神色冷漠地望向她的脸，明显一怔。

慕善躲闪不及，四目相对。

他一脸淡然，不慌不忙地站起来。

Chapter 02

为你封了国境，为你赦了罪，为你撤了历史记载。
一颗热的心，穿着冰冷外衣；
一张白的脸，漆上多少褪色的情节。
杨乃文《女爵》

如果说之前刚看到陈北尧时，慕善少见地阵脚大乱，那此刻，她已完全平静下来。

匪夷所思的是他，她为什么要慌？虽然那如羽毛轻拂的吻撩得她从脚踝酥麻到全身。

躺着毕竟不雅，她站起来。

这才有点窘了——她睡相一向不好，米色齐膝短裙竟然滑到大腿根部，隐隐可见白棉布；上面更甚——一颗纽扣已经跳开，一小片白色丰满似有晶莹光泽。

她就这样躺在陈北尧面前？

脸上一热，她几乎手忙脚乱地转身，整理衣着。即使是背对着男人扣扣子、扯裙子，也是很丢人的。她做完这一切才讪讪回头，却看到陈北尧沉静的容颜上，竟然似乎有笑意。

更窘了，于是她变得咄咄逼人："你怎么进来的？"

陈北尧看了她一眼，神色自若地在沙发上坐下，道：“这里本来就是我的休息室。”

慕善这才看到，原先她以为封死的那扇室内门竟然半开着，掩映着另一个相通的办公室——她的办公室在他的隔壁？

慕善心中一动，开门见山。

“为什么亲我？”

他偷吻她；她的办公室恰好安排在他隔壁；他与曼殊的相处，看起来更像小姑娘一厢情愿多一点。

这令她心生隐隐期待。可慕善从来不要拖泥带水，不要迟疑试探。

如果他对她也还有感觉，那么她要干脆利落，她要斩钉截铁。

然而……

陈北尧盯着她，神色极冷极自若地吐出两个字：“癖好。”

仿佛是慕善的质询太过大惊小怪。

癖好？

慕善一口气差点没缓上来。

那他是不是也会像这样，亲吻曼殊，或者其他女人的脚踝？

心里微微有些痛，又恨他的莫名其妙，于是慕善脸上露出冷冷的笑：“那请陈总今后不要在我身上实践这个癖好。你找我有事吗？没事的话，我还有事，要去找人封了这道门。”

陈北尧盯着她，眸色带着令人压抑的沉重。在她以为他会发怒离开时，他却站起来，忽然开口——

“榕泰水深，你好自为之。不要和丁珩走得太近。”

“好自为之”真不是一个让人感觉良好的词。慕善站起来：“什么意思？说清楚。”

他这算什么？提醒，示警，关心，还是怕她给他惹上麻烦？

他却似没有听到，转身离开。

下午两点半。

慕善公司三名最能干的员工已经赶到榕泰，项目组正式成立。

慕善忙碌起来，很快将下午与陈北尧的难堪心痛抛之脑后。等她再抬头，发现竟然已经五点半了。

她站起来活动筋骨，却看到门外投资公司的员工个个面带喜色。她复又坐下打开网页，看到股市一片火红。

他打了翻身仗？

她早猜到他不会输，他那时就比同龄人老成聪明。

这念头让她有些怅然。她缓缓偏头，透过那扇还没封的室内门看到棕色光洁的办公桌后，他的背影格外挺拔，仿佛是与生俱来的孤傲坚韧。

只是这背影，再不属于她。

项目开始第十天。

慕善的项目组完成前期调研，她现在明确，榕泰的确有黑道生意。

但怎么说呢？那些内陆江上的赌船、夜总会、酒吧和保安公司，现在只能为榕泰提供十分之一的利润。保留这些生意，更像是为了巩固江湖地位，发展人脉关系。

就譬如想要给某位人士送女人，从自家夜总会调人更加保质保量还便宜。

这些生意，丁默言都交给那个叫作“周亚泽”的人打理，不在项目范围内，慕善只是略有了解。

而陈北尧的确如她所料，专注管理投资。尽管丁默言似乎极力想让这位高才生帮忙拓宽黑道生意，但他明显兴趣不大。用丁默言对慕善说的评价就是：“陈北尧是个天才，就是太清高，没什么野心，好多事想交给他，他还不干，脾气硬得很。”

那天之后，慕善总能看到曼殊忙碌的身影进进出出陈北尧的办公室。于是，心中残存的那点念想也略过不提。

她再怎么喜欢他，光凭他与曼殊的暧昧关系，她就不想再多看他一眼。

而那一天，他印在她脚踝上的那一吻，仿佛根本没发生过。那清晰的触电般的感觉一遍遍提醒她，那真的只是他的癖好。

慕善和丁珩的交际多了起来，偶尔还一起吃个饭。不得不说，他们挺投缘的。丁珩身上并没有暴发户的俗气，大多时候是谦谦公子，偶尔露出狠厉的一面，但慕善不问，他也不解释。

周末，慕善提交了前期工作报告，获得丁默言的嘉许。慕善周末也给自己和员工们放假。她睡了大半天，下午一个人窝在家里看碟。

到了晚上六七点，却接到丁珩的电话，说有个饭局，叫她过去。

丁珩在晚上约她，这还是第一次。毕竟两人也熟了，又不是孤男寡女，拒绝反而矫情了，慕善索性换了衣服出门。

夜色迷魅，华灯初上。慕善到了约定地点，发现是榕泰旗下的一家夜总会。

这还是慕善第一次到这种地方。

雕花木质走廊狭长悠远，灯光柔和通明，令人的心也飘忽怅然。

慕善随着一位清秀的招待生走到尽头，推开门。

包房里没有劲爆得令人头疼的音乐，也没有刺目的灯光与金属皮革，只有一室温柔干净的灯光，红木古朴隽永，歌声空灵飘荡。

这是喧嚣都市中的一方净地，却偏偏藏在最灯红酒绿处。

正对门的沙发上，坐着几个男人，慕善只望了一眼，就有点移不开眼。

丁珩坐在最中间，只穿着简单的白衬衣，姿态英挺而闲适。橘黄的灯光中，他每一个轮廓剪影都显得沉静端凝，衬得容颜越发明朗如玉、棱角分明。

陈北尧就坐在他左手边，没戴领带，西装下衬衣的第一颗纽扣已解开，竟也有几分慕善没见过的慵懒。

如果说丁珩是一幅水彩，那么陈北尧就是水墨山水。即使在这样纸醉金迷的处所，他冰雪般俊美的容颜，依然有一种少年的清透细致，又有成熟男子的高大俊朗——自成气场，清寒逼人。

该死的好看。

丁珩右手边，是与慕善有过一面之缘的周亚泽。他穿着黑衬衣，衬得整张脸也英俊暗沉，嘴角始终挂着漫不经心的笑。他看了慕善一眼，就把目光移开了。

曼殊坐在陈北尧身边，抬头看一眼慕善，笑笑，很可爱的样子。

慕善知道不应该，但心头还是隐隐有火气冒上来。

屋内还有个陌生的年轻男人，他和周亚泽身边都坐着漂亮的女孩子，看样子是夜总会的公主。

只有丁珩身边没女人。他看着慕善，脸上浮现笑意："慕善，过来。"

陈北尧竟毫不避嫌地看向她，目光在她脸上一停，很快移开。

这目光还是能令慕善心中微痛。她走到丁珩身旁坐下。简短的介绍之后，其他人继续专注桌面——原来他们在玩骰子。丁珩边看骰子边对慕善道："怎么穿成这样？"

慕善看一眼其他姑娘，都是抹胸长裙花枝招展，就连曼殊都穿了条清纯的粉色长裙，露出光洁可爱的肩膀锁骨，坐在陈北尧高大的身躯旁，更显得温香软玉。

反观自己——素面、马尾、T恤、牛仔裤、运动鞋……似乎重逢陈北尧后，工作之余，她就没好好打扮过。

慕善心虚，但气势凌人："不可以？"

丁珩弯眉一笑，也学她口气："很可以。你这样都把其他女人比下去，咱们会得罪人的。"

慕善扑哧一笑。丁珩盯着她干净素美的脸庞，目光灼灼。

一旁的曼殊笑道："哥，你在和善姐说什么悄悄话？"丁珩却不答，往沙发上一靠，笑意更深。

慕善心头又有点冒火，但冒火的同时又令她感觉到羞愧和难堪，仿佛在窥探一件不属于自己的东西，还装作义正词严的模样。

她索性假装开始研究骰子。

四个男人玩厌了骰子，拿了牌打升级。慕善有些好笑地想，如果外人知道霖市太子和左右手在最贵的夜总会里，不赌不嫖，玩得这么健康，估计都会咋舌。

这笑容落在丁珩眼里，令他心神微动。他拍了拍慕善的肩膀："想玩？"

慕善本来不想跟一帮男人打牌，但看曼殊贴着陈北尧坐着，她诡异地、当仁不让地接过了牌。

一局过后，慕善和周亚泽大杀四方，陈北尧和另一个男人输得彻底。周亚泽大呼过瘾，表示慕善推翻了他对美女胸大无脑的看法。他神色极为自然，像是从没见过慕善。

慕善也不在意，面上淡淡的，心里暗爽，好像这样就对陈北尧和曼殊扳回一城，转念又觉得自己幼稚。

两位夜总会公主却不分立场地为慕善叫好。比起看似清纯可爱、却没正眼看过她们的曼殊，她们更喜欢亲切风趣、进退有度的慕善，更何况她是丁少叫来的人。

丁珩也看得眉眼含笑，手扶着慕善背后的靠背低声在她耳边道："这么精明？"

她索性笑得嚣张："对手太弱。"

丁珩大笑。慕善不经意间一抬头，看到陈北尧抬起的侧脸，神色疏淡，目光清冷却锐利。他没有看她，却偏偏令她感到他的视线无处不在，且咄咄逼人。

这令原本赌场得意的她如同一只被戳破的气球，瞬间泄气。

她默默地想，已经八年了，她明明笑得这么欢欣，可这个男人只需要一个侧脸、一个眼神，就能令她快乐不起来。

于是，她下手更狠，只令陈北尧一方输得一塌糊涂。

几位男士也玩腻了，纷纷把牌让给身边的女人。他们则在旁边一边看牌一边聊天。除了曼殊菜鸟，两位公主也是厉害角色，牌局立刻激烈起来。

曼殊一直向陈北尧求救。陈北尧帮她看了几圈牌，便拿着烟盒走了出去。丁珩坐了一会儿，见慕善完全专注于打牌也不看自己一眼，索性也起身。

周亚泽一看，也坐不住了，在身旁女人脸上亲了一口，跟了出来。

三个男人都靠在阳台上，点了烟，没说话。

屋内很快传来曼殊悲惨的呼救："她竟然还有主牌！"另一位公主怒道："你出错牌啦！"然后是慕善淡定的声音宣布胜局："双Q！"

男人们隔着落地玻璃望过去，屋内女人个个楚楚动人，而最引人注目的，毫无疑问是慕善。在一堆姹紫嫣红中，只有她素面朝天，却偏偏肤若凝脂，清美妖娆，乌眉微蹙，粉唇轻抿，显得极为专心。可在这样热闹的牌局中，她的笑容却隐隐透着疏离。

陈北尧沉默着，一根烟很快抽完，又点了一根。

周亚泽笑道："怎么把她叫来了？"她并不是这个圈子的人。

丁珩还看着慕善，微笑："想叫就叫了。"

周亚泽含笑道："丁少，你不会来真的吧？"

丁珩不置可否，眯着眼，远远盯着慕善，继续抽烟。

周亚泽站了一会儿就进去了。一直沉默的陈北尧忽然问："认真了？"

丁珩这才长吐一口烟，道："你别看她长得妖，其实人很纯很干净。我调查过，大学和工作期间都没男友，跟客户也没有乱七八糟的关系。这么漂亮，偏偏又老实又正直；看似精明，相处久了比男人还豪爽。见她第一面，我就想追她，怕吓着她，一直陪着耐性……当然，现在还谈不上喜欢，不过，说不定将来我真的会爱上她。"

慕善对于男女之事并不擅长，但依然能感受到丁珩的态度变化。

他说顺路，每天都到慕善租的房子下面接她上班。慕善说不愿劳烦他，他低声一笑，你怎么会是麻烦？

又被他"顺路"送回家几次后，慕善便在榕泰加班到很晚。可他一定留了眼线，有几次她很晚离开，仍然能看到黑色凯迪拉克刚刚停在楼下，而他倚车而立。他若有所思的漂亮双眸，是夜色中最蛊惑幽深的一道风景。

项目组每天中午的工作餐也开始经常换花样。有时候是海鲜酒店包间，有时候是老字号火锅。丁珩有时候会出现，有时候不会，但出现时必定坐在慕善身旁，话不多，眸色深深，嘴角含笑，似享受，又似宠溺。

员工们不怕慕善，打趣慕善钓到了金龟婿，甚至连董宣城都闻风而动致电慰问。虽然主要目的是叮嘱她不要跟榕泰的黑色生意扯上关系，但也忍不住促狭地问慕善是否做好迎接重口味“性”福的准备……

与大家的蠢蠢欲动相比，慕善显得冷静许多。

她其实是个执拗传统的人。当年跟陈北尧的一段早恋，就能让她八年来将自己的心锁得密不透风。

现在虽然对陈北尧死了心，但要她立刻开始一段新感情，她做不到。就像自己偷偷藏了八年的珍宝，终于随着岁月腐蚀风化，可要她立刻把另一样东西供着捧着，她觉得困难。

更何况，陈北尧每天都在一墙之隔的地方。他就像是空气般存在，触不到，却令她觉得无所不在。

她直接告诉丁珩，她不习惯跟客户走得太近。丁珩笑笑，继续接送，继续关怀备至。他就是不戳穿那层窗户纸，却一点点侵入她的生活，令慕善毫无办法。

项目第二个月，周末。

因为下周要向丁默言汇报阶段成果，慕善加班加得兴起，大清早五点多就跑到榕泰办公室里。今天连打扫卫生的阿姨都不用上班，整栋榕泰投资只有她一个人，倒是很逍遥。

不知不觉到了中午，桌上电话忽然响起。

“饿不饿？”丁珩丰神俊朗的姿容如在眼前。

慕善这才觉得饥肠辘辘。

“来我这里，带着工作成果。”他不由分说地挂了电话。

这样的假公济私，慕善当然不能拒绝。

总部顶层空无一人，华丽寂静得像教堂，甚至连丁珩的秘书都不在。慕善乘专梯上去，推门进入丁珩的办公室，微微一怔。

丁珩穿着件浅色简约的T恤，容颜比平日更加清朗干净。他坐在办公桌后面，手拿一份文件，神色极为专注——大概真的是工作上临时有事。

听到动静，他立刻抬头，看到慕善，笑了。

“过来，快凉了。”他走向一旁的茶几，上面放着几个快餐盒。

慕善把打印的工作成果递给他，他笑笑接过，居然真的边看边吃，很投入的样子。

这让慕善有点心虚，仿佛她才是心怀不轨的那个，只好认命地朝他伸手：“给我。”

他长眉一扬。

她从他手里拿过资料：“吃完再看，我可不想害丁少消化不良。”

他眉目含笑，低低地“好”了一声。

不知他从哪里打包的食物，味道竟然很不错。慕善很快吃完，正要告辞，他却扬眉：“下午给我讲讲项目成果。”

“那我下去拿电脑，准备一下。”

他忽然笑了，有点无可奈何，又有一点点可怜巴巴：“慕善，让我休息休息，成吗？”

慕善的心毫无抵御之力地软下来。这个男人真是……可正因为察觉到自己的心软，她才更加觉得要快刀斩乱麻。

今天也许要找机会说清楚。

她抬头，眼神清澈：“好，我也想跟你谈谈。”

丁珩却似乎能看懂她的眼神，低头点了根烟，神色有一点点冷。

丁默言的总经理办公室位于顶层最深处，跟其他人的办公室隔了很远的距离。穿过办公室，角落里有扇室内门——大概是丁默言的休息室。里面装饰华丽温馨，屋里有半面墙的液晶电视、沙发，甚至还有床。

关上那扇室内门，与外面就是两个完全隔绝的空间。

联想到关于丁默言的传闻，慕善觉得那床还真是碍眼。进入榕泰两个月，她的确经常看到有不同的女人陪伴在丁默言身边，环肥燕瘦，各有千秋。而丁默言对于自己的爱好并不低调，坦荡自然。

在这样一个安静而黑暗的屋子里，慕善全神贯注地看着电视屏幕。她的工作成果投影连接在电视上，她很专心地给丁珩讲着最新进展。

可她再怎么目不斜视，身旁男人的存在感也强烈得令人无法忽视。

丁珩高大的身躯和她一样，蜷在地毯上，就坐在离她很近的位置。慕善一直坐得笔直，久了难免酸痛，稍稍往后一靠——

没靠在沙发上。

他温热坚实的胳膊垫在后头，早从背后将她包围。而后，慕善的肩膀一沉，他的手自然而然地搭了上来。

来了。

慕善虽然打定主意，此时难免还是有些紧张。陈北尧之后，她还没跟男人这样亲近过。她转头，斟酌着便要开口，一抬头，却连呼吸都停滞了。

明明暗暗的光影中，丁珩英俊的脸宛如浮雕，就在离她不到寸许的位置。他根本没看工作成果，微垂着头，挺拔俊俏的鼻尖贴着她的发梢，就像在低头嗅她的发香。

察觉到她的注视，他侧过脸，深深看过来。

然后不等她有反应，他忽地低头，在她唇上轻轻一啄就走。

他另一只手就摁在她身侧的地上，盯着她，目光里有些许隐忍深沉的情动。

慕善全身的血仿佛都冲到了脸上，滚烫得吓人，她低声道：“丁珩，我不能……”

“慕善，”他的眼神暗下来，低沉的嗓音仿佛能蛊惑人的意志和心灵，“你知道，我要的不是这个答案。”

他关掉投影仪，周围骤然安静下来，只有两人离得极近的呼吸声和心跳声。

“我……”她忽然有身陷重围的无力感。

他却径直抬手，钳住她的下巴，锁住她的腰身。他的双眼深邃如星海，低头作势又要吻下来……

门外忽然传来响动。

慕善仿佛惊醒般一下子推开他，飞快地站起来，脸上红若朝霞。

丁珩坐在地上望着她，忽然张开手掌，挡住自己的脸，修长五指间，俊脸透出些许无奈的笑容，嘴唇上，甚至还沾有半点她的口红。

“不许再逃。”他丢下这句话，起身走向门口。

慕善就是想逃，他连忙紧随其后。

丁珩在室内门前站定，透过猫眼向外看。

慕善站在他身后，心中居然有些难过。她不能否认，这样的丁珩，真的让人有些心动。

可她竟然还是不能开始。

陈北尧在的地方，她不能开始。

她自找的。

她抬头望着他的侧脸，正要说点什么，却意外地看到他死死盯着猫眼，脸色不知何时铁青一片。

而外间的声响，越发清晰地断断续续传了进来。

“姑父、姑父……”熟悉的清脆声音，夹杂着几声娇喘，几声哀求，断断续续组不成完整的句子。

“曼曼……我的乖曼曼……”男人的闷哼声低沉有力。

慕善简直无法相信自己听到的，她觉得一定是自己听错了——曼殊，不是陈北尧的女朋友吗？

丁珩沉着脸，满眼阴霾地看一眼慕善，狠狠骂了句：“他疯了！”一把拉开门，冲了出去！

外面灯光大亮，正对门的黑色实木办公桌上，各种文件书籍散落一地。曼殊雪白娇嫩的身躯仿佛含苞欲放的鲜花，被粗暴地放在冷硬的桌面上。她长发凌乱，双眸紧闭，脸上又痛苦又愉悦，仿佛已完全沉浸在肉欲中。

站在她身前，扛着她两条细白长腿的，正是儒雅威严的榕泰掌门人、她的亲姑父——丁默言。

“停下！”丁珩怒极冲到他们面前，也没令他们的动作有片刻停顿。

“滚！”丁默言竟似丧失了理智，一把将丁珩推开。丁珩没有防备，摔在地上。

“爸，你怎么了？”丁珩又冲上去，一脸疑惑，“又吃药了？”

慕善只看得心惊肉跳。这到底是丁氏豪门隐藏在光鲜外表下的龌龊，还是一场意外？可看丁珩的反应，丁默言一定是经常吃药——否则五十岁的人，如何夜夜新郎？

正在这时，有人急急忙忙冲进来。慕善认出是丁默言的私人医生，一个三十余岁的敦厚男人。他看清屋内情况，声音便带了焦急的哭腔：“丁少，老板今天找了几个女人，吃了药……结果曼殊小姐中途搭了老板的车……”

“滚！”丁默言还在曼殊身上挞伐驰骋，对医生大吼一声，“把这不肖子给我赶出去！”

“哪里找不到女人，你玩她？她爸是副市长！”丁珩忍无可忍，一把从腰间掏出枪来，“放开她，否则我开枪了！”

慕善这才知道他随身带枪。

“丁少，别冲动！别冲动！”医生在他身后慌忙道。

大概是真怕儿子怒极开枪，丁默言动作还在持续，语气却缓了很多：“干完这一次再说，你先出去！”

然而，意想不到的一幕发生了。

前一刻，丁珩还好好地站在那里，忽然身子一颤，眼神一暗，满脸不可思议地、身子软软地滑倒在地，双目紧闭，生死难辨。

他身后，医生手持着针管，慢慢地插回裤兜。

因为没有了他的声音，丁默言大概以为他出去了，还和曼殊沉浸在欲望中。

医生走到一旁，他身后走出个男人，那男人化成灰慕善都认识——正是丁氏父子的得力助手、掌管黑道生意的周亚泽。

他脸上挂着阴冷的笑，递给医生一个眼色。医生点点头，绕到曼殊身后，将另一支针管的药物缓缓注入曼殊的脖子。

“你干什么？！”丁默言双眼暗沉如兽，狠狠地盯着医生。

他身后，周亚泽身旁，不知何时又走进来个男人。那人抬起脸，俊美绝伦的脸上不带任何表情，冰冷的目光极镇定地环顾一周。

慕善心中一震，只觉得全身如坠冰窖。

“怎么办？”周亚泽问那男人，“丁珩也在，计划要变。”

那男人点点头，掏出手套戴上，弯腰从倒地的丁珩身旁捡起枪，熟练地装上消音器，然后瞄准丁默言的头。

他的容颜清俊如昔，此时却仿佛被寒冰覆盖，双眸如同凶残的猎人危险地眯起，再无半点平日的清高沉默。

他正面对着丁默言混沌而震惊的容颜，枪口轻轻贴上丁默言的额头。

“丁默言，记住，杀你的人是我。”他的声音很低。而后，他的脸轻轻贴近丁默言，似乎在他耳边低语了一句什么。

同时一声闷响，他精准地射穿了丁默言的头。也许是药物的原因，丁默言根本没反应过来，瞪着眼，仰头重重倒下，鲜血慢慢从他后脑渗出来。

这个威震西南地区的霖市老大，就这样死在最得力的心腹手下，死在自己侄女身上。

“弄干净。”他冷漠地下令，将枪重新塞回丁珩手中。门外又走进一个人，正是他的助理。周亚泽、医生和助理同时应声，忙碌起来。

慕善大脑一片空白。她听见自己的心抽搐般惊慌跳动着，她的手脚越来越凉，好像自己才是中枪躺在地上流血的人。

极端恐惧下，脑海中许多零碎线索，却偏偏电光石火般融会贯通！

被收买的医生、偷换的药物、被下药的曼殊……

还有昔日在丁默言眼中毫无野心的他、跟丁珩称兄道弟的他、与曼殊走得极近的他、警告她不要跟丁珩走得太近的他……

这是一个局，一个精心布置的局，耗时许久的局。他杀了丁默言，他为什么要这样做？现在意外地被丁珩撞见，他会把丁珩和曼殊怎样？

还有，八年前，来自霖市的他，为什么突然出现在她的家乡小县城？为什么经常失踪？为什么比同龄人更成熟老练，更决绝冷漠？这些年，她为什么找不到一丁点儿关于他的消息？

重重疑云涌上慕善心头，她只觉得全身汗毛都要竖立。门外那个从她十七岁开始就念念不忘的男人，变得恐怖而陌生。

她颤巍巍地从口袋摸出手机，手一抖，差点掉在地上，吓得她魂飞魄散。好不容易拿稳了，她终于拨通了110。

“我叫慕善……”她紧张地盯着外面，把声音压低到微不可闻，“我在榕泰，这里……有人杀人了……”

她的身躯陡然僵直，手机中警察的声音变得遥远——

她看到那人环顾一周，目光忽然停在她的方向。她心知不妙——这扇室内门太显眼，他们怎么可能放过？

果然，他从腰间拔出枪，上了膛，给旁边的周亚泽递了个眼色。两人阴沉着脸，朝她走过来。

后背死死抵着冰凉冷硬的橱壁，封闭的空间漆黑得令人窒息。慕善全身又僵又麻，纹丝不动。

透过衣服间狭小的空隙，她能看到柜门漏进来一束光。

有人开了灯。隐约有黑影在沉默着走动，一步一步，像是踏在她摇摇欲坠的心尖上。

她听到自己短促的呼吸，随着那脚步声越发艰难。

终于，“吱呀”一声，柜门被打开，视野骤亮。

她悄无声息地缩得更紧，鼻翼脸颊紧贴着前方的一件件西装、衬衣、大衣。大概是因为橱柜右侧塞了些高尔夫球具，衣服挂得有些拥挤，她才有了狭小的藏身之所。

“哗、哗、哗——”一只修长、有力、白皙的手，将衣服一件件向旁边快速拨开，眼看就要到慕善跟前。

如果被抓到……

慕善脑海里再次浮现躺在血泊里的丁默言。她根本不敢再呼吸，死死憋着，脸涨得通红。她十指全开贴着身后的壁橱，仿佛这个姿势能让她离那只恐怖的手更远。

面前的衣服“哗”的一声向一侧滑去，壁橱里的空间光线阴暗交错。慕善的反应全凭本能，随着那堆衣服往右快速一滑，眼睁睁看着那只手从鼻翼前滑过……

慕善呼吸一滞。

那只戴着手套的手仿佛查知了什么，在离她不到一尺的距离停住了。

慕善快要发狂的神经，随着那一个短暂的停顿绷到极致——

会被发现吗？

会被杀死吗？她该怎么搏命？

被发现了！

那手仿佛长了眼睛，倏地朝她探过来！速度之快，方向之准，根本令她避无可避！

停住了。

柔软的手指刚好停在她的脸颊上。

隔着柔软的布料，他的指尖轻挨着她的皮肤，那一点点似有似无的冰冷触碰却足以激起她全身阵阵战栗。

她脑子里瞬间“轰”的一声炸开了。

仿佛要考验她的忍耐力，那只手骤然从衣服空隙中收了回去。

“哗！”一声比刚才重很多的声响，慕善视野光线大亮，面前的衣服被人一把抓起，扔了出去。

慕善的世界，在这一刻停滞了。

她就像待宰的羔羊终于直面要赶尽杀绝的猎人——所有的躲避都是徒劳。

隔着不到一米的距离，陈北尧就站在柜门前，眸色阴沉地看着她。

她站在狭窄的阴暗里，他站在明亮的灯光下，握枪的右手还垂在身侧，柔和的光照在他的脸上，英俊得如梦似幻，恐怖得令人窒息。

周亚泽站在门口位置，见状挑眉走过来，神色冷漠难辨。

慕善的目光快速扫过他握枪的手，眼中掠过一丝厉色。

“啪！”一声极快的重击。

她神色极冷地低喘一口气。

可那涨红的脸颊和颤抖的双手却泄露出她极度的恐惧和紧张，手中的高尔夫球棍甚至差点脱手。

她看到周亚泽又惊又怒地冲过来，看到陈北尧有些不可思议地看着她，然后几缕鲜血像是缓缓渗出的暗泉，从他一侧额头黑发下慢慢流淌下来。狰狞的鲜血，令他白皙俊美的五官越发触目惊心。

慕善原计划“迅速”朝他右手打第二棍，却再也打不下去。

原以为在她的全力偷袭下，他至少会趔趄，会躲闪，会在极短的时间里因大意而失去防备，那么，她就有机会夺枪。

这是她唯一的生路。他能处心积虑骗过丁氏父子，可见行事缜密狠厉，绝不会留下她这个人证——难道她还能指望他心中的那点旧情活命？

可她发现自己完全料错了。

鲜血淌了满脸，他连眉都没皱一下，而是视线笔直地盯着她，抬手拭去额角的鲜血。明明清瘦的身躯，在她拼尽全力的重击下，却像一块踢都踢不动的钢板，纹丝不动，比谁都坚硬。

他甚至像是能察觉她的意图，右手微动，却将枪握得更紧。

“扔掉！走出来！”周亚泽从后面插上来，冷着脸，枪口对准慕善。

慕善只能照办。

陈北尧从口袋里摸出纸巾，压在额头的伤口上。他神色难辨地盯着她，声音有些冷漠和沙哑。

“我说过，离丁珩远一点。”

“够远的。”周亚泽扫一眼房间内的床，冷冷道，“都躺到一张床上了。”

陈北尧神色越发地冷，不发一言地盯着慕善。

她穿着条咖啡色正装裙，包裹勾勒出起伏玲珑的曲线；细瓷般白皙的脸，因紧张而越发红晕阵阵。灯光下，白得有些透明的纤细指尖，徒劳地想要抓着柜门，仿佛这样能够安全一些。

她就这么和他对视着，周围的空气似乎都变得稀薄了。那双漆黑眼眸，在他记忆中从来都是亮丽的。只是或许是他的静默令她终于掩饰不住害怕，大滴剔透的泪水，缓缓溢出了眼眶，在灯光下有一种奇异的清透的光泽。

可泪水仿佛释放了她的恐惧，又像激起了她原本执拗的性格。眼见陈北尧无动于衷，她忽然抬手擦掉眼泪，仿佛下了必死的决心，黑玉般光泽流动的双眸，狠狠地、不发一言地瞪着他。

一副任你处置的模样。

陈北尧上前一步，高大身躯骤然贴近她，令她脸色骤变。他不管不顾，单手轻而易举地制住她的两个胳膊，顺势一带，将她箍进怀里，另一只手，钳住她的下巴，抬起她的脸，眼神极压抑地看了她几秒钟，然后面无表情地松开。

盛夏的阳光，照得满地青草闪闪发亮，欧式别墅庄严大气，虎踞丘陵之上，俯瞰周围一片安静的绿。

慕善被囚禁了。

被带回别墅那天，周亚泽逼她给公司同事发了短信打了电话，说自己回老家办事要离开几天，然后就没收了她的手机。别墅有五六名年轻男人看守着，慕善根本没有逃脱的可能，也不敢逃。

陈北尧一连许多天都没出现，反倒是新闻里，全是关于榕泰的惊人消息——

总经理丁默言乱服药物，兽性大发，强奸侄女温曼殊至死，自己也中枪身亡；

丁珩离奇失踪——尽管警方还未对外公布调查结果，但有传言说就是他撞见了丁默言的罪行，错手杀死了自己的父亲，然后携款畏罪潜逃，榕泰账面现金同时少了五千万；

痛失爱女的副市长温敝珍闭门谢客……

比豪门秘辛更令人震惊的，是榕泰集团投资失利，一夜之间破产清算。据传海外子公司违规大额投资，股指期货巨亏，子公司负责人潜逃出国，榕泰集团受牵连，所有资产将被重组贱卖；房地产项目又爆出质量问题……

谁都知道榕泰完了，一切都像是一出令人扼腕的天灾人祸，可慕善怀疑，海外投资虽不是陈北尧负责，只怕也是他一手安排的。

她猜测，原本陈北尧的计划是令丁默言服药过量而死；侮辱温曼殊之后，副市长温敝珍必然心生嫌隙，不会再支持丁家；而之后再让海外投资出事，剩下一个破产的丁珩，即使不死，也再无威胁。

这不只是夺去丁氏的财富，这分明是要他们家破人亡。到底是什么样的血海深仇，能让陈北尧隐忍多年并下如此狠手？

可那天她和丁珩撞见丁默言实属偶然，所以当时周亚泽才会说，原来的计划不行。因为只要再过一会儿，丁珩必定察觉丁默言是服药过量，会阻止并救活父亲，事后他们父子必定起疑，那陈北尧就全盘皆输了。

所以，陈北尧不得已才临时改变计划，用丁珩的枪杀了丁默言，再处理现场嫁祸给丁珩。

那么现在，丁珩还活着吗？死人才是永远不能开口的最好的替罪羊吧？她想起昏暗的房间里，丁珩蜻蜓点水般温柔的一吻，心头又痛又冷。

半个月后的一天下午，慕善靠在房间阳台的躺椅上，听到身后有响动。

一回头，看到多日不见的陈北尧，就站在她身后。

阳光晒在他身上，他的侧脸英俊得有些不真实。他微偻着背，点了一根香烟，静静看着她。

“吓着你了。”与那天的狠厉阴森不同，他的声音一如过去的清冷平淡，“过几天就让你走。”

这些天的平安，已是他会放过她最直接的预兆。可听到他亲口说出，慕善还是有些不太真实的惊讶。

“不怕我报警？”她以退为进。

他盯着她：“你会吗？”

“我脑子没坏。”

他眼中似有笑意，忽然话锋一转：“我会告诉你原因。”他丢下这句话，起身离开。

第二天一大早，慕善还在睡梦中，就有人“笃笃”敲门。她看看表，才早上五点。

她披了件衣服开门，有些意外。

陈北尧修长的身躯靠在门框上，他今天穿了件灰白的T恤，根本不像蚕食霖市黑白两道的新老大，倒像个书卷气极重的青年。

“半小时后下楼。”他的目光不动声色地滑过她睡衣外半个光洁的肩膀，之后又看向一边，“带你看点东西。”

门外是辆七座越野车。周亚泽坐在副驾，一脸玩世不恭的冷淡。陈北尧的助理李诚和另一个精壮严肃的男人站在车旁。

陈北尧坐在后排，隔着车窗，可以看到他模糊而清瘦的剪影，脸微垂着。

她踩上车侧踏板，毫不犹豫地在第二排靠内的位置坐下。车旁两个男人看她一眼，又看向陈北尧。见陈北尧依然低头看文件不为所动，助理李诚开口：“慕小姐，你坐后面。”

慕善面不改色地往椅背上一靠：“我晕车，不能坐后面。”

其实这种顶级越野车性能已经很好，更何况周亚泽让车厂专门把后座调整过，又宽敞又舒适。但慕善这么说，李诚也不好强迫。

“随她。”陈北尧清润的声音传来。

车子下了高速，开上国道。周围都是一片片田地和树木，这是南方省市常见的景色。

慕善一路闭目，看起来像是在睡觉。男人们也很少交谈，大概也在补眠。只有陈北尧笔尖沙沙划过纸张的声音清晰地钻进慕善的耳朵，诡异得令她无法入睡。

路渐渐难走起来。

两侧都是陡峭的山崖，公路也变得坑坑洼洼起伏不平。越野车开始上下颠簸，窗外的景物歪歪斜斜。

“正在修路，不太好走。”司机解释道。话音刚落，只听到一声刺耳的刹车声，车子像是触电般猛然急停，所有人像是沙袋般向前一甩！

慕善的头和胳膊重重地撞在前座和车门上，痛得她低呼一声，然后马上听到司机对着窗外破口大骂：“找死！拐弯不知道打灯啊！”

道路另一侧，急停撞上路桩的一辆吉普上，也有人探头骂了起来。

司机和两个手下拉开车门就要下去，陈北尧的声音却淡淡传来：“算了！”

慕善的头撞得有点发晕，听到他息事宁人的命令，微微有些吃惊。她正要挽起袖子查看伤痕，一只手忽然从后面伸过来，比她更快地握住她纤细柔嫩的胳膊。

“我看看。”他语气柔和。

她不动：“真没事。”

他手上使劲，她的手腕隐隐作痛。他身子前倾，另一只手从她胳膊下穿过，抓住了她的腰。

——她再不动，他就会直接把她举起来，抱到后面去。

不等他动手，她起身坐到他身旁。李诚见状立刻坐到前面。

车子继续向前，继续颠簸。

陈北尧似乎有些疲惫，闭着眼，向后靠着，清黑如画的眉目，透着与相貌和年纪不符的老成。

他一只手搭在膝盖上，另一只手垂在身侧座椅上。修长、有力的五指，极稳地与她的手交缠紧握。

像保护，像试探，也像占有。

而微凉的指尖，轻轻地摩挲着她纤滑的指腹。

拇指、食指、中指……他一根一根抚摸过去，明明是这么简单的动作，却奇异得令她感觉到某种一触即发的欲望。

丁珩感觉到自己的身体在移动。

他想睁眼，却睁不开，脑海中迷迷糊糊闪过一些零碎的画面，是父亲和曼殊的身躯像蛇一样纠缠在一起，恶心而诡异，然后是自己朝父亲身躯开了一枪，他仰面倒在血泊中……

他知道出事了，出了大事，可他的头又重又沉，几乎不受自己控制。

他很快又陷入沉睡。不知过了多久，他感觉到身体骤然一沉，正恍惚着，下巴忽然传来一阵剧痛！

紧接着，大把干干的粉末塞进他的嘴里，他呛得极难受，挣扎着摇头。可头发被人死死揪住，嘴被狠狠掰开，有人继续往里灌。

白粉！他脑中一个激灵，猛烈地咳嗽。可那干巴巴的粉末几乎要塞满他的喉咙和鼻腔……

他们要让他吸毒过量而死！

他的呼吸越发艰难。在他以为即将窒息的时候，下巴一松，他的身躯软软地滑倒在地。

之后，再没有任何响动。

他感觉到心跳越来越快，几乎能感觉到身体各处血脉一跳一跳的声音。他的身体、他的头一下下痉挛着撞击冷硬的地面。

他知道自己快要死了。

“嘭！”他听到一声巨响，闭着眼，只感觉到数道光线向自己射来。

“有人！好像是丁珩！”什么人高喊了一句，“这是……海洛因！他还有呼吸！”

他想说话、睁眼，可发不出半点声音，转眼又陷入更加幽深的黑暗中。

丁珩再次醒来时，睁眼只见周围的一切白得瘆人——天花板、屋顶、床单，刺鼻的消毒水味充斥在空气中。

舅舅温敝珍坐在病床对面的长椅上，见他苏醒，连忙起身快步走过来，握住他的手。

“舅舅……”他的声音极度沙哑。

“什么都不必说，你不会有事的。”数日之间，这个不到五十岁的副市长似乎苍老了许多，他盯着丁珩，神色凝重，“把那天发生的事，仔仔细细告诉我一遍。”

两天后，温敝珍再次来到丁珩的病房。

“枪上有你的指纹，现场只有你一个人的脚印，你说的证人慕善又失踪。不过没关系，这个案子疑点重重，你的杀人动机不充分，那个医生也失踪了，我相信你是清白的。你把那天的情况原原本本跟专案组交代清楚，只要你是无辜的，一定能洗脱嫌疑。”

丁珩沉默片刻道：“我是被人陷害的，但现在……呵，也许只能想办法洗脱这莫须有的罪名了。”

温敝珍沉默半晌，叹了口气。丁珩心里却想，对方的手段这么狠，实在不行，只能安排个人出来顶罪了。

“现在榕泰垮了，周亚泽也自立门户，能帮你的人不多。家丑不可外扬，今天市委开了会，这个案子明面上差不多只能这样。”

温敝珍有条不紊地分析着当前的情势，顺带观察外甥的反应。可丁珩神色过于平静，令他看不出端倪。榕泰事件，到底是偶然，还是背后有人操纵？丁默言究竟是被丁珩错手杀死，还是栽赃嫁祸？目前他还不能下结论。

但不管是哪种，他都会支持丁珩。

身为主管城建、交通等方面的副市长，他这两年可谓春风得意，甚至暗自自封霖市官场第一人，极有野心明年进军省里班子。

可在这节骨眼上，榕泰垮台，他失去民间最大支持；女儿屈辱猝死，令他痛不欲生。虽然各级领导和朋友都对他关切慰问，但他依然觉得颜面扫地。

他甚至赞同市委结束案件调查的决定，就是不想让这件事继续成为全市人茶余饭后的谈资——但这不代表他不会追查下去。

“谢谢舅舅。”丁珩脸色苍白，又道，“陈北尧现在怎么样？”

“你怀疑他？”温敝珍沉吟，“你们的海外投资，并不是他经手。”

“是，他还一直与海外子公司的赵其瑞不和，但赵其瑞布不了这么大的局，只有他有这个能力。”他深吸一口气。

他被警察从一间出租房里救回来后，陈北尧和周亚泽连面都没露，只派人告诉他今后要自立门户。虽说树倒猢狲散，两人做得并不算绝情，陈北尧甚至还送来五百万元给他。

可他仔细回想一遍，发觉父亲和自己身边，能够神不知鬼不觉地布这个局的，只有陈北尧和周亚泽。

大概他们也是想到这个，所以索性不再粉饰太平，彻底决裂。

“有道理。不过，市里不少人把钱委托给榕泰投资，这次巨亏之后，陈北尧站出来自己成立公司，说给他三个月时间，帮大家填平亏空。”温敝珍沉吟道，“他现在跟一些人走得很近，倒跟以前判若两人。”

丁珩深吸一口气：“舅舅，以前我爸查过陈北尧的底，并没查出什么不对，我怀疑他并不是土生土长的香港人，你再帮我查一查。”

“好。”温敝珍又问，“会不会是吕家干的？上次东郊的地，不是在跟你争吗？”

“不会。”丁珩声音有些沙哑和干涩，“只有熟人能做。不过，他们唯一算漏的，大概是我吸了那么多海洛因，却侥幸没死。”

温敝珍冷冷道：“放心，如果真的是他做的，我不会放过他。”

丁珩点点头，忽然问：“慕善还没找到？”

他眼前浮现那一天慕善微红的脸颊，他的嘴角甚至还残留着她柔嫩的触觉。

“你这位朋友……凶多吉少。”

丁珩躺在病床上时，慕善正站在一艘游船的甲板上，随着波浪的起伏，正努力压制着胸中的恶心感。

眼前的大江碧波汹涌，身后的船舱里，不时传来音乐声、交谈声和尖叫声。透过华丽的窗棂，隐隐可见绿色牌桌、金光灿灿的赌博机，还有神色兴奋的人们，一派纸醉金迷。

她以前不知道，内陆江上也有赌船。但现在她知道，本省八条水道中的六条，都被陈北尧打通。直到现在扳倒丁家，他隐藏的实力才凸显出来。

可是陈北尧为什么带她来这里？

她伏在船舷上，双手紧抓住栏杆，晕头转向中，她看到一个黑色身影快步走过来，有力的手臂稳稳接住她摇摇欲坠的身躯。她抬头，看到他深黑的双眸。

“你以前不晕船。”他扶她往回走。

“你以前也不杀人。”她的语气轻快得像在谈论天气，是不动声色的咄咄逼人。

他没出声，将她扶到顶层的船舱——他专属的房间。里面一应俱全，她靠在沙发上喘气休息。他一手拿着水，一手拿着毛巾，毫不介意身上昂贵的西装被压得皱巴巴的，就这样蜷缩着，纡尊降贵地蹲在她面前。

“好点没？”他动作极温柔，低沉的声音却听不出情绪。

“嗯。”她往沙发上一靠，“我想休息会儿。”

他却仿佛没听懂逐客令，反而起身，将高大的身躯陷进沙发里，离她一肘的距离。

原本宽敞的空间，因为他的靠近，陡然变得无处立足。

他低下头，略有些凉意的脸颊，贴着她头顶的长发，她甚至能闻到他身上清淡的烟草气味。

几乎是依偎的姿势。

在这一瞬间，慕善脑子里有片刻的空白。这个场景，过去八年她幻想过千万遍，可理智上，她知道自己跟他不是一个世界的人。

然而他清亮的眸，已经近在咫尺。

从窗户透进的微亮的日光中，陈北尧英俊的侧脸像在发光。他缓缓闭上双眼，细密的长睫漆黑动人，薄唇悄悄逼近她的唇。

竟带着几分微颤的期待。

她直接偏头躲开。

他的唇落空，倏然睁开眼，身手如电般按住她的两只手，力道大得让她吃痛。

与之前的柔和平静不同，他的容颜清秀却阴霾，细长的双眼隐有戾气，深深望着她，像是要望到她的心里去。

“送饭了，老板！”正在这时，门口传来船上小妹清亮的声音。

慕善从他怀里挣脱。

三天行程安排得很紧凑。那天之后，陈北尧对她再无进一步的亲昵。

坐了一天赌船，晚上又去了几家大的夜总会，还去看了他低价收购的原丁氏麾下的房地产公司和项目。短暂搁置后的工地，工程热火朝天；还有新成立的陈氏金融投资公司，看到许多原属丁氏的面孔——当然，只怕他们本来就是陈北尧的人。

陈北尧的黑白商业帝国几乎全盘展露在她面前，只是她不知道，他这么做是为什么。

为什么他要让她看这些？

第三天晚上，他们回到别墅。陈北尧把慕善带到别墅顶上的露台。

因为地势高，这里视野尤其开阔，浩瀚星空和蛰伏远山，尽收眼底。

慕善知道，今天是摊牌的时候。

夜色极静。

陈北尧点了根烟，看着身旁安静的慕善，第一个反应却是把西装脱下来，披在她单薄的肩头。

慕善礼貌地道谢，只是浑身萦绕着他淡淡的烟味，心中很不是滋味。

“慕善，你看了我的一切。”他的眸越发深沉。

“然后？难道你希望我认同黑社会？”她寸步不让。

“白天有白天的秩序，晚上有晚上的秩序。”他缓缓道，“总会有人来维持，而我，会比丁默言、丁珩、吕家，甚至其他任何人做得更好。”

“两害相权取其轻？”她咄咄逼人。

他静静道：“慕善，我没有选择，他们也没有。”

这话说得太悲凉，令慕善的心也像蒙上了厚厚的阴影，她忍不住问出口：“为什么杀丁默言和曼殊？”

他是否真的有非杀不可的原因？

“不要用这种眼神看我。”他盯着她微蹙的眉，低声道，“像看一堆垃圾。”

这话实在有点伤人心，慕善的心像是泡在又酸又涩的水里。

“十年前，霖市老大不姓丁，姓江。”他的目光放得极远，“我是江铭的私生子。”

慕善心里咯噔一下。

“江铭是个很蠢的人。”他淡淡道。

是真的蠢。都快2000年了，谁还讲义气？哪个大哥还上街头砍人？可20世纪90年代赫赫有名的霖市江老大，学会了开饭店开赌场做生意，却学不会贪生怕死独善其身。他就像个垂垂暮年却越发幼稚的英雄，一心想着让所有兄弟都得到庇护，却不知道有的不是兄弟，是猛虎，有的不要他庇护，要他的命。

“江铭被人乱刀砍死在街头，他的原配、还有情妇，就是我妈，被人轮奸至死。我就这一个妈。”他神色极淡，仿佛事不关己。

“丁默言做的？”

他点点头，深吸一口烟：“他是江铭最好的兄弟。江铭还有两个儿子，失踪了，据说是被打成肉酱浇在工地泥浆里，也有人说被扔进了江里……没人知道。因为江铭全家死光，所有生意都归了丁家。”

一席话说得极快，几乎是轻描淡写交代全家的惨死。

慕善心头巨震：“那你为什么……”

他吐了口烟：“外公以前就不让我跟江铭多接触，我妈送我到外公家，也是想避灾。认识我的人不多，后来我表哥替我死了，外公也死了。”

他没再说更多，可慕善脑海里却浮现出陈北尧那个严肃的书法家外公，还有经常遇到的圆头圆脑的表哥。难怪她回老家时，找不到任何陈北尧和他外公的线索。

“这些，都是什么时候的事？”她颤声问。

他长指将烟头一弹，火星熄灭在黑暗里。他看着她，眸色极深。

“你跟我闹分手后的几天。”

他今晚说了这么多，这一句最伤人。

夜色渐深。

“为什么？”慕善静静道。

为什么告诉她这些？为什么带她看他的所有？

为什么答应放她走，却又牵手亲吻？似有似无的情意？

似乎执意要扰乱她的心，他看了她一眼，却偏偏沉默不语，令她猜不透也看不清。

慕善缓缓道：“陈北尧，我记得，你外公说过，虽然你又冷漠又固执，但你的心地其实比谁都善良。惩罚罪犯的正当途径，可能难走一些，但为什么不尝试？现在你杀死的不光是丁默言和曼殊，你回不了头了。”

陈北尧笑了笑：“这个世道……我没有办法。”

过了一会儿，他又道：“丁珩的事，你不用再为难。我已经收到消息，他没有坐以待毙，已经找了人顶罪， 也有新的时间证人，专案组已经放了他。”

慕善心中复杂难言，却听他自嘲般轻笑道：“你可以继续坚持你的原则……你不必打折。”

慕善离开露台后，陈北尧一个人站在原地。

周亚泽和李诚从阴暗的楼梯走上来。周亚泽颇有兴趣地问：“她说的，你还杀了谁？”

陈北尧淡淡道：“她心中的陈北尧。”

周亚泽愣住，李诚沉默。

过了一会儿，李诚忽然问：“北尧，你说的是真的？你是江老大的私生子？”

陈北尧抬头看了看漫天星河，轻声反问：“重要吗？”

周亚泽咧嘴一笑，李诚微微一愣。

陈北尧轻描淡写道：“重要的是，我们得到了想要的一切。”

Chapter 03

在世间难逃避命运，相亲竟不可接近，
或我应该相信是缘分。

卢冠廷《一生所爱》

正是盛夏的傍晚，落日的余晖将天空染得通红明亮。小区里，粉嫩可爱的孩子们追逐嬉闹着，连带着令慕善略微疲惫的身心也变得平静愉快。

她租住的一居室在十八层。沿着光洁的大理石走廊走到尽头，掏出钥匙打开深褐色防盗门，家的气息扑面而来。

她把包挂在衣帽架上，换了拖鞋，赤足走向客厅。

薄薄的日光洒在种满绿植的阳台上，浅绿色窗帘下的躺椅上，一个男人一动不动地靠着，双眼轻合，呼吸平稳。

西装还整整齐齐地穿在身上，修长的大手搭着躺椅的扶手，容颜俊朗如昔，但略显消瘦的下巴和微黑的眼眶依然泄露出这段日子以来他的操劳和憔悴。

慕善微微一怔，隔着几米远的距离站着，不想惊动对方。她将沙发上的薄毯拿起，轻轻盖在他身上，然后蹑手蹑脚进了卧室，换了身家居服出来，进了厨房。

丁珩睁眼，看到的是漫天灿烂的星光。花草的清香扑鼻而来，令他依然有身陷梦境的恍惚和松弛。

饭菜的香味同时飘过，这气味令他饥肠辘辘。他睡了多久？

他一转头，就看到慕善抱着双腿，蜷在橘红色布艺沙发里，长发素颜，皓腕轻盈。

与他见过的精明干练不同，她套着件大大的T恤、亚麻短裤，一看就是很舒服的面料。丁珩觉得，这种舒服的感觉，几乎遍布房子里的每一处——她挂在墙上的随手涂鸦，她栽种的花草，她从旧货市场买来的躺椅沙发……都不昂贵，却处处透着主人的闲散自在。

也许正是这个原因，他才允许自己今天偶尔放纵放松，来到这里。

见他醒来，慕善把电视遥控器一丢，站起来："吃饭没？"

厨房的桌子上摆放着简单的三菜一汤。丁珩不记得自己多久没吃过这样家常的饭菜，舒服得让胃都变得慵懒。等他吃完第二碗饭，一抬头，看到慕善有些好笑地望着自己。

"三天没吃？"她玩笑似的质疑。

丁珩微微一笑。

事实上，他中午才从霖市最好的饭店离开，一顿饭也许能吃掉慕善一个小项目，只是昔日称兄道弟的银行行长，今天却在他面前拿官腔。虽然他当时神色如常，但终究有些火气。

离开后开车在市里转了一圈，他竟然鬼使神差地来到慕善的家里。

"谁让我现在这样落魄。"他双眸含笑望着她。

慕善盛了碗汤放在他面前："你落魄？那我就是潦倒。瘦死的骆驼比马大，你自己说的。"

丁珩失笑，这话的确是他说的。

五天前，他被保释，同时拿到的还有舅舅弄来的慕善的供词。按照她的说法，她被人打晕，然后关在一个陌生地点数天，最后才被放了出来。究竟发生了什么事，她一无所知，因此也无法证明丁珩的清白。

他第一时间就去找慕善，在她家楼下等着。

可当他看到她惊讶而微红的眼睛，看到她沉默而苍白的容颜，他立刻释然。

也许她真的没看到，所以才被放回来，又也许她看到了，受人胁迫不能开口，难道他还能拖她下水？

反正他已大约猜到了凶手。

可这女人实在出人意料。短暂的、有些疏离的交谈后，她竟然拿出张银行卡放到他手里。

“这里是一百五十万，密码是你手机号末六位。除去不得已的开销，你们项目的首付款全在这里。”她神色沉静，“项目中止，我应该还给你。”

料到他会找上门，所以早就准备好。

当时丁珩拿着那卡，百味杂陈。父亲暴毙、兄弟反目，他这几天已看透人情冷暖，可在他认识的人里，这个几乎算得上最穷的女人，在他富贵时拒绝他的追求，在他失势时，却毫不犹豫地拿出几乎所有。

原本心中对她的几分怀疑也烟消云散。

说“瘦死的骆驼比马大”，并不是打肿脸充胖子。那人现在在霖市虽然手眼通天，但也不至于为所欲为。丁珩之前私人名下有些分散投资，虽与昔日榕泰相比只是九牛一毛，但还真的不差她这一百五十万。

想到这里，他端起汤抿了一口，舒服得好像全身毛孔都闻到了汤的温香。他忍不住伸手摸烟，却看到对面的慕善微微蹙眉。

他顿了顿，收回手。

她想了想，道：“你就这么大摇大摆地潜入我家，不怕警察把你当小偷抓了？”她的本意是暗示他不要再不打招呼就进她家里。

可他起身淡笑：“我的人在下面看着，没事。”他拿起椅背上的西装外套，沉凝的眸盯着她，“这顿饭吃得很开心。”

慕善托着下巴道：“开心就好。”

他眸中浮现淡淡的笑意。

每个人现在看他的眼神都很复杂，怜悯、鄙视、惊讶、幸灾乐祸……

什么都有，可这个女人，除了几天前见第一面时隐隐有些悲痛，现在却轻松自若得仿佛两个老朋友，压根儿不提其他。

这样很好，他不需要怜悯。

他心中明白，如果之前追她，是有些许好感，那么现在，则是添了几分感激和敬意。

“慕善，我不会再来了。”他柔声道。

慕善一怔。

他在她安静的目光中穿好西装，缓缓走到她面前。

四目对视。

他的手轻轻放到她的肩膀上，指尖触着她柔软的长发，双眸沉黑明亮。

“慕善，再见。丁珩东山再起时，再回来追你。”

银色别克商务车终于在深深夜色中驶离。慕善放下窗帘，收回有些出神的视线。

同时，她也发短信告诉董宣城，丁珩走了，自己平安无事。在看到丁珩的第一秒，她就给他打了电话。

好在丁珩全无恶意。

不过，丁珩是否会回来追她，已不重要了，因为有生之年，她都不想与黑道有任何关系。陈北尧也好，丁珩也好，都跟她不在一个世界。她的世界清清白白，她的世界只有小人物努力奋斗，平淡，却实在。

虽然想起陈北尧还是会有些伤心，虽然丁珩足以令任何女人心醉心碎，可如果搅到这两个男人中间，她很清楚，只有死路一条。

第二天，慕善有个中型项目要谈，她带着项目助理江娜去了客户的公司，谈的结果却十分不愉快。对方挑三拣四，想方设法压价，末了甚至还向慕善暗示好感。慕善忍着火赔着笑脸谈完，刚下了电梯，就对江娜道：“下次他们再约，你推了，我饿死都不给他们做项目。”

江娜是刚毕业一年的学生，前几天才加入公司，学业和能力都十分优秀，在慕善眼中是极难得的人才。她比慕善还激动，精灵古怪道：“慕总，要不要我去网上发帖，搞臭他们的名声？”

慕善失笑摇头。

因为附近不好停车，慕善今天没开车。正值下班高峰，两个人在写字楼外站了半天也没有出租车过来，正望眼欲穿时，一辆黑色宝马从旁边飙过，一个漂亮的急刹停在她们面前。

看清车牌，慕善一怔。

周亚泽已经摇下车窗，脸上是懒懒的笑意：“上车。”

慕善看一眼惊讶的江娜，对周亚泽道：“我同事住得不远，你能不能顺路先送她？”

周亚泽怪异地看她一眼：“你拿我当司机？我？”

虽然这么说，还是打开车门让两人上了车。

能让周亚泽亲自来接人的，只有陈北尧。上次离开后，慕善还没见过他。

江娜从后面看着周亚泽凌厉的侧脸轮廓，偷偷碰碰慕善的胳膊，用嘴形问：“男朋友？”

慕善摇头。

车内安静了一会儿，慕善想起项目上的事，就跟江娜交代了几句，其间难免提到今天那个难缠的客户，沉默许久的周亚泽这才突然出声：“操！我跟他们提一下。”

慕善明白过来，哪敢惊动这个魔王？忙说不用。周亚泽从后视镜看着她平静的容颜，冷哼一声。

车子停在一家幽静雅致的湘菜馆门口。周亚泽把慕善带到一间包房门口，自己却走几步，进了另一间。

慕善走进去，看到一室翠绿古意中，陈北尧坐在雕花木窗流水前，西装笔挺，眉目如画。

抬头看到慕善，他静静一笑：“给你带了礼物。”

慕善不动声色地坐下。可当他从做工精致的皮箱中提出几个塑料袋时，她的疏离神色顿时绷不住了。

这些东西……

“你回去了？”她从塑料袋中拿出个浑圆饱满的冰糖橙，心中百味杂陈。

“嗯，去谈点生意。”他笑笑，“看到就顺路买了。”

塑料袋里，都是她喜欢的家乡小吃和水果，有的明显是今天刚做的，还微微冒着热气，花样繁多，根本不可能全部“顺路”买回来。

是他记得清清楚楚，从三百公里外带回来的。

就像从前，他从霖市回到县城，背包总是满的，装的都是女孩子喜欢吃的零食，偶尔还有一只精致的小发卡，他一脸淡然：“顺手买的。”

慕善端起茶，浓香的安溪铁观音，入口却是苦的。

吃饭时两人很安静，直到慕善的手机响起。

是母亲，语气几分喜悦，几分焦急。

“善善，你是不是有朋友在做房地产？”

慕善看一眼对面的陈北尧，他面沉如水。

“怎么了？”

原来有霖市来的房地产商投资开发商业步行街。这在小县城还是头一遭，引起巨大轰动。

慕母手头有一点积蓄，一直希望买个合适的门面，将来吃租金养老。她抱着试探的态度去询问，结果对方看了她的申请资料后，说老板跟慕善是老朋友，愿意给她打对折，卖给她两处门面。

“善善，你朋友是谁？是不是男孩子？”母亲在那头有些期待，“你也老大不小了，要是男孩条件不错，可以考虑。”

“妈，我还有事，回家打给你。”如果妈知道那个人是陈北尧，只怕神色会很尴尬难看。

“每次跟你说这个，你就推托。”慕母不高兴了，“听说那个开发商很厉害，你们二中后的那片山地被他高价买下来了。那片地多贵啊，听说要拿来修公园……”

慕善一怔。

挂了电话，她抬头看着陈北尧。

“你买了二中后的地？”

他沉默片刻，点头。

她有点不可思议：“北善公园？”

他看她一眼，极坚定。

慕善神色反而冷下来。

那片地，明明只是一句玩笑。

学校后的青山绿水，少年的陈北尧带她去水塘钓鱼；给她打满满一兜香甜的板栗；或者就是带她逃课，躺在山坡上晒太阳。

听说那片地会被卖掉，她很惋惜：“这么好的风景，盖房子好浪费，应该修个公园，让所有人免费玩才大气。”

他那时就鄙视她没有经济头脑。

她怒极，一个反扑将他压在草地上。他笑着将她搂在怀里：“好，公园就公园。等我赚了钱，送你。”

她歪头一想，兴致勃勃地在草地上写下四个字“北善公园”，然后揪着他的衣领：“记得在公园里给我留片地修房子，门口有池塘，屋后要栽一排柳树……”

可现在，没有经济头脑的人是谁？

那一片遥远的美景里，是不是已留了一片地，挖好了水渠，撒下了树种？他是否曾站在那片光秃秃的地基上，看着漫山遍野的苍茫，想起少年时代幼稚而刻骨铭心的承诺？

“陈北尧，你想干什么？”她的语气极硬。

陈北尧淡淡地看着她。

数秒后，俊脸慢慢浮现出与以往冷漠完全不符的微红。

“慕善，”他的声音低沉有力，“我在重新追你。”

慕善脑子里“嗡”的一声，他的表白并没有令她慌乱，反而让她立刻无比清醒地质问：“你不怪我？当初分手时你说过，你再也不想见到我。”

“我是怪过你，”他慢慢道，“怪你为什么不多坚持一段时间。”

慕善心口深深一痛。

“所以……”他的目光牢牢锁定她，“我只好自己坚持久一些。”

窗外一弯池水静静流淌，柔和的音乐从很远的地方传来。

看着面前魂牵梦萦多年的英俊容颜，慕善心中升起的，却是个无比悲凉的认知——

她这辈子，不能和陈北尧在一起。

他们本就在错误的时间开始，分手也没什么天崩地裂的原因，只是因为早恋，他高三，她高二。喜欢得要死要活，也是早恋，活该被鄙视，被斥责，被拆散。

她那时是老师的掌中宝，年年全年级第一。他是偏科的转校生，不在高三榜首，却是唯一的数理化满分。他闻名全校，不仅因为成绩和英俊，更因为转学第三天，被人无理挑衅，清秀少年直接在操场上打趴下五个强壮的混混学生。

早恋曝光的时候，所有人都视他为洪水猛兽，把所有错都算在他头上，因为他不过是借读一年、看似无依无靠的外地人，而她父亲是副校长，母亲是教师，她是众人期望的来年的高考状元。

天之骄子的折翼，远比其他人痛苦。在一段徒劳的反抗后，她提出了分手。

之后八年，她想过很多次与他重逢的情形。

她想告诉他，其实为了这段爱情，她付出的代价远比他所知的惨烈。

她甚至有些自信地想，她愿意主动追求他。她的条件不差，也许能再一次打动他。

可时至今日，面对他不计前嫌的表白，她所有的委屈和真相，都不可以说出口。

她必须拒绝。

因为那些违背基本道德观的罪行，她无法接受。如果爱一个人，代价是放弃自己的人格和信仰，她不能接受。

大概察觉到她的迟疑和冷淡，陈北尧开口：“你先考虑一段时间。”

话音刚落，敲门声响起，陈北尧的助理李诚探头进来。陈北尧看一眼慕善，起身离开。

周亚泽也站在外头。包间外是幽静精致的走廊，三人走到一个无人的角落。

李诚二十四岁，相貌粗黑英武，却是个谨慎而沉默的男人。比起周亚泽的嚣张不羁，他更像一个影子默默跟在陈北尧身旁。榕泰覆灭后，他更多的是帮陈北尧打理霖市的人际关系网络。

李诚四处看了看，正色道：“公安局的邓科长刚才旁敲侧击，提了件事。”

陈北尧侧眸看着他。

“榕泰出事那天，报警中心值班警察，他带的徒弟，接到过一个报警电话，正是丁默言的死亡时间。不过，没说完就挂断了。”李诚压低声音，“因为榕泰案已经破了，那人只说了名字，所以他没太在意，随口提了提。”

陈北尧微微一怔：“报警的人是谁？”

李诚神色平静地答道：“他徒弟记得报警人的名字，慕善。”

陈北尧沉默片刻：“我知道了，让保护慕善的人上点心。”

李诚点到为止，也不继续。

一直沉默的周亚泽却笑道：“既然想要这女人，直接上就是，这么多天，还在磨豆腐？”

陈北尧沉默不语。

周亚泽想想又道：“不过，这女人也有意思，她是不知道你现在的身家还是怎么的？今天你让我去接，才知道她在讨好一个屁都算不上的小公司，我都替你丢人。”

陈北尧闻言一笑：“她喜欢，随她。”

慕善已打定主意，过几天拒绝陈北尧。这晚陈北尧还有其他安排，就派车送她回家。

以前，陈北尧就是两人恋情的主导者，经常令她猜不到在想什么，现在也不例外。似乎对她那天的态度有所察觉，之后一连四五天，他都没出现。

第五天，慕善终于接到陈北尧的电话，约她第二天中午吃饭。慕善答应下来，也打好了婉拒的腹稿。

她并不担心陈北尧迁怒。他一直是个骄傲的人，在感情上，怎么肯卑劣地强人所难？而且如果要强迫，他早做了。

因为早已打定主意，她甚至没有在这个决定上耗费太多心思。她用工作把脑子塞得满满的。

走在下班的路上，她还在想第二天的一个面谈。正是晚上七八点钟，路灯昏暗，前方还有放学的孩子，背着书包一蹦一跳。

她孤身走到拐角处时，忽然察觉到不对劲。

低低的引擎声如影随形，有一辆车不远不近地跟着她。

她刚要回头，忽然听到背后一阵急促的脚步声。等她转头一看，胳膊已经被人用力抓住。

“干什么？”她怒喊。

是两个高大的男人，穿着常见的皮夹克，一左一右抓住了她。他们什么也不说，拖起她就往车里塞。慕善惊呆了，拼命挣扎。可她怎么是两个男人的对手？一眨眼就被塞进了车后座！

“嘭”一声车门关上，司机一踩油门，引擎沉闷促响，车子已经飙了出去。

慕善骇然转身，却听一声尖锐的轮胎摩擦地面的声音，路旁另一辆车猛然掉头冲了过来。

“老大，是陈北尧的人！”慕善左边的男人吼道，从怀里掏出了枪。

“甩掉他们！”前排的胖子吼道。

两个小时后。

周围很暗，空间很大，墙上白漆斑驳，看样子像是个仓库。慕善被绑在一张椅子上，头顶的灯发出惨白的光，除此之外，这里什么也没有。

她的包被那几个歹徒拿走，她孤身一人坐在这里，又饿又困，还有点想上厕所，可没人搭理她。

随着时间静悄悄地推移，大概已经到了深夜，她越发难受，多次喊叫，周围却像空无一人，没人理她。她又怒又怕，最后只能沉默，保存体力。

到底是谁绑架了她？丁珩？不，不可能。是吕兆言？抑或是陈北尧的其他仇人？

终于，有人推门进来。一、二、三、四、五，一共五个男人，他们低笑着抽着烟，绕到慕善面前几步远的地方，不怀好意地看着她。

其中一个面相斯文的男人拿了个录音机过来，放在慕善脚边，按下录音按钮。

“慕小姐，”站在中间的胖子笑眯眯地道，“咱们兄弟拿人钱财，替人消灾，今天请你过来，只想问清楚一件事。只要你实话说话，我们马上放了你，兄弟几个还给你斟茶认错，你看合适吗？”

慕善微颤着长长吐了口气，才能保持声音的平静：“你们想问什么？”

“听说你以前是榕泰丁少的女朋友，现在又跟了陈北尧。”胖子眯着眼，眸光冷冷，“榕泰出事那天你也在吧？你看到了什么？”

慕善心里咯噔一下，立刻答道：“那天我没在，你们搞错了。”

“没在？”胖子笑笑，“慕小姐，我不瞒你，有人请我们来的，目的嘛……其实就是想查出真相。我们并无恶意，只要你说出来，我们老板一定可以保你平安，谁都不能伤害你。”他从怀里抽出张支票，在慕善眼前晃了晃，继续道，“这个，也是你的。”

慕善抬头看着他：“我那天的确没在。谁是你的老板？”

胖子仿佛没听到她的疑问，继续说：“你要是不配合，那可就便宜了我们兄弟几个。”

“妈的，嘴真他妈硬！”旁边一个男人冲上来，对慕善扬起手要打，却被胖子抓住。

慕善心头一寒，颤声道：“你们想干什么？”

胖子笑了笑，走到她身边，粗热的呼吸就像一条蛇湿漉漉地爬过慕善的脸颊。

他凑近她耳朵，低声道：“要是不说，我们只能……干你。”

慕善大怒，正要斥责，几个男人却互相交换了眼神，转身走了，临走时，还不忘关了灯。

慕善陷入彻底的黑暗。她明白，这是另一场心理和意志的考验。

意识也随着黑暗的恐惧折磨而有些薄弱，她脑海中冒出个念头——要不要招认？只要招认，这从未有过的屈辱就会结束。

可下意识的答案竟然是不行。也许是因为同情陈北尧悲惨的身世，也许是如他所说，这世道，他没有办法。

更也许，即使不能和他在一起，也不想看到他死。

想到这里，她的心竟然奇异地平静下来。

她在黑暗中闭眼，深呼吸，又睁开，强迫自己冷静。

不会有事的，她对自己说。被这几个混混抓走前，追上来那辆车的车牌有点眼熟，一定是陈北尧派来保护她的人。

他肯定会救她，她根本不必担心。

仿佛为了考验她刚刚坚定的意志，“哐当”一声，仓库的门又被推开了。

走廊的灯光射进来，几个人影走了进来。

“考虑清楚了吗？”是那胖子的声音。

慕善声沉如水：“我没什么要说的，我的确什么也不知道。”

“老大，这妞真是不开窍啊。”有人说。

那胖子笑了一声，忽然伸手抓住慕善的下巴。慕善吃痛张口，一股水流灌了进去，那水有点清香的味道，可于慕善此时却如同毒药。她挣扎着想吐出来，胖子却把她的脸掐得更紧，使劲地灌，直灌得她连连咳嗽才罢休。

“老大，这女的在霖市应该没什么背景吧？可别惹麻烦。”斯文男人的声音低低响起。

慕善心中一个激灵，张嘴想说陈北尧——那可以算是她唯一的背景。

却又忽然顿住。

他是故意说给她听的。他们逼问她，明明是有的放矢，如果她此时说出陈北尧，只怕正中他们下怀。

过了一会儿，见她还是不吭声，胖子笑笑道：“慕小姐，我最后问你一次，如果你再不说，一会儿迷幻剂发作，你就要陪我们兄弟好好爽一晚上了。最后一次，说不说？”

药力有些发作，慕善用力咬了下唇一口。疼痛感令她清醒了一些，她用一种极平静、极有安抚感的语调道：“放了我，我可以立刻花钱给你们找来十个更漂亮的女人，你们没必要为一时冲动犯罪。”

他们一愣，胖子笑了：“有意思，可我就喜欢你这样的。”

慕善“嗯”了一声，勉力笑出来：“那就不是因为色心了，有人让你们整我？他出多少钱？我出双倍。”

这话一出，男人们又安静了几秒钟。斯文男子忽然语气一沉：“还废什么话，办了她！”

慕善又极沉着地“哦”了一声，只令男人们丈二和尚摸不着头脑，然后听到她若有所思地道：“也不是为了钱？那只有一种可能，你们怕那个要整我的人。霖市还有谁能让你们这样肆无忌惮呢？丁珩？吕兆言？”

男人全安静下来，一时竟然没人上前。

慕善的头越来越沉，她用尽最后一点力气慢慢道：“我劝你们别碰我，街上那么多人看到我被你们带走，难道你们还能杀了我？你们要真的碰了我，我好多朋友关系都在北京，弄不死幕后真凶，难道还报复不了你们这几个霖市的小混混？事情闹大，指使你们的人难道不会弃车保帅？”

几个男人沉默半晌，只听那斯文男人的声音传来：“这妞唬人呢，我先来。”

慕善的意志有点儿涣散了，好像连那人接近的脚步声也听不太清晰。

她感觉到有人进进出出，将门关紧、落锁。因为这仓库封闭无窗，现在真正一点儿光线也没有，慕善根本不知道那男人是否已经靠近。

刚才她说那些话，已经是强弩之末，现在，恐惧就像潮水，一点点淹没她的心。

可在这样面临轮暴的耻辱关头，她竟然还是不想供出陈北尧。她恍恍惚惚地想，大概是因为在她心中，他的性命比她的清白重要。

就像她的人格和信仰，比她和他的爱情重要。

这价值观在别人眼里，也许可笑又顽固，可她竟然可笑而顽固地坚持着。

慕善眼皮睁不开了，她难过地想，陈北尧还是没来得及救自己。

终于，黑暗中，一只冰凉的手摸上她的腰，另一只手沿着她的小腿，缓缓向上，撩开了她的套裙，沿着大腿内侧，重重地向内摩挲而去。

慕善睁开眼，看到阴暗而艳丽的天花板，正中一盏繁复的水晶灯失血般熄灭着，悬挂在她的头顶上方。

没有感觉，也没有记忆，仿佛只是睡熟一场。

她掀开被子坐起，发现已换上柔软洁净的睡衣，身体的不适感也消失了。

那些混混到底……

她抬头，看到陈北尧背对着自己坐在床尾。

暗淡的夜灯中，他黑色的背影显得料峭而落寞，隐约可见的清秀侧脸上，黑眸微垂。他的手搭在膝盖上，一根香烟在他指间就要燃到尽头，他却似恍然未觉。

“他们碰没碰我？别瞒我。”她的声音少见地狠厉。

他身形一动。

他沉默着转头，看着她，眸中似有深深隐痛。

“善善，没事，我赶到了。”他的笑容有点阴冷，“那些混混，晚点我会处理。”

慕善整个人一松，神色苍白憔悴，眼泪不受控地掉下来。

一只修长白皙的手温柔地替她擦拭眼泪。

“善善，是我大意了。”他的脸缓缓逼近，“我该早点让你回到我身边……善善……”

慕善心头一跳，差点哽咽。

恍惚间，只见他清透干净的侧脸不急不缓地俯下来，温热柔软的唇轻轻覆盖住她的。

他穿着精良的黑西装，却就这么跪在床上，高大的身躯前倾，完全笼罩住她。一只手精准地捉住她企图挣扎的手，另一只手依然捧着她的脸，不让她的唇舌逃离。

一如当年少年时，吻得虔诚而坚定。

灵活的舌有力地探入，强势而执着地纠缠，就像湿热的火焰，点燃她的唇舌，烧乱她的思绪，火势一直蔓延到心里。

慕善迷迷糊糊就被他顺势压在床上。

“放开。”她保持最后一丝清醒。

他就像没听到，与她双手十指交握，摁在柔软的床上。他的眼神极暗，仿佛压抑多年的东西终于找到释放的出口。他近乎贪婪地吻过她的额头、双眼、鼻尖、脖子……每一寸肌肤，他迷醉地一路往下。

有那么一瞬间，慕善想要就此陷入他的怀抱、他的亲吻，管他杀人放火也好，天昏地暗也好，她是这么怀念他的气息，这么想要与他抵死纠缠，仿佛这样才是安全的，才能缓解她心中压抑的惊惧和情意。

可皮肤忽然传来的丝丝凉意，令她悚然一惊。

不……不行！

“停！”慕善厉喝一声。

陈北尧抬头，不发一言看着她。

“刚刚发生那样的事……”她的眼神有点空，“我想一个人静一静。”

他神色微震，禁锢她的双手松开。

“对不起。”他翻身在她身旁坐下，有些急躁地扯开衬衣领口，仿佛他的身体也需要透气。

“谢谢你救我。”慕善仿佛没看到他的躁动，默然道，“我想休息一会儿。”

他却转过头，似乎不想再看她衣衫不整的娇躯。沉默片刻，他才低声道：“善善，这些年我没碰过别的女人，我要的只有你。别怕，也别犹豫，跟着我，好吗？”

慕善心头巨震，出口却是：“北尧，我想先静静。”

看着他的背影消失在门口，慕善只觉得心中一片冰凉。

陈北尧就是个甜蜜而无法预知的陷阱，可她始终缺少纵身一跳的盲目。

傍晚，李诚替陈北尧安排了与市检察院领导的饭局。等把领导们送走，已经是夜里九点多。

夜风徐徐，陈北尧俊脸微红，手放在车窗上，眼神却极清明。周亚泽见他这样神色，沉声道：“最近丁珩和吕家走得很近。”

似乎是意料之中的事，陈北尧看着环路旁一闪而逝的霓虹，道：“他们有共同的敌人。”

周亚泽失笑道：“丁珩实在命大！怎么就在要死的时候被警察救走？李诚，你的人办事不力。”

李诚脸色有点尴尬和愧疚。陈北尧拍拍他的肩膀。

周亚泽话锋一转，对陈北尧道：“我想卖粉，你又不让沾。这两年吕家跟俄罗斯合作，毒品上赚了不少。”

陈北尧看了他一眼：“我不想你死得太快。”

周亚泽嘿嘿一笑，但神色依旧不以为然。

一旁的李诚忽然道：“最近丁珩重新和一些人走得很近，他是温敝珍的侄子，北尧，他们三人联手，我怕咱们斗不过。”

周亚泽切了一声，陈北尧却微笑。

“李诚，温敝珍是官，民不与官斗。曼殊的死他只能怀疑我们，我们要是明目张胆地跟他斗，就是死路一条。”

周亚泽和李诚都沉默地看着他。

陈北尧偏头点了根烟，吸了几口，才道：“钱，他不缺；女人，也没听说他沾手。我记得咱们扶持的那几个基层青年干部，有一个进了市委做秘书，李诚，你让他把温敝珍的情况再摸清楚。”

慕善回公司上班的第二天，刚觉得回到了正常人的世界，找回踏实的感觉，却又接到陈北尧的电话。

“慕善，帮我个忙。”他开门见山，却是有事相求。

“好。”慕善一口应下，也打定主意第二天跟陈北尧摊牌。

当断不断，反受其乱，她想，不管有多舍不得，也会过去，谁规定他想复合，她就一定要感激涕零？他不可能为她放弃黑色生意，她更不可能为他放弃做人的原则，把杀人放火当成平常。她甚至告诉自己，生活就是这样，没有谁少了谁就活不下去。

一切都会过去，永不会再来。

约定的地点，正是上次的湘菜馆，只是今天整个大厅没有一个人，只有他的几个手下散布在大厅各处。

陈北尧说要请人吃饭，让她作陪。是谁能让他这样大张旗鼓，包下全市顶级的饭店？

包厢的门被推开，慕善愣住。

一个女人一身极匀称饱满的旗袍，坐在陈北尧对面。

慕善很少见到现在有女人能把旗袍穿得这么自然、风流，红是红，白是白。她身上每一抹颜色都艳而不俗，清而不寡，玉一样精致，高洁动人。

而那陌生的妆容风情，掩饰不了那熟悉的眉眼轮廓——他的座上宾，竟是旧人。

“慕善。”女人声音缓澈如泉，略带迟疑。

微侬，慕善在心里喊这个名字。竟然是她，叶微侬。

慕善直直地盯着她，只令她眼眶湿润。

不需要任何言语，慕善走到她身旁，伸出双手。

之后的情形颇有些出乎陈北尧的预料——两个衣着华贵、漂亮成熟的女人竟然当他不存在，孩子般抱头痛哭，妆也花了，眼睛也红了。过了一会儿，互相看了看，又同时破涕为笑。

他这才把慕善拉回身旁坐下。

叶微侬哭够了，感慨地看着他们：“想不到这么多年，你们还在一起。”

陈北尧手扶着慕善的椅背，静静地笑，慕善却岔开话题：“别说我，这几年，你到底去了哪里？”

慕善和叶微侬初中就是同学，感情极深，几乎是唯一一个熟知她和陈北尧过往的人。

毕业后，两人在不同城市念大学，开始几年，还经常写信、打电话，后来通信逐渐稀疏，再后来，叶微侬竟然音信全无。

听到她的疑问，叶微侬微微一笑。

“善善，那时出了些事，我不太想面对自己，也不想面对你。”她神色坦然平静，“现在我很好，你放心。”

慕善看着她，点头：“好。”

既然微侬不想说，她不逼她。时隔四年，信任如昔，这就是知己。

叶微侬看向陈北尧：“北尧，你介意我下午把她带走吗？”

陈北尧站起来，淡笑：“不必。我下午有事，这里给你们，不会有人打扰。”又转头对慕善道，“晚点来接你。”

看着陈北尧走出包房，两个女人相视一笑。又说了几句知心话，叶微侬话锋一转：“你知道陈北尧在做哪些生意？”

慕善别有意味地看她一眼：“你够神通广大的。”

叶微侬点头：“嗯，前几天陈北尧来找我，提起你，我还有点不信。要不是冲你的面子，我才不想跟他打交道。你当初怎么就卷进榕泰这浑水了？”

慕善打量着叶微侬。叶微侬也没打算瞒她，淡笑道：“你别笑话我，我自己没什么本事，就是我跟的男人在市政府做事。这事知道的人不多，也不知道你家那位从哪儿知道的。”

难怪陈北尧要搭她这条线。

慕善答道：“我进榕泰是偶然机会。榕泰原来的战略发展部经理刘铭扬介绍我去做项目。”

叶微侬“哦”了一声：“我认识，前天陈北尧来找我时，他也跟着。你还没回答我的问题，你真的打算跟他了？”

慕善沉默不语。

陈北尧离开包房后，点了根烟，在走道里站了一会儿，便往饭店门外走去。

刚走到大堂门口，酒店经理殷勤地凑上来：“陈老板，这就走了？”

陈北尧点点头，目光落在大堂服务台，里面隐隐一片橘红色。他转头看着经理：“有冰糖橙吗？”

“有的有的，很新鲜，刚送到，特供的。我让人切盘？”

“不用，给我几个。”

陈北尧提着一袋冰糖橙。这是这两个女人以前最喜欢的水果，他经常买，慕善却拿去与叶微侬分食。

走道里还响着舒缓的音乐，大厅的室内溪流瀑布淅沥作响。他缓缓走到包房门口，刚要推门进去，透过虚掩的房门，却听到慕善极冷漠的声音。

“我以前跟你说的，你别告诉他。”

他的手顿在半空。

叶微侬似乎沉默了片刻，才反问：“以前？”顿了顿又道，“是你妈站在阳台逼你跪着写血书，不跟他分手她就跳楼，还是你十七岁就怀了他的孩子，被押到乡下掩人耳目地堕胎？”

陈北尧猛地抬头，黑眸倏然收紧。

慕善没出声。叶微侬又道：“陈北尧心思深，你当年甩了他，以为他一点儿不记恨？既然跟他好，受过的委屈要让他知道，他才会对你好。”

慕善淡淡的声音传来：“他的忙，你该帮还是要帮，就算看在我的分儿上。但我没打算跟他好。”

叶微侬似乎不信道：“大学时你还爱他……”

“我不爱他了。”慕善干脆地打断她的话，“我不可能跟他在一起，我宁愿去爱一个正直、善良、贫穷的男人。”

门外，陈北尧一动不动地站着，就像被人施了定身咒。

过了一会儿，他才转身走向大堂。在经理惊讶而殷勤的目光中，他淡淡地笑了笑，将那袋冰糖橙扔在柜台上，转身离开。

暮色降临时，陈北尧熄了烟，整理了一下领带，打开车门，重新走进饭店。

推开包房的门，酒气扑鼻而来，他微微一愣。

一桌的菜没怎么动，倒是添了两支空红酒瓶，地上还有四五个啤酒瓶。两个女人脸色潮红地趴在桌上，眼神都有些迷茫。

陈北尧蹙眉走过去，先是扶起慕善。慕善原本口里还念念有词，眯着眼一看是他，立刻冷下脸，用力推开。他不让，强行把她摁在怀里，抬头看向叶微侬。

叶微侬的情况大概比慕善好一点。她打了个响亮的嗝，摇摇晃晃地站起来，也不看陈北尧，摸出手机拨通：“进来接我。”

一个长相普通的青年很快推门进来，看样子是专门安排保护叶微侬的。青年朝陈北尧点点头，小心翼翼地扶着叶微侬。

“善善，等我电话！”叶微侬临走前还不忘大喊一声。

门重新关上，室内安静下来。

陈北尧看着怀中已然醉倒的女人，温香软玉，柔若无骨。他知道，在旁人眼中，长成这样的女人，理应温婉，理应娇媚，理应聪明地顺从男人的心意，谋取最大的利益。

可她一直是不同的。

在包房里静静地坐了一会儿，陈北尧保持着这个僵硬的姿势，将她打横抱上车。

天色已然全黑，路上有些堵。他将目光停在她被长发半掩的面颊上，却又似乎透过她看着很远的地方。

她的头在他怀里动了动，慢慢抬起来。

白皙的脸红潮未退，微扬的长睫下，黑眸清黑沉静。她仰头往后一靠，离开他的怀抱。

陈北尧还维持着半拥抱的姿势，柔声道："喝水吗？"

慕善闭上眼，摇摇头，线条柔美的脸颊，隐藏在后座的阴影里。

"北尧，我们不合适。"她的声音极静极稳，再无半点醉态。

陈北尧慢慢坐直，抬起头，一动不动地注视着车子前方，淡淡道："为什么？"

慕善沉默片刻，仿佛自言自语般低喃："我不会爱一个杀人犯，一个黑社会。"

陈北尧面无表情地转头看着她："你这么看我？"

慕善用手挡了挡脸，用力点点头，然后慢慢吐了口气道："陈北尧，你以后别来找我了。"

过了很久，她才听到他平静地答道："好。"

下车的时候，慕善跌跌撞撞地拉开车门。陈北尧腰背挺得笔直，双手搭在膝盖上，眼睛微垂，再没看她一眼。

慕善刚走了几步，就听到一声急速的引擎声。他的车飞驰而去，仿佛不愿再多停留一秒。

慕善沿着楼道摸进去，进了电梯，穿过走道，摸了半天才找到钥匙，打开灯。

她在客厅里怔怔地站了不知道多久，大概因为醉酒，她觉得喉咙干，干得发紧，干得难受。她从冰箱拿了水，一咕噜灌下去。

那干涸感却丝毫没有减轻。

她觉得应该找点事做，习惯性地坐到办公桌前，打开电脑，打开一个工作文档。

电脑屏幕闪着灰暗的光。那些字开始还清清楚楚，后来渐渐模糊成一片。每一个字她都认识，那些句子却像她死掉的思绪，一点儿也塞不进脑子。

她在键盘上敲出一行行字。她以为是工作，盲目地敲得飞快。过了一会儿定睛一看，满屏支离破碎，都是陈北尧。

她猛地站起来，走到洗手间。冰冷的水流刺激着面部神经，她感觉自己冷静了许多。

她走回卧室，一头栽倒在床上，却依然一脸泪水，心如刀绞，停不下来。

手机铃声响起。她在黑暗中摸过来接起，是妈妈的声音。

“善善，在干什么？”

“睡觉。”

“才八点就睡了？是不是前一天又熬夜了？要注意身体啊！”妈妈有些关切。

“嗯。”她含糊道，“什么事？”

妈妈犹豫了一下，才说出要跟慕善借二十万。慕善手头有，一口应了。妈妈又问：“对了，上次说的，你那个做开发商的朋友，你们发展得怎样？”

慕善忍痛答道：“没怎么样，我跟他没关系。”

妈妈听她语气有点冲，觉得她的倔劲又上来了，忍不住道：“善善，你不要固执。你以为妈妈不知道？自从那个浑蛋孩子……你就开始跟爸妈作对，条件这么好还不肯谈朋友。以前不懂事就算了，现在不要太幼稚，再磨两年下去，你漂亮有什么用？能赚钱有什么用？只能去找个二婚的！今年过年你必须带个男朋友回家！否则别回来！”

一连串话不带停顿地“突突突”地钻进慕善的耳朵，慕善知道应该忍的，可此刻实在头晕难过，她有点不受控制地说道：“妈，你别逼我。”

慕妈仿佛被人戳中了痛处，一下子火了：“我逼你？我都是为了你，你觉得我逼你？那怎么才算不逼你？让你跟那个浑蛋在一起？我恨死那个小流氓了！我恨不得杀了他！”

妈妈的话带了哭腔，慕善几乎可以想象出她在电话那头委屈愤恨的模样。一如这些年，极少的几次谈起陈北尧，都能令父母雷霆大怒，令慕善沉默。

慕善的心仿佛刀割般锐痛。她知道错在自己，一直都知道。那时太年轻，太自以为是，爱情没错，但是他们错了。如果当年有现在的沉稳谋划，他们不会选择在高考前恋爱，不会偷尝禁果沦落到去堕胎。

所以现在，她不是做出了正确的选择吗？不是拒绝了他吗？

可那是她一生的挚爱，即使发生在十七岁，即使八年未见，也是她爱若生命的人。

她慢慢道：“妈，是我不对，我说错话了，今晚就到这里好吗？我很累，想先睡，明天再谈好吗？”

约莫是被她突然转变的柔和语气吓到了，母亲嗫嚅两声道：“你也别想太多，工作压力大就停一停，身体最重要。”

挂了电话，慕善把手机往边上一丢，坐起来，抬头望着窗外清冷的一弯明月。

明天又是新的一天了，作了决定就没有退路，不能回头。

同样的夜晚，在这个城市最昂贵的夜总会里，陈北尧坐在最深处的包间里，一个人，一盏灯，一瓶酒。

周亚泽走进来时，正看到他把一个空了的酒瓶放在地上，提起另一支放到桌上，白皙的俊脸已然一片潮红。

周亚泽什么也没说，在他身旁坐下，提起另一支酒，跟他碰了碰，喝了一大口。

他抬起清亮的眼：“有事？”

周亚泽嘿嘿笑：“没事。你一坐几个小时，这儿的经理吓坏了，请我过来救命。”

陈北尧闻言低头看了看表，神色清明地站起来：“叫崔瞎子。”

周亚泽低头骂了句“操”，然后道：“我也去。”

崔瞎子跟周亚泽差了好几级，按说陈北尧根本不会认识一个街头混混，但这人曾经学过中医，虽然不会医人，但擅长制造各种香料。陈北尧用过他一次，就记住了他的名字。

已是半夜两点多，黑色轿车重新停在小区楼下。一行人上到高层。

陈北尧掏出钥匙，悄无声息地打开门。崔瞎子吹了香，他的手艺能保证人熟睡五六个小时，无毒无害，还心旷神怡。

等香味略略散了，崔瞎子在客厅把守。陈北尧径直走入卧室，周亚泽不甘落后地跟在后面。

慕善睡相沉稳地躺在床上，连周亚泽都觉得那漂亮的脸蛋在月光下真像个女神。只是她大概有些不快，睡梦中，长眉微蹙着，眼角竟然还有泪痕，纤细十指轻轻地无意识地抓着身下的床单。

陈北尧站在床边看了有十几分钟，只看得周亚泽有些无聊地左顾右盼，他才缓缓俯下身子。

大手轻轻地沿着她的长发、脸颊、睡衣外的锁骨抚摸着，触手的柔嫩令他嘴角缓缓溢出笑容。

似乎觉得还不够，他拉过一把椅子，在她床边坐下，撩起她的长发，从额头一路亲吻到鼻翼、眼睛、脸颊，又在那娇嫩的唇上辗转反侧。

在陈北尧和慕善重逢的当天，周亚泽就推荐了崔瞎子这个人才，并且在门外替他把风。可他今天亲眼看着禁欲数年的老大极深情极眷恋地对一个女人又亲又摸，却有点毛骨悚然的感觉。

大约是因为他近乎病态的温柔与平时的冷漠狠厉完全不符，就像换了个人。

“出去。”陈北尧淡淡的声音传来。周亚泽探头一看，他已经起身趴在床上，双脚已经离地。他一只手探入慕善的睡衣下方，另一只手，将睡衣吊带从她的肩头挑落，脸朝她胸口埋下去。

周亚泽哑然失笑，转身走出卧室。

过了约莫半个小时，陈北尧才走出来。周亚泽鼻子贼灵，只消一闻，就知道是真上了，还是只过过手瘾嘴瘾。

他有点恨铁不成钢地看着陈北尧。

陈北尧却不以为然。

他微微一笑，双手插入西装裤兜，神色平静地走出了大门。

Chapter 04

别说你会难过，别说你想改变，被爱的人不用道歉。

南拳妈妈 《下雨天》

第二天晚上，陈北尧、周亚泽和李诚三人坐在夜总会的包间里，周亚泽和李诚身边都坐着女人，只有陈北尧孤身坐在沙发角落，静静吸烟，神色疏淡。

周亚泽接起电话说了几句什么，就让女人们先离开。他笑嘻嘻地对陈北尧道："老大，我把Sweet叫来了。"

陈北尧听他提起过这个名字，稍微回想一下，才记起一张模糊的女人的脸。

陈北尧淡淡道："让她专心做事。"

周亚泽笑笑。

过了一会儿，包间门打开，走进来个极年轻的女孩。

三人抬头望去，周亚泽依然含笑，李诚身子动了动，陈北尧淡淡地抬头看了一眼，继续喝酒。

女人穿着素白的衬衣、咖啡色束腰长裙，很清爽的打扮，令整个人显得轻盈干练。乍一看，相貌清秀白净，宛如小家碧玉，可当她微笑时，大眼弯弯，嘴角轻抿，原本素净的脸瞬间生动妩媚，光彩照人。

“陈老板、周少、李少。”女人在周亚泽身边坐下，眉梢眼角都是盈盈如水的笑意，纤细腰身上，丰满挺拔将衬衣撑得浑圆紧致。

周亚泽走到她身边坐下：“Sweet，进展怎么样？”

Sweet笑笑，有点害羞的样子：“他昨天有教我写毛笔字。”

李诚和周亚泽都笑了。

陈北尧微微一怔，这才抬头又看了她一眼。周亚泽注意到他的视线，笑容更深。

可周亚泽不知道，陈北尧脑海里浮现的，却是另一幅画面。

那是在外公的书房，慕善穿着干净的白衬衣、校服裤子，却依旧娉婷动人。她一直是个认真的姑娘，握着笔，站在桌前，一笔一画地临帖。

陈北尧只觉得鼻翼唇间仿佛还有她当年馨香温柔的气息。那是十七岁的慕善，被他以教她练字为名，假公济私地拥在怀里，手握着手，身体贴着身体。

他还清晰地记得，红潮怎样一点点从她白皙的耳根一直浸染到脸颊，而少女又羞又怒的外表之下，那盈盈如水的双眸，分明写满青涩的欲望和情意……

想到这里，陈北尧闭上眼往沙发上一靠，眼前仿佛浮现出慕善素净清美的脸。他开始无比熟悉地在脑海中一寸寸勾勒那洁白如雪的容颜和身体轮廓，这个过程总是令他惬意而放松。

周亚泽却在这时把Sweet往前一推，看着陈北尧：“其他人我可不让碰的，你们今晚要不要试试？”

Sweet闻言抬头，晶亮的黑眸欲语还休，望着陈北尧。

陈北尧明白过来。

今晚，周亚泽故意把Sweet叫来，故意扯得那么悬，不过是想勾起他的兴趣，想让他有别的女人，想让他别把慕善看得那么重。

可周亚泽不懂，那根本不同。

他看都没看Sweet一眼，语气不容反驳："不需要。"

周亚泽美人计落空，无奈道："得了，当我没说。"转头对李诚道，"信了吧？守身如玉啊。"

李诚失笑："信了。"

往回走的时候已过了十一点。陈北尧坐在后座，静静望着窗外。周亚泽想起什么，转头笑道："老大，今晚要叫崔瞎子吗？"

陈北尧淡淡道："不用。"

周亚泽正想再说什么，手机却响了。

他接起，刚说了几句，脸色微变："我马上过来！"

挂了电话，周亚泽神色有点怪异："警察在场子里查到白粉。"

李诚问："怎么会这样？谁带队？"

"东城分局王队。"

周亚泽的场子从来不沾毒品，怎么可能刚好被警察抓个正着？

"过去看看。"陈北尧沉着脸道。

两辆保镖车一前一后，三辆车顺序掉头。

走了一段，陈北尧还是拿出电话。

电话接通时，那头的女人声音平静清朗："北尧，有事？"

陈北尧闭上眼往后一靠："慕善……"

接到陈北尧电话时，慕善正在收拾行李。霖市在她看来就是一潭浑水，她打算回北京待一段时间。

这几天并不太平。

好几个晚上，甚至白天，慕善下班回家，看到有年轻人成群结队地在街上游荡，有的人手上似乎还拿着刀，个个神情亢奋阴冷，气氛紧张诡异。有一天夜里，她甚至听到一声枪响，第二天听说死了几个混混。

几条生命就这样盲目而轻贱地成为炮灰。

她打电话给大肖，大肖声音极凝重："要出大事了，我这几天也要砍人，慕小姐你保重。"

公司的本地同事一整天都在议论——说是周亚泽和吕兆言手下的混混们开始较劲火拼，今天是你砸了我的场子，明天是我砍了你的人。尽管当今社会已经很少出现20世纪90年代混混们群架斗殴的场面，但如果两个大的帮派真的敌对，暴力却是最直接最有威慑力的手段。

所以，接到陈北尧的电话时，慕善条件反射竟然是心中一定——他还有闲暇关心自己，说明情况没那么糟糕，他也好好的。

她拿着电话走到窗户前，听到陈北尧低沉的声音就在耳畔，却恍如隔世。

他平静道："慕善，这几天市里有点乱，你保护好自己，有事打亚泽电话。"

"好，谢谢。"她答道。

相对无言。

"那我挂了。"慕善静静道。

过了一会儿，他的声音才传来："好。"

"再见。"

"再见。"

耳畔静下来，只有他隐约的轻声呼吸，像窗外的夜色一样空寂。

慕善握着听筒，发了一会儿呆。

耳朵里空空的，心也空空的。

忽地回神，心头一酸——

她没挂，他也没挂。

"慕善……"他的声音忽然在这时响起，"能不能……"

慕善呼吸一滞。

他没说完，声音生生刹住。

"掉头！"慕善听到陈北尧厉喝的声音，听筒里突然传来一声巨响，然后是比爆竹声沉锐许多的声响，"砰砰砰"一连串。

慕善心头剧震："北尧！"

可那头只有混乱嘈杂的声响，一直持续着。

那是……枪声？

慕善耳朵里嗡嗡作响。她张了张嘴，却发现喉咙紧张到干涸。

不知等了多久，那头终于沉寂下来。

忽然，她听到一声极低的含混轻唤：“善善……”

茫然的……奄奄一息。

慕善眼前一黑，只觉得心都要跳出来。

“陈北尧你……”她话没问完，那头的气息骤然消失了。

片刻后，传来周亚泽愤怒的声音，远远地，不知在对谁嘶吼：“他中枪了！叫救护车！”

慕善的太阳穴突突地跳着，正要追问，一阵刺耳尖锐的声音贯穿电话。她耳膜震痛，手机掉在地上，再打过去，却已是无法接通。

她抓起车钥匙就往楼下冲，进了地库坐进车里发动引擎，惶然四顾却不知要开往哪里。

漆黑冰冷的夜里，那个名字仿佛时时刻刻要从心中挣脱而出——

陈北尧！

十分钟前。

陈北尧是在车子转弯时发现异样的。

这是临近一家夜总会的必经之路，因为附近在施工，所以车辆极少，眼前的马路显得特别幽深。

看着前方路旁停着的一辆大卡车，他忽然觉得不对劲。

在跟慕善说话的同时，他又回头看了看，果然在路旁看到一辆吉普。车窗内一片漆黑，他却直觉车内有人。

路的一旁是灰色的工棚，另一边是间黑漆漆的水泥矮房。如果这是一个伏击，那么对方已经完成了包围。

“掉头！”他低喝一声。

然而来不及了。

枪声如同爆裂般此起彼伏，数道火线猛烈穿梭。陈北尧和手下拔出枪对准窗外。漆黑工棚上分明有数个人数把枪，于夜色中却看不分明。

他深吸一口气，收敛心神。

周围的嘈杂仿佛瞬间退尽，只有对手射出的光亮的弹道痕迹，清晰地在视野中划过——

“砰！砰！砰！”他连开数枪，几乎每开一枪，工棚射出的密集火线就要削弱几分。

然而，对方远比他们想象中强悍。

猛地一声巨响，灼目的火光在车旁盛开！前排周亚泽几乎拼了命死死将方向盘打圈，黑色防弹商务车堪堪躲过必死的一炮火箭弹！然而剧烈的冲击波令他们头晕眼花，被炮弹挫过的车门就像一块豆腐，砰然坠地。

数道子弹亦在这时疾流般冲射而来！

“老大！”李诚一声暴喝，面目狰狞地扑了上来。

陈北尧感觉自己像是被什么撞了好几下，然后周围的一切慢慢安静下来。

他抬起头，看到前方一辆商务车被大卡车撞得几乎变形，另一辆商务车被一辆吉普从后冲撞得侧翻在路旁。

地上横七竖八躺了不少人，有的没了气息，有的奄奄一息，还有一两个站着的，脸色惊恐而紧张地往这边扑过来。

他转头，看到李诚满头的血，死气沉沉地靠在身侧。

最后是周亚泽抱着他的身躯，一条胳膊仿佛在血液里浸泡过，怒瞪着双眼对他吼着什么。

陈北尧冷冷地想，对方竟然比他们先下手，先在场子里放毒品栽赃，再设下圈套引他们前来。

他们甚至不惜在市区埋伏重兵，对方至少找齐了一个连的杀手，制造血案，斩草除根。

这到底是丁珩的报复，还是吕兆言的阴狠？

他努力睁眼，他知道自己不能睡。他一低头，看到手机屏幕还亮着，掉在手边。他用了很大力气才捡起来。

“善善……”他想喊却没有声音。

失去意识的那一刻，他略带讽刺地想，这下好了，周亚泽还嘲笑他为她守身如玉，结果自己还没得到她，就先栽了。

电话接通的时候，慕善只觉得手心阵阵发烫。

一片嘈杂中，董宣城无奈的声音传来：“慕善，我不清楚，这事太大，现场被封锁，我们也不许报道……”

慕善将手机放回桌上，抬头只见窗外灰蒙蒙的晨色，太阳躲在云层后，已显现出朦胧金黄的轮廓。

一夜了，她找不到陈北尧，不知死活。

之后连续三天，慕善照常上班，吃饭睡觉照旧。那一夜的惊魂未定，变得遥远。

可越来越多关于陈北尧的传言无孔不入地钻进她的耳中。

身中三枪，尸首分离；资金断裂，公司倒闭；遭人暗算，兄弟反目……昔日霖市新贵，如今成为“爬得越高，跌得越重”的典型。

谣言越传越邪乎，越传越离谱，但不变的是，所有人都知道陈北尧倒了大霉。

终于，在第三天下午，她接到叶微侬的电话。连一直对陈北尧持微词的叶微侬，语气都带了浓浓的叹息。

“陈北尧在东佳医院。三颗子弹都取了出来，但是脑部受到强烈撞击，瘀血的情况不太乐观，省里专家说可能挨不过一个月。听说李诚也不行了，周亚泽现在独木难支。他们上个月刚拿的一块地，被查出违规操作。证监会也在查陈氏投资操纵股市……慕善，陈北尧完了。”

陈北尧完了？

慕善坐在黑色轿车上，只觉得世事难料，匪夷所思。

东佳医院是全市最好的私立医院。当慕善抵达时，住院部里里外外站满了人，有的在争论，有的在面色紧张地打电话，个个流露出一种仓皇的疲惫。慕善知道，这些全都是陈北尧的人，如今乱成了一锅粥。

她跟着保镖直接上到VIP病房，电梯门打开，几个荷枪实弹的警察面色森然。

再往里走，走廊里全是黑衣肃穆的男人。与楼下的吵闹不同，他们安静得可怕。

慕善走到最里的病房前，看到周亚泽坐在门口长椅上，一只胳膊缠着厚厚的绷带，眼眶通红，眼神极亮；脸上几条鲜红的细疤，下巴上全是乱糟糟的胡楂。昔日俊朗容颜，如今有一种濒临暴怒的狰狞与落魄——

他看都没看慕善一眼，叼着烟，单手伸过去，拧开门。

他的声音是从未有过的寡淡："活下去的概率不到一成。"

慕善脑子一空。

病床上的男人很陌生。

暗淡的夜灯下，他的脸像纸一样苍白，又隐隐透出一种带着死气的暗青，两道长眉显得越发的黑，黑得触目惊心，仿佛是那憔悴容颜上仅剩的颜色。

许多金属线与他的头部、身体相连，令他看起来像一具即将散架的木偶，只要拔掉电源，就会死去。

也许是太震撼太意外，在这一瞬间，慕善觉得自己明明站在陈北尧的病床前，灵魂却已飘离出躯体，麻木地旁观着他的沉睡和自己的僵硬。

他仿若沉睡的容颜，比她见过的任何人都要消瘦虚弱，再不复往日的清俊动人。

她有些奇怪地想，怎么会这样呢？

明明前一秒他还拿着电话不肯挂，欲言又止；

明明他沉默地将所有情意放在她面前，他的背影孤傲挺拔而落寞。

现在怎么会躺在这冰冷的床上，像一具脆弱的死尸？

长久的茫然无措后，慕善心中像突然被人放了一把火，无声无息地熊熊燃烧起来。

这是一种从未有过的感觉，从未有过的不理智。

她冷冷地想：这就是陈北尧。

昔日霖市人人巴结的冷峻黑商，她劝过他，他不听，如今，终于遭了恶果，被彻底击溃。

这就是陈北尧，一无所有的陈北尧，九死一生的陈北尧。

可这怎么会是他呢？

如果他死了，她才是一无所有，她才是九死一生的那个人啊！

她爱了他那么多年，沉默地、孤独地爱了他那么多年！都说十七岁的爱情懵懂，可在她这里，却早早木已成舟，永世不得翻身。

她一直在心中把他当成神供着。他倒好，发达了，堕落了，用几颗子弹、一具尸体，还有更多她看不到的阴暗，浇熄她对爱情的所有期待和幻想。

行！他可以猖狂，她也可以拒绝，这世界谁离不开谁？她独善其身，就要开始崭新的、充满希望的光鲜生活。

可如果他死了，她想着将来光鲜的一世，为什么突然觉得没了奔头？

不要死。

陈北尧，不准死。

慕善又痛又怒地想，她还爱着他，也能忍受离开他，可怎么受得了他死？

第二天是个大晴天，下午慕善提前离开公司。她今天穿了条颜色鲜亮的长裙，从头到尾都是清新的生气勃勃。

来到病房，她将鲜花放下，在病床前坐下。

阳光透过窗帘照在他的脸上，留下斑驳明暗的光影，仿佛真的只是睡着了。她的手轻轻抚上他的额头。

触手所及，清寒俊美，一片冷寂。

她打开包，拿出一本书，翻到他最喜欢的那篇文章。

周亚泽让她多陪他说说话。心爱女人的声音，唤醒沉睡的王子，多么浪漫的奢望！

可她对他，已经没有任何话要说。那些不舍、思念和怨愤，都随着他的人之将死，在她心里枯骨化灰。

唯有沉默，是不可逆转的深爱。

“一九二三年八月的一晚，我和平伯同游秦淮河……

“平伯是初泛，我是重来了……”

她捧着书，思绪却回到遇到陈北尧的第一天。

暗黑的小巷，疏朗的星空，拳头击打肉体的声音像是一首凌乱的交响乐。她和同学慌忙快步走过，不经意间抬头，却看到清俊如月光的少年从打滚哀号的混混中起身，抬手擦去嘴角的鲜血，冷酷如死神。

他的冷漠其实一直没变，唯独对她留情。

再后来，是外公的书房，蝉鸣幽幽，凉风习习。父母的滔天怒火、围追堵截，还有那年少而狂热的叛逆爱意，终于令她和他失了方寸，苦苦探寻释放的出口。他光裸的身体充满少年隐忍的力量，她在他怀里，瑟瑟发抖。

最后，最后是什么？

是她听到传言，他被她父亲安排的保安围堵，踩在阴森泥泞的小巷里，血流满面却固执地不肯答应跟她分开；

还是她躺在老旧诊所的狭窄小床上，看着头顶昏暗的灯光，感觉到冰冷的金属钳探入身体，又痛又绝望？

现在好了，一切都要结束了。

他再不能作恶，再不能杀人放火，他只能虚弱地躺在她的面前，像个迷途的孩童，像个沉睡的天使。

慕善把书一丢，眼泪就掉了下来。

陈北尧躺在病床昏迷不醒的时候，丁珩正好整以暇地站在舅舅温敝珍的家门外，做好了挨训的准备。

大门打开，丁珩微微一怔。

温敝珍脸上没有丁珩想象中的阴霾怒意，保养极好的白净脸皮上甚至还有几分红晕。见是丁珩，他只是冷着脸道："进来。"

两人在书房坐定，丁珩注意到温敝珍衬衣的第一颗扣子开了，从来熨烫整齐的衬衫也略有些褶皱。他不动声色地道："舅舅，真是不好意思，周末还来打扰你。"

"打扰？"温敝珍看他一眼，"你老实说，陈北尧的事，是不是你们做的？你们也太无法无天了！"

丁珩笑笑："这事我真不知道。现在我哪有本事找来一个连的杀手？吕兆言又不是什么都跟我说。"

"废话！"温敝珍微怒道，"丁珩，我知道这事吕兆言一个人干不成！这次杀手死光了，没有直接证据。你要是真的有份，我一定亲自让公安局长抓你！ 简直是胡闹！"

丁珩老老实实听训，一声不吭。

温敝珍骂够了，喘了喘气，才道："告诉吕兆言别惹事了，陈北尧已经成那样了，我希望霖市今后都风平浪静。"

丁珩顿了顿道："陈北尧真的不行了？"

温敝珍点头："负责他的省里专家是我同学，听说的确不行了。 "

丁珩缓缓笑了。

这时，有人敲书房的门。

"进来。"温敝珍看一眼丁珩。

丁珩抬头，微微一愣。

年轻女孩干净的脸如同夏日初荷，含苞欲放，只略略抬眸看了丁珩一眼，波光流转，那张清秀的脸便如极艳的花，令人心神一震。

唯有披散肩头的绸缎般的长发，有几丝仓促的凌乱。

她给两人端来茶，看了一眼温敝珍，声音娇脆："温市长，我越俎代庖了，尝尝我的工夫茶吧。"

温敝珍看着她，眼中有笑意，语气却严厉："你这小姑娘，我在谈事，你就这么进来了。"

女孩一跺脚，扭头走了。对于二十岁出头的女孩子，这本来是很矫揉造作的动作，可由她做出来，只觉得浑然天成，娇嗔动人。

不等丁珩发问，温敝珍道：“小志的家教老师，叫田甜，霖大核物理系研究生，市委王秘书的师妹。这么个小姑娘，学核物理，真是难得。”

小志是温敝珍的侄儿，家在县城，一直借住在温家读初中。丁珩知道舅舅很少玩女人，但这个田甜明显令他刮目相看。不过舅舅做事有分寸，他也不必多话。

丁珩点头：“看着是不错。”

温敝珍却想起什么，脸色一正：“你现在跟吕兆言称兄道弟，有一点必须牢记——我最近听说吕家有毒品生意，你搞其他的我不管，毒品绝对不许沾上一点。现在全国抓贩毒抓得很严，你要敢碰，我亲自让禁毒大队抓你。”

丁珩笑道：“舅舅你放心，我沾那个干什么？”

从温家出来后，丁珩脑海里掠过田甜令人惊艳的容貌和身材，想起的却是另一个女人——慕善。

她最近的行踪不难获悉，每天三点一线：公司——家——医院。这令丁珩略微有些恼怒，她明明拒绝了陈北尧，还说要暂时离开霖市，怎么陈北尧一出事，她像换了个人？

曾经有人提议对慕善下手，可丁珩几乎是立刻否定——他的理由是：陈北尧就算追过慕善，也绝不会为了一个女人做出什么实质牺牲，而且对一个无辜的女人下手太下作。

吕兆言看在他的面子上也同意了，但现在，慕善令丁珩在吕兆言面前有些颜面扫地。

想到这里，丁珩忍不住拿出手机，拨通了慕善的电话，可响了一阵也没人接。丁珩皱眉将手机扔在副驾上。

两天后。

午后的阳光柔软明媚，照得农家新砌的院落洁白素净。

院子里有一个新搭建的竹棚。虽是乡间，那竹棚却搭得极精致，每一根细竹、每一束藤条都错落有致。

丁珩就站在竹棚下，英俊容颜在数十个黑衣男人中最为沉静醒目。

院门口走过来一群男人，吕兆言亲自作陪，为首的中年男人容貌硬朗，目露精光：“丁少，久仰！”

丁珩微微一笑，伸手：“球哥的大名才是如雷贯耳。”

一行人都哈哈大笑，尽皆落座。吕兆言今天穿了套白西装，整个人显得有几分与年纪不符的仙风道骨，他对那男人道：“球哥，今后丁少专门跟你这条线。”

球哥微笑点头。

这是吕氏今年最大的毒品买家，也是丁珩在吕氏负责的第一笔毒品交易。

吕氏一直向俄罗斯运送合成毒品。俄罗斯人很谨慎低调，在国内的合作方极稀少。吕家这几年走私俄罗斯，赚得很多。

面前的球哥，据说上世纪90年代打服了整个C市的混混，后来改行卖粉，是个响当当的人物。外界传闻他彪悍狠毒，但也极守信义。他手上也有毒品生意，但比起吕家，不管是货源还是实力都弱很多。他索性与吕氏合作，直接出贵一点的价格，从吕兆言这里大量拿货。

对方分量不轻，吕兆言非常重视与他的合作，甚至带丁珩亲自来面谈。

几个人聊了有半个小时，条件差不多都谈妥，球哥赠给吕兆言一方通透的玉观音；吕兆言回赠一只大大的金蟾蜍。

球哥虽然言辞豪爽，行事却谨慎，婉拒了丁珩一起吃晚饭的要求，要连夜赶回去。

吕丁二人也不多挽留。眼见对方一行五辆车消失在国道尽头，他们也坐上车。

吕兆言这边今天带了二十个人，六辆车。这个农家乐是吕家亲戚开的，临走还送了几条肥大的鲑鱼放在后备厢。丁珩心细，让人剖开一条看了，干干净净。吕兆言赞许地看着他，却笑他太过小心。

丁珩笑笑没说话。他想，大概人栽过一次之后，都比较容易紧张。

吕兆言坐在防弹车后排，丁珩打开车门刚要坐上副驾，手机却响了。

丁珩看一眼手机，对吕兆言道：“我接个电话。”他转身下车，低声道，“慕善，什么事？”

吕兆言听到，失笑，对身边人道：“英雄难过美人关。”

丁珩走了几步，重新站到竹棚下。

电话那头却安安静静。丁珩又唤了几句，那头还是不说话。

丁珩心中起疑，挂了电话，重新打过去。通了，却无人接听。

丁珩心中一沉。

他抬头看一眼吕兆言车的方向，先是给自己在市里的人打了个电话，让他们去查看慕善是否出事，同时继续打慕善家里的电话和手机。

依然无人接听。

吕兆言大概是等烦了，丁珩看到有人把手伸出车窗挥了挥，大概是示意他先走了。

五辆黑色轿车顺序驶离，只留下一辆等着丁珩。

丁珩又拨了一次。在长久的等待后，终于被人接起。

慕善略有些倦怠的声音传来：“丁珩？”

丁珩警惕道：“你找我有事？”

慕善迟疑片刻：“我找你？”

“你刚才打我手机。”

慕善顿了顿，才道：“对不起，我刚才趴着睡着了，可能是不小心拨了出去吧。”

丁珩沉默。

这种乌龙以前也发生过。他姓丁，在很多人手机通信录里排第一个，确实容易误拨。可时隔多日，听到慕善为了另一个男人疲惫失神的声音，他发现自己比想象的不舒服很多。

“你在哪里？”他沉声问。

慕善沉默了片刻道：“医院。”

丁珩声音微怒："好，下午我来接你吃饭。"

"不用，丁珩。"慕善的声音比以往每次都要冷。她直呼他的名字，带着刻意的疏离，这令他心中有些不是滋味。

是为了陈北尧？

丁珩淡淡地、不容拒绝地道："六点，等我。"

他挂了电话，自己先笑了。

因为，尽管不悦，她的声音还是令他想起那个吻的滋味。

既然她自己先违背所谓的原则，那他还有什么理由不出手？

他抬头看向车的方向，正欲迈步。

就在这时。

"轰！轰！轰！"数声剧烈的声响，像是惊雷骤然在天空中炸开！

一阵冲击波似乎从远处翻滚而来，头顶的竹棚簌簌作响。

丁珩浑身一僵，那声音——是炸药！那方向，正是吕兆言等人驱车离开后上的国道！

他拔腿就往国道方向跑，却一眼瞥见路旁等候自己的轿车里几个男人全部探头出来，一个人朝他大喊："丁少，前面出事了！"

丁珩脑子一个激灵，怒喝一声："下车！"

几个保镖全是一愣，有动作快的，打开车门往下跳！

"嘭——"又是一声震天的爆响，眼前的轿车瞬间变成一个灿烂的火球。男人们惊痛的嘶吼被掩埋在火焰里。

丁珩只感觉到巨大的冲击波像是炽烈的海浪扑面而来。他几乎是拼尽全力往后扑倒，双手紧紧护住自己的头。而后，他感觉到后背一阵雨点般的锐痛。他恍恍惚惚地想，慕善的电话怎么就那么巧，救了他一命？

紧接着，像是被人用巨大的铁锤狠狠一砸，他脑子一木，失去了知觉。

Chapter 05

也许全世界我也可以忘记，就是不愿意失去你的消息，你掌心的痣，我总记得在哪里。

林忆莲《至少还有你》

丁珩其实只昏迷了不到五分钟。

他觉得满嘴都是尘土味，全身脏腑像是都换了位置，空落落地痛。

他忍受着头晕眼花，挣扎着从地上爬起来，转身看到车子烧得只剩半个灰黑的架子，上面还搭着几截人体残肢。

"啊！救命！"最快跳下车的男人全身是火，在地上呼救打滚。丁珩见状想都没想，立刻脱下西装，狠狠往他身上拍打。

农家院里的几个伙计小妹听到声响都冲了出来。丁珩从一人手中夺过灭火器，朝那人身上一阵狂喷，火才渐熄。

院子里停了辆面包车。丁珩拉开车门跳上去，大喝一声："跟我过去！"

他带着几名农村小伙，急匆匆地颠簸着飞驰到不到三公里外的国道上，都被眼前的惨状惊呆了！

五辆轿车都被炸得支离破碎，硝烟弥漫的公路上，四处散落着车体残骸、血肉尸块。几个小伙子脸色煞白，有的甚至忍不住弯腰呕吐起来。

丁珩忍着恶心，一个箭步冲到中间那辆车跟前。

这是吕兆言的座驾，防弹防暴性能最好，也是五辆车里唯一还保持大半个躯壳的，但这并不能令车里的人逃脱厄运。丁珩一低头，看到被炸飞的车头附近，司机只剩下两只脚踩在油门和离合器上。

丁珩忍了忍往车后看，只见一只手搭在破损的车窗上，无名指上的戒指正是吕兆言的婚戒。

“救我……救我……”极微弱的声音传来。丁珩心中一震，立刻蹲下凑近。

只见还冒着火苗的后座上，吕兆言满脸是血、双眼紧闭、有气无力地瘫在那里。只消望上一眼，丁珩就差点吐出来——他的白色西装早已被鲜血染透，整片肚子被炸穿，腑脏外露，血肉模糊。

丁珩的手紧紧握住车窗门，正要拽开车门。

他忽然愣住。

他看着吕兆言身上伤口大股大股涌出的鲜血，只要再过一会儿，他全身的血就会流得干干净净。

他抓着车门的手慢慢松开。

“兆言！兆言！”他极力嘶哑地哭喊着，仿佛悲痛欲绝，身子却一动不动。

过了一阵，刚才被他所救的男人，亦是吕兆言的心腹，被人扶着，含泪冲上来：“丁少！老板呢？”

丁珩低头看一眼车中已然气绝的吕兆言，仿佛极艰难地闭上眼：“我赶到的时候，老板已经……”

夜幕降临的时候，慕善抬头看了眼日历。

陈北尧已经昏迷整整二十天。如果再不醒来，就会如医生所说，苏醒的概率越来越小，直到某一天猝死。

这个认知令慕善最近越来越焦虑，甚至偶尔濒临暴躁。可她不愿意把这份焦虑表现在外，也不想憋在心里，于是就经常约叶微侬喝酒。

这晚，两个女人坐在酒吧幽深的卡座里，叶微侬看着慕善看似淡定，双眼下却有了深深的黑眼圈，忍不住叹息。

“后悔了？没有趁他好好的时候爱他？”叶微侬道。

慕善神色平静：“我的决定不会变，但那已经无关紧要。”

叶微侬苦笑：“最近霖市实在太乱了。先是丁默言，再是陈北尧，现在是吕兆言，前天也死了，就像没人能在霖市老大的位置坐久一点。”

慕善沉默。

三天前，吕兆言被大湘帮抢毒品生意炸死的消息震惊全市，她并不会站在陈北尧的立场上感到高兴。若论这一连串的风波，陈北尧才是真正的始作俑者。

“丁珩怎么样？”慕善问。

叶微侬语气意味深长：“现在吕兆言死了，吕氏乱成一锅粥，但我有预感……”

“鹬蚌相争，渔翁得利。”慕善接下她的话。两人对视一眼，同时沉默。

叶微侬忽然笑了，将两只雪白如玉的手摊到她面前：“左手陈北尧，右手丁珩，慕善小姐，你选谁？”

慕善也笑了。

她轻轻抓住叶微侬的左手。

“我有时想，如果他不死，如果他能一直睡下去……三年、五年、十年也好，我都会一直陪着他，那样也等同于跟他在一起了，对不对？”

叶微侬一怔，看着慕善温和而平静的容颜，鼻头竟然一酸。

跟叶微侬分开后，慕善驱车前往医院。推开病房的门，在床边坐下，慕善有些失神。

陈北尧的气色好了不少，白净温润的脸色不再是死气，嘴唇也有了几分血色。这令微醉的慕善有些高兴，眉梢眼角便带了笑意。

她拿出书，翻到昨天的段落，继续读给他听。读着读着便觉得倦意袭来，连带看着他的轮廓都模糊起来。

陈北尧的床很宽，慕善有时候晚上也在这边陪他过夜。她把书一丢，轻手轻脚掀开被子，小心翼翼蜷到他的身旁。不敢碰到他的身体，只能隔着半尺的距离，望着他恍若沉睡的容颜，迷迷糊糊便睡着了。

不知睡了多久，慕善隐约感觉有人在摸自己的脸，冰凉凉的。半梦半醒间，她有些难过，仿佛回到八年前，她低低嘟囔了一句："北尧哥哥……"

脸上的触觉忽然消失了。她今天本就疲惫，又饮醉，脑子沉得像糨糊，哪有精力再思考？继续呼呼大睡。

忽地，她觉得唇上一阵柔软冰凉，紧接着，一个温热湿滑的东西分开她的唇，来势汹汹地开始缠绕攻击她的舌。那气息实在太熟悉，她的唇舌几乎本能地与他纠缠。她简直分不清是真实还是梦境，只觉得那唇舌比今晚的烈酒还要刺激，还要醉人，令她从口里酥软到心里。

她近乎贪恋地睁开眼，看到一张英俊、清透、憔悴的侧脸，与自己寸寸紧贴。他闭着眼，黑色长睫在灯光下微微颤动着。

慕善完全没办法思考，死死抓住他浅蓝色病号服的衣襟，更热烈地回吻过去，舔舐他的唇角，如同得饮烈酒；纠缠他的舌头，像欲求不满的小兽。他长眉微颤，唇舌与她厮斗得更急切。

直到慕善自己都气喘吁吁，才极克制地轻推他的胸膛。他睁开眼，夜色般幽深地看着她，仿佛那里面有黑色的火焰，正欲将他和她点燃。

慕善盯着他，一直盯着他，摸向床铃的手却抑不住地颤抖，泄露了她的欣喜若狂。他不能移动，刚刚侧头吻她，已经耗费他太多气力。他望着她，眸中是洞悉一切的温柔笑意。

铃声响起，一堆人闯了进来，门口亦有人语气惊喜地拨电话。慕善退到外围，看着他被医生护士团团围住。慕善在沙发上坐下，抬头看着走廊上彻夜不灭的灯光，重重地叹了口气。

医生做完各项检查，已经是一个多小时后。

仓促赶过来的周亚泽连忙冲进病房。隔壁房间大难不死的李诚，也被人推着轮椅过来。此外，还有一些慕善眼熟或没见过的男人，包括刘铭扬，个个都面露喜意。

陈北尧简单地跟他们说了几句话，语气还很虚弱："今天我什么都不想谈，你们明早八点过来。"

一帮人连忙叮嘱医生护士照顾好老大，就轻手轻脚地退了出去。周亚泽推着李诚出去时，笑着对慕善道："嫂子，好好照顾老大。"

其他人一听，齐声喊："嫂子再见，嫂子辛苦了。"慕善脸皮微热，抬眸看到陈北尧脸色苍白地含笑望着自己。

慕善站在床边。

他的突然苏醒令她不知所措。一往情深全部被他发现，她要怎么收场？

陈北尧扯了扯嘴角，英俊容颜有几分恍惚："睡很久了，一直听到你在读书，很想睁眼看你。"

慕善心头一颤，只觉得周亚泽的话，还有他亲密的态度令两人的关系就要失控。

可不等她澄清，他就缓缓合上双眼，露在被子外的左手，五指却等待般张开，一如这些天她和他的十指交握。

"再读给我听，善善。"他低声道，"就读……我最喜欢的《桨声灯影里的秦淮河》。"

我最喜欢的……桨声灯影里的秦淮河。

慕善深吸一口气，转头看着窗外幽深的夜色："你刚醒，好好休息。我也累了，先回去了。"

他没吭声。

他沉默了有半分钟，眼依然闭着，声音沙哑而固执："善善，留在这里，读给我听。"

慕善心头又甜又痛。

她原以为，如果上天眷顾，他的病情不恶化，他能够不死，三年、五年、十年，不管多久，她都会陪着他，用这种方式跟他天长地久。

现在他竟然大难不死，所有现实问题也同时归来。

他醒了，她高兴得想哭，难过得想死。

终于，她一只手拿起书，另一只手却始终自己紧握，无视他的渴求。

顶层病房里一片寂静，只有她清朗的声音，平缓响起：“一九二三年八月的一晚，我和平伯同游秦淮河；平伯是初泛，我是重来了……”

三天前。

丁珩戴着顶鸭舌帽，静静地站在围墙后低头吸烟。身后站着几个同样沉默寡言的黑衣男人。

一个小个子少年低着头匆匆走过来，在丁珩面前站定，声音微抖：“老大，他们在三号包厢。”

丁珩点点头，把烟丢在地上踩熄。

身后几名男子目露凶光。

这是距离霖市五百公里的高速公路旁的一个小饭店，离吕兆言遇袭不到四个小时。在众人惊痛慌乱的时候，丁珩动作迅速地带着五个自己的旧部，一路追上了球哥的车驾。

路上，他接到了吕小姐的电话。那个一向木讷的女孩，在短暂的犹豫后叹了口气说：“丁大哥，如果真的是他们做的，请替我大哥报仇，我们全家都会记得你的恩情。”

这倒令丁珩刮目相看。

丁珩一声令下，几个人戴上口罩墨镜，凶狠而沉默地冲进了饭店。加油站的经理看势头就感觉不对，颤巍巍地打了个手势，让所有伙计噤声。

一行人冲到三号包间门口，丁珩深吸一口气，递了个眼色。旁边一人拔出枪，狠狠一脚把门踢开！

数把枪对着狭窄的包间，然而没有预料中的呵斥惊慌，甚至……没有一个活人。

丁珩狠狠地倒吸一口凉气。

剧烈的血腥味扑鼻而来，简陋的包间变成了停尸间。昔日威名赫赫的球哥，就仰面靠在一张高脚椅上，身上几个血洞，浑圆的眼睛瞪得极大，死不瞑目。他那几个彪悍威武的手下，同样饮弹倒在椅子上或者地上。

手下一人推开旁边的包间门，也是一怔，低声道："大哥，看来球哥带来的人都死光了。"

丁珩过去一看，果然，另外的包间里也是尸横遍野的惨状。

丁珩又走回三号包间，静默了片刻。

"怎么办？"刚才那名手下问。

丁珩心头冒出阵阵冷意。

他带人追上来，并不是为了大动干戈，而是于情于理也要问个清楚。以前大湘帮和吕氏争夺毒品市场就有过纠葛，现在出了事，不能让大湘帮就这么离开。

可对方这招太狠了。

先杀吕兆言，再杀球哥，不管内里有多少隐情，死无对证，两派都不会再善罢甘休，吕家一定会和大湘帮斗个你死我活。

鹬蚌相争，渔翁得利。可陈北尧明明已经病危，据说周亚泽整天忙着在全国为他找专家会诊，全无异样。幕后黑手到底是谁呢？

是吕氏毒品生意上的其他竞争对手，还是陈北尧的"兵败如山倒"根本就是假象？

想到这里，丁珩掏出枪，朝球哥的尸体上又开了三枪。还温热着的身体痉挛般原地颤了两三下，血流得更多了。

手下们略有些不解。之前那名手下忽然道："大哥杀了球哥，大哥为吕老板报仇了！"

其他人一愣，你看看我，我看看你，纷纷掏出枪，朝几个房间内的尸体开枪。

之后，一行人迅速离开加油站，跳上车，驶回了霖市。

丁珩枪杀大湘帮，为吕老板报仇的消息很快在霖市黑道中流传，令所有人赞叹佩服，这多少令吕氏几位原本不太看得起他的大佬遇到他都客客气气的。

丁珩知道，自己走的这步棋，利大于弊。

丁珩在几天后的晚上，见到了吕兆言唯一的妹妹——吕夏。跟哥哥不同，吕夏还是个在校大学生，甚至还是就读于名校的、优秀的理科生。她对丁珩说的第一句话就是“我愿意跟你合作”。

几天后，丁珩与吕夏订婚的消息迅速传遍霖市。

慕善对这个消息并不感到惊讶。今时不同往日，以前联姻，丁珩不过是吕兆言的左右手；现在，他能得到整个吕氏。

她刚刚抵达陈北尧的别墅，走到主卧门口。

门是开着的，阳光将足足五十平方米的房间照得通透明亮。陈北尧安静地躺着，他的脸在阳光下有一种清透的苍白，细长深邃的眸全不似昨夜的疲惫和温柔。

那眸色极冷。

这样神色的陈北尧，慕善只见过一次——丁默言和曼殊被杀的那天，那个熟练杀人的陈北尧，就是这样冷酷。

或者，这才是他人前的样子。

周亚泽站在床尾，手里拿了把乌黑锃亮的枪，抬手比了个瞄准的姿势，嘴角泛起一丝笑。陈北尧看着他的动作，也笑了，笑得冰冷无情。

他们之前在说什么呢？笑得那么意味深长？那么势在必得？

仿佛一切早有预谋。

慕善心中暗惊。

之前因为伤痛欲绝，她根本不去想太多，也不关心谁死谁活，眼里只有一个奄奄一息的陈北尧。

可陈北尧醒来的同时，混沌迷茫的她，仿佛同时被一根冰冷的棍子狠狠敲醒。

吕兆言死了，据说吕氏跟大湘帮也结了仇，丁珩更是要亲赴C市谈判。

陈北尧就在这时“奇迹”般地苏醒。仇人既死，他又没嫌疑，生意什么的还可以重新振兴——

一切完美得像上天眷顾。

可她见过他如何对待丁氏父子，手法如此酷似。

她有些艰难地看了一眼陈北尧。

他也正望过来，眸色微暖，仿佛之前的冷酷是另一个人。

她越发肯定地想，会不会在那么多个令她柔肠寸断的夜里，在霖市风云动荡的这些天，这个男人，就闭着眼躺在病床上，旁观她的情动，遥控复仇和杀戮？干干净净，毫无嫌疑？

她深吸一口气，也许真的该离开了。

她走进去，周亚泽含着笑意喊了声“嫂子”，然后离开了房间。

四目相对。

他的眸色比阳光还要温柔，仿佛已知她内心的动荡，他沙哑着开口：“善善，你心里有我。”

直中要害。

慕善心头一震。

是啊，她对他的情意，这些天谁都看在眼里，包括他。

可那又怎么样呢？

没等她拒绝，他又极虚弱、极平静地说道：“善善，我爱你，留在我身边。”

慕善的心像是一片湖，他的话就是一块尖锐的巨石，重重地投下去，穿破她的阵阵心防，一头扎入她的心窝里，激荡出控制不住的涟漪，却最终归于无形。

她抬起头。

“陈北尧，你是哪天醒的？”

他眉目不动，容颜苍白。

“吕兆言和大湘帮老大是不是你杀的？”

他沉默。

她长长吐了口气。明知应该冷若冰霜，她却只能很慢、很用力地说：“我会停止爱你。”

陈北尧的眼眸像是凝了冰雪，一片氤氲。

“希望我们都不再为过去的感情困扰，我们不要再见了，行吗？”

陈北尧眼眸微垂，神色极静，仿佛没听到她的决绝，也没有半点伤心动容。他看着床的上方，那里空无一物，慕善不知道他在看哪里。

过了一会儿，跟那天一样，他淡淡地答道：“好。”

他闭上眼，好像极累，又像再也不想见到她。

这孤冷的表情，只令慕善心头痛如刀割。她的脑袋里变得一片空白，只有他刚才近乎空洞的冷漠眼神，一遍遍刻入她的脑海，将她的思绪凌迟。

她深深地看他最后一眼，转身离开。

过了一会儿，周亚泽探头进来看了看，本想打趣，却见陈北尧睁着眼望着窗外阴冷的天色，脸色比任何时候都要难看。周亚泽没敢吭声，又退了出去。

第二天中午，周亚泽接了个电话，开车直接到了陈北尧家里。

陈北尧正躺在床上看书，周亚泽往边上一坐：“嫂子一个人去了机场，现在应该落地了。”

陈北尧眼神微微一黯。

周亚泽又道：“江娜早就传来消息，说她要回北京。你受伤这么多天，她怎么伺候的你也见着了，我还以为这回能成，结果她还是走了，怎么办？”

陈北尧眼睛还停在书上，那是慕善留下的，洁白的页面晕开一小片微黄的淡痕，像是她掉落的一滴眼泪。

他不由得想起昨天，想起她聪慧敏锐地洞悉了他精心布置的杀局；想起她努力显得冷漠，悲伤的双眼却写满清澈而深沉的爱意；也想起她神色恍惚地说，会停止对他的爱。

他的手拂过那滴泪痕：“我有安排……她会回来的。”

周亚泽笑道："舍得下狠手？"

陈北尧把书往床边一丢，神色似乎有些疲惫，眼里却充满阴霾。

"哄了这么久也不肯心甘情愿，那我也不等了。"

窗外灰蒙蒙的，零星传来鸟雀清脆的叫声，空气清冷干燥，与霖市的湿热完全不同。慕善离开霖市已经半个月了，这半个月陈北尧毫无音信，也许他已经放弃了。

这些天她过得很平静，见见老同学，逛逛街。只是一个人的时候，她还是会想起陈北尧。那种思念是很奇怪的感觉，软软的，绵绵的，仿佛无处不在，睁开眼是他，闭上眼也是他。

慕善只能苦笑。她以为就此结束，可原来阔别多年后短暂的重逢，他却轻而易举地再次完全占据她的心。

她只能默默地想，想他的样子，想他的声音，她努力把心情维持得平平稳稳的。那些一闪而过的隐痛，偶尔深不可遏的剧痛，她忍一忍，也就过去了。

可慕善没料到，平静的生活，会在几天后以一种剧烈而震撼的方式结束。

这天下午，她刚回到住处，便接到母亲的电话。

母亲的声音焦急又绝望："善善，出事了！出大事了！"

慕善心里重重一沉。

母亲痛苦的声音像在申诉："你爸被县纪委的人带走了，被人检举偷设小金库，已经两天没回来了！"

慕善有点难以置信："这是真的？我不是说过不要让爸做违法的事吗？"

母亲嘶吼道："违法？怎么是违法？善善，你爸不过一时糊涂而已，一共才几十万，你爸没拿多少，怎么就被人检举了呢？他们都说，是有人要整你爸！不然明摆着的事，不会单查他。善善，你在霖市认识的人多，想办法，一定要想办法！"

慕善沉默。

母亲说的也是，父亲在副校长的位置，很难独善其身。

可父亲行事一向中规中矩，谁会整他呢？

“妈，你别担心，这不是什么大事，大不了不做副校长了，我去想办法活动。”她沉声道。

母亲嗫嚅两声，哭腔更重：“善善，等你爸没事了，妈妈就去死！妈妈跟人炒期货，亏了三千多万……投资公司的人每天上门，我还跟邻居借了钱。他们说三天之内不填平，就去派出所报案！我快要被逼死了，我……”

慕善大脑中有片刻的空白。

期货……三千万？！

她定了定神，握紧话筒道：“妈……你冷静下来，这些事我会处理，爸爸会没事，你也会没事，别担心，都交给我，没事，你别慌。”

母亲又哭了：“你处理，你怎么处理？三千多万啊……”

慕善手都在发抖，语气却镇定：“妈，到底怎么回事？你仔仔细细说给我听。”

父亲清高，母亲老实，慕家在本地算不上富裕。慕善知道母亲一向勤俭，但也因为勤俭得辛苦，看到周围有人投机取巧发了大财，也令母亲心有不甘。

母亲偶尔跟风，头脑不清干点投资投机的事，慕善能理解，也默许，可亏损三千万之巨，实在太蹊跷。

费了很大的劲，慕善才哄得母亲把来龙去脉说清楚。

原来单位的一个同事听儿子的话，炒期货赚了两百多万，一时之间在邻里间极为风光。母亲和几个邻居在这个同事的撺掇下也买了期货，一开始小试身手，其他人都亏了，反倒是母亲第一次就赚了二十万。

在母亲五十年的平淡生命中，从来没尝过这么大的甜头。上次她跟慕善借钱，就是要追加投资。这两个月赔赔赚赚，一直是赚多输少，邻居们觉得母亲运气好，都跟着她一起买。

结果这一次，明明是那家投资公司看好的期货，跟她打包票不会赔，却输得极为惨烈。除去赚来的几百万成本，杠杆作用下，她亏了三千多万！

慕善听得心灰意冷。这么听来，完全是母亲大意投资，运气不好。可母亲怎么敢玩得这么大？

她快速心算了一下，把自己手上所有资金、能用的人脉都算上，顶多就能凑五百万。

怎么办？

还有父亲，至今还被扣在纪委。

她徒劳地安抚了母亲一会儿，挂了电话，她先打给叶微侬。然而即使是叶微侬，也有些为难。

“慕善，我自己顶多凑一百万给你。但伯父的事，老荀来霖市才一年，不好越级插手县里的事。”

慕善有些沮丧，又打给董宣城。董宣城满口答应借钱后，又迟疑道：“慕善，辰县不归霖市管，荀市长是空降部队，根基不稳，当然不能帮忙。可陈北尧不是在你们辰县投资过吗？也许能说上话，你要不要找找他？”

慕善心中陡然升起希望。

可转念一想，又觉得哪里有点不对，具体是什么，她一时也说不上来。

钱还是不够，远远不够。

但冷静下来后，这一点她反而不太担心，她打算去跟对方投资公司谈。她想，商场中人，求的都是利益，告到派出所，顶多让母亲坐牢，对方也拿不到一分钱。她去跟对方谈谈，也许可以分期偿还。

想好对策，她心定了些，快速收拾行李，打车到了机场，买好下一班去霖市的机票后，她给母亲打电话。

“那家投资公司叫‘嘉达’，好像是霖市的企业家开的。”母亲想了想道。

“嘉达投资？”慕善觉得这名字有点耳熟。

“对了，”母亲又道，“那家公司的老总好像姓周，是个小伙子。”

慕善一下子想起来：“姓周？周亚泽？”

陈氏投资新成立的期货投资公司，不正是嘉达？

“对！对，好像就是这个名字。”

挂了电话，慕善有点不敢相信自己的处境。

怎么一夜之间父母全部出事，她突然走投无路？而唯一的活路，都指向陈北尧一个人？

究竟怎么回事？

这到底是巧合，还是人为？

如果真的是人为，要布这个局，花的时间实在太长了，谁会有这个耐心，来算计她与世无争的一家人？

她的心头忽然涌起阵阵寒意，她无法相信自己心底升起的那个猜测。

怎么可能？他怎么可能逼她？怎么可能对她父母下手？

他不是……温柔而隐忍地，同意让她离开了吗？不是答应，再也不找她了吗？

坐在候机室里，她先拨通周亚泽的电话，三遍，无人接听。

她又打陈北尧的电话，还是没人接。“嘟嘟”的空响，令慕善额头沁出细细密密的一层汗。

原本想好对策、准备好与投资公司谈话措辞的她，突然间没了底气。她坐在飞机上，看着机翼划过厚厚的云层，只觉得即将再次抵达的霖市变得危险而陌生，变得迷雾重重。

她只能用这点安慰自己——如果真的是陈北尧，父母一定不会受到什么实质性的伤害。

飞机降落在停机坪的时候，慕善听到前排的旅客们在低声议论。她从小窗望出去，看到微湿的停机坪上，一辆黑色宝马静静等待着——流线轮廓如同巨石打磨而成，厚重而不失锐利，在微微的日光中，反射出冷硬却华丽的光泽。

能把车停在这里，在霖市是什么背景？

她在人流中最后下机。宝马车上下来个男人，冲她笑笑。她不认得他，但相貌、衣服和身材却眼熟——正是之前在北京路见不平的那个男人。

“嫂子。”他态度恭敬，“老板在别墅等你。”

慕善点点头，弯腰坐进车里。

市区的别墅，闹中取静，精致典雅，慕善却只觉到空旷——那个男人，连她什么时候回来都尽在掌握中，甚至毫不掩饰自己就是幕后操纵者。

她看到自己放在双膝上的手，微微颤抖着。

他的确遵守承诺，没有再来找她了。

他早已不是当年那个清俊孤傲的少年。

他悄无声息地布好了局，逼她回头找他。

书房门前，慕善脚步一顿。

陈北尧的心腹们都在。暮光照进初秋微凉的房间，也照亮他们的脸。那些容颜明明五官迥异、年纪不同，可眼神中偶尔闪过的精明冷漠，却像是一个模子刻出来的。

陈北尧，是那个模子吗？

“嫂子！”李诚最先看到她，立刻起身。其他男人也纷纷站起，一口一个“嫂子”，此起彼伏，周亚泽甚至还笑嘻嘻地明知故问：“哟！嫂子舍得从北京回来啦？”

只有陈北尧静静地坐在单人沙发里没动，浅蓝细纹白衬衣，身影清冷料峭。因为还没痊愈，他的脸还是很苍白，神色却很平静，在阳光下有一种脆弱的病态的俊美。

慕善站在原地，只觉得十指指尖微微发凉。

他看起来明明与这些男人都不同，他怎么会是最坏最狠的那一个呢？

陈北尧也抬头看着她，唇角微弯，笑意淡如水纹。

“过来。”

慕善眼眸清亮地盯着他。

过来？

简洁的两个字，却透着陌生的强硬。

他以为他是谁？

以往她在陈北尧面前，总是轻易失去方寸，可这一次，一股极坚定的力量支持着她——那是一种近乎本能的强烈意志——保护父母，不让任何人伤害他们，哪怕是陈北尧。

于是，她不慌不忙地走过去，低头看着他，淡淡地笑着：“陈北尧，你可真阴啊，口口声声说爱我，转身就把我父母往绝路逼。他们五六十岁了，你也下得了手？谁的命在你眼里都跟草似的吧？”

清脆利落的声音，又甜又狠。

李诚看她一眼，没作声；周亚泽一挑眉，颇有兴趣地看着她。其他几个男人，个个神色不动。慕善就是故意让他们听到，他对喜欢的女人都能下狠手，更何况兄弟？她心头有火，逮住一点机会就想报复。

陈北尧也不生气，淡笑着抬手，抓住了她的胳膊：“坐。”

慕善的目光扫过他的手，落在他身上。

单人沙发被他高大颀长的身躯占据大半，只留下巴掌大块空地。

他要让她在众目睽睽下坐到他怀里？

他没听到她刚才的嘲讽吗？

她皱眉，人还没动，手上猛地传来一股大力！

恍惚间，似乎看到他眼中掠过隐隐笑意，紧接着她一个趔趄，半个身子跌坐在他大腿上。

又陌生又熟悉的坚实温热的触感，令她心头一颤。这耻辱的战栗感越发加深了她对他的怒意。

她立刻往边上一挪，滑下他的大腿，坐到沙发上。

所有人都沉默。她不想在众人面前与他撕扯，便沉着脸，没有急着挣脱站起来。

陈北尧却没看她。

他目视前方，微微抬起的侧脸俊美安静，沉黑双眸有浅浅的笑意。

慕善腰上忽然一麻。

是他的手，悄无声息地搭上来，将她柔软的腰线稳稳握住。慕善只觉得一股凉意“嗖”地从腰间一直蹿到后背，激起她阵阵战栗。

她竟然……她竟然有点怕这样的他，不动声色的他，势在必得的他。

可转念想到父母，她又强迫自己镇定下来。

“老板，要不下次再议？”李诚轻咳两声，率先开口。

“说完。”陈北尧偏头看一眼臂弯里的慕善，目光微沉。

李诚道：“柯五几个已经到了Z市，我让他们躲个半年再回来，大湘帮绝对查不到。”

慕善心头微冷。

周亚泽又笑道：“丁珩从C市回来了，好像还跟大湘帮谈妥了。要不要干掉他？”

陈北尧淡淡道：“不行，最近死的人太多了。”

李诚点头赞同：“听说省里开了几次专题会，要整治全省治安环境。最近风头很紧，低调点好。”

正听着，慕善忽然感到侧额被什么柔韧的东西压住，轻轻地蹭着。

那是他的侧脸，贴上了她的长发。

慕善全身发麻，只觉得整个身体都要石化。

紧接着，一缕微热的气息羽毛般拂过她的脸颊耳际。她感觉到，是他埋首在她的长发间，深深嗅了嗅。

然后，他发出一声微不可闻的满足叹息，只叹得慕善毛骨悚然，心头发毛。

几个人又商量了一阵，终于，男人们起身告辞，书房门被周亚泽顺手关上。

两人并肩而坐，同时静默。

慕善斟酌半瞬，刚要开口，他却忽然低头，埋首在她脖子上。

一阵湿热酥痒传来，那是他的吻，自顾自细细密密地流连。

慕善怒道："你干什么？"

他又狠狠吸了一口，看着她肩头出现一片深深红痕，才缓缓抬头。清俊容颜在灯光下璀璨如玉，乌黑的眉眼笑意吟吟。饶是慕善看惯了他的英俊，也没见过他笑得如此舒心，心头微震失神。

就在这时！

慕善只觉得一股极大的力量压上肩头，后背被迫重重撞上沙发。她眼前一片天旋地转，根本看不清他的动作，紧接着，一个重重的温热身躯压了上来。

再定睛一看时，他的一双黑眸竟已无比贴近地停在面前。

不，还不止。

大概刚才的动作牵动了伤口，他微喘着，双臂却紧压着她，将她的上半身扣在沙发上，双腿跪在她身侧，身躯几乎是完全贴近。

暧昧亲昵，势在必得。

饶是慕善心中早有筹谋，此时也被他的突然发难惊呆了。她不能动，也根本忘了动。

他近在咫尺地望着她，眼神清冷、笃定，笑意全无。

他径自闭上双眼，一低头，炽热的唇就狠狠地压了上来。

这个吻一改往日的温柔，极为热烈凶狠。他的舌上像是有一股压不住的火，只有她的气息，才是救火的甘泉，所以，他要将她的每一寸都啃咬干净。

他的舌长驱直入，无所不在，禁锢着她，纠缠着她，诱惑着她，令她无路可退，令她心神震荡。

慕善拼命推他，他纹丝不动，唇舌越发深入，像要把她吃下去。

她咬紧牙关逼他出去，他腾出手在她下巴轻轻一按，她吃痛，嘴唇不由得张开，被迫迎接他更加猛烈的肆虐。

过了很久，久到慕善晕眩，久到她捶打在他胸口的手也放弃了抵抗，他才缓缓将唇移开，细长的眸暗沉一片，写满意犹未尽。

“放过我爸妈。”慕善喘着气，脸色通红，眼神愤怒。

他肩膀一沉，压住她的胳膊，腾出一只手，竟然变本加厉地伸向她的胸口，同时低声笑道：“你在求我？”

慕善不吭声。

就在这时，胸口忽地一紧、一凉，他竟然解开了她的衬衣！

“住手！”她怒喝。

他抬眸望着她，语气含笑：“不愿意？那我凭什么帮你？”

这话只令慕善心里凉透，身躯僵直，一时艰涩难言。

见她一动不动，陈北尧微微一笑，声音有种陌生的冷酷狠厉：“慕善，我对你也算上心了，你想走就走，想停就停？”

他一把扯掉她的内衣！

慕善哪里料到他二话不说就这样对待自己？一时震惊莫名。他简直就像饥渴很久的猛兽，已经忍到极限，终于爆发，势不可当。

这样的陈北尧，实在太陌生，浑身上下散发着成年男人才会有的火热情欲。

“陈北尧，你疯了！”她厉声道。

他却恍若未闻，一把抱起她，放到自己大腿上……

慕善忍无可忍。

“啪！”

清脆响亮。

陈北尧的动作终于一顿，沉默抬头，黑眸清亮逼人。

白皙的脸颊立刻浮现几道浅浅的红痕。

“你打我？”他缓缓地问，似乎觉得有点好笑。

这态度越发激怒了慕善。

“陈北尧！我回来不是要卖身给你！我回来是因为不相信你会这么对我！你怎么能给我爸妈设套？”她怒道。

他的声音又缓又沉，却比刀锋还要锐利：“他们杀了我们的第一个孩子，这是一点警告。”

慕善一怔，不得不深呼吸两口，很久才缓过来。

“陈北尧！爸妈是为我好，那时候是我们错了。”

他冷冷一笑：“我去过那间诊所。你这么聪明，知不知道我站在那个地方，想起当年的你，是什么心情？”

你知不知道，我站在你受苦受罪的地方，是什么心情？

想象着我视若珍宝的女人，在这里打掉我的孩子，我是什么心情？

慕善脑子一空，只觉得呼吸都变得艰难。

只有他在胸口的肆虐，那越来越刺激酥麻的战栗感，令她越发愤怒、痛苦和羞愧。

“陈北尧，三千万你就想买我？”她声音哽咽，语气却越发冷酷，“来之前我已经留下书面材料给朋友，如果你不放过我们一家，明天你杀丁默言和温曼殊的供词就会送到省公安厅。”

他静静地看了她一会儿，忽地低沉一笑。

“哪个朋友？北京的大学同学，还是董宣城？”他连眉都没皱一下，“要不要跟他们通话？”

慕善全身僵硬，他竟然……

这哪里还是昔日的陈北尧？他分明又深沉又危险又狡猾，像一匹阴冷的狼，要令她除了他的怀抱，走投无路！

“其实真要我死，你只需要给叶微侬。”他仿佛洞悉了她内心全部的想法，“可是你没舍得。慕善，你舍不得我。”

慕善心头剧震——的确，把材料给叶微侬这个念头曾在脑海中一闪而过，就被她毫不犹豫地否决……

她恨死他了！

“滚！疯子！”她一声尖叫，拼了命挣扎，终于挣开他的桎梏，一脚踢在他胸口！他微蹙长眉，伸手想再次摁住她的腿。她怎么会给他机会，一拳重重地朝他胸口砸去！

他没有防备，身子晃了晃，轻咳两声，手上力道锐减。慕善立刻挣脱他的怀抱，起身就往门口冲。

“第一次是为父母、前途……”他的声音从背后传来，终于再无半点笑意，“第二次是所谓的道德正义？呵……我的女人，却从没为我妥协过。”

慕善身形定住。

“这次……我替你决定。”他的声音冷得像寒冰，“父母和道德观哪个重要？百善孝为先，一定是父母吧？要他们活吗？那就不许踏出这房门半步！”

平静的语调，彻底的威胁。

“陈北尧！你浑蛋……”慕善愤然转头，却在看到他时，声音戛然而止。

他背光站着，微驼着背，整个人显得苍白而黯淡。

两处暗红的血迹正沿着他的肩头和胸口藤蔓般缓缓浸染。他的伤口崩裂了，他开始咳嗽，一声一声，沙哑沉闷。

可清黑的眸始终盯着她，又冷又狠地牢牢将她锁定。

大概是咳嗽声太过密集，门口传来李诚迟疑的声音：“老大！”

“没事。”陈北尧看都没看一眼。

慕善眼睁睁地看着他一步步走过来。

他整个人看起来又虚弱又阴冷。已经有血顺着他的手臂缓缓滑落，最后滴在他脚下的阴影里，就像滴在她干涸的心上。

他走到她面前，却先拿起沙发上的一件外套，为衣衫凌乱的她披上。

她的眼泪忽然大滴大滴掉下来，说不清是怨恨、委屈，还是失望。

她只觉得全身的力气已经耗尽。

“你再逼我，我就去死。”

陈北尧看着她的泪水，一滴滴，晶莹剔透。

那是他见过的，世上最纯净的东西。

她说再逼她，她就去死。

半晌后，他开口：“三年，为我生个孩子。”

“不可能。”慕善脸色铁青。

他极虚弱却极沉稳地笑笑：“慕善，这是我的底线，你也没有选择，否则，我让你父母陪葬。按我说的做，你的父母会没事。最重要的是——慕善，你也想要我，想要有个我的孩子。”

慕善看着他，眼泪掉得更狠。

他看向门口：“李诚。”

李诚走了进来，大惊失色：“我马上叫医生。”

他摆了摆手，寒眸盯着慕善，近乎温柔的声音，温柔到阴森：“想好就告诉李诚，让你爸妈早点安心。”说完，也不等慕善回答，转身让李诚扶着，缓缓走出了房间。

夜灯初上的时候，慕善安抚好喜极而泣的母亲，挂了电话，推开主卧的门，走了进去。

只有一盏夜灯，陈北尧坐在床头，静静地吸着烟。

上身赤着，密密缠了几处雪白的绷带，像一只蛰伏的隐忍的兽，清秀绝伦的侧脸，笼着一层暗光，仿佛已经出神很久，等了很久。

等待猎物心甘情愿的献祭。

听到声音，他抬头看过来，伸手把烟戳熄。

黑眸紧盯着她，眼中似有什么东西在无声暗涌聚集。

慕善垂眸走到床边。

手却被他突然一拉，她脚步不稳倒在他怀里。

夜灯下，他的脸半明半暗，比任何人都清秀，也比任何人阴冷，宽阔而精瘦的胸膛，丝毫不觉得单薄，反而像一堵结实的墙，将她包围。

他紧盯着她的脸，有力的大手却从身后悄然抚上她起伏的曲线，开始无声而强势地流连。

慕善整个人伏在他怀里一动不动，脸贴着他温热柔韧的胸膛。

周围很静，唯有他灼灼逼人的视线和逐渐深入的抚摸令她微微颤抖，令她差点喘息出声。

他将她的敏感反应看得真切细致，只觉得眼前娇躯无比香软动人，一如之前每一次黑暗中的亲吻触碰，令他意乱情迷。

“陈北尧，我们彻底完了！”她终于忍不住喘息一声，狠狠地怒吼。

“不，我们刚刚开始。”他的声音很平静，翻身将她平放在床上，高大清瘦的身躯重重覆了上来。

Chapter 06

恨一般的哭泣是占有，梦一般的狂喜是占有，
真实的猜测是占有，摇摆的拥抱是占有。

赵咏华《占有》

第二天清晨，陈北尧放在床头的手机响了，他接起后小声说了句："等下。"低头看一眼被自己箍在臂弯中沉睡的慕善，小心翼翼地将她移开。

他起身下床，来到外间的书房。

是周亚泽的电话，跟他汇报了Sweet传来的最新消息，末了又问："嫂子昨天脸色不太好，没跟你闹吧？"

陈北尧无声地笑了，语气平淡："没事，她还在睡。"

周亚泽明显惊讶地沉默了，过了几秒钟才笑了："哈……她不会再回北京了吧？"

陈北尧看一眼里间的床，淡淡道："不会。"

挂了电话，陈北尧回床坐下，点了根烟，低头看着睡颜柔静的女人。

慕善醒来时已是中午，窗外的天却阴得像深夜，狂风疾雨重重拍打着窗棂。

刚才被他抱着，他伤势未愈，她筋疲力尽，两个人都睡着了。不过此刻身边空荡荡的，不知他去了哪里。

慕善身体潮湿酸痛，掀开被子一看，手腕、胸前、腰间、大腿，处处都是他的吻痕——他毫不掩饰压抑多年的热烈。

得到释放的不止他一个。慕善只觉得骨头都是软的，她只想躺着，一动不动。

她有些茫然地想，怎么就被他禁锢在身边了呢？她一向自诩还算精明敏感，就算他滴水不漏，她若早点防备，也不至于到今天这个地步，被他逼着上床，进退两难，如履薄冰。

为什么呢？

她对谁都留了戒心，周亚泽、丁珩，甚至叶微侬！可为什么唯独对他不设防？

她不由得想起重逢那天，他在榕泰顶层，沉默地弹着一曲《天空之城》。即使清冷疏离，即使与曼殊暧昧，可就是从那时候起，他就给了她错误的信号。

她觉得他隐忍温柔，认为他一往情深，哪怕后来目睹他杀人，她也以为，他对她是不同的，以为他骨子里还是那个痴情少年。

还有，在车上的固执牵手，在赌船上的落空一吻，他对她没有半点为难；

他长途跋涉，为她送上礼物；他红着脸说“我在重新追你”……

还有，被她两次拒绝，他都只是站在原地，从不强迫，从不发怒，让她潜意识认为，他一直敬她爱她，如当年他心尖上唯一的少女。

他一直在误导她，想要令她爱上他的痴情守候，想要她心甘情愿。

所以，失败后，他就退而求其次，陡然发难，她才会措手不及。

在温润清隽的外表下，他分明是匹狼，隐忍城府、掠夺成性、心狠手辣。

现在她要怎样？

三千万的借条，冠冕堂皇、合法合规的“私人助理”聘用协议，巨额的违约条件，她这三年几乎要跟他寸步不离。

可三年后呢？

那只是他的缓兵之计，想要跟她朝夕相处，想要血脉相连。他只是想用三年消磨她的意志，他笃定能让她不舍。

想到这里，她只觉得心头一片灰暗艰涩。

这个男人，对她用尽一切手段，可恨又可怜。

她曾经以为自己能坚毅如铁，可昨晚，她对他身体的渴求，就超出了她的预期——她原以为自己能够控制。

她永远不会认同他的所作所为，可将来某一天，她会不会屈服于爱情、亲情和欲望，留在他身边？

就像他说的，她不必作选择，“为父母”“为儿女”，她的良心已经有了光明正大的借口。

然后呢？

然后一辈子站在他身后，假装看不到过去的血腥？真的像个教父的女人，每天做无用的祈祷，痛苦地期盼着为他赎罪？

这就是他们的将来？

二楼还有个独立的开放客厅，慕善走过去时，厅里一片阴暗。哗哗雨声中，只有电视机开着很小的声音，画面闪烁。

那个略显消瘦的沉默身影，就安安静静地坐在黑色皮沙发里，坐在一室暗淡的光影中。

一点红光幽幽，慕善看清他的脸。

寒光胜雪的脸上，乌黑长眉像两道黑色新月，沉寂清冷，黑眸盯着电视屏幕，眸光却像是覆了层冰，又疏离又冷酷。

任谁见了，都会不寒而栗，都会觉得难以靠近。

这才是真正的陈北尧，终于在她面前袒露所有的陈北尧。

他听到脚步声，叼着烟望过来，眸色变得幽深难测，搭在沙发上的手臂微微一动，仿佛在等她去他的怀抱。

慕善在他对面的沙发上坐下。

“过来。”他熄了烟，坐直，微眯着眼。

慕善沉着脸，不动。虽然明知是徒劳，可她不想靠近他。她心里恨着他，恨他让她这么痛苦为难。

陈北尧亦不动声色地看着她。

幽暗光影中，她的衣服昨天早破了，只能穿着他的T恤，黑发如瀑，长腿如玉，清艳干净的容颜映入他眼里，是雨声中一朵幽静动人的睡莲，暗暗绽放。

可这枝睡莲，还不肯开在他的臂弯里。

他起身，缓缓走近她，高大身躯瞬间将她笼罩。

她还冷着脸，很镇定的样子，可眸中却闪过几分羞怒、难堪和慌乱。

陈北尧在她身旁坐下，抬手就扣住她的腰。

“陈北尧，你别太过分！”她眼眶微红，在他怀里猛烈挣扎，手肘即将碰到他胸部伤口时，却生生僵住。

陈北尧将她的动作看得分明，眸中升起淡淡笑意。他低头吻住她暗红的唇。不等她喘息，他一把将她抱起平放在沙发上，俯身压了上去。

“慕总最近不同哦，气色真好。”助理江娜把文件放在桌上，一脸笑意。

旁边另一个年轻姑娘笑道：“一定是因为……恋爱滋润呗！慕总，什么时候让那位开宝马的男朋友请小的们吃饭啊？”

如果是从前，慕善一定大方地跟两位小姑娘开玩笑，可现在，慕善只是淡淡一笑：“胡说八道，快去做事。”

慕善刚拿起文件，手机就响了。

是陈北尧清朗温和的声音：“我在楼下。”

在同事们艳羡而促狭的目光中，慕善离开办公室。刚走出大堂，便看到熟悉的轿车停在楼门口。

每天如此。

刚刚重掌霖市黑白两道、理应千头万绪的男人，竟然闲到每天按时接送。

走到车前，司机为她开门。一低头，便看到陈北尧一身笔挺清隽的墨色西装，手搭在膝盖上，盯着她，清冷的眸似有暖意。

慕善就像没看到，径直坐上去，拿出文件翻阅。

过了几秒钟，他抬手放在她肩膀上。

“高兴点。”

慕善的容颜冷默如冰封。

五天了。

她的所有行李都被搬到他家，正式成为他的女人。而他更是食髓知味，即使伤未痊愈，却每晚都把她往欲望的深沼里拖，让慕善真正见识到一个压抑多年的男人的深沉欲望。

白天他信守承诺，从不影响她的工作和生活，只是每天都有鲜花送到办公室，时不时有精心挑选的礼物放在车后座。

就像真的只是谈一场恋爱，温柔宠爱。

慕善对着他，始终沉默。

只有在床上，她偶尔发狠撕咬他纠缠他，他低声失笑动作更狠。

他正在一点点磨她的棱角。

这家会所地处最繁华的酒吧街后面，身处闹市却格外僻静，朱瓦青墙雕檐的仿古建筑前，只有垂柳在月色中昏昏暗暗。

进了会所，走道里也很静。除了带路的服务生，竟然一个人也没有。慕善随陈北尧走到最深处的包间门口，服务生推开素雅的纱格木门。

包间里静悄悄的，一张墨色矮几放在日式榻榻米上，摆了几道精致小吃，后面是一道水墨山水屏风。

陈北尧牵着慕善，绕到屏风后，推开另一扇木门，却别有洞天。

是一间画廊。

墙上挂满了精致的画卷，有山水，有抽象，雪一样干净的墙壁曲折来回，像是找不到尽头的风景幽谷。

两人走到窗边。

落地玻璃外，植物在夜色中郁郁葱葱，像一条绿色的静止的瀑布。在画与树的背景里，视线里只有一盏鹅黄的灯，高高垂在一角。

一架漆黑如墨的钢琴，静静矗立在灯下。

陈北尧松开慕善，径直走过去，在琴前坐下。

琴声如泉水舒缓幽深，他弹的是《卡农》。

慕善原本看着窗外，过了一会儿，忍不住转头看过来。

他并没有看她，弹得极为专注。

他双眸微合，白皙清秀的脸庞在灯下宛如美玉，光华流转，只消望上一眼，就令人移不开目光。

他的神色是从未有过的安详和放松，天使般静谧美好，唯有双手像是有了生命，于琴键处起伏跳跃。

与夜晚近乎痴迷的强取豪夺，与昔日笑里藏刀的阴森城府判若两人。

琴声轻灵而悲伤，她仿佛看到白云蔼蔼，夜色凄迷，只有他孤身站在那里，茕茕孑立，形影相吊。

此时此地，这个男人温柔赤诚，纯净通透。

慕善心头酸楚。纵然又恨又怒，听着他缠绵的琴声，看着他清朗无双的容颜，她仍然希望这一瞬能够永远。

一曲终了，他抬头看着她，若有所思，一动不动。慕善双手抓住自己的裙摆，在他灼灼目光中，一时竟不能移动。

痴痴沉默的对视，直到身后传来掌声。

“慕善，北尧。”

叶微侬娉婷地站在墙边蜿蜒的画卷下，一个高大清瘦的男人负手安静地站在她身后，含笑朝两人点了点头。

慕善心头微震。

男人不过三十五六岁，容颜硬朗而英俊，可深邃双眸极为内敛柔和，瞬间令原本凌厉的五官软化很多。

只是简单站在那里，就有一种平和而安定的力量。

正出神，肩膀已被人轻轻一揽，带着走到他们面前。

“这是我家老荀。”叶微侬浅笑，又对慕善二人道，“你们叫他老荀就好。”

“你的琴弹得很好。”老荀明亮的目光看着陈北尧，“荀彧。”

陈北尧微笑着伸手，与他稳稳一握：“陈北尧。”

四人回到包间落座。寒暄了几句，叶微侬笑着对老荀道：“你不是说，琴声画作这些艺术的东西最能反映人的胸襟情操吗？今天听了小陈弹琴，有什么感触？”

慕善闻言心中一动，看似很客套的话题，其实牵扯到老荀对陈北尧的看法。

未料老荀淡笑，四两拨千斤：“琴如其人。”

似有深意，却捉摸不定。

陈北尧笑笑，向老荀敬了杯酒。

放下酒杯，老荀却看向慕善：“听微侬说，小慕也是H大毕业的？”

慕善点头，笑了：“竟然这么巧？”

老荀点头赞赏：“放弃外企高薪，回家乡艰苦创业，实在难得。今后公司经营上有什么难处，可以给我秘书打电话。”

慕善心下感激，举起酒杯，却被陈北尧从手里取走，他笑着对她道：“还不叫师兄？我替你敬师兄。”

大概很少有人敢在老荀面前挡酒，叶微侬笑道：“她可是千杯不倒，陈北尧，你也太护着她了。”

陈北尧一饮而尽，笑道：“打算要孩子，不让她喝酒。”

不卑不亢的声音，自然而然的温柔，只怕任何人听到都会忍不住会心一笑。

慕善一口茶呛在喉咙里。

叶微侬惊讶地看着慕善。老荀眸光则柔和了几分，看向陈北尧，点头道：“你找了个好女孩，这是福气。”

尽管只有“琴如其人”这个虚得不能再虚的评价，可老荀明显对陈北尧印象不错。两人聊了大半个晚上，谈及霖市大多数中小型企业转型困难，竟几次令老荀或是蹙眉沉吟，或是愉悦微笑。

叶微侬则拉着慕善，在一旁沙发上坐下。

慕善之前跟她说，自己改变了心意，想跟陈北尧在一起。她和陈北尧的事，剪不断理还乱。叶微侬也不容易，她不想扔给她一个烫手的山芋。

当时，叶微侬竟然叹了口气说，也好，其实我现在更希望你跟他在一起，至少不像前几天那么失魂落魄。

此刻，她盯着慕善半晌，笑了：“还真是不同。”

慕善这下奇怪了：“什么不同？”

她捏捏慕善柔嫩清净的脸庞，笑道：“娇嫩欲滴。”

见慕善尴尬脸红，她又低声叹息：“刚才看到他对着你弹琴，我都很感动。慕善，我看你的样子还有点不痛快。可人生就这一辈子，就这一个爱人。虽然陈北尧的公司跟周亚泽的黑帮有瓜葛，但毕竟没做大的违法的事，否则老荀今天也不会来见他。”

慕善没吭声。

叶微侬并未察觉到她的情绪，叹息道：“想不到陈北尧这么冷的男人，竟然口口声声提孩子，你要是不跟他在一起，他也怪可怜的。”

慕善岔开话题：“你们呢？什么时候生孩子？他遇到你时不是单身吗？”

叶微侬笑笑：“北京那边逼着他再娶，他不肯。我们没办法结婚的，但是我知足了。”

十点多的时候，老荀和叶微侬先乘车离开。陈北尧送了幅外公的字，令老荀颇感意外，欣然接受。

刚坐回车上，陈北尧一身酒气地低头靠近。

“谢谢。”他眸色清明。

慕善淡淡道：“不是为了你。三年后，我的公司还要在霖市立足。”

无视她的冷漠，他笑笑，捉起她的手，送到唇边，一根根轻轻吻着。

慕善又痒又麻，想要抽回手，却被他抓得更紧。

他真的再无半点昔日温柔、沉默、隐忍，只要是他想要的，总是直接、狠厉地掠夺。

大概是今晚很顺利，所以他的心情明显很好。

今晚，慕善又见识到他的另一面，不得不佩服他的长袖善舞。

荀市长为官清廉，洁身自好，什么样的人能打动他，成为朋友呢？

君子之交。

一曲忧伤的《卡农》，气质高洁纯净，任谁看到当时的陈北尧，都会被他清高孤傲的姿容折服。

他的女人是H大高才生，干净正直的小师妹，亦是在荀市长面前的加分项；他对爱人温柔呵护、深情顾家，更与荀市长对叶微侬的专一异曲同工。

他对霖市经济发展见解独到，对荀市长侃侃道来，一副年轻有为的企业家做派。

处处投其所好，却又自然而然。

就算他日荀市长将他引为知己，慕善都不会觉得意外。这个男人，做什么事都有城府预谋。只是不知道他结识荀市长，是为了守成，还是进取。

似乎察觉到她的沉默疑惑，陈北尧嘴角微挑：“想问就问，你是我的女人，我不会瞒你。”

慕善不想和他多说，可荀市长牵连着叶微侬，她不得不多留个心眼，便淡淡道：“你最近在忙什么？”

他不答，望着她含笑不语。

答案不言自明。

这视线令慕善有点受不住，转头直接问：“结识荀市长之后，有什么进一步的计划？”

他笑笑，伸手摸烟，看到她却又收手。

“善善，别想太多，百分之九十九的时间，我是个正经商人。”

慕善不吭声。

他话锋一转："赵副省长被提拔进京，省委空出一个名额，听说要从霖市选人，你更看好谁？"

慕善一怔。他说的"更"，指的自然是荀市长和温副市长。

她沉思片刻道："听说荀彧是荀家不受重用的小儿子，所以才发配到霖市。不过，温敝珍也未必清清白白。比起他，我宁愿投荀市长一票。"

见她难得地没板着脸，陈北尧忽然低头，捏住她的脸，沿着唇线一点点耐心地舔起来。

"嗯，我们投他一票。"

那天，陈北尧跟荀市长只聊经济大势，没谈半点私事私密。之后许多天，陈北尧也再没让慕善作陪。他与市长之间，仿佛真正是君子之交淡如水。

谁料半个月后，霖市官场地震了。

温敝珍被免去副市长的职务，调任北京某局任职。据传他的新职务没什么实权，等于是退休了。

关于他被调职的原因，董宣城告诉慕善，说什么的都有。

有人说他玩贫困女大学生，事情被捅到了省委，所以才被免职。

也有人说是因为多年前他有过贪污腐败的行为，这次被他很久以前的一位秘书实名检举了。而这位秘书，多年前犯事被他发配到乡镇当文员。

还有人说他是主动请辞的。他在霖市担任副市长期间，一直锐意进取、发展经济。虽然榕泰的倒台对他的官名有些影响，但他本人从未涉及任何犯罪，只是因为独女惨死，他无心仕途，所以请辞。

这晚，看到本市新闻中再无温敝珍的身影，慕善忍不住叹了口气。

她叹气时，陈北尧和周亚泽刚好走进客厅。周亚泽还带了个女孩，笑嘻嘻地冲慕善道："嫂子看新闻呢？Sweet，你也学学嫂子，多掌握些资讯才能帮到男人。"

今天的周亚泽似乎格外兴奋，慕善忍不住多看他一眼，这一看倒是让她有点吃惊——他怀中的女孩格外清纯动人，翦水大眼看着慕善，很乖巧地叫了声："嫂子。"

慕善一看她就有好感，笑着点头。

Sweet跟周亚泽上了楼，陈北尧靠着慕善坐下，身上有淡淡的酒气。他低头在她身上嗅了起来，他似乎很喜欢她的气息。

慕善不理他，继续换台，过了一会儿，却听到身旁传来均匀悠长的呼吸声。

她一回头，陈北尧竟像个大男孩般耷拉着头，一只手臂搁在沙发上，另一只手就放在她大腿旁。

穿着精良西装的高大身躯，就这么蜷缩着、微弓着，静静地靠在她身旁。

像半段黑色的圆弧，隔着一段小心翼翼的距离，将她围在圆心。

慕善心头微颤。

他的脸离她很近，黑色短发光泽如流水，仿佛就要淌到她的心上。而清秀如画的侧脸，只要她一抬头，就能贴近。

慕善别过脸，起身，上楼。

刚走了几步，身后传来响动。她一回头，看到那墨色双眼徐徐睁开，定定地望着她。

他也沉默着站起来。

两人就这么一前一后，隔着几步距离往楼上走。尽管已有过多次亲热，可他什么也不说，就这么不远不近地跟着，反而令她心神不定。

她加快步伐也不是，放慢也不是。楼梯转角，慕善一侧头，就看到他脸上挂着淡淡的笑。

仿佛笃定，今晚她依旧属于他。

慕善心中再次徒劳地升起怒火。

经过一间客卧时，慕善神色一僵。

尽管房间的隔音效果很好，但极有节奏感的撞击声和呻吟声还是清晰地传了出来。毫无疑问，周亚泽一定是把Sweet重重地压在门上放肆地掠夺，才会有这么明显的声音。

慕善脸上一热，脚步更快。

陈北尧明显也听到了，经过时直接抬手敲了敲门示意，他们的声响这才轻了许多。

这些暧昧的声音越发令慕善心神不宁，又羞又窘。

慕善刚走进房门，陈北尧已经像影子一样跟上来，一把将她打横抱起。

“想要？”他仿佛能看穿她冷漠的表面下身体里的无声暗涌。

“不想！”慕善恨恨道。

他黑眸氤氲地盯着她：“口是心非。”

她咬牙转头。

……

慕善没想到，能很快又见到丁珩。

只是这一次，她已是陈北尧的女人，而他是吕家小姐的未婚夫。

这晚，是市政府召开的慈善表彰晚宴，邀请捐助希望工程的企业家参加。因为之前的丑闻，市里对这次慈善活动极为重视，荀市长甚至亲自担任颁奖嘉宾。

慕善被陈北尧搂着走入会场，看到巨大的液晶屏显示的数字，她略有些吃惊——陈北尧的捐款金额竟然是最高的，名字在第一个。

交杯换盏，觥筹交错。

气宇轩昂的荀市长宣布表彰决定。陈北尧在掌声中走上灯火辉煌的舞台，不卑不亢地微笑着，身姿挺拔料峭，容颜清俊光华，任谁见到，都要赞一声惊才绝艳。

之后，他与荀市长握手、合影留念。

两人身份不同、气质不同，却同样清隽内敛。他们并肩站在一起，只令慕善觉得整个霖市仿佛都在他们脚下。

正走神，同桌却有人询问她和陈北尧的婚期。她跟了陈北尧，在霖市商界已不是秘密。慕善笑笑，含糊其辞。

过了一会儿，陈北尧回到她身边坐下，正好看到她与女宾攀谈，面若桃花，笑容浅浅。他将她的手一拉，把奖牌奖状递给她。

慕善拿起来看，愣住。

“感谢陈北尧先生、慕善女士，捐助五十所‘陈慕希望小学’……”

一行小字，镌刻在奖牌最下方。

陈慕希望小学。

慕善心头百味杂陈。不管他是真心，还是为了名声和讨好官方，终究帮到很多孩子和家庭。

而且那些小学早已建成，所以，他几年前、与她重逢前，就用了“陈慕”这个校名？

“谢谢。”她忍不住抬头，目光温和地对他笑了。

陈北尧嘴角一挑，盯着她，端起酒杯自己干了。

就在这时，掌声再次响起。慕善抬头望去，一名西装笔挺、高大挺拔的男士揽着位娇小女士款款走上舞台。

是丁珩。

与陈北尧略显清冷的俊美不同，他显得更加风度翩翩，英俊倜傥。站在貌不惊人的吕夏身旁，就像一块清朗发光的玉。

吕夏从荀市长手中接过奖牌——她替亡兄领取表彰。丁珩一直微笑陪着她，那份温柔呵护足以令在场的任何女性侧目。合影时，他的灼灼目光静静环顾一周，沉默微笑，风采卓然。

甚至意气风发，更胜从前。

慕善想，整个霖市，大概没人像丁珩这样历经磨难。

家族企业一夜倒台，父亲惨死，他一改公子做派，坚韧地寄人篱下，孤身筹谋。

原本如日中天的亲舅舅意外下台，任谁都觉得他这个太子爷再没搞头，他却摇身一变，成为吕家的乘龙快婿，将吕家生意尽收囊中，真正东山再起。

有人觉得他靠女人靠运气，可慕善觉得，吕家出事，谁能在当天就追击大湘帮复仇？谁能在事后亲赴C市，摆平了这么大的恩怨？

她早知道，他的胆色不同常人。

看着他扶着吕小姐下台，慕善心情有些复杂。他那么风流的人，会真心对待那个女孩吗？

慕善父母被陈北尧威胁时，她压根儿没想过找丁珩帮忙，因为她始终觉得，如果陈北尧是狼，难道丁珩不是虎？

想到这里，慕善又有点难过——为什么她可以对任何男人冷静疏离，唯独在陈北尧面前次次失了分寸？过去是这样，现在还是这样。

她已下定决心，三年后一定走。那时候如果他再拦，她只能狠心揭发。

这三年呢？她诚然不会原谅他、接纳他，可就像他说的，她也想要他。那是她灵魂深处的渴求，干涸肉体的欲望，她要怎么面对这样的自己？

宴席后是舞会，陈北尧跟慕善跳了两支舞，就被热络的人群围住。慕善难得透气，一个人走出了宴会厅。

沿着灯火通明的过道，慕善垂眸，一步步数着地毯的花格。陈北尧想让她怀孕，她也的确很想要个跟他的孩子。不过，陈北尧大概以为，有了孩子她肯定舍不得走。可他不知道，有了孩子，她的爱情已经圆满，就再无所求，更加可以走。

“慕善。”

熟悉的嗓音忽然在背后响起。

慕善身子一顿，微笑转头：“丁珩。”

灯光下，这个近日来传奇般的男人正眸色深沉地站在窗边，幽暗的夜色越发衬得他长身玉立，姿容俊朗。

吕夏小姐就站在他身后半步远，看着慕善，挺亲和地笑了笑。

丁珩转头对未婚妻小声说了句什么，然后便朝慕善走了过来。

眼见吕夏转身趴在窗口，竟是做出一副悠闲等待的姿态，这让慕善对这位吕小姐有点刮目相看。

丁珩在她面前站定，目光扫过她精致的妆容、坦荡的双眸，眸色越发地深。

“心甘情愿？”

慕善当然知道他问什么，不答反问：“你呢？”

他忽地笑了：“慕善，你总是针锋相对。”

他上前一步。

这个距离实在太近，他的身体几乎要贴上她。慕善一惊，立刻后退，可后面就是冰冷的墙面，退无可退。

他似乎早有预谋，双臂一圈，拦住她的去路。

而他身后数步的吕小姐，恍若未见，安安静静。

慕善并不怕他，但隔着一堵墙便是宴会厅，这姿势实在暧昧，她的脸色冷下来：“让开。”

“别这样。”他紧盯着她。在那片漆黑的深渊里，慕善分明看到一种前所未有的坚持。

“这算什么？你有未婚妻，我也……”慕善顿了顿道，“有了男朋友，我讨厌暧昧，你让开。”

“我只想跟你说。”他沉下脸来，慢慢道，“那个电话……不管是善意还是巧合，我会记住。”

慕善一愣。

而丁珩看到怀中女人容颜娇艳，眸光如水，红唇在灯下格外柔润，他自然而然地低下头凑近，那姿态就像又要强吻她。

“住手！”慕善伸手要挡。

他却凑到她耳边道：“我不信你是心甘情愿，只要你一句话，我帮你。”

慕善心念一动，可转念一想，立刻否定了他的建议。

“丁珩！”女人略显焦急的惊呼忽然传来。

来不及了。

一声闷响，丁珩身子一晃，头一偏，竟然松开了她。

慕善面前光影一闪，手已经被人狠狠抓住，熟悉的气息立刻将她包围。

她这才看到丁珩被逼退了几步，在她右侧站稳。他一只手抚上脸，眸光沉静，唇角竟然溢出一丝鲜血。

可见刚才他挨的一拳有多狠。

而她左侧，是一身肃黑西装的陈北尧。李诚和几个保镖站在他身后，脸上全是怒意。

陈北尧面色却很平静，看了看慕善，又看一眼脸颊已经明显有些瘀青红肿的丁珩，笑了："原来是丁少，不好意思，怕她吃亏，下手重了。"

丁珩擦了一下嘴角的血迹，盯着陈北尧，不怒反笑："陈总下手一向重。"

陈北尧根本不搭腔，偏头看着慕善，意有所指："没吓着吧？"

慕善主动握住他的手："没事，走吧。"

陈北尧笑了，将她揽入怀中，不动。

吕夏已经快步走上来，扶住丁珩。几个年轻男人也从远处走过来，站到丁珩身后。

吕夏柔和的声音也恰好让所有人听清楚："丁珩，我有点醉了，能不能送我回家？"

慕善觉得她此时开口，非常合适。两个大佬自恃身份，不愿也不会在公共场合闹起来。但刚才毕竟动了手，此时两个女人都开口，他们也正好下台。

未料陈北尧忽然松开慕善："丁少，去抽根烟？"

丁珩抬眸看着他，也轻轻挥开吕夏的手。

身后的保镖们个个表情肃穆，明显绷得很紧。李诚站到慕善身旁，低声道："嫂子，别担心，没事。"

慕善没有担心，只是好奇。

前方幽静的走道，两个同样高大挺拔的男人各自点了根烟，倚在窗口。他们一个清俊，一个英朗，气质截然不同。也许是灯光太柔和，夜色太迷离，此刻，慕善远远望去，竟看到同样幽暗俊逸的流光剪影。

他们曾是最好的兄弟，现在只有你死我活。

他们能聊什么？难道在利益面前，血海深仇都能暂时放在一边？

过了十来分钟，众人正等得忐忑，宴会厅里忽然走出一个三十余岁、戴着眼镜的斯文青年。

“吴秘书。”李诚率先迎上去。慕善认得他，是荀市长的秘书。

吴秘书点点头，看一眼陈丁二人的方向，笑了：“原来都在这里。李总，市长要走了，说请二位一起去喝茶。”

李诚闻言咳嗽了两声，缓缓朝陈北尧二人走过去。

这晚，慕善睡得迷迷糊糊，忽然有人在亲自己的耳朵，她知道是陈北尧刚刚“喝茶”回来。

她闭着眼一动不动。陈北尧亲了一会儿，停下来，从身后搂住她的腰。

“不想知道？”清润平和的声音。

“猜都能猜到。”她淡淡道。

“说说看。”他把下巴搁在她的肩窝。

慕善把头往枕头中埋得更深：“荀市长真正掌控全局，你们也要休养生息。”

很显然，霖市会有很长一段时间的平静。

“你看得透彻。”他忽地抬手，将她身子扳过来面朝自己。

“过来帮我管生意。”他盯着她，“投资公司、房地产，这些都干干净净的。”

慕善想都不想，直接拒绝：“没兴趣，我的公司也很忙。”

“你的人一起过来。”陈北尧仿佛没听到她的拒绝，“我现在缺职业经理人，就算聘请你的公司做常年顾问。”

慕善深吸一口气，他的公司会缺职业经理人？

“你又在算计什么？”

这态度大概令陈北尧不悦，长眉微蹙。

她到哪里都有他的人跟着。今晚在宴会厅里，听到异常，他第一时间走出宴会厅。

却看到她被丁珩扣在怀里，脸蛋绯红，眸光流转。尽管她脸上有怒意，可对着丁珩，却没有对着他时那种从骨子里散发出的冷漠和决绝。

仿佛已经下定决心，三年后会离开他。

这令他心头微怒。

将她抓回怀中时，他忍不住想起当日在榕泰顶层，晕倒的丁珩嘴角残留的口红痕迹；想起躲在柜子里的她，粉红柔嫩的唇色。

他也想起手下送来的视频，灯光音乐中，她被丁珩紧紧拥着，翩翩起舞。丁珩闭着眼吻她，她在他怀里微微颤抖，真正像一对坠入爱河的佳人才子。

她曾经不止一次拒绝了他，却被丁珩吻过。

就在他的眼皮底下，被另一个男人狠狠吻了两次。

想到这里，他幽深的目光盯向她水光清艳的红唇。

“别乱想，没有算计。”

只是想让你的一切都在我的控制中。

慕善不吭声。

他的声音很柔和，与平时的清冷疏离有些不同。可慕善知道，他一旦这样柔声细语，往往是动了怒，下手更加凶狠。

是什么令他生气了，连她的公司都想圈禁？

当然是丁珩。

“我跟丁珩没事。”她淡淡道。

不是要跟他解释，而是不想卷入他跟丁珩那堆破事中。

他点点头，眸中含了笑意。

这一晚的前奏，比以往漫长许多……

过了很久，陈北尧抱着她靠在床上。这是一天中她难得温顺的时刻，疲惫地伏在他怀里一动不动。

却听他忽然道："不是想回家一趟吗？我陪你一起。"

慕善吓了一跳："干什么？"

他看着她明显僵硬紧张的神色，言简意赅："见面。"

"没必要。"慕善漠然道，"反正三年后会分开，他们不必知道。"

他抬手轻轻抚上她乌黑紧蹙的眉："你害怕了。"

慕善是怕，不吭声。

过去，她设想过无数次与陈北尧重逢，并再次相爱，但在她的幻想中，从来都会绕过父母——因为陈北尧一直是她和父母间的禁忌隐痛。

而现在，她更加不想让陈北尧重新出现在父母面前。

哪怕他现在的条件完全超出父母的择婿要求很多倍，甚至可能得到父母的原谅。

他像是能看透她的心，淡淡道："我不会再让你受委屈。"

"你想干什么？"慕善惊怒，"你敢再碰我父母一下！"

陈北尧笑了："别乱想，我去负荆请罪。"

尽管慕善依然不同意，但是第二天下午四点，她还是被车送到自家楼下。

陈北尧让她先回家，自己在酒楼设宴。她不知道他到底会怎么面对父母，也不知道父母会有什么反应。既然已经回来了，她只能静观其变。

保镖打开车门，慕善下了黑色奔驰，抬头便看到母亲站在单元门口。

"妈！"看着母亲明显有些憔悴，慕善心头一痛。

"善善！"慕母抱住女儿，仔细看了看。大概是见她气色不错，高兴地笑了，这才看向花坛边的车和保镖，"这是……你朋友的？"

慕善顿了顿："嗯，进去说。"

大概是霖市车牌的豪车有些张扬，母女俩刚走上楼，就有邻居打开门寒暄："小善回来啦！你养了个好女儿啊，又漂亮又能干！"

母亲面露喜色："这孩子是听话！"

在家中坐定，母亲拉着慕善的手说："你爸还在开会。你今天怎么有空回来了？”

慕善有些心疼地看着母亲。

母亲个头不高，身材瘦弱，瓜子脸上虽已有不少皱纹雀斑，但依旧看得出年轻时俏丽的轮廓。

因为慕家在本地并不算富裕，在慕善的记忆中，母亲温婉的容颜上总带着几分愁容。慕善能理解那份哀愁。随着经济发展，小县城出现越来越多富人阶层，而母亲一辈子老实挣工资，那份哀愁，就是她对另一个阶层生活的毕生向往。

慕善并不觉得有问题，这是人之常情。而且父母品行端正，上次若不是被陈北尧设套，一辈子平平稳稳，在慕善看来就是最幸福的。

可今天，那份愁容不见了，母亲的笑容似乎格外明朗，仿佛积压心头多年的那点不甘心已烟消云散。

慕善笑：“有什么好事，这么高兴？”

母亲嗔怪地看她一眼：“你这孩子。”然后转身进房，拿了一个小包出来，小心翼翼面带满足地打开，掏出几个红本。

竟然是好几处门面的房产证。

慕善翻开一看，都是母亲或者父亲的名字，她立刻明白过来——一定是陈北尧。

他直接送了母亲梦寐以求的商业街门面，这算什么？棒子加胡萝卜吗？

母亲看着她笑：“今天上午有人叫我去办过户手续，说是你安排的，我就去了。打你电话又关机。没想到这么多……就想等你下午到家问你——是你让男朋友送的？”

慕善顿了片刻。昨晚被陈北尧要了很久，睡到快中午才起来，手机也没开机，没料到他已提前安排好。

她不能让父母担心，她怎么可能让他们知道真相？

她是他们的骄傲和希望，如果他们知道陈北尧是黑道商人，知道三年之约，知道陈北尧用三千万逼她，他们要怎么活下去？

而且她心中甚至还有个诡异的念头——即使将来要离开陈北尧，她现在竟然隐隐地不想让父母厌恶他。

她不动声色地点下头："嗯，妈喜欢就好。"

母亲又笑，真的是那种扬眉吐气的笑："他人怎么样？肯定是个好孩子吧……妈上次的事，人家一声不吭就帮你出三千万，还动用关系替你爸爸跑动，说明这孩子是真心对你，又能干。他年纪大不大？没什么坏毛病吧？"

说到这里，她神色又凝重了几分："要是人品不行，咱们马上把门面退回去，再有钱也不成。"

慕善看着暗黄色木地板，听到自己有些刻板地答道："妈，他没什么毛病。香港大学金融系毕业，现在自己开公司，年纪不大，二十六岁，只比我大一岁。除了我之外，没交过别的女朋友。"

母亲闻言眉开眼笑："太好了！真是个好孩子，你总算找了个像样的男朋友！"

慕善盯着那几本鲜红刺眼的房产证，有些恍惚道："妈，他是陈北尧。"

Chapter 07

只是你现在不得不承认，爱情有时候是一种沉沦。

林忆莲《伤痕》

母亲的笑容骤然僵在脸上，有点不可思议：“陈……北尧？哪个陈北尧？”

她的反应，令慕善不明所以地慌了一下。

她忙拉着母亲的手：“妈，您先别生气，别为他一个外人生气。这些年他一直在外面做生意，这次是来……负荆请罪，想要弥补当年的错。”

母亲的脸色还是很冷：“他什么意思？”

看着她的样子，慕善觉得有点难受。其实，陈北尧能否得到父母的谅解，她明明无所谓，可母亲的反应又让她心头泛起熟悉的无力感和心痛。

一如这八年来，每次谈及陈北尧时父母狠厉决绝的态度，而她耐着性子开导，却毫无作用，最后只能无言沉默。

她勉力平静道：“你先见见他，要是不满意，我不跟他好，那三千万我慢慢还他。”

说出这话时，她心头微痛。母亲心疼她，怎么忍心让她背上三千万的债？

果然，母亲眼神明显一痛，没吭声，过了一会儿，忽然想到什么，又问："电视里提到的霖市第一大企业陈氏投资集团跟他有关系？"

"嗯，是他的公司。"

母亲脸色阴晴不定："你说他要向我们负荆请罪？"

慕善避而不答："妈，他今天专门请咱们家吃饭，你可以看看再说。"

母亲脸色有点僵，看她一眼答道："先看看。"

母亲跟着慕善坐上奔驰时，好几个邻居好奇地打招呼，母亲勉强笑道："是，跟善善出去吃饭。"

车子停在本县最好的酒店楼下，服务生殷勤地开门，她们跟着保镖，走在金碧辉煌得有点俗气的过道里，隔几步就有服务生九十度深鞠躬："欢迎光临。"

慕善一直注意着母亲。

她看到母亲左右看看，神色竟然有些局促紧张，大概是很少来这种应酬场所。这令慕善有点心疼。

母亲为了这个家辛苦了半辈子，女儿始终在外求学、工作，又曾回报过母亲什么呢？

她伸手握住母亲略显冰凉的手，柔声道："妈，外面的菜没你做得好吃，明天给我多做点。"

母亲闻言神色放松了许多，笑道："那是肯定的，外头的味精、油放太多了。"

保镖为他们推开包间的门，桌边那人几乎是立刻站了起来。

沉黑的眸毫不掩饰地闪过惊喜，他的声音温润如水："阿姨，您好，请坐。"

慕善看到母亲明显一怔，大概是陈北尧今时的容颜气度超乎了她的预期。

母亲略有些尴尬和冷淡地坐下。

一旁的侍者要添茶，陈北尧微笑着阻了，亲手拿起茶壶为母女满上，这才坐下笑道：“阿姨，您今天肯来，我很感激。阿姨，不如先点菜吧。”

慕善见陈北尧一口一个阿姨，神色是她从未见过的热络，就连跟荀市长吃饭，他都没这么殷勤。

这令慕善感觉有些复杂，感激地望着他。他看她一眼，眸色始终平静含笑。

母亲虽不经常应酬，但也不迟钝。知女莫若母，这几年慕善不说，可她知道女儿心里一直对他念念不忘。

现在将两人的神色看在眼里，她心中暗叹一口气，对陈北尧道：“小陈，今天你请我们吃饭，我们老两口来，是不想让女儿为难，不代表就原谅你，接受你。你们当年的确做错了，错得离谱！我跟老慕就善善一个女儿，放哪儿都不比别人差。你当年差点儿毁了她的前程，哪个当父母的都不能同意！”

慕善心头微酸。

刚才踏进陌生的酒店，母亲还有些紧张，可现在却言辞铿锵有力。是因为极度维护女儿，才令母亲忘了胆怯吧？

她在桌下紧紧握住母亲的手。

陈北尧的神色也很柔和：“阿姨，您说得对，慕善是我见过的最好的女孩，她不该受一点儿委屈和伤害。过去是我年少不懂事，好在慕善一直很优秀，否则我追悔莫及。其实我也要感谢叔叔阿姨，如果不是你们当头棒喝，这些年我也不会这么拼命工作，才能有现在的小有成就。希望叔叔阿姨给我个机会，让我重新追求她。”

慕善从没见过他对任何人这么低声下气、殷勤恳切。

他根本没必要再算计她父母什么，真的只为化解与父母的矛盾？

母亲神色也舒展许多，不过还是淡淡的：“年轻人知道错就好。等老慕来了再说。”

与父亲的会面比想象中轻松许多。

因为提前知道今晚要见的是陈北尧，父亲走进来时，脸还沉着。陈北尧也没有刚才对母亲的热络，他不卑不亢地为父亲添茶。

上了菜，慕善和母亲话都不多，倒是父亲和陈北尧一问一答，一直在交谈。父亲问了问陈北尧的生意，又问了在香港求学的情况。

两人也聊到本县的一些人际和企业，陈北尧极为熟悉，倒令父亲多看了他几眼。

这就是男人和女人的不同——心知肚明，却半点不提。

末了，陈北尧从一旁柜子上拿出两个盒子，分别双手递给父亲和母亲，是一点见面礼。

给父亲的是一套棋子，慕善对这个不熟，只觉得棋子玉质通透清凉，触手温润。父亲看了几眼，淡淡道："你费心了。"

陈北尧微笑："慕善说您喜欢这个，我托人从北京买来的。听说您是高手，改天跟您学习。"

父亲脸上这才有了笑意。

送给母亲的是一套钻石首饰，样子简洁大方。母亲连说不合适。陈北尧笑道："善善选的款式，您样貌年轻，戴这个正合适。"

慕善真没想到他准备了这么多，呆呆地说不出话来。

饭吃到一半，父母脸上都有了舒心满意的笑容，四人相处全无尴尬。慕善看着陈北尧沉静温润的侧脸，只觉得自己在父母跟前很多年都没这么轻松过。

快吃完的时候，有人敲包间的门。

保镖从外面探了个头，朝陈北尧点点头。几个中年人朗笑着阔步走进来，为首一人中等身材，眉目端正，看着四十来岁。

他上前一步握住陈北尧的手："陈总！来辰县也不打个招呼，要不是经理告诉我你在这里吃饭，差点就错过了。"

陈北尧淡笑着跟他们一一握手："家宴，不敢打扰诸位。"

父亲又惊讶又高兴，迎上去："赵县长！苏县长！真巧！"

一时喧哗。

那位赵县长看过来，他的目光何等锐利，听陈北尧说“家宴”，又看到慕善，已经明白几分，笑着和慕父打了招呼，话锋一转：“陈总家宴，我们就不打扰了，有空去那边坐坐。”

陈北尧客气道：“哪里，我一会儿过去敬酒。下次赵县长再来霖市，一定要让陈某做东。”

一群人热热闹闹来了又走。母亲看一眼慕善，面露喜色，那眼神慕善明白——上次父亲出事，只怕人情冷暖，今天看小县城的官员跟陈北尧交好，父母当然觉得一扫乌烟瘴气，扬眉吐气。

稍坐了一会儿，陈北尧端着酒杯，起身说失陪，过去敬一圈酒就回来。

他走出去后，母亲盯着他挺拔的背影，终于微笑道：“这孩子是变了不少。”父亲点点头：“年轻人上进才有前途。”

慕善看着空荡荡的门口，只觉得喉咙一片干涩。

她也是个俗人，她心中也有俗人的期盼。

这样的陈北尧，谦恭温和、衣锦还乡的陈北尧，与父母化干戈为玉帛的陈北尧，曾是她奢望幻想过很多次的梦，而今天，梦，终于圆了。

也许，今天让他来真是对的。他用谦卑和实力解开了父母心头多年的耻辱心结，她年少时与他的放纵不堪，在父母眼中不再是污点。

就算他们再分开，父母这道坎也过去了。

那是她梦寐以求的东西。他真的给了她，像他说的，不再让她委屈难过。

今后只有他，能让她委屈难过了。

晚上，陈北尧自然睡在酒店。

慕善洗了澡回到房间，就看到母亲坐在床头，样子有点发愣。

“在想什么？”慕善笑问，在她身旁坐下。

母亲抬手抚过她的长发。曾经白皙如玉的修长双手，如今显得紧皱干瘦，还有零星的黑褐色老人斑，唯有那份温柔的怜爱如昔。

“善善，跟妈说实话，他对你好吗？”母亲柔声问。

慕善点头：“挺好的，否则我不会跟他在一起。”

母亲闻言释然一笑：“那也是，谁能委屈我家善善。”又听她叹道，“没想到小伙子现在还挺争气，我跟你爸商量过了，他也同意。不是因为他多有钱——你爸说，这孩子变了，现在心大、稳重，是个可靠的对象。妈不在乎这个，妈就看重他对你上心。你们两个人好好过，明白吗？”

慕善点点头，抓着母亲的手，埋首进她温热的掌心。

第二天，慕善在母亲嘱咐下，带陈北尧一一见过亲朋好友。他姿容绝伦，谈吐有度，身家彰显，几乎令所有亲戚赞叹羡慕。

这令母亲更加高兴，到下午的时候，已是“小陈小陈”，毫无芥蒂。

傍晚的时候，留在本县工作的几个高中同学做东，请慕善吃饭。陈北尧理所当然地跟去。

他们当年的事全校皆知，有人认出了陈北尧，众人惊叹。一席饭吃得热热闹闹，众人笑称陈北尧终于抱得美人归，灌了他不少酒。他一一受了，只是望向慕善的目光，越发温柔。

慕善在他不经意的凝视中，都有些恍惚了。

就好像……她想了八年的那个陈北尧，真的回来了，回到她平静的生活中。

末了，有人喝高了，猛地站起来，深深鞠躬，朝两人敬一杯酒：“谢谢你们，让我看到这世上真的还有执子之手，与子偕老。”

也许他是想到什么有感而发，也许他只是借机恭维陈北尧，可看似微醉的陈北尧却在桌下把慕善的手一拉，淡淡的酒气喷在她耳边，哑着嗓子低声道：“执子之手，与子偕老。”

离开饭店的时候刚八点。陈北尧将慕善送到楼下，道：“我跟你上去。”

见慕善迟疑，他眼神清明，淡笑道：“明天就回霖市了，跟你爸妈告个别。”

时间还早，爸妈开门看到陈北尧，并没有诧异。陈北尧坐在客厅跟父亲聊天，等慕善换了衣服出来，发现两人已经在下棋了。

十点的时候，慕善忍不住催他：“你回去睡吧，明天咱们不是一早就走吗？”

他似乎才察觉到时间，点点头，正要起身，却被父亲一拉，皱眉对慕善道：“下完这一盘，你别打扰。”

等慕善都有点瞌睡的时候，已经十一点半。父亲打了个哈欠，这才意犹未尽地看着陈北尧：“不错！我很久没碰到对手了，想不到你算一个。”

陈北尧笑得谦卑温和：“还是输在您手里。”

父亲点头：“你要做生意，还有这样的棋力，实在难得。”他抬头看一眼表，皱眉道，“这么晚了？”

慕善接口道：“陈北尧，你回酒店吧。”

陈北尧笑着掏出手机：“我打电话给司机，他大概已经回酒店睡了，我让他过来。叔叔，我再叨扰一会儿，您先去休息吧。”

父亲摆手：“这么晚了，明早五点就要走……在这里住吧，让慕善把客房收拾一下。”

房门掩着，高大的身躯靠在床边。慕善把床单用力一抖铺上，再压得整整齐齐，一回头，看到陈北尧一动不动地盯着自己。

“你故意的吧？”慕善淡淡道，“故意输给我爸，下到这么晚。”

他没吭声，走过来，轻轻抱住她的腰。

慕善身子一僵，转眼就被他压倒在床上。

“放手！”慕善急了，“一会儿我爸妈看见。”

“他们不会过来。”陈北尧淡淡道，低头想亲。

慕善扭头躲开。

“你心里……真的一点儿也不在意？”慕善慢慢问道，“我妈当着那么多人骂你，我爸找人打你……”

这两天，他表现得太完美，可是她想问很久了。

他抬眸看着她，语气漫不经心：“跟你相比，微不足道。”

他吻住她。

这一次，慕善没有拒绝。直到他的唇舌逐渐往下，眼看要掀开她的睡衣，慕善才一把推开他，面红耳赤地站起来：“我回房了。”

“睡这里。”他拉住她的手，声音低沉有力。

“不可能。”慕善觉得匪夷所思，“你想明天一早被我爸妈打出去？”

半夜的时候，慕善正沉睡，迷迷糊糊感觉有人在亲自己。紧接着身上一沉，恍惚间看到一个高大身影宛如精瘦的猎豹，匍匐在自己身上。

她睡意正酣，根本没反应过来，以为还在陈北尧家里，就有些不耐烦地嘟囔道：“走开！明天还要上班……”

那人动作一顿，搂着她的腰在她身侧躺了下来，温热的气息喷在她的肩窝，那人的声音低缓温柔：“宝贝，对不起……”

第二天一早，慕善被闹钟吵醒，模模糊糊好像有那么回事，又记不清楚。她打开房门走出去，陈北尧已经一身清爽地坐在沙发上，抬眸温和地看着她。

母亲把早餐端出来，笑道：“快去刷牙，小陈一大早就起来了。”

慕善“哦”了一声，再看陈北尧一脸沉静地在看早间新闻。

那大概是梦吧，她想。只是她记不起，他在梦里到底对她说了什么，竟然令她迷迷糊糊的，又心疼又难过。

深秋，夜风微凉。

慕善推开门，就听到周亚泽微怒的声音：“出的什么烂牌！”

Sweet的声音不甘示弱：“早说过不会打啦，非要拉我凑数，现在怪我。”

慕善走进客厅，便见他们跟李诚和一个保镖围坐在沙发上。

周亚泽几乎看到救星般眼睛一亮：“嫂子！嫂子！”还把Sweet直接拽到一旁，空出一方位置。

慕善一直不愿意跟他们走得太近，淡笑道：“我累了，要去休息，你们玩。”

周亚泽叫：“别啊嫂子！玩玩吧！”同时掐了Sweet一把。

Sweet立刻会意站起来，拉着慕善，可怜巴巴的：“嫂子，你帮帮我，反正明天周末，老板又不在，你一个人在房里多无聊啊！我去给大家做宵夜！”说完，也不等慕善拒绝，娉娉婷婷地进了厨房。

男人们三缺一，巴巴地全盯着慕善。慕善上楼的确也无聊，只能看看电视打发时间，加之还真的有点手痒，终于忍不住坐了下来。

从家里回到霖市已经十天。

抵达霖市的当天下午，慕善斟酌语句还没来得及开口，陈北尧就上了国际航班——他要去美国参加全国金融投资行业年会——诚如他所说，百分之九十九的时间，他是个商人，还是个出色的商人。

这些天，慕善的生活清静无忧。

可他对她的父母如此赤诚，也许是她的谢意堵在心里还没说出口，竟然时不时地想起他。

或许，是频繁地想起他。

想到这里，她心头复杂难言，索性收敛心神，专注牌局。

四人都是好手，一时势均力敌、兴致勃勃。

陈北尧走进客厅的时候，就看到自己的女人坐在三个男人当中，像一抹鲜亮的光。

她甚至连衣服都没换，剪裁得体的黑色西装，反而更显曲线婀娜。她在灯光下微扬着脸，眉目如画。她一只手持牌，另一只手还有些不耐烦地敲了敲桌面，对周亚泽道：“没主牌你们就完蛋，别挣扎了。”

她的样子很轻松，也很神气，眼睛又黑又亮，整个人像一块闪闪发光的美玉。

他有多久没见到这样的她了？

还是他的离开，令她感到轻松？

陈北尧沉默着走过去，几个人全都惊讶地抬头叫“老板”或者“老大”。那保镖起身接过行李。陈北尧坐下来，看一眼对面的慕善，拿起牌。

连夜赶回来，却半点没有要休息的意思。

周亚泽郁闷地抚住额头，李诚无奈地笑笑。

十天没见，慕善再见他沉静如水的目光时不时盯着自己，心中竟然有些紧张，连忙眼观鼻鼻观心专心打牌。

她一开始还不明白他们为何如临大敌，出了几轮牌，她就感觉到陈北尧犀利的牌风。疑惑之下，她亦心领神会，全力配合。

等陈北尧带着她以风卷残云之势连赢李周二人十多局，那种完胜的酣畅淋漓之感令她也忍不住得意地笑了。

连一旁观战的Sweet也惊叹不已。

打到十一点，陈北尧将牌一丢："散了吧。"周亚泽和李诚叹了口气掏支票，陈北尧却摆手："她不赌博。"

两人一怔，周亚泽哈哈大笑："谢谢嫂子！"

慕善实在忍不住问陈北尧："上次在夜总会打牌，为什么隐藏实力？"那天，他表现的水准跟她差不多，偶尔还出一两次烂牌——当日，他和曼殊可是被她杀得落花流水，难道连打牌也要示弱防着丁珩？

李周二人也好奇地看着陈北尧。

陈北尧盯着慕善，淡淡笑道："那天是让你出气。"

慕善一愣，低头看着一桌凌乱的纸牌，黑色西装袖口外，他修长白皙的手指就扣在牌上，安静而有力。

他真是……心细如尘——任何有关她的事。

她不想承认，可是那感觉实在太明显——看到他走进客厅，她的心就好像终于落回实处。

仿佛这十天她的心一直都跟着他，不在原地。

一旁的周亚泽眼尖："嫂子怎么脸红了？"

李诚起身拉着周亚泽，带上Sweet就走，只剩陈北尧和慕善面对面坐着。

慕善一动不动。

陈北尧下机后，跟银行的人吃了饭才回来，喝得微醉，身体略有些燥热。

他看着自己的女人就这么安静地坐在视线里，薄薄的红色像是胭脂从她雪白的双颊泛上来，难以言喻的清爽可爱。

她没有走。

像是察觉到他十天的默默思念，她头一回留在他面前，没有走。

抑或是，她也在想念他？

所以此刻，温柔善良的她才不舍得离开？

他忍不住伸手，微热的指尖触上她柔软的脸颊。她明显一缩。

她垂眸不看他，可那片红像是从他指下更加热烈地蔓延开去。这绮丽的颜色，令他觉得自己的呼吸都紧张起来。

他看着自己的手沿着她的脸慢慢滑动到她的长眉、她的眼睛、她的唇、她修长如玉的脖子……看着她的脸红得像要滴下血来，令他的指尖都染上火热的温度。

“你摸够了没有？”她像是忽然察觉到自己的沉溺，一下子站起来。略微颤抖的低吼，像是吼给她自己听。

他怎么能放过她难得的犹豫情动？长臂一捞，将她扣进怀里，满是酒气的唇舌沿着手指刚才经过的滚烫诱人的路径狠狠啃咬起来。

他明白她是个传统的女人，父母的支持，对她会有很大的影响，所以他才力求在她父母面前做得完美。果然，她此刻被他抱着，尽管还有些尴尬僵硬，眼神却明显有些迷蒙。

他抱着她走到二楼楼梯口时，已经用嘴咬开了她胸前的全部纽扣，重重吻上那柔软雪腻。

她被吻得连声喘气，终于忍不住长叹一声，抬手搂着他的脖子，在他额头落下轻轻一吻。他霍然惊觉抬头，唇舌已经被她堵住，她小小的柔软的舌头，仿佛压抑了很久，有些失去理智不顾一切地贪婪缠绕着他。

他的黑眸有片刻的怔怔。

她察觉到他的迟疑，几乎是立刻就想退出去。他低头更重地吻住她，不让她再逃避。抱着她走到房门口，看也不看一脚踢开，两人倒在床上。

洗完澡的时候，她背对着他不说话。他望着她略有些僵硬的背影，明白她心里必定为刚才的情不自禁而窘迫、尴尬。

他心知不可一蹴而就，逼急了只怕她又会退。见过她父母后，她态度的松动已经令他尝到甜头。

来日方长。

他将她的腰一搂，淡淡道："什么都别想，睡觉。"

慕善被他洞悉所想，低低"嗯"了一声。在他的臂弯里，身体很快放松下来，沉沉入睡。

时间过得比慕善想象中快很多，一转眼到了12月初。

也许是因为陈北尧的关系，她的公司找上门的客户越来越多，她难道能分辨、拒绝？只能尽量做好，以求无愧于心。于是越来越忙，每天八九点才回家。

陈北尧早定下条件——一旦怀孕，立刻终止工作，回家待产。她也同意。只是陈北尧伤势刚好，医生建议停药半年后再怀孕。慕善觉得陈北尧并不在意这一点，甚至还挺愉悦——天知道他压抑了八年的欲望有多强烈。

可即使是他，也有不能如愿的时候——他太忙了，比慕善还要忙，这方面被迫节制，只有周末才能尽兴。工作日偶尔过头，没忍住第二天起晚了，还被周亚泽嘲笑君王不早朝。

可自从有了上次的主动回应，在床上，她再难绷着脸冷漠疏离——其实也许从第一次起，她就没办法违抗自己的心，违抗自己的身体。

陈北尧像是完全没察觉到她的变化，没说任何多余的话，更没逼她作什么决定。两人在床上有点心照不宣的意思，他不点破，她也装傻。

只有在极致释放的时候，他们会紧紧地、毫无间隙地相拥着，他偶尔情难自已地盯着她说"我爱你"，而她沉默地咬着他的肩膀胳膊，在心里答"我也是"。

这个周末，陈北尧极为郑重地告诉她，明天为南城老大庆祝生日，要带她出席。

南城老大？慕善有些好奇，这城中除了陈北尧、丁珩，竟然还有人能称老大？

中午十二点，车停在南城一家酒楼门口。看到酒楼略显简单的装潢和嘈杂的人流，慕善心头微动——以陈北尧的身份，现在很少来这种中档酒楼吃饭，是谁能令他纡尊降贵？

一行人西装革履，沉默着穿过人声喧哗的大厅，引来不少人侧目。

因为他们实在格格不入。

酒楼大厅倒宽敞，至少筵开三十桌，满当当都是人。十几二十几岁的年轻人占了大半，还有七八桌都是四五十岁的男人，有些头发已经花白。但不管高矮胖瘦、年老年轻，几乎每一个额头上差不多直接写着两个字：混混。

满头黄毛、粗粗的金项链、花里胡哨的衬衣、破洞的牛仔裤、黝黑粗糙的皮肤……几乎每个人身上都有一两样相同特征，彰显街头混混的粗粝、凶狠和义气。

他们并不认得陈北尧，目光好奇，略有戒备。

也有不少目光落在慕善身上。毕竟与一些混混身边俏丽火爆的女孩相比，慕善显得太精致。

“别怕。”陈北尧低头柔声道，环在她腰间的手紧了紧。

慕善怎么会怕？刚要点头，却听一个声音惊喜喊道：“慕姐！”

一行人全看过去，正是昔日与慕善联手整徐氏工厂的大肖。他一头金毛、笑容满面地从桌边站起来。慕善朝他柔和一笑。

那一桌都是他的小弟，见状也齐声喊“慕姐”，整齐的声音颇有气势，一时引得全厅的人侧目，趁机看这个大美女“慕姐”究竟是什么人物。

陈北尧也转头看过去，大肖这才看到他，神色略僵，把嘴里叼的烟拿出来，低声老实喊了句：“老板。那个……林老大过生日，我们响川县也来凑凑热闹，呵呵……”

陈北尧随意点点头，目光重回慕善身上，清冷的目光略有些玩味。

慕善明白他的意思——前一秒他还担心她被这些混混吓到，转眼就有一群混混喊她姐。

果然，他盯着她慢慢重复：“慕姐？”

慕善哪里知道他早已拷问过大肖，含糊道：“工作上有过交道。大肖他们人不错。”

陈北尧笑笑。

走到最里的包间，已经坐了七八个人。主位那人看到他们，几乎是立刻站起来：“北尧，就等你了。这位是？”

“林伯，她是慕善，”陈北尧温和答道，“我的未婚妻。”

慕善心头微颤。

压下心头震动，她看着那人，暗叹。

她没想到南城老大林鱼的气质这么出众。

他身材高大，肩宽体阔，被暗灰色休闲T恤衬得极为结实紧绷，没有半点赘肉；一张极方正的脸，眉眼粗黑凝重，深邃双眼中却似有一种沉而亮的光，令人心神一震。

完全看不出他已有五十岁，身材像二十多岁的小伙子，相貌也顶多四十岁出头。

看到慕善，那双透亮的眼睛露出柔和的笑意，连说了三声“好”，这才让陈北尧和慕善在自己左手边的位置坐下。

慕善刚坐定，忽然感觉到两道肆无忌惮的目光盯着自己。

这感觉并不礼貌，她抬头，那人却已将目光移开，仿佛刚才的注视只是慕善的错觉。

可只是半个侧脸，也令她一怔。

林鱼的右边也坐着两个年轻人。女孩很漂亮，眉眼跟林鱼极为相似，一眼就能看出是林鱼的独生女儿，林夜。

那个年轻男人呢？

他是谁？

只听林鱼笑道："北尧，这是林夜的男朋友，蕈，泰国商人，做珠宝生意，你们认识认识。"

那人穿着军绿色休闲衬衣，显得极为高大修长。他转头看过来，麦色而英俊的脸自然而然带着温暖而干燥的阳光气息；两道漂亮的浓眉一弯，细长眼眸就像盛了绚丽的星光。

他朝陈北尧粲然一笑，露出又尖又小的雪白虎牙。

"陈先生，久仰。"笑意就像是要从他清脆柔润的嗓音中溢出来。

蕈的笑容，令所有人都静了半瞬。

直至陈北尧清沉如水的声音打破沉寂："客气。幸会。"

众人的目光这才回到陈北尧身上，恍然惊觉他的容颜清冷似雪，光寂动人，却偏偏西装暗黑笔挺，眸色沉静有力。

因蕈带来的震撼，似乎又淡了。

蕈挑眉，深琥珀色的瞳仁格外剔透。他很认真的样子道："不是客气。亚洲金融市场的猛虎——陈先生在东南亚威名赫赫。"

陈北尧眉目沉稳："同行谬赞。"

慕善不知道他在海外还有这个名头，其他人也惊讶万分。

林鱼笑道："好了，先开席，慢慢聊。"

林鱼做寿，大家的话题自然围绕着他。

他十分健谈，大半时间都是他一个人在说，大家倾听附和。陈北尧的话本就不多，偶尔答上一两句。大多数时候，他只是默默握着慕善的手，眉目微微含着笑意，

慕善一直听得仔细，对于林鱼这个南城老大的印象逐渐清晰起来。

"他像江铭。"来赴宴之前，陈北尧曾谈道，"只讲义气，不识时务。"

"那你为什么看重他？"慕善追问。

陈北尧看她一眼，答得费解："他跟你一样纯粹。聊过几次，就成了朋友。"

宴席期间，发生了几件事，令慕善终于明白了陈北尧的意思。

第一件事发生在宴席开始没多久。

一个小弟送手机进来，林鱼接了。三言两句，众人就听明白了——是跟他住一个小区的街坊，新开的店面被不知底细的混混砸了。他面色立刻冷下来，当场就吩咐小弟去处理。

“爸！”一旁的林夜有点不高兴了，“谁一个电话你就帮忙。你帮他们那么多，你做生日怎么没见他们过来？”

林鱼皱眉，语气决绝：“我是南城老大，活一天就要罩地盘一天。你一个女孩子，别管那么多。”

林夜咬着下唇不说话，一旁的蕈声音清澈，含笑安抚：“夜，不该惹父亲生气，罚酒。”

林夜冲他一笑，神色这才松弛些。

这一举动令大家对蕈印象好了几分。

第二件事，是林鱼拒绝了陈北尧。

林鱼父女争执之后，大概是见有点冷场，陈北尧问道：“林伯，有没有兴趣过来帮我？周亚泽那摊事太大，你帮我盯着他。”

他一言既出，众人都安静下来。林夜目露惊喜，蕈长睫轻眨。

其他几个陪坐的林鱼的心腹也面带喜色。

慕善听说林鱼这些年，手上只有一家汽车修理厂，带了这么多小弟，只怕早就入不敷出。看来陈北尧是想帮他了。

未料林鱼沉默片刻，笑了。

“北尧，谢谢你看得起老哥，”林鱼望着陈北尧，语气感慨，“可老哥一辈子自在惯了，除了打架修车，其他也不懂，去你的公司，不是给你添麻烦吗？是兄弟就不要搞这些。你下次要砍人，倒是可以叫老哥带人过去。”

林夜咬牙：“爸！”

“你闭嘴！”林鱼喝道。

陈北尧淡淡一笑，不再坚持。

两个小插曲之后，除了林夜略有些不高兴，其他人继续畅谈喝酒。

慕善看着林鱼，这位中年男子的目光是这样平静而明亮，即使跟陈北尧和蕈两个姿容出众的年轻人站在一起也毫不逊色。他也是快意恩仇的，说起当年江湖事，像个年轻人一样意气风发扬扬自得。

不，不止。

就像陈北尧说的，他很不识时务。

他整个人就像还活在街头混混打打杀杀的上世纪90年代，只有一腔侠义热血无愧于天地——他怎么可能适应这个社会？

所以，陈北尧这样的黑道新贵崛起了，他却依然蜗居城南，过着不算宽裕甚至可能捉襟见肘的生活。他自称南城老大，活一天就要罩南城一天，可慕善来霖市这么久，几乎都没听过他的名字。

还有，陈北尧曾经寥寥几句对江铭的评价，似乎与林鱼的形象……重合很多。

他……很像陈北尧的父亲吗？陈北尧从不喊父亲，只唤江铭。可他对一个无亲无故的林鱼都如此看重，其实他心里是敬仰着心疼着这样古板的侠义英雄吧？

那么当年，这样一个父亲被人乱刀砍死在街头，年少的陈北尧心里，到底是哀其不幸怒其不争，还是痛苦愤怒地暗自发誓，一定要血债血偿？

她微垂着头，握着酒杯。

那种心疼的感觉，越来越清晰了。

陈北尧并未注意到慕善的失神。林鱼正在跟他对饮，林鱼其他几个手下也过来敬酒。他刚端起酒杯，忽然听到身边那个柔软的声音坚定地道：

“林先生，我敬你。”

陈北尧转头，看到慕善端着酒杯站了起来。当然杯中早已被他换成果汁。她清亮的目光盯着林鱼，整张脸在灯下璀璨如美玉，有一种淡淡的令人眩晕的光彩。

林鱼略有些诧异，赞赏地看着慕善。

“弟妹的酒，一定要喝。”

慕善微红着脸，喝了口果汁，大大方方地坐下。陈北尧一直盯着她。她放下酒杯，也看过来。

秀美如画的长眉飞扬入鬓，墨玉般的双眸竟隐隐透着怜惜，就这么静静地看着他。

她眸中的深黑，分明像大海一样纯净而广阔。

陈北尧只觉得周遭的人和景物都褪却颜色，只有她的每一寸轮廓、每一抹颜色越发鲜亮生动。

“北尧，北尧！”

忽地有人拍他的肩膀，他这才回神，是林鱼唤他。他深深看慕善一眼，这才淡笑着转头，与林鱼对饮。

他并不知道，慕善此刻也是心头微颤。

他的灼灼目光终于移开，慕善心头百感交集——当年那个孤身少年陈北尧到底是怎么熬过来的。他明明是亚洲金融市场的猛虎，却不得不用黑暗手段报仇雪恨。

她心头微痛，不经意间抬头，却正好对上那琥珀色的瞳仁。

极纯净的瞳仁，分明快速闪过炽烈的悸动。

慕善一怔。

慕善以往的追求者不少，对她一见倾心的也有几个，她见过许多同样惊艳爱慕的眼神，也能分辨一二。

眼前的蕈已经有了女朋友，却趁众人不注意时这样注视着她，按理说她该鄙夷恼怒。

可他的容颜实在太明亮，笑容实在太纯净，反而令那份男性的炽烈显得坦荡自然。

慕善竟然讨厌不起来。

她淡淡地看他一眼，神色疏淡。

他当然看得分明，极有风度地朝慕善举了举杯，然后一饮而尽。酒杯一放，双眸弯弯，目光明亮清澈。

仿佛有些赖皮地向她无言坦诚——刚才的无礼注视，不过是出于男人对于漂亮女人的本能，他不会愧疚，也不会真的冒犯。

慕善心头失笑，干脆不再看他。

陈北尧坐到一点多便带着慕善离开。两人坐上车，慕善迟疑片刻，道：“有个事……”

陈北尧正掏出电话，对她摆了摆手，淡淡道：“亚泽，帮我查一个人。泰国人，叫蕈，据说做珠宝生意。”

挂了电话，他看向慕善：“有事？”

慕善移开目光：“没事了。”

他将她的脸扳向自己：“说。”

“我想提醒你查一下蕈。”她恨不得咬自己的舌头——他这么精明的人，又敬重林鱼，怎么会不查他的准女婿？

陈北尧看着她，缓缓笑了。

“慕善，我知道，你和我想的一样。”

我知道，你一直和我想的一样。

慕善转头看着窗外，半天说不出话来。

过了几天，消息传来。

蕈的的确确是泰国人，祖上还曾富甲一方，只是幼年家道中落。他二十四岁，年纪轻轻却很能干，珠宝生意白手起家，现在是泰国珠宝商十强。

陈北尧将这些情况一一告知林鱼，只乐得林鱼合不拢嘴。慕善在一边听着，倒对这个蕈刮目相看。

她并没想到，自己很快还会跟蕈有交集。

步入冬季，房地产市场萎靡，金融市场动荡。陈北尧不是万能的，他也要靠市场吃饭，天天早出晚归，将全部精力都放在生意上。

慕善跟他的生活变得平静。她喜欢这样的陈北尧，完全是个商人，没有半点污垢。

与此同时，丁珩刚刚将吕夏送上飞往美国求学的班机。

坐在吕氏顶层宽敞奢华的办公室里，丁珩松开领带，点上一根烟，静静沉思。

那晚之后，他再没见过慕善。

她像是梦境中的公主，被陈北尧护得密不透风。

他不止一次想过，她是愿意的吗？

——那晚在他提出愿意伸出援手后，她眼中分明有犹豫动容。

他原以为，自己对慕善仅是好感，只不过随着一次次接触，好感逐渐加深。如果把霖市看作他和陈北尧的战场，慕善只不过被当成输赢的象征和彩头，是男人的尊严，令他念念不忘。

可这些天偶尔想起她，他却越来越发现，不是那么回事。

不是彩头，不是争风吃醋。

她只是慕善，一个令他心动的女人。

如果血海深仇你死我活令人感到冰冷刺骨的爽快，那么，她平和的笑意、清艳的姿容，还有略显憨厚的正直，就是那片寒冷中唯一的温柔。

所以，不管他跟陈北尧斗得再凶，下意识里，他从来不愿对她下手。

那么她呢？

他闭上眼，缓缓地想：她心中有他吗？

他吻她的时候，她眸中分明有失神；他濒死的时候，是她的电话救了他，冥冥中似有天意；而在他最落魄的时候，只有她这一个女人，对他不离不弃，肝胆相照。

所以……他竟然真的惦记上这个，现在属于陈北尧的女人！

嘴角上陈北尧揍的一拳，仿佛还有丝丝隐痛。

他闭着眼，嘴角微弯。

好，那就当作彩头。

门铃却在这时响了，丁珩回神，抬眸望过去，是吕氏的几个黑道头目走了进来。

丁珩清朗含笑的目光望过来，英俊容颜倜傥风流，可端凝乌黑的眉目，却已有了几分坚毅的粗粝硬朗——几个人看到这样的丁珩，神色都是微微一滞，极为恭敬。

这些天丁珩入主吕氏，看似言笑晏晏的公子哥，一举一动却早有预谋。在吕夏的支持下，不动声色地将吕氏控制权稳稳收入囊中。

几个吕氏表亲想要背地里扳倒他，现在已被他赶出吕氏，境况惨烈；同时，他拍板主持的几个房地产投资项目全都获利颇丰，令吕氏上下再无反对的声音。

甚至连这几个黑道头目都有点敬畏这个年轻人的手段，有过去就认识丁珩的，只觉得昔日榕泰丁珩固然能干，却全无今日的雷霆狠厉。

丁珩听着他们几个汇报毒品生意，神色始终平静难测。

他们不知道，他并不想将毒品生意继续发扬光大，当初插手毒品，不过是碍于吕兆言的意思。在他看来，这项生意风险实在太大，没有必要。

可吕氏过去在这项生意上赚了太多，年年超过房地产利润，加之今年房地产市场虽然获利，但前景依然不明——现在还不是他中断毒品生意的最好时机。

然而一个头目汇报的消息却勾起了他的兴趣。

“两个云南佬这几天会带一批白粉走水路经过霖市。”那头目说，“听说数目不少。”

吕氏近几年主要制造、贩卖冰毒这些合成毒品，很少沾海洛因。按照以往惯例，这类过江龙只要不惹事，同样做毒品的吕氏也就不管不顾。

不过……

丁珩长眉一扬，缓缓重复：“水路？”

头目点头：“听说打算从内陆江上去华东。”

丁珩沉默片刻，微微一笑：“我知道了。”他转头看着助理，“记一下，过几天安排人给缉毒大队打个匿名电话。”

众人有些诧异。

丁珩极沉静地喝了口茶，淡淡道：“我舅舅出事前，就曾暗示过我，市里可能盯上了吕氏。把这个过江龙送出去，正好让缉毒大队交差，转移注意。”

众人一想，都纷纷点头赞同。

又有人问："可我们只知道货明天上船，不知道云南佬具体走哪条船。"

丁珩但笑不语，神色却越发地冷。

整个霖市全省八条内陆水道，还有谁的船有可能让毒贩绕开所有关卡，通行无阻地将白粉运出去？

现成的黑锅不让那人背，简直对不起那人的心狠手辣。

船舷外，碧绿的江水在阳光下如碎金，缓缓起伏流淌。

周亚泽站在甲板上，皱着眉头，心底有火。刚刚警局的人通风报信——有匿名电话检举游船藏毒，缉毒大队联合水警已经出发了。

周亚泽觉得很郁闷——爷爷我一直不沾毒品，一分钱没捞到过，现在竟然还被怀疑藏毒？

可转念一想，他又觉得不对劲。游船招待的都是富人，上船有安检，但不会那么彻底，万一是丁珩这孙子找人带毒上船……

他叫来船上的保镖和船员，秘密吩咐一番。

金碧辉煌的娱乐舱很热闹，二十多个衣衫华贵的游客，有熟人也有眼生的。

大部分人在赌台前玩得兴起，还有的坐在旁边的沙发雅座上，跟穿泳装的窈窕美女喝酒。

周亚泽走进去，在角落坐下。他仔细看了一圈，暂时没发现明显异样。

正在这时，船身忽然急停，然后是一声尖锐悠长的喇叭声。

"啊！"所有人东倒西歪，惊呼出声。周亚泽冷冷注视着他们，不放过任何一个人的表情。

"搞什么？"有人怒骂道。

"没事，没事！"经理立刻冲上来，笑道，"是水警巡检，一会儿就好。"

话音刚落，舱门口走进来几个男人，领头一人低喝一声：“都站好！我们是警察！现在怀疑有人私运毒品，我们要彻底搜查这艘船！”

众人全都愣住了。

有人不把这些警察放在眼里，转头朝经理骂道：“怎么回事？你们还要不要做生意？”

“抱歉，抱歉……”经理打着哈哈。

可那些便衣警察才不管三七二十一，让所有人男女分开列队站好，开始一个个搜查。

周亚泽注意到，两个皮肤黝黑、中等个头的男子慢慢退到人群最后面。他心中冷笑一声，抬头与那警察头目交换了个眼色，然后不动声色地靠过去。

“别动！”

当警察逐渐逼近时，其中一名男子暴喝一声，竟然从腰间拔出枪，瞄准警察，另外一人则将身旁手提箱抱在怀里，靠近那名男子。

游客们惊慌呼喝一片，警察们神色一震。

周亚泽哪里会怕，从后面狠狠一脚踢在那名男子膝盖处，只痛得他一下子摔在地上，手枪脱手！警察们见状立刻围上来，将两人制伏。

“敢在老子船上闹事！”周亚泽一把夺过那人的手提箱，又是几脚，重重踩在那两人的要害，只痛得两人满地打滚哀号。

他这才停下，递给经理一个眼色。经理忙笑着对所有宾客道：“抱歉，抱歉，惊扰各位，今晚各位的消费我们包了。大家继续玩，没事。”

几名“警察”押着两名男子，跟周亚泽到了无人货舱，问：“老大，怎么办？”

周亚泽站在货舱门口，转头看一眼江面，远远已经可以望见一艘快艇笔直地开过来——毫无疑问，是真正的缉毒大队。

他掏出手机。

“老大，出事了。”他简短地把经过跟陈北尧说了一遍。

“十几公斤海洛因……”他舔了舔下唇。

电话那头儿的陈北尧沉默片刻，道："人带回来，货倒进江里。"

周亚泽一愣："这些货起码几千万……"

"倒掉！"

挂了电话，周亚泽划破皮箱。看着满满的白砖，他咬牙拿匕首重重划开，手一扬，全部倒进江里。

缉毒大队来得很快，也走得很快。

游客都是有头有脸的人，没有多说什么，警察们也没有多问。临走时，游船经理追上去，往带队的几个人手里塞了东西。

忙完这一切，周亚泽沉着脸靠在甲板上抽烟。

是谁想整他们？他心头一股邪火越来越盛。

忽听身后一个有点耳熟的声音道："亚泽哥！"

他转头一看，笑了："小夜子！今天玩得开心吗？"看到林夜身边的男人，他装模作样地一愣："这是……"

林夜把蕈的胳膊一挽："我男朋友，蕈。"

蕈微微一笑，双眸如月芽，极深极亮。

周亚泽一愣，点点头，没说话。

林夜的手搭上周亚泽的肩膀，声音甜软："亚泽哥，那些真的是来查毒品的？你不是不碰这个吗？"

周亚泽哼了一声："老子当然没碰……"转头看到蕈好奇地望着自己，他的声音猛地刹住，转而漫不经心地笑道，"你们玩开心点，消费记在我头上。"

"别走啊亚泽哥，急什么！"林夜伸手想拉他。

周亚泽根本不理她，转身就走。

周亚泽走后，林夜看向蕈："怎么样？我说周亚泽、陈北尧他们很正直，从来不碰毒品的。"

蕈笑笑，露出两颗小虎牙，他抬手摸摸她的头："夜，你好可爱。"

当晚周亚泽就坐快艇，押着两个过江龙先行下了游船。

陈北尧赶到时，周亚泽正关了车库门在听男高音，陈北尧也懒得进去，问："云南佬？"

周亚泽瞪大眼睛："老大，你真神了，我问了半个小时才问出来。"

陈北尧淡笑道："你忘了？半个月前，我们拒绝了云南达沥集团的合作协议。"

周亚泽想了想，还真有这么回事。

云南达沥是个房地产开发集团，上个月派了人来，想从本省水路运货，给的报酬非常丰厚，还希望陈北尧和周亚泽能够照看他们将来在霖市的生意。

周亚泽跟云南那边一打听，这个达沥竟然有可能跟西南边境最大的贩毒集团有联系，陈北尧当时就婉拒了对方的合作协议。

难道他们打不通关系，索性自己开始跑运输了？

竟然不知道强龙不压地头蛇的道理？

周亚泽把烟头一丢，摩拳擦掌又要走进车库。陈北尧将他一拦："货已经丢了，他们损失也大。人还给他们，让他们今后不要过界。"

周亚泽只得点头，又道："知道是谁匿名举报吗？"

陈北尧点了根烟，头也不抬地道："不是云南佬的对头，就是我们的对头。"

慕善并不知道陈北尧遇到了麻烦。这天正逢周末，她站在商场顶层儿童服装区，只觉得陈北尧擅自给她安排的周末活动又无奈又心疼。

八个小不点，正站在她面前怯生生地望着她。

大的不过十来岁，差不多齐她的腰高，小的才六七岁。孩子们全穿着干净的半旧校服，个个瘦瘦巴巴、面有菜色，巴巴地望着她，不敢出声。

这是陈北尧资助的希望小学优秀贫困学生代表。慕善现在才知道，每年陈北尧的公司都会安排这些优秀生在国内玩一趟作为奖励。

今年正好安排来霖市，陈北尧让她带孩子们玩。今天的任务，是给小朋友们买衣服。

以前慕善看希望工程的宣传图片，只觉得这些孩子的一个眼神一个动作都令人心神震撼。

他们与城市孩子有很大不同。他们的目光非常纯净，没有一点儿娇气、浮躁，却带着城里孩子没有的老成和愁容。

他们这个年纪不该有的、极懂事的愁容。

看到他们，她没办法不心疼。

“我叫慕善。”她在一个孩子面前蹲下来，声音柔和，笑容亲切，“你叫什么名字？”

一一问过名字，又向孩子们说了今天的行程，最小的那个一年级的孩子已经靠了过来，举着细细小小的胳膊伸手抓着她的裙子，努力仰着头，几乎都要向后栽倒，只为对她露出甜甜的笑。

慕善心头一软，把那孩子抱了起来。

商场人很多，两个保镖隔了几步跟在身后，楼梯口还留了两个保镖。慕善抱着、牵着孩子们往运动区走。

刚逛了几家店，狭窄的走道上迎面走来几十个戴着同样颜色的帽子、操外地口音的游客。

慕善让孩子们站在道旁，等他们先走。谁料游客中忽然冲出来两个高大的少年，嬉笑着重重撞过来。

慕善躲闪不及，连忙护着怀里的孩子。身后的保镖一个箭步冲上来，可还是晚了一步——慕善的胳膊重重地撞在一旁收银台的玻璃上，疼得她咝咝喘气。

两个保镖冷着脸抓住那两个少年，旅游团的导游见势不妙，连忙冲过来道歉。游客中也有人出声喝止保镖。慕善把怀里孩子一放，低头看到肘部红了一片，伤口不大，但在流血。她抬头一看，两个少年不过是十几岁的半大孩子，就对保镖道：“算了。”

旅游团的人吵吵闹闹地过去了，一个保镖立刻去楼下买药。慕善长舒了一口气，目光扫过有些惊惧的孩子，笑道：“没事……”

她的声音僵住。

一、二、三、四、五、六、七……少了一个！

“小裤衩呢？”她记得那个七岁小男孩。

站在她脚边的孩子把她的胳膊一拉：“慕阿姨，刚才有个阿姨把裤衩哥哥抱走了。”

慕善脸色一变。

她转头对另一个保镖道：“你叫一个人立刻去商场保安室看监控录像；其他人马上在这一层找。”

保镖点点头，立刻掏出手机。

打完电话，司机上来把其他孩子先接了下去。慕善和保镖在附近一起寻找。可找了有十多分钟，也没有踪迹。

正沮丧时，保镖问：“我给老板打个电话，再想办法？”

慕善点头，心定了些。人命关天，陈北尧神通广大，一定能找到孩子。

保镖正要拨号，慕善忽然抬手阻止。

她竟然隐约听到了孩子的哭声。

“在那边！”她朝拐角处跑去。

刚拐了弯，前方是一片空空的过道。慕善和保镖同时愣住。

他们都没料到，会在喧哗商场偏僻安静的角落看到这样一幕。

这一幕简直就像童话。

灯光明亮如流水倾泻，大理石地板熠熠生辉。

矮矮小小的男孩，穿着洗得发白的旧校服，在这宽敞的空间里显得格外瘦弱无助，那双大眼内全是泪水，哭得抽抽搭搭鼻头通红，一脸可怜巴巴的委屈无措。

一个高大的男人，蹲在小男孩面前。

那人还穿着军绿色的衬衣和迷彩裤，衬得麦色的脸有一种阳光般的英俊柔和；黑色的短发垂在他的前额，在灯光下有缓缓流动的光泽；棱角分明的侧脸上，长眉飞扬，眼眸弯弯，仿佛永远含着无所顾忌的笑意。

而他修长的大手，竟然拿着一块雪白的手帕，靠近小男孩的脸，一点点为他擦去泪水。

他用一种很温柔很安静的声音问："我叫蕈。Boy，你的家在哪里？你的妈妈呢？我送你回去。"

小裤衩怔怔地看着他。即使这样的幼龄，也能感觉到男人的温和善意——他破涕为笑。

那是个天使般的笑容，纯净得不可思议。他立刻抬手抓住了男人的裤腿，紧紧地。

男人沉默片刻，似乎因为小男孩的依赖而有片刻失神。

然后，他脸上的笑容越发灿烂。他一把将小裤衩举起来，放在自己肩头："走，蕈带你去找妈妈。"

他一转身，就和慕善正面对上。

慕善目露感激。

他粲然一笑。

"Hi，慕小姐。"

慕善抬头看着因为高高在上而有些愉悦的小裤衩，问他："发生什么事了？"

小裤衩咬着下唇，神色有点惊惶，不作声。

蕈一脸恍然大悟："是你弄丢了孩子？刚刚有个女的抱着他，他一直哭。我问她怎么回事，她丢下孩子就走了。"

慕善有些愧疚，抬手接过孩子，对蕈道："谢谢你，我带他走了。"

"先给他洗洗手呀。"蕈也抱着小裤衩的腰，微笑着不松手，"刚才他摔倒在地上，可怜的家伙。"

慕善低头一看，小裤衩的双手果然全是灰黑。

最近的盥洗室就在拐角处，因为偏僻，竟然没有一个人经过。

只有一个入口，保镖看了一眼，就站在外边走道里等。

小裤衩极为依赖蕈，一直抓着他的手不肯松开。蕈毫不在意，将头埋在小裤衩肚子上狠狠蹭了蹭，只蹭得小裤衩咯咯直笑。

然后他将小裤衩抱起，放在洗手池上。

水流冲下，蕈抓着孩子的手，细长的眸温温柔柔，耐心地一点点搓洗。等终于洗得干干净净，孩子也笑了："我要尿尿！"

这回他没拉着蕈，自己冲进了厕所。

慕善一直在边上看着，只觉得蕈跟孩子相处的画面简直像一大一小两个天使，她笑道："今天真是谢谢你了。"

蕈却一脸认真："你应该更小心一些，不该让孩子受伤害。"

慕善郑重点头。

他"咦"了一声，忽然抓住她的胳膊："你受伤了。"

"没事。"慕善不在意。

"至少冲一下，否则会感染的，我的小姐！"他像对待小裤衩一样，将她的手臂送到水龙头下。

冰冷的水流冲下来，令伤口隐隐生疼。他麦色的五指毫不避嫌地紧扣着她的肘部，令慕善略微有些尴尬。

"你松手吧，我自己可以。"

他像是没听见，还是扣得紧紧的。

慕善一抬头，就看到镜中的男人正盯着自己的侧脸。因为盥洗台空间不大，他又抓着她的手，半个身体几乎都靠过来。他另一只手往盥洗台上一摁，竟是将她虚虚圈在怀里。

见慕善也望着他，他双眼一亮。

"你真的很漂亮。"

"谢谢，你先让开。"慕善皱眉。

"要不要试试跟我接吻？我的技术很好。"他松开她的手，语气很认真地问道，脸慢慢凑近。慕善几乎立刻往后一闪，却靠在他的肩膀上。

他身上……有一种淡淡的陌生的香味。

"不要。"她脸色冷下来。

"别生气。"他似乎有些恼怒地看着她，"泰国很多女孩喜欢跟我接吻。"

慕善觉得这个外国人的脑子跟自己不同："我没兴趣。"

"亲一下又不会死。"他竟然伸出舌头，像小动物一样舔了舔嘴唇，仿佛这样就会诱惑到她。

“亲一下你会死。”慕善简直没办法跟他沟通，一把将他推开。

他身子往后一靠，顺势倚在墙壁上。

“好吧。”他抬手摸摸头，有点意外又有点尴尬的样子，“我以为你会喜欢，对不起。”

正在这时，慕善手机响了。她低头一看，是陈北尧。

立刻接起。

“没事吧？”陈北尧略显清冷的声音传来。

“嗯。”慕善心中一定，“没事了。刚才一个孩子走丢了，已找回来了。”

他沉默片刻，道：“你辛苦了。”

慕善心头微酸微甜，低低“嗯”了一声：“我一会儿就回来。”

忽地胳膊被人一拉，肘部一阵酥麻。

她声音一滞，转头一看——

蕈竟然抓住了她的胳膊……在舔！

麦色的脸紧贴着她的皮肤，有力的舌头沿着伤口，极细致极耐心地轻轻舔舐。那点残留的血迹，转眼被他舔得干干净净！见到慕善转头，他抬起头，弯眉一笑，深琥珀色瞳仁像宝石般纯净透彻。

他怎么这样？！

慕善大怒，用力一抽手，没抽动。

那头的陈北尧自然察觉到异样，声音一冷：“怎么了？”

慕善被小狗般湿湿软软的舌头舔得百爪挠心。

她实在不想因为这个无赖让陈北尧跟泰国人结仇，便装作没事似的平静道：“没事，我现在就带孩子回来。”

而蕈似乎笃定她不会戳穿，又滑又热的舌头在她的胳膊上舔得更欢！

慕善忍了又忍，挂了电话正要发火，肘部却猛地刺痛难当！

蕈竟然咬了她一口！

她一抬头，看到他麦色的脸上全是笑意，雪白的牙齿还咬在她的皮肉上，细长的眸中竟然有几分不知死活的得意！

她抓起手提包重重地朝他脑袋砸去！

包里还有她刚买的两本书，只砸得蕈原地一晃，终于松开了她的手。

她抬起胳膊一看——没破皮，却留下一圈深深的鲜红齿印！

“你怎么咬人？”她怒道。

蕈抬手擦了擦嘴角，长眸格外晶亮，一脸无辜的坦然：“唾液可以消毒，可你好嫩……”他的笑容有点坏，“我没忍住。”

慕善简直无语。

门一响，孩子走了出来。慕善拉着他，转身就走，看都不看留在原地一脸笑容的蕈。

晚上回到家，慕善重重地洗了好几遍，才觉得手上没了蕈的口水和他那种奇特的香味。穿上睡衣走进卧室，就看到陈北尧靠坐在床边，沉着眸望着她。

她知道这是等她亲口汇报呢。白天差点把孩子丢了，她也心有余悸。等她走近床边，陈北尧一把将她拉进怀里，埋首在她肩窝。

于是，她开始仔细讲今天的经历。讲到蕈出现的时候，陈北尧动作一顿。

慕善知道今天蕈正好出现有点蹊跷，但她提了蕈，陈北尧自然会查，不需要再多嘴。

至于被蕈咬的那一口，还是算了。

忽地手腕一紧，便听到陈北尧淡淡的声音传来：“谁咬的？”

慕善身子一僵，回头看到陈北尧英俊的脸沉静如水，看不出半点表情。

可她知道，这才是他最可怕的表情。

她循着他的视线低头，同样看到自己胳膊上淡淡的一圈齿痕。

他抓得很紧，眸色又冷又暗。

“孩子。”慕善望着他，肯定地道，“孩子咬的。”

陈北尧的手劲这才慢慢松了，眸色也明显缓和。他微蹙眉头：“疼不疼？”

慕善老实答道：“还好。”

陈北尧看着她又沮丧又无奈的生动模样，心头一荡，面上却淡淡道：“嗯，你咬的比这个重多了。”

慕善又羞又窘，却被他一个翻身紧紧抱住。

Chapter 08

如果你爱我，你会来找我。

范晓萱《氧气》

“香港天气如何？”清润柔和的嗓音，像清风拂过慕善的耳际。

“不错。”慕善望着窗外高楼林立，忽然觉得，这个城市看起来不像之前那么枯燥了。

“明晚什么安排？”他淡淡地问。

慕善几乎可以想象，他拿着手机望着窗外，长眉舒展、神色清冷的模样。

“也许去逛逛。”她答道。

“我来接你，八点落地，等我。”

“好。”

挂了电话，慕善离开窗户，走回会议大厅。

足以容纳三百人的会议厅已经坐满。前方主席台上，一个高大的美国男人正用英语演讲，他神态轻松，语言风趣，时不时引起阵阵笑声。

慕善回到后排的位置坐下，很快被热烈的氛围吸引。

这是国际知名管理协会在香港举办的咨询行业年会，全球顶尖公司都派代表参加。而她的公司作为唯一一家成立不到两年的本土公司，也受邀参加。

这于她，是极大的肯定。

会议安排了两天，昨天是两家欧洲公司做专题演讲，慕善听得受益匪浅。午饭、晚饭更是跟同行热烈讨论，只觉得很多天没这么爽过。

今天还是专题交流，不过她略有些紧张。

几分钟后，她听到主持人用英语愉悦地介绍道："下面，荣幸邀请中国大陆创业代表、美丽的慕善小姐，介绍中国西南地区项目案例！"

热烈的掌声响起，她大方地站起来，款款走向主席台。

在刺眼的灯光下站定的那一刻，所有人的脸变成同样白花花的一片。会场安静下来，慕善耳边，却奇异地响起陈北尧低沉的嗓音："我来接你，等我。"

她心头大定，深吸一口气，微笑着开始演讲。

晚餐安排在酒店自助餐厅。慕善端着餐盘，一路不少人跟她打招呼。

"Hi，慕。"

她含笑一一结识，等端着餐盘找个角落坐下时，腿都站酸了。

同桌的年轻同行吃着吃着就开始热烈讨论。慕善听得很认真，时不时插上一两句，心里又觉得好笑——比她敬业的大有人在，她这几个月很多时间都被陈北尧占据，必须努力了。

可是……她原定在香港玩一天，后天一早就回霖市，不过几个小时的航班，他那么忙，明晚却要来接她。

而她从接到电话的那一刻起，心里竟然已经开始暗暗盼望。

不经意间抬头，忽地看到一抹颀长身影从餐厅门口闪过，有点眼熟，可太匆忙，认不出来。

晚上，慕善跟同行们逛到九点多，不少人去了兰桂坊，她直接回了酒店。

她住在酒店的套房，两个保镖住在外间。洗了澡，她走到落地窗前擦头发。

正下方地面是一片游泳池，平静的池水在月色下呈现极安静的深黑色。因为天气阴冷，没什么人游泳，只有池边的躺椅上，隐约有一两个人影。

慕善淡淡地收回目光，正要转身，忽地一愣。

她看到游泳池一角的路灯下，一个高大的男人静静地站在那里。隔得这么远，男人又低着头，她看不清容貌。

但那个男人无疑是极有存在感的——这么冷的天，他却赤着上身，只穿一条沙滩短裤。夜色中，模糊可见厚实的胸肌、修长的胳膊和结实的小腿。

麦色的身躯，比她见过的任何男人都要野性。

仿佛察觉到她的窥探，男人忽地仰起脸，朝上方看过来。

慕善一愣。

连五官轮廓都是模糊的，却能清晰分辨出男人细长的眸仿佛盛满星光，璀璨动人。

仿佛能感觉到他浑身上下强烈的阳光气息。

蕈？

那人又往灯下走了两步。

这回慕善看得清清楚楚，真的是蕈！

她想也没想，倒退数步，退出他可能的视线范围。

坐在床头，慕善心情一沉。

上次被蕈咬了一口后，她虽然没告诉陈北尧，过了几天，也隐约跟他提了提，觉得蕈这人不太可靠。

后来却传来消息，蕈离开了，回了泰国。

他怎么会出现在这里？一次是凑巧，难道两次也是？

慕善拿起手机。

“蕈在这里。”她沉声道。

电话那头的陈北尧微微一顿，立刻道：“你在哪里？”

“酒店。”

“留在房间别动，我叫香港那边加人手。”他沉声道，“我搭下一班飞机过来。”

“嗯。也许没事，你别紧张。”

他沉默片刻，声音柔了几分：“等我。”

“嗯。”

挂了电话，慕善想，其实除了咬了她一口，蕈没有其他可疑的地方。也许她通知陈北尧只是让他徒劳奔波。

但不知为何，这个漂亮的男人，甚至该说是大男孩，令她感到危险。

她又贴着墙靠过去，悄悄探头往下看，可幽静的游泳池边哪里还有那个高大的身影？

过了几分钟，她听到外间的保镖在接电话，应该是陈北尧的人通知他们戒备。慕善心头大定，索性打开电视。

看了约莫半个小时，她起身喝水。

忽然觉得不对劲。

安静，很安静。

她关掉电视的声音，外间的保镖果然没有一点声音。他们一般不会睡这么早的。

她往门口走了几步，忽然闻到一种奇怪的气味。

像是血腥味，却夹杂着一种淡淡的香气。

那是……蕈！

仿佛为了印证她的猜测，明明紧锁的房门，被悄无声息地缓缓推开。

灯光下，蕈直直地站在门口。他还赤着上身，修长的手臂垂着，一只手拿了把极薄极细的匕首，刀锋一圈带着鲜红的痕迹。

看到她就站在离他不到几步的位置，他粲然一笑，露出雪白的牙齿。

“Hi，慕小姐。”

慕善越过他看出去，一眼就看到一名保镖面朝下趴在沙发旁的地毯上，鲜血正缓缓地从他的脖子向外渗透。

“你杀了他们？！”慕善实在没办法接受这个事实——两个保镖跟了她几个月，虽然沉默寡言，却也无微不至。他们的身手也是很好的，怎么一眨眼就死在了蕈的刀下？

这个蕈简直深不可测，他真的是泰国商人吗？

还是……杀手？

仿佛察知她的愤怒和疑惑，蕈咧开嘴笑得更欢。他变戏法似的一晃手，两把刀已不见踪影，然后他上前一步，一把将慕善抱起来，扛上了肩膀。

慕善没有作徒劳的挣扎，安安静静地待在他的肩头。这或许令他有些疑惑，笑道："好乖。"

"为什么？"慕善慢慢道，"我不会反抗，可你至少要让我知道为什么。"

他扛着她，踏过满地血腥，笑嘻嘻地道："亲一下就告诉你。"

慕善早有预谋，眼明手快，终于够到进门处的花架，抓起一个花瓶就朝他头上狠狠地砸过去！

没有砸中！

她的手腕一阵剧痛！

他的后脑像是长了眼睛，五指如铁钳般抓住她的手，痛得她一声低呼。

然后她的身子一滑，忽然失重——两只有力的大手托住了她的臀，她竟然被蕈正面抱在怀里。

他看着她，细长的眸色有点阴寒。

"麻烦！"他抱着她粗鲁地往墙上一撞，毫不怜香惜玉，痛得慕善觉得自己的脊椎都要断掉了。

不等她喘息，一只大手紧紧卡住她的脖子，另一只手松开，令她整个人悬空吊在那里。他掐住她的手极重极痛，令她立刻喘不过气来。

他从口袋里摸出一个小小的玻璃瓶，笑了笑，仰头喝了一大口，细长的眼危险地眯起，一低头，重重咬住她的唇。

他的手同时松开她的脖子，转而钳住她的腰。慕善得到自由，不得不大口喘气。可灌进嘴里的，是他火热的舌头和一股冰凉微甜的液体。慕善防备不及，也没办法防，呛了一大口下去。

他的舌头狠狠地在她的嘴里舔了一遍，眸中露出笑意，这才重新将她举起，扛上肩膀。

那液体当然有问题，慕善只觉得头越来越晕，周围的景物一闪而过，却什么也看不清，只能隐约感觉到，他的身躯像风一样快速奔跑着。

“为什么……”她迷迷糊糊地问。

他不答。

过了一会儿，她觉得全身都轻飘飘的，可残留的意识驱使她继续不死心地问：“为什么？”

似乎终于不耐烦，她听到蕈有些不高兴地答道：“吵死了。因为陈北尧挡了路——再不闭嘴我就强暴你。”

慕善坚持追问，就是要对自己所处环境有个更清楚的认识，才能图谋逃脱。她的目的达到，脑子一沉，陷入昏迷。

不知过了多久，她感觉到一阵颠簸，迷迷糊糊睁眼一看，只看到朦胧的夜色和灯光。她闻到汽油味——自己好像坐在一辆车上。

她有点想不起之前发生了什么，只觉得头疼得厉害。

她缓缓转头，一愣。

心头大定。

她看到陈北尧就模模糊糊地坐在自己身旁，原来她的头一直靠在他坚实的肩膀上。察觉到她苏醒，他转头看着她，清俊的侧脸慢慢浮现笑意。

一如既往的温柔。

“北……北尧哥哥……”她忍不住抓住他的领口，往他怀里钻。他却一动不动，没有像往常那样抱住她。她有点不高兴，抬手圈住他的细腰，把头深深埋在他怀里蹭了又蹭。

他这才终于有了反应，又说了句什么，大手将她的臀一托，把她放到大腿上。

她有些得意地想，才不要去管什么道德观，不管他是不是杀人放火呢！

“呵……”他嗓中发出低低的笑声。慕善迷迷糊糊地想，这声音……这声音……不是陈北尧！是……是蕈啊！

她忽然反应过来，陈北尧远在内地，现在怎么会出现在自己身边？难道刚才看到的根本是幻觉？她睁开眼想要看清楚，脑子里却已糊涂一片，眼前一黑，再一次不省人事。

陈北尧赶到事发酒店的时候，警察已经将房间封锁。远远望进去，只见一地放肆的血泊尸首，却没有她的踪迹。

香港当地老大在电话中略带歉意：“北尧，我的人赶到酒店的时候，人已经死了……”

陈北尧挂了电话，双手插进裤兜，站在房门外一动不动。身后一同赶来的周亚泽疑惑道：“监控录像被人破坏，也没有目击证人。泰国人一向低调，不像他们的手法。”

陈北尧又安安静静地站了一会儿，一抬手，掀起封锁条，目不斜视地走进了房间。现场的警察看到他都是一愣，有人出声喝止，他恍若未闻，径直走向内间。周亚泽眼明手快，把拦他的警察一挡：“对不起啊，我大哥担心嫂子……”

陈北尧静静地看了一圈——她的西装外套还搭在沙发上，拖鞋一前一后，掉在床边，显示出当时的慌乱。他甚至可以联想到她仅着睡衣的娇躯，在对方的暴力下挣扎，最终被胁迫。

“我去跟云南达沥要人。”周亚泽搞定了外面的警察，跟了进来。

“不止是达沥。”陈北尧的声音，令周亚泽都觉得阴冷。

他觉得陈北尧说得对，如果只是国内西南贩毒集团，多少也听过陈北尧的名头，绝不敢这么撕破脸动手。

所以，达沥背后，还有别的势力支持？周亚泽舔舔下唇：“这么嚣张，难道是……”

陈北尧的手机却在这时响了。他拿起看了一眼，陌生号码。

“说吧。”他声音清冷。

对方低低笑了一声，却安静不吭声。

陈北尧握着手机，一动不动。

然后，他听到窸窣的声响，听到略有些急促的呼吸声。

终于，一个熟悉无比的柔和嗓音，带着几分情动，几分懵懂，痴痴地唤道："北……北尧哥哥……"

陈北尧心头如重锤无声猛击，呼吸一滞。

他闭了闭眼又睁开，只觉得她的温柔娇弱仿佛就在眼前。

然而她的气息却骤然远离。

紧接着，他听到覃的声音。

仿佛还隐隐带着几分享受，他低喘了一声，才含笑道："陈先生，欢迎来金三角。"

耳际很静。

那是一种很空旷的寂静，人耳仿佛能听到很远的地方，仔细分辨，才能听到潺潺水流声，像是乐器轻轻在山谷间低鸣。

慕善就在这片幽深的宁静中睁开了双眼。

入目是陌生的灰绿色藤木屋顶，她坐起来，发现自己睡在一间木质大屋的藤床上。屋子两面都开了巨大的窗户，凉爽的风丝丝往里灌。窗外，一面是绿色的青山，另一面却很开阔，能看到远处起伏的低矮山脉。

屋内的家具全是木制的，方方正正，隐约有草木的幽香，也有电视机和冰箱。

衣服已经被人换了。她身上只裹了条红色纱笼，整个肩膀都露在外头，薄薄的面料，轻轻摩擦着皮肤，令她不寒而栗。

谁帮她换的衣服？

她已依稀记起昏迷时的情形，保镖瞬间毙命的血腥惨状仿佛就在眼前——毫无疑问，她被覃劫持了。

只是……她现在是在哪里？

慕善下了木梯，沿着房前大片空地走过去。两旁都是丛林，高大的树木和杂乱的野草像一堵严实的绿色屏障。

太阳慢慢在天空露脸，将脚下的沙土地面也炙烤得温热起来。

前方有一条窄窄的小路通向远方山谷，小路入口停着一辆脏兮兮的八九成新的越野车，一边车门还开着。慕善走了几步，就隐约看到一个男人躺在车旁的草地上。

是蕈。

他只穿了条沙滩短裤，光裸着麦色的上半身。似乎是察觉到慕善的脚步，他一个翻身跳起来，三两步就走到她面前，像一头生气勃勃的豹子，低头笑嘻嘻地看着她。

“跟我去见首领。”

首领?

在密林中开了二十多分钟，视野豁然开朗，前方一长排竹棚和木屋，应该就是将军住的地方。

罂粟的香气和火药的气味夹杂在一起，越发显得周围安静、冷酷，还有紧张。

路旁三步一哨，五步一岗，全是荷枪实弹的士兵，还有几辆载满武装士兵的卡车迎面驶过。那些年轻士兵的脸，有一种刻板的冷漠，慕善毫不怀疑，这些人体内都有同样的嗜血因子，在他们眼里只有金钱和武力，没有人性。

她竟然流落到这里，陷入走投无路的境地。

陈北尧这会儿估计已经想杀人了。

如果他拒绝涉毒，她只怕境况堪忧；如果他妥协，她更加生不如死。为今之计，只有信他。她也不会坐以待毙，只能静观其变。

她跟着蕈，脱了鞋，沿着木梯一步步向上。这是一间很漂亮的木屋，每一块木板仿佛都有相同的颜色和纹理，脚踩在上面，又温润又凉爽。

两个高大的士兵背着枪站在门口，上前从头到脚把两人检查拍打一遍，甚至连蕈都主动摸出口袋里的两把薄刃才被放行。

屋内正中放着一张紫檀木圆几，一个男人跪坐着，闻声抬起脸。

慕善心头一动，这个男人……

他穿着白衬衣、灰色迷彩裤，身形高大，略显消瘦，看起来三十七八岁，相貌却很清秀斯文。

这就是蕈的首领?

看到慕善，他微微一笑，眼中闪过柔和温润的光芒。

他朝慕善做了个请的手势。

慕善在他对面坐下，蕈则坐到他左手边。

他提起紫砂壶，倒了三杯茶，拿起一杯，放到慕善面前。慕善神色不动，端起喝了，看着他。

他目露笑意，第一句话却是有些生涩的汉语："对不起。"

慕善微微一怔。尽管知道他们捉自己来是为逼陈北尧就范，但这个充满诚意的道歉还是令她略有些吃惊。

首领又用泰语说了几句什么，蕈耸耸肩，为她解释道："首领说……很抱歉委屈你，他只是想跟陈北尧好好谈一谈。无论能否合作，都会放你走。放心，你在这里很安全，就像客人一样。"

伸手不打笑脸人，慕善对首领礼貌地笑笑，问："陈北尧什么时候来？"

"明天。"蕈笑了，自己又添了句，"中国男人真有意思，之前一个亿都买不通，现在为个女人竟然自己送上门。"

慕善冷冷看他一眼，心想，你这种人，怎么会懂？捉鬼放鬼都是你们。

首领话锋一转，却是问慕善是哪里人、在哪里受教育，甚至还表示了对慕善母校H大的赞赏。末了，他让蕈转告，这两天她可以随意在附近转转，蕈会为她导游。

"就当是来度假。"首领这么说。

重新坐上蕈的车，慕善之前的紧张因为首领的态度而得到些许缓解。难道首领真是个通情达理的人?

难以判断。

尽管首领让蕈陪同，可他哪里有耐心？直接把慕善又送回了原来的木屋。

车刚停稳，忽然听到远处传来一阵悠扬的乐曲声。慕善跳下车，却见蕈身形一顿。

她仔细侧耳一听，模模糊糊唱的竟然是中文：“风云起……山河动……金戈铁马百战沙场……”

这是什么歌曲？为什么在金三角有人播放？甚至隐约听到有人随歌附和而唱的声音。

“你是不是中国人？”蕈坐在车上，居高临下瞥她一眼，“军歌都没听过？”

“谁在唱？”慕善在陌生而危险的国度听到熟悉的语言唱着悲壮的歌曲，忍不住好奇。

“那是国民党的部队，君穆凌将军，台湾人。”蕈难得好心地解释，却话锋一转，“你别乱跑啊，进了雷区炸死了，北尧哥哥白走一趟。”

说完也不看她，径自开车走了。

周围防备森严，慕善本来就没有私自潜逃的愚蠢打算。自己回到木屋，只能等了。

到了傍晚的时候，她忽然再次听到汽车的引擎声，走出去一看，蕈已把车停稳，探了个头出来。

她心头一跳。

“女人，我刚收到首领通知，霖市的人已经到了。”蕈笑嘻嘻地道。

车子重新停在军营入口处，哨兵却报告蕈，运送中国客人的车辆离营地还有五分钟车程。

慕善隔着玻璃窗望着道路尽头，心里有些紧张。

不管怎么样，只要一会儿见到陈北尧，她一定会站在他身旁，就算枪林弹雨，也不会跟他分开。

等了有几分钟，果然有几辆越野车出现了。他们停在离营门口五十米左右的位置，几个持枪士兵先行跳下来，然后又陆续下来几个男人。

隔得远，又有扬尘，慕善看不清哪个才是陈北尧，只能踮着脚张望，心也跳得越发地快。

终于，那一行人在士兵前后护送下，朝营门口走过来。

慕善的心提到嗓子眼儿。

他们越走越近。慕善终于看清为首那人的容貌，心神微震。身后的蕈低低“咦”了一声。

那人穿着纯黑的衬衣，在一群男人中最为高大醒目，深邃的眉目英俊如画，仿佛散发着沉静的暗光。

他的目光原本平静，却在无意间掠过慕善时猛地一停，脚步也随之顿住。然后，他转头对士兵和手下说了句什么，立刻阔步走到她面前。

黑眸紧盯着她，带着几分不确定：“你怎么会在这里？”

“丁珩。”慕善心头重重地叹了口气。

他的眸中却升起洞悉一切的心疼与怜惜。

他的脸色变得有些难看，一抬手，轻轻将她拥进怀里。然后不顾她的僵硬，不顾周围人的诧异，温柔地收紧。

令丁珩松开慕善的，不是士兵的呵斥，而是身后传来的一声懒洋洋的口哨。

慕善和丁珩都转头看去，只见蕈颀长的身躯闲闲地靠在越野车上，细长的眸微微眯起。

慕善懂他的眼神——她之前一直表现得对陈北尧忠贞，转头却跟另一个男人抱在一起。

丁珩看了一眼蕈，低头把慕善的手握住：“你不会有事的。”

慕善反而将他的手紧握：“别把我一个人丢在这里，让我跟你们在一起。”

丁珩看着她头一次主动握他的手，缓缓一笑：“我见完首领就来找你。”

说完，又将她的手重重一握，这才松开。在她沉默的视线中，与那队人走进了营门口。

慕善看着他的背影，神色沉静下来。

就算丁珩之前不知道她被挟持，现在必然也一清二楚。他这个时候来找首领，对陈北尧来说绝不是好事。异国他乡，是多么好的干掉陈北尧的机会。

更严重的是，如果他跟首领联手，陈北尧的境况只怕更加不妙。

她刚才提出要跟丁珩待在一起，就是想趁机看看他到底要做什么，这样她心里才有些底。

可丁珩虽然对她重情，却没同意。究竟是心中也防备着她，还是连他也无能为力？

窗外的天空泛白，周围安静得没有一丝声响。

这大概是金三角最普通的一个早晨。

慕善已在屋里等得心焦。终于，她看到一辆越野车缓缓驶来。她心跳骤然加快，三两步冲下木梯，迎了上去。

“嫂子。”一个她认识的保镖跳下车，在两名士兵的注视下，将她扶上了车。

“陈北尧呢？”慕善立刻问。

“就在前面军营。”保镖压低声音道，“老板说要先见到你，再跟首领谈合作。”

慕善点点头，又喜又忧，喜的是他真的来了，忧的是，他要如何摆脱困境？难道真的要涉毒？

白天的军营安静、有序，不知道是不是她的错觉，军营中来回巡视的士兵明显增多——显然，首领防备着陈北尧。

她被带到一间木屋前，就在首领的屋子旁边。保镖敲敲门，便和士兵一起站在门外。

慕善走进去，站在窗口那人几乎是立刻转身，目光如电地看过来。

四目凝视，沉默。

一种又涩又甜的情绪从她心口蔓延开去，像是一股深沉的暗流，无声却磅礴地将她包围。视野中的一切仿佛都暗淡了颜色，只有他笔直而料峭的身影生动地凸显出来。

他穿着一件普通的白衬衣，袖子挽到一半，原本负手站着，却在看到她的瞬间自然而然垂落，仿佛下一秒，就要将她拥入怀里。

明明只有三四天没见，他却好像憔悴了一圈，眼睛下有淡淡的阴影，下巴甚至还有未刮净的胡楂，彰显着他连日的不眠不休。

在短暂的沉默凝视后，那清俊如玉的容颜却浮现出温柔笑意，像一只有力的手抚平慕善心中的忧虑。

然后，他迈着大步，略有些急促地向她走过来。

腰间一沉，她甚至没来得及仔细端详他的容颜就被他紧紧抱进怀里。

慕善的眼眶湿热一片。

在长达数十秒钟、几乎令她透不过气来的紧箍后，他才将她松开，手臂却依然圈在她的腰间，不让她离开怀抱。

她看着他，破涕为笑。

他的眼中也浮现笑意，在她额头落下极轻极缓的一吻。

不需要任何言语，他把她的手牢牢牵住，走出了房间。

这也是慕善心头所想——在这恐怖的金三角，不管发生什么，不管是死是活，她只要信他、跟他，甚至尽她所能保护他。

正因为前路茫茫，所以一步也不要分开。

再次踏进首领的会客厅，慕善看到许多熟悉的面孔——陈北尧的两个心腹、几个身手最好的杀手。只是这点人马，面对毒枭上千人的武装部队，无异于以卵击石。

慕善注意到李诚和周亚泽都没来，这反而令她对陈北尧更加有信心——他一定是对他们有了别的安排，才会有恃无恐。

众人等了有几分钟，首领便在数名士兵的陪同下走进屋子。覃却不在，丁珩也没出现。

一看到陈北尧，首领立刻浮现愉悦的笑容，一旁的翻译也笑道：“首领说很高兴陈先生能来，陈先生是他最欣赏的中国朋友。”

陈北尧淡笑道：“首领客气了。”

双方席地而坐。

陈北尧看一眼身旁的手下，那手下便拿出一个文件袋，交给首领身旁的士兵。

翻译打开看了，递给首领，耳语一番。首领静静地看一眼陈北尧，目光含笑，神色不动。

“这是霖市八条水路的游船运营许可以及三十艘船的产权。”陈北尧沉静道。

首领沉吟片刻道：“陈先生，恕我直言，你送来这些东西，是想拒绝与我们的合作吗？”

陈北尧道：“不，首领，恰好相反，这是我对于未来合作的见面礼。”

慕善心头微震，看着陈北尧沉静自若的侧脸，一时竟猜不透他到底会怎么做。

饶是首领雄霸一方，看到这么大手笔的见面礼也沉默了片刻，旋即笑了：“那我该回赠陈先生什么见面礼好呢？”

陈北尧将慕善的肩膀一搂，淡笑道：“我的女人在香港遇袭，幸得首领伸出援手，至今安然无恙，将她归还给我，就算首领的回礼吧。”

首领沉声笑了，看一眼慕善，笑道：“陈先生客气了，那我们谈谈生意。达沥的总裁跟我有些渊源，很想与你合作。送上门的利润，不知道你为什么拒绝？”

最后一句，首领问得又缓又沉，即使当时说的是泰语，也令人感觉到他谈笑中漫不经心的威慑力。

陈北尧迎着首领锐利的目光，缓缓笑了：“利润也有快慢之分。不做毒品，不是因为我是良民，而是有更值得投资的生意。”

首领斟酌片刻，笑了：“我知道你是金融市场的猛虎。你说的是股票？我也有资产委托给瑞士人，相比之下，我还是喜欢传统生意。”

陈北尧微微一笑：“首领先别急着下结论。我想问，你现在一年的利润是多少？”

首领看他一眼，伸出手。陈北尧也伸手。首领在他掌心写了个数字。陈北尧微微一笑：“都说海洛因是夕阳产业，首领令我刮目相看。”

首领哈哈大笑。

陈北尧忽然话锋一转：“如果陈某三天内让首领再赚到这个数字，不知首领是否愿意换一种合作方式，大家一起赚钱？”

此言一出，所有人——包括首领，统统神色一震，沉默下来。

夜幕降临的时候，陈北尧拥着慕善，进入首领为他们安排的房间。随行保镖仔细检查了房间，朝陈北尧摇摇头，便退了出去。

陈北尧打开灯，拥着她坐在床上。他的神色略有些疲惫，沉黑的眸却异常专注地盯着她。

这几天简直是生离死别，慕善有很多话想要问他，却只是低叹一声：“三天赚两亿美元，你其实根本没把握吧？”

陈北尧看着她紧蹙的眉头，没有回答，却抬手托住她的脸，用力一吻。

直到慕善捶他的胸口，他才松开，看着她微笑道：“五成把握。”

慕善沉默。

今天白天，尽管首领对陈北尧的话半信半疑，最终还是同意了他的建议——拿出三亿美元本金，委托给陈北尧投资。双方约定，如果亏损，全部由陈北尧承担。

这显得陈北尧非常自信，也让首领完全没有后顾之忧。

尽管陈北尧向首领声称，他之所以敢豪赌，是因为已获悉香港股市的内幕消息。但慕善这几个月陪伴在陈北尧身旁，熟知金融市场虽会大起大落，但也绝没有空手套白狼的道理。三天赚百分之六十，谁敢说有把握？

可他竟然说有五成把握。

那只有一个可能——他已决定拿出全部身家，不惜逆市造市。如果市场不景气，他暗地里也许会赔上数十亿美元，换取那百分之六十的涨幅。

陈北尧甚至许诺了首领，一旦这次成功，今后每年为首领提供不少于百分之三十的利润，否则由他出资填补利润差额。当然，陈北尧也提出了极高的手续费率。

可这个资产利润率实在夸张。慕善推测，陈北尧不可能受制于人，他应该是想先渡过这个难关，回到国内再作长期打算。

这简直是搏命。

可转念一想，也没有更好的办法。

只是，首领也不是好对付的角色，她能想到，说不定首领也能想到。

她问出这个疑虑，陈北尧却微微一笑："他一定会怀疑。"

"那你还……"

"亡命贩毒，只是为了钱，越精明越贪婪。他再怀疑我，也拒绝不了眼前的两亿美元。"

慕善不禁佩服他算准了首领的每一个反应，甚至今天他的每句话、每个举动，都是有预谋的。

她不想问他如果失败怎么办，她知道金融行业也很讲运气。

他却毫不避讳，盯着她径直问道："如果我最终要贩毒，你会不会离开？"

慕善神色一僵，这个话题……

这些天发生太多事，她已经不止一次问自己——三年后能离开得了陈北尧吗？在他的情意面前，在比他黑暗数倍的毒枭面前，她一直不去想这个问题。

"我不知道。"她又重复一遍，"我不知道。"

她并没料到，这个答案对现在的陈北尧来说，已经足够。

他轻轻将她拥入怀里，平躺下来。过了没多久，慕善就听到他平稳悠长的呼吸声。

毫无疑问，他累极了，才会倒头就睡。他只晚到了泰国一天——可要布这样一个局，一天时间太短，所以他才会这么憔悴疲惫吧。

慕善心疼地靠在他怀里。他温热的胸膛，令她只想就此沉睡不醒。

第二天开市的时候，首领在香港的户头已经涨了五千万美金。这无疑令首领的心腹们欣喜若狂，首领也面露喜色。其间因为境外人员投资上限，陈北尧请首领出具了一份委托投资授权书，专门针对这笔资金进行投资，同时也让首领提供了一些证明和许可，用以投资手续办理。首领咨询了自己在瑞士的投资顾问后，欣然应允。

而这期间，蕈一直没有出现过。慕善又一次趁机问对方翻译，对方含糊说蕈出去办事了。

也没见到丁珩。也许陈北尧这次的豪赌，激起了首领极大的兴趣，他刻意将两派人马住的地方安排得很远，三天来一次也没有碰面。

第三天，下午四点。

这是个极愉悦的时刻。陈北尧的人个个神色骄傲，首领的心腹们也笑容满面，甚至连首领，眉梢眼角也都是笑意。

只有慕善，脸上微笑着，心里却是说不出的滋味。

十多个亿。

为了让首领赚两亿美元，陈北尧砸进去十多亿美元，几乎相当于陈氏投资在牛市白干一年。可此刻，陈北尧却极放松地坐在那里，面上挂着淡淡的笑，仿佛比首领还要愉悦。

接下来的问题就简单了。陈北尧眉都没皱一下，就跟首领签订了五年委托投资协议，约定自下个月起，为首领打理资产。

陈北尧也提出了很多苛刻的条件，譬如投资收益的高额分红；在必要时首领的部队要为他提供支持；他甚至屏退众人，向首领提出杀死丁珩。这一点首领却没同意，只在最后勉强答应，如果陈北尧回国后对丁珩动手，至少达沥的人可以提供援助。

最后，两人端起女奴送来的酒杯，轻轻一碰，宣告联盟的结成。

其间陈北尧提及慕善身体不好，想尽快回国。首领这时已经完全把他当成合作伙伴，拍拍肩膀道：“明天一早再走。”

陈北尧笑笑，没再坚持。

次日一早，陈北尧带着慕善和手下乘车离开了军营，首领甚至还派了一队士兵一直护送到山区外。

离开首领势力范围的时候已经是上午八点。士兵们刚掉头折返，陈北尧几乎是立刻命令司机全速前进，务必在一个小时内，赶到最近的佣兵站。

这令慕善略有些吃惊，但见他神色难得的严肃，车上其他人也一脸紧张，她知趣地保持安静。

只是，他为什么这么急着离开？昨天就假称她身体不适想走。

好像晚走一步，就会……露馅儿？

陈北尧的人离开后，首领负手站在罂粟田前沉思。

尽管觉得陈北尧一定是厉害角色，必须严加防备，但他的账户实打实地多了令人心动的两亿美元。

他想，或许陈北尧的确是传说中的金融天才，又或许他用了什么手段暂时拖延，以后还会变卦。但首领丝毫不觉得有威胁——难道他对付不了陈北尧？

相比之下，他更相信陈北尧也是个贪婪而狂妄的人，从他强烈要求干掉丁珩就看得出他的本性。

想到这里，首领极为惬意地望着眼前的罂粟花。虽然陈北尧对毒品生意不感兴趣，但是也同意今后为达沥的毒品市场扩张提供支持。

这是首领最喜欢的双赢局面。

就在这时，一名手下把手机递了过来。

首领淡笑着接起。

半晌后，他神色剧变。

他简直不敢相信自己听到的，从来清润白皙的脸，瞬间涨得通红。

“你说什么？”他一字一句地重复，“我的股指期货账户亏了一百亿美元？”他惊怒道，“我从未投资过股指期货……有我的亲笔授权？”

他的声音戛然而止，挂了电话立刻拨自己在瑞士的投资顾问电话，却传来忙音。

他“啪”的一声将手机摔在地上，厉声对身旁的心腹吼道：“立刻把陈北尧活捉回来！”

心腹有些惊讶地看了他一眼。这一眼令他更加恼怒。一百亿美元！他全部身家也没有这个数！他即将一无所有！

他看着心腹匆忙跑走下令，却越来越心惊——此时离陈北尧离开已经有两个小时。如果他算无遗漏，现在必定已经想好了退路，只怕再难追上！

他又厉声道：“陆路、水路、天空，不惜一切代价，把他抓回来！”

首领判断得没错，陈北尧在令他倾家荡产后，的确找好了退路。

只是连陈北尧自己都没想到，他没能走得了。

上午九点三十分，陈北尧的三辆越野车在距离首领军营不到一小时车程的佣兵站停下。

金三角地区除了首领这样的大规模成建制部队，还有少量的雇佣兵，灵活接受任务。陈北尧现在就站在佣兵站后的小机场里，脸色难看到了极点。

慕善站在他身侧，已隐隐察知不妙。

刚刚在路上，陈北尧已经把全盘计划告诉了她——他利用首领的授权，在期货市场重金购买。在股票市场造涨幅的时候，在股指期货市场做反向交易。这个巨额亏损，他算准期货交易所会在第二天开市后通知首领，所以才急着要走。而首领亏损的一百亿美元，自然也进入陈北尧的腰包。

这个局三两句话就介绍完了，可慕善知道，背后还有很多繁复的安排——譬如重金收买首领在瑞士的投资顾问；譬如高精度的市场操作。

也只有陈北尧能布这个局。

只是现在……约定一早准备的飞机和飞行许可，在这里接应等候的周亚泽，去了哪里？

十点整的时候，离约定时间晚了一个小时，周亚泽的手机依然打不通。

这时，佣兵站的前哨报告，首领的一支小分队已经在十公里外。而周边其他通路，极可能被封锁。

陈北尧听到这个消息后，沉默片刻。他拔出枪，冷着脸，带着慕善和所有人重新上车，径直往佣兵站外的密林深处开去。

Chapter 09

爱你不用合情理，但愿用直觉本能去抓住你。
一想到心仪的你，从来没有的力气，
突然注入渐软的双臂。

杨千嬅《勇》

强烈的阳光被厚厚的密林阻隔，只能从树叶的缝隙洒下朦胧的金黄光亮。

林中极静，唯有越野吉普车在小道上剧烈颠簸的声响，闷热潮湿的空气，更加重了人的晕眩疲乏。

陈北尧一共有三辆车，慕善和他就坐在第二辆车的后排。这一路陈北尧跟其他人一样，警惕地注视着周围动静，片刻也不能放松。

慕善望着他沉静的侧脸。

他始终坐得笔直，仿佛天塌下来，他也会为她遮风避雨。她忍不住紧握他的手，而他头也不回，举起她的手凑到唇边，轻轻一吻。

仿佛在说，一切有我。

在佣兵站时，陈北尧就与李诚取得了联系。可李诚一直留在霖市坐镇，即使立刻动用关系派人接应，也无法突破军队的封锁线。李诚也正在跟泰国官方交涉，但能不能来得及，还真不确定。

那也就意味着，他们很可能需要自己突围，才能跟外围的人马会合。

周亚泽仿佛消失了一样，依然没有消息。

现在他们行进的路线，正是泰国首领与君穆凌将军驻地间的狭长地带。这里地形复杂，双方军队也都驻扎在密林外，逃脱的机会更大。

路越来越崎岖。临近中午，周围更静了。

大概是有些紧张，司机自言自语般低声道：“这儿还挺瘆人的……”

“砰！”枪声破空，司机的声音戛然而止。在同一瞬间，或者更快的时候，陈北尧猛地摁住慕善的背，伏倒在她身上！

慕善眼前一晃，恍惚只见司机脑袋一颤，整个人仿佛突然被定住，骤然往方向盘上一倒，不动了。

越野车失去控制，猛地一个打弯，几乎将所有人甩出去。慕善被陈北尧护着，只听到他的头和后背重重撞上车门！他一声不吭抱得更紧，令她喘不过气来。

车子一头撞上路旁大树，终于轰然停下。陈北尧和车上两名保镖立刻直起身子，一名保镖紧张道：“老板，怎么办？”

打死司机的子弹是从右前方射来的，陈北尧神色越发冷肃，拿起对讲机低喝：“下车！”

他推开车门纵身一跃，转身接过慕善。

其他两辆车的人也跟了上来。尽管形势严峻，但这些人训练有素，全随着陈北尧沉默地在林中穿行。

要是在平地奔跑，慕善肯定远远落在男人后头，但她在山城小县长大，跟大多数孩子一样，从小漫山遍野地跑，现在在密林中穿梭，她足够敏捷，速度竟然不比男人慢多少。偶尔有难以逾越处，陈北尧伸手一拉，她也就上去了。

一行人刚奔出数百米，身后忽然传来震耳欲聋的巨响！

众人不约而同地伏倒在地，强烈的冲击波随着爆炸声气势汹汹地席卷而来！漫天的烟尘令他们个个灰头土脸。

慕善被震得阵阵发晕，勉力转头一看——留在原地的三辆车，被重火力轰得对穿，全部被汹涌的火焰包围！

毫无疑问，这是对方的威慑。

直到此刻，慕善才真实地感觉到——他们面临的是一支训练有素、杀人不眨眼的武装部队。

他们能逃出去吗？

全速飞奔。

他们全速飞奔。

然而，国内杀手再厉害，如何比得上密林中长大的泰国军人？跑了有二十多分钟，身后树林的动静和凌乱的脚步声越来越近！

终于，一声极清脆的枪响！跑在最后的一名保镖闷哼一声，脚步一乱，扑倒在地！

陈北尧与一名心腹对视一眼，那心腹点点头，厉喝道："停下！"

众人脚步一顿。

慕善心头一跳——要交火了！

不幸中的万幸，是这一片地形足够复杂，十来个人散布在几块巨石后，也将那名受伤的保镖拖了过来。陈北尧、慕善和两个保镖则低伏在一片地势最高的低矮山坡后。

静谧，可怕的静谧。

所有人都屏住呼吸，等候对方冒头，等候对方踏入火力圈。

他们有多少人？不知道；他们携带了什么武器？不知道。

约莫过了半分钟，忽见三四十米外树叶微动。然后，几个军绿色的精瘦身影，闪身探头出来。

这是前哨了。刚刚打伤保镖的散弹，肯定也是他们发射的。

陈北尧却在这时朝大家打了个噤声的手势，然后缓缓抬起手枪，瞄准……

"砰！砰！砰！"三声脆响，枪枪正中眉心。那几个探头的泰国士兵哼都没哼一声，就软倒在地上。饶是慕善知道他擅用枪，也没料到他枪法有这么好。

被震撼到的不仅是慕善，前方树林的动静明显一乱，一时竟没人再冒头。

慕善瞬间明白了陈北尧的用意——这些泰国兵虽然骁勇，但身为毒枭部队吃香喝辣惯了，谁不怕死？他们一路追击，自恃熟悉地形，一定能完胜，没料到被陈北尧用手枪狙死了三个人。

比枪林弹雨更可怕的是藏在暗处的敌人——现在他们谁敢再冲锋？

陈北尧却在这时转头，对身后的一名保镖和一名佣兵道：“带她先走，我们断后。”

慕善的脑子刹那间一片空白。

他要她先走？

原来这才是他原地伏击的目的？要拖住敌人，保她逃脱？

她不吭声，将他的手握得更紧。

陈北尧盯着她，白皙清俊的脸清冷得像凝了冰雪。他极坚定地掰开她的手，力道又缓又沉。

在她震惊的视线中，他抓住她的手用力摊开，把自己的手枪放到她掌心。她甩手要扔掉枪，他却强势地将她近乎僵硬的手指一根根摁在枪上，要她紧握。

慕善有片刻的呆滞——他竟然给她枪？他竟然决意舍身保护她？他从来占有欲极强，现在竟然终于舍得让她自己保护自己？

“我会来找你。”他不顾她脸上浮现的惊痛，反而笑了，“你留在这里帮不上忙。万一被俘，首领不会杀我。那一百亿美元存在你的户头，你逃出去，拿那笔钱换我。”

在这么危难的时刻，他一反常态说这么多，头头是道，却只是要逼她走，让她活。他们都清楚，如果他落在首领手里，只怕被迫交出钱也不会放人，一定会被折磨致死！

慕善的神色忽然极坚毅地冷下来。

“好，我走。”她抬眸看着他，一字一句，“你不会有事的。”

这固执的语气，令陈北尧微微一怔，眸中闪过几分隐忍动容，最终却只是安静地一挥手。

所有人枪炮齐发，在此起彼伏的火线枪声掩护中，保镖和佣兵护着慕善，伏低身子，转身潜入后方的密林。

高一脚低一脚，不要命地飞奔。

慕善脑海里却又想起陈北尧那清黑的双眸——那隐忍的眼神，那明显的动容……

他刚刚——是想低头吻她吧？只是忍住了。

他爱她，舍不得她，想吻她，只是忍住了。

她知道，因为她也是。

她觉得时间好像过去了很久，可低头一看手表，才过了二十分钟。

二十分钟？让一个人死，只需要一颗子弹，一秒钟。

看着前方保镖沉默的身影，慕善脑海里却浮现出陈北尧的影子。

一如她十七岁时遇到的孤身少年，一如在榕泰顶层弹奏《天空之城》的冷漠青年，他的背影清冷、料峭、孤寂。

原来，他再城府阴狠，她依然是世上唯一怜惜他的人。

她一抬头，看到前方是一条浅浅的溪流，水声淙淙，水光清亮，仿佛背后的厮杀已经隔得很远，仿佛她和他已经在两个世界。

她的脚步骤然停住。

安静了。

密林中安静了，所有的枪声不知何时消失了。

结束了？

他说要让她逃出去，再拿钱赎他。可如果真的还能活，李诚也可以做到，根本不需要她。

保镖和佣兵疑惑地停住脚步，在看到她冷得吓人的脸色后，都是一愣。

“回去！”她淡淡道，语气毋庸置疑。

眼见刚才交火的地点越来越近，佣兵建议攀上山坡，从较高的地势向那一片树林逼近。

在距离不到两百米的地方，慕善隐约可以看见那几块巨石，只是哪里还有人影？

正在这时，几声零落的枪响，慕善三人吓得立刻伏低。

然后，他们听到有人在用泰语高声喊着什么。

佣兵压低声音道：“他们说，刚刚接到首领命令，必须活捉那个男人。”

慕善心头一震。

太好了！陈北尧没死！

可这并不能令她放心。佣兵递过来个望远镜，她接过一看。

浑身一震。

尸体。

巨石周围，全是尸体。

鲜血几乎浸染了大片大片的巨石和土地，那些人横七竖八地躺在地上，从石头前方的空地，一直延伸到被陈北尧狙杀的士兵冒头的树林。

这几天保护着陈北尧和慕善的忠心手下几乎全部躺在那里。但比他们多出数倍的，是泰国士兵的尸体。

甚至背后的山坡上，也躺满了至少十多个士兵。

慕善第一次见到这么多的死人，只觉得胃里一阵翻滚。

可陈北尧在哪里？

她继续寻找，猛地呼吸一滞。

在那里，他就在那里！

那是半山腰上的两块巨石，围成一个斜角，他就靠在那个隐蔽的角落里。透过望远镜，慕善清楚地看到他的脸色一片恐怖的煞白，他的肩头，衬衣已被鲜血浸透大片，右腿裤子上也湿黑一片，周围的青草全部染上鲜血。

他中枪了！

而他靠在嶙峋的石头表面，仰着头，看样子似乎低喘着。在短暂的停歇后，他深吸一口气，骤然转身，抬手从石头缝隙朝前方林中射去。

“啊！”一声惊呼！树叶晃动，一个士兵从树丛中跌出来，不动了。

他又干掉了一个。

“我过去帮老板！”保镖低喝一声。

慕善放下望远镜，摇摇头。

慕善面无表情地盯着他的方向，声音却有些颤抖：“他已经杀了这么多人，对方的人肯定也剩得不多，否则他只剩一个人，扛不到现在。你们就这么直接过去，反而进入对方射程，一旦对方援兵到了，你们全跑不掉。”

两人都是一愣。

慕善听到自己的声音冷冷道：“他们不知道我们的存在。你们从山上绕到那几个人背后，把他们……杀了。”

“嫂子，可你一个人留在这里……”保镖迟疑。

“马上去！”

两个男人看着她清美的容颜冷若冰霜，肃然不可冒犯，对视一眼，伏低身躯，往更高的山上爬去。

五分钟后。

慕善紧张地拿着望远镜，她看到陈北尧闭目静静地靠在那里，脸色似乎越来越难看了。

这一回，连那点零落的枪声也消失了，整片树林死一般安静，慕善只能听到自己略显干涸的呼吸声。

他们得手没有？她不知道；对方的人死完没有？她也不知道。

可一点动静都没有，只有两种可能：

要么双方都死了；

要么保镖他们死了，而对方的残兵在等待援兵的到来。

无论哪种情况，慕善都知道，不可以等了。

她握紧枪，这是她生平第一次碰枪。她一低头、一猫腰，踩着树叶和湿草，紧张地朝陈北尧的方向靠近。

近了，她离他越来越近。

她甚至可以看清他苍白英秀的五官，他闭着眼，不知是昏迷了，还是暂作休憩。

她离他只有十几米了，前方树木稀疏，她深吸一口气，伏低身子，几乎手脚并用地爬过去。

察觉到响动，他猛地睁开眼看着她，黑眸在短暂的迷蒙后，写满震惊。

她最后几步差点摔倒，几乎是扑到他的跟前，抬起头，怔怔望着他。

他低头看着她，眸中忽然浮现有些无奈的笑容。

“走！”她把枪放进口袋，伸手搀扶他。

他半个身子的重量都压在她身上站起来，动作还算利落。慕善稍微放心了些——虽然中了两枪，但都不在要害，只是腿上的伤令他行动不便。

搀扶着他往更高的山林里走，身后并无声响。慕善放心之余，又有些难过——保镖和佣兵一定是死了。

脚下几具尸体，有一个保镖，也有几个泰国士兵，有的脸朝下扑着，有的还握着枪怒目圆瞪。毫无疑问，他们曾经企图近距离攻击陈北尧，却被他先杀了。

“砰。”

清脆响亮，就在耳际。

就在她触手可及的地方。

慕善只感觉到肩膀上的陈北尧身子猛地一颤，脚步一滞。她一侧头，就看到他后背多了一个小血洞。

陈北尧身子晃了晃，慕善扶他不住，随着他一头栽倒在地上。

他深吸一口气，似乎想要撑住地面爬起来，却再次重重摔回地面。

可他的双眼竟然还很镇定，抬头看着她，哑着嗓子道：“连累你了。”

慕善的眼泪一下子流出来，愤然转身，望着子弹射来的方向。

山坡下，很快冒出十来个士兵的身影。

那是敌人的援兵，终于赶到了。

他们端着枪对准了慕善，其中一个喊了句什么，那些士兵把枪放了下来。

他们根本当慕善不存在，看着地上的陈北尧，个个露出阴狠的笑意，阔步走了过来。

慕善整个人好像呆滞了一般，看着他们的逼近。她还坐在地上，脸色苍白地朝他们举起双手，同时身体往边上挪动了几下，仿佛在向他们表示，她要跟地上这个男人划清界限。

陈北尧看着她，不动声色。

那些士兵离他们不到二十米了，看到慕善的举动，有人用生硬的汉语道："你，过来！他，抓走。"

慕善一把抓起脚边尸体手里的冲锋枪，在士兵们震惊恐惧的目光中，对准他们用尽全力扣动扳机！

数道夺命火线，气势汹汹，直冲士兵们而去。与此同时，慕善只感觉到枪托一下下重重地撞上自己的腹部，突如其来的后坐力令冲锋枪像失去控制的陀螺，"砰砰砰砰"不知朝哪个方向射去！

她吓得用力紧握，可这一切发生在极短的时间内，她只看到一连串凌乱的火光，上上下下左左右右在空中划出一段曲曲折折的弧线！

比她更慌乱的是眼前的士兵——手持冲锋枪的女人固然可怕，手持冲锋枪但是完全不能控制准头的女人更可怕！

转眼就有两个士兵被射成了马蜂窝，直挺挺地仰面倒下，而另一个士兵的头盔被打穿，吓得魂飞魄散，还有一个士兵的脚趾被打飞了几个，血肉模糊连连哀号！

甚至连陈北尧身边的泥地都被打出一连串小坑，要不是她在最后关头抓紧了枪，陈北尧现在也死透了。

枪声戛然而止，慕善和士兵们都惊魂未定。然而狭路相逢勇者胜，面对这个不要命的女人，士兵们竟全部卧倒隐蔽在树丛里，没人肯跳出来当炮灰。

慕善一只手勉强端着枪，另一只手伸过去，努力扶起陈北尧。陈北尧深吸一口气站起来，靠在她肩上。似乎刚才的乱射也令他始料未及，他看着她，竟然一句话也说不出来。

“走。”慕善扶着他，慢慢往后退。

她记得刚才折返的路上，距离这里不到百米的地方，还有片崎岖的树从山洞，只要能退到那里，他们也许能支撑到李诚的援兵赶来！

“呼……”极低的吐气声——从头顶传来！

头顶？

不等慕善举枪抬头，一个黑影轻盈地从树枝上降落，轻轻落在她面前的草地上。

他穿着灰绿色的背心和迷彩长裤，高大精瘦的身躯从地上站起来，一脸笑容地看着慕善：“慕小姐，萨瓦迪卡。”

说时迟那时快，慕善身旁的陈北尧忽然抬头，举枪，动作快得不可思议。

“砰！”

面前的蕈头猛地一偏，身影一动，人已退到两米外。他缓缓转过脸，脸上一道子弹擦伤的血痕。

大概是没料到身中三枪的陈北尧竟然差点要了他的命，他脸上闪现出阴狠恼怒的神色。

不等身体虚弱的陈北尧有机会射出第二枪，他身形一晃，长臂如电闪雷鸣，一记闷掌，狠狠打在陈北尧头部！

陈北尧闷哼一声，身子竟往旁边摔了出去！慕善根本没反应过来，手中已是一空，眼睁睁看他倒在地上，双目紧闭，不知死活。

慕善掉转枪头就要朝蕈狠狠扫射。可她哪里是蕈的对手？蕈手臂一扬，她手腕吃痛，枪瞬间脱手。一转眼，他已持枪瞄准了他们。

慕善全身僵硬。

蕈却把枪一丢，大踏步走到她面前，英俊的脸似笑非笑，有力的长臂重重抓住她的腰，一把扛上肩头。

还没等她反抗，他的大手在她的臀上“啪”一拍，冷冷道：“你咬我一口，我打你男人一拳。”

慕善不动了。

他似乎满意，又在她臀部拍了一下，这才看着地上的陈北尧冷冷道：“带走，别弄死了，首领要见他。”

一行人迅速撤离了树林。

往回走的时候，蕈一路懒洋洋的，时不时看一眼被扔在副驾上的慕善，冲她笑笑。

慕善对蕈道：“你把我们放了，我们可以给你很多钱。”

蕈笑得更欢：“你想收买我？你不知道我是这个世界上最忠诚于首领的人？”

“为什么？”

蕈笑而不答。

过了一会儿，他问：“我才离开几天，你们做了什么，首领迫不及待要抓你们？”

慕善看着他：“发生这么大的事，他都没告诉你？也是，如果被手下知道他破产了，他还怎么当首领？”

蕈明显愣住：“破产？”

“不止这样。”慕善心中燃起希望，看着蕈的表情，“他现在负债几十亿美元，意大利地下钱庄的人应该已经在来讨债的路上了。”

蕈笑：“我不信。”

“你打电话到香港期货交易所，或者到欧洲地下钱庄打听一下，就知道这都是真的。你们首领完了，你跟着他什么都没有。放了我们，我们支持你做新首领。如果把我们送给他，我们会死，你也要给他陪葬。”

“慕，你应该知道，忠诚无价。”他打断她的话。她最后勉力冷静的努力，没有换来半点希望。

车队抵达军营的时候，慕善被营中如临大敌的气氛震慑，越发担心陈北尧的安危。她在这个时候只觉得，自己怎么样真的无所谓了——尽管想象中毒枭的手段令人不寒而栗。

她只是想，陈北尧已经中了三枪，如果还被首领折磨，实在令她难以接受。

蕈把她拽下车，两个士兵立刻上来按住。慕善一回头，就看到一旁的地上，陈北尧躺在一副担架上。他的身体表面盖着一块白布，大半染上了鲜血。他双目紧闭，脸色白得吓人。

首领便在这时从屋子里走出来，昔日清隽温润的脸略有些阴沉。他并没有暴怒，淡淡对蕈说了几句话。蕈这时的表情略有点奇怪，他点点头，看了慕善一眼，就转身走了。

慕善被士兵押到一间屋子里。

这间屋子看起来比其他房间华丽许多，靠近墙壁的地上，还铺着一块雪白的绒地毯。

慕善没料到自己会被这么对待。

如果不仔细看，不会发现贴着墙壁的地上放着几条细细的锁链。她就被士兵们压在地上，用锁链锁住了双手和双脚。

锁链的长度，令她几乎只能跪或趴在地上。

像动物一样。

首领踏进屋子的时候，慕善被吓得一个激灵。可他的神色始终淡淡的，也没看她，先走到桌边，拿起毛巾，擦了擦手。

慕善害怕到了极点，抬头便瞥见那毛巾上隐隐有血迹。

那是陈北尧的血吗？她心头一痛。

首领又在床上坐下，给自己倒了杯茶，慢条斯理地喝着。慕善逃亡半日，又累又渴，忍不住低下头，舌头舔了舔干涸的嘴唇。

就在这时，首领手一扬，一杯滚烫的茶朝慕善脸上泼去！慕善下意识地偏头一躲，半边下巴和脖子立刻被烫红了。

首领走过来，狠狠一脚踢在她腹部。这些毒枭折磨人是家常便饭，很清楚怎么下手能令对方最痛。慕善从来没遭受过这种重击，只觉得锐痛难当，整个腹部仿佛都不是自己的了。

他居高临下地看着她，忽然蹲下。他抬手提起她的头发，慕善被迫跟着他的力道艰难地仰起头。

看她露出光滑修长的脖子，首领沉默片刻，“啪”，一记重重的耳光打在她脸上。

这个耳光只打得慕善眼冒金星，又辣又痛，口里一阵腥咸，她吐出一口鲜血。

腰间却是一紧，被人原地翻了个身。禁锢的锁链箍得她的手腕脚腕一阵疼痛。她一抬头，看到首领正看着自己，唇边仿佛带着笑，却令人觉得冷酷。

他用泰语说了几句什么，也不管她根本听不懂，他抬手从墙上解下一条锁链的另一端。慕善身体的紧绷程度得到缓解，她松了口气。可没等她缓缓，他就拽着她的头发一拖，把她放在那条雪白无比的毛绒地毯上。

慕善只觉得头皮差点被他扯掉，心里恐惧到了极点。首领断然不会放过她和陈北尧了。可他们就真的没有希望了吗？

只要陈北尧一天不给钱，首领就不会杀他。

她只能这么安慰自己。

可她？

大概……没活路了吧。

首领却在这时起身，拉开一个抽屉，拿出一把极薄的匕首，回到她面前。

就在这时，门外传来人声。

首领这才抬起脸，没看慕善，回答了一句话。

门外的人又说了什么，慕善模糊听到两个关键字“丁珩”。

首领沉思片刻，转过身子，连续说了几句什么。

慕善睁开眼，看到右手的锁链末端被他丢在墙角。

她的手慢慢摸过去！

猛地抓起，朝他脖子上一套！这动作完全出于本能，也许还源自影视剧的印象，慕善根本不知道能否奏效，也不知道攻击他是否会令自己的遭遇更惨。但她宁愿死，也不想被这个男人欺辱。

首领狠狠抽了口气，抬手就抓住脖子上的锁链。锁链收紧，慕善的四肢痛得像要被勒断。可她不管不顾，用尽全身力气死命地往后拉。

可首领再养尊处优，力气也不是她一个从未攻击过人的女人可比。在最初几秒的短暂窒息后，首领狠狠一拉，她那条锁链脱手，甚至连她自己都重重撞上首领的后背。

首领猛地转头，手还捂着自己的脖子，上面一道粗粗的红痕。这回他彻底发怒了，轮廓俊秀的脸一片阴霾。

他抓起慕善的头，狠狠往墙上撞！“咚”一声巨响，只痛得慕善脑子里顷刻混沌一片。

他用泰语高声骂了句什么。这还是慕善第一次听到这个面似文雅、实则阴狠的首领这样高声说话。

湿漉漉的鲜血从眉毛上滴下来，模糊了慕善的视线。她看到首领似乎终于忍无可忍地站起来，又走到抽屉旁，拿出了一把枪。

他走回来，充满恨意地看着她。似乎她的僵硬沉默令他不太满意，又也许是他觉得她应该更恐惧，恐惧到哭着求饶。他并没有急着杀她，冰凉的枪口，在她的左手手腕、右手手腕、左腿和右腿重重一点。

他在暗示她，要废掉她的四肢。

慕善的手紧紧抓住身下的白色地毯，艰难得连呼吸都快停滞。

就在这时，门外几声闷响，然后是凌乱的脚步声。

首领侧目，慕善迷迷糊糊地抬头。

一个本不该出现在这里的男人背光站在房间的门口，他还有些气喘，看了一眼屋内的境况，整个人一下子定住。

他和首领四目相对。

双方都沉默了一瞬间，而后的争抢厮斗完全出于男人的机敏本能。这里是首领的私人房间，丁珩却在这时突破门口守卫出现在这里。双方不需要任何言语，已看到对方眼里的敌意。

在后来很长的时间，慕善一直想，为什么丁珩会为了她跟首领翻脸？她想，或许是因为得知首领在股指期货市场巨亏的消息，他已经不需要这个同盟；或许是他们三方的关系本就微妙，似敌似友；又或许丁珩真的拥有一颗善良的心，不忍心看到一个无辜女人被欺侮。

不管怎样，事实是在他听到首领愤怒的嘶吼时，当机立断让随行手下牵制住门口的守卫，自己冲了进来。在这个时候，他没有考虑到手下很可能被首领的人飞快地杀光，也没考虑自己冲进去可能会赔上性命。

他只是冲了进来，看到她的身体像奴隶般被锁链困着，直挺挺地躺在地上，而首领的枪口，正抵着她。

他就朝首领扑了过去。

厮打，野兽般的厮打。丁珩有点不要命的意思，可首领难道是省油的灯？丁珩一拳狠狠击在首领胸口。然而首领一时失察只是因为突然。很快，他枪口一抬，“砰”一声打在丁珩胸口。

与此同时，丁珩第二拳也到了。首领没料到他中了一枪，拳头竟然丝毫没停，被一拳狠狠打在肋骨下，手枪同时脱手。

丁珩刚才求见首领，根本就没带枪。此时看到首领挣扎着要往手枪爬去，便不顾胸口、肩头剧痛，一把抱住首领的大腿，狠狠一口咬向他的身体。

首领痛得歇斯底里，整个身体仿佛都要弹起来。丁珩死死咬住，牙齿染血。

这样的枪声呼喊，门外的人怎么还会坐视不理？像是要响应屋内人的激烈，门外“砰砰砰”也是数声枪响，然后是重物落地的声音，然后有人用泰语在喊。

丁珩和首领都是一愣。情况很明显，丁珩不过只带了几个人过来，忽然发难才闯了进来，现在事发，只怕早被首领的人杀光。

丁珩察觉不妙，嘴里不由得一松，首领趁势一个翻身，狠狠一脚踢在丁珩胸口。这一脚正中伤口，丁珩痛得死去活来，勉强提起的一口气，再凝聚不起来。

一只颤抖的手，却在这时摸向地上的手枪。

清亮的声音，像是从另一个世界传来。

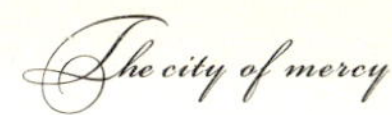

“去死。”

慕善这时也没了理智，对准的方向是首领的心脏，甚至没想如果首领死了，他们根本就没机会逃生。

但她哪里有准头，一枪打在首领肩膀上。首领闷哼一声，立刻掉转方向，朝她爬过来。

又是一枪，打在他腰上。这回他不动了，瞪大眼看着慕善，呼吸渐重。

他在用泰语喊什么，但也许是枪伤疼痛，他的声音并不大。

这一切发生得很快，丁珩喘着气，抬手摸到刚才被首领扔在一边的匕首。他抓起来，丢到慕善身旁。

“挟持他，逃出去。”丁珩艰难地吐出几个字。

慕善把枪一放，拿起匕首，手起刀落，锁链应声而断。

她想，这大概就是置之死地而后生，她竟然也想杀人。

门外的人冲了进来。

十多个人，十多挺枪。

覃就站在最前头，阴沉着脸：“慕，放了首领，不然我会把你斩成一百段。”

腰上一枪大概打穿了首领的内脏，昔日斯文儒雅的男人，此刻正在地上抽搐颤抖。慕善把枪口抵上首领的脑门，颤声道：“你们全部退出去，准备一辆车，把陈北尧放上去。让丁珩的手下全部过来，不然大家一起死。”

覃还没说话，首领的手下里有懂汉语的，已经怒道：“首领中枪了，需要救治！”

“我们离开军营，就把首领还给你们。”丁珩勉力道。

首领嘶吼了句什么，大概是放他们走之类的，覃和其他人都恭敬地点点头，全都恨恨地看慕善一眼，退了出去。

过了一会儿，一名丁珩的手下走了进来，扶起丁珩。

“还剩几个人？”

那手下难过地道："刚才我们的人被打死了五个，现在连我在内，只剩下四个人了。"

丁珩点点头，看向慕善。那名手下拔出枪，单臂将首领从地上拖起来。慕善过去扶着丁珩。当他的大手搭上她冰凉的肩膀，慕善已然麻木的心，仿佛才活过来。

"谢谢。"

他苍白地笑了笑。似乎终于支持不住，他双眼微合，气息越发短促。

尽管丁珩仅剩的几名手下警惕万分，当慕善三人押着首领走出来时，只听到"砰"的一声闷响，架着首领的那名手下脑门多了一个血洞，猝然倒地！

周围的泰国士兵已经退到数百米外，这一枪毫无疑问是埋伏的狙击手射出的。这边几人几乎是立刻伏低到车子背面——可如果这边也有狙击手，怎么办？

堂堂毒枭首领的军营，刚才被丁珩闯入，只不过因为他合作者的身份一时大意，现在又怎会放任他们挟持首领走出去？

慕善抬头看一眼越野车后排，隐约看到一个人一动不动，她心头又痛又绝望。幸好手里还有枪，她看着脚边刚刚丧命的男人，然后奇异地抬起枪口，对准首领的左腿，"砰"就是一枪。

首领又是一阵痉挛。

"你要跟我们一起死吗？"她问。因为她的声音很柔软悦耳，此时说出这话，就带着一种格外的冷酷感。

一旁的手下翻译给首领。

首领嘶哑着闷哼一声，勉力高声吼了句什么。

这回周边再没动静了。

几个人跳上车。车门一拉上，慕善几乎是立刻扑到后排。陈北尧还没醒，高大的身躯直挺挺躺着，脸白得像雪。

一个男人开车，另外两人扶着丁珩坐下，首领被丢在两人脚下。刚才慕善提出条件后，丁珩的手下自然也精明，令对方准备好急救箱和食物，此时他们立刻开始为丁珩处理伤口。

其中一人脱下外套递给慕善，慕善道谢接过，解开身上的毯子，盖在陈北尧身上。她又仔细看了看陈北尧的枪伤。大概首领怕他死，让人给他简单处理过，但鲜血依然渗透了他身上的绷带，而血痂、泥泞，甚至还有残破的树叶，令他整个人看起来像是快要腐烂的尸体。

孤零零的越野车开出营地，在山路上颠簸穿行。一百米外，五辆全副武装的越野车紧紧跟随。慕善跪在后座旁，轻轻搂着陈北尧的脖子，用嘴含了矿泉水，一点点润湿他干涸的唇。不经意间抬头，却看到前排一个男人正面无表情地回头看着他们。察觉到慕善的注视，他神色不变地转头。

慕善沉默片刻，原本已丢在地上的枪，又重新捡了起来。

你快点醒，她在心里对陈北尧说，我真的很怕，怕得快要疯掉。

车一离开军营，丁珩就气喘吁吁地捂着胸口对一名手下道："叫人接应。"一名手下连忙点头，拿出手机拨通了电话："我们大概一小时后抵达……嗯，有五辆车跟着，做好准备。"

慕善原本紧挨着陈北尧，有点发愣，听到他们的电话，直起身子。

"手机能不能借我用一下？"她想，李诚早上就等在外围，现在肯定离首领驻地的边境处不远。

丁珩没回头，也没应声。前排两个手下对视一眼，之前回头看陈北尧那个人转头淡淡道："慕小姐，现在情况有点复杂，等到了安全地带再说吧。"

一番话说得平平静静，慕善沉默下来。车内的气氛显得有点诡异。

就在这时，被按在地上的首领发出一声哀号，身体猛地抽搐了几下，脖子一直，缓缓软倒了。

刚才那人探手到首领鼻子下方，又扣住他手腕脉搏，脸色一变，抬头对丁珩道："死了。"

这是包括丁珩在内所有人最不希望出现的情况。慕善打在首领腰上的那一枪正中要害，在车上又不能处理，原本是必死无疑。他们之前都抱着侥幸念头，希望首领能撑到边境处，等他们逃走了再死。可他还是没撑过去。

丁珩看着地上死鱼一样的首领，喘了口气道："先到约定地点再说。"

众人心中了然——也只能走一步看一步了。

慕善握着陈北尧的一只手，低头只见修长而苍白的大手骨节分明，手背上，一小片干涸血迹像是暗红色的有毒花瓣，侵蚀着他的皮肤和生命。

又开了半个小时，情况出现了转机。

紧跟他们的五辆越野车，不知何时少了两辆，不知道什么原因令对方减少了威慑的兵力。直到几分钟后，隐隐有枪炮声传来，他们才隐约猜出事情有变。

此时天已经全黑。交火的声音却像突如其来的倾盆大雨，连绵不绝，半个天空都被染成火烧般的红色。

"什么情况？"一人问道。

"可能是内讧。"开车的男子答道，他看一眼后视镜，"最好都走了，我们就安全了。"

话虽这么说，大家都知道这不可能。身后两辆车保持着固定的距离一直跟着，只怕再大的变故，他们也不会丢下首领不管。

慕善正惴惴不安地看着车窗外赤红的天，忽地感觉到异样。她低下头，看到陈北尧的眼睛缓缓睁开。

慕善整个人都呆住了。两人分别不过短短几个小时，对她来说，却像是在地狱里走了一回，她一度以为这辈子再也见不到陈北尧了。

即使把他救出来，看到他死气沉沉地躺着，她依然提心吊胆，惶恐不安。现在看到他睁眼，对她来说，就好像看到他重新活了过来，一切又变得充满希望。

陈北尧此前一直晕晕沉沉，像是被人放在火上烘烤煎熬，哪里都是痛的。可即便痛得丧失意识，心里模模糊糊始终记挂着慕善，隐隐地老是看到她被另一个男人扛上肩头，越发令他心急难安。此时一睁眼，竟然就看到她，恍惚还以为是在做梦。

他的眼睛张合几次，才重新聚焦，这回他看清了，真的是她，脸蛋煞白，眼睛却亮得像星星，一副不知如何是好的激动神色。陈北尧忽然觉得自己比以前更渴望她，一点一滴都要完全占有她，不让其他任何人触碰。

他的手撑着担架，一下子坐起来。这动作牵动了伤口，他感觉到肩膀胸口一阵剧痛，差点令他再次摔倒。他不由得皱紧眉头，额上隐隐有汗。

慕善又吃惊又心疼："你躺下！"

他没答，抬起头。

后方的响动也令前排的男人们同时回头，视线交错，陈北尧和丁珩谁也没说话。

"我们挟持了首领，逃了出来。"慕善忽然开口，打破沉寂，"是丁珩救了我和你，不然现在我已经死了。"

她的话，却令男人们更加沉默。

丁珩转头看着前方，陈北尧也淡淡收回视线。他的手臂搭上她的肩头，勉力坐直了。他往椅背上一靠，微喘了口气。

"多谢。"

"不需要。"丁珩的声音略显沙哑，"我只关心慕善，要救的也只有她。"

车内的气氛再次冷下来。

慕善不赞同地看着陈北尧："你先躺下。"

陈北尧没动，侧头看着她，微微一笑。那是个略有些阴冷的笑容，从他沉黑的双眸，慢慢晕染开冷意。

慕善当然知道他这次吃了大亏，只怕现在恨不得把地上的首领撕成碎片。可是情况还很糟，他伤得这么重，大家能不能活着逃出去还不知道，更何况他们现在在丁珩手里。

他却仿佛察知她的忧虑，哑着嗓子道："现在什么情况？"

慕善一五一十地说了，只是略去首领差点强暴自己的事情。陈北尧听完，只是低头看着怀里的她，半晌不说话。

“怎么了？”慕善问。

他摇摇头，嘴唇无声动了动。慕善辨出是两个字：李诚。是要她想办法跟李诚联系？可只有丁珩的手下有手机。她无声地朝他摇摇头。

陈北尧见她神色忧虑，却微微一笑：“扶我躺下。”这无疑令一直担心他伤势的慕善松了口气。扶着他躺下后，又拿来水和食物，一点点喂给他。

尽管之前首领怕他死，已经取出子弹，但他还是虚弱得很，过了一会儿，就合上眼，呼吸低缓平和。

慕善盯着他的脸看了一会儿，摸了摸他的额头，有点热，转身想在急救箱里找点退烧药，谁料一只手却被他握得紧紧的。按说他现在没什么力气，连起个身都要人扶，可现在扣着她的手，力气却不比平时小。

她只得这么被他牵制住，一只手去够前面的急救箱。一抬头，却看到丁珩转过头，一动不动地盯着她。

慕善心里觉得有点对不住丁珩。他舍命相救，逃出来后，她只顾着陈北尧。虽然是因为他的手下也会妥帖照顾他，但她连句感谢都没对他说。

“你的伤怎么样？”她柔声道。

丁珩的伤口只作了包扎，子弹还没取出来，当然是很痛的。此时听到她略带歉意的声音，丁珩心头百味杂陈，可转念一想，却也释然：“没事。”

这态度令慕善越发有些心疼，低声道：“谢谢你。”

他笑笑，转头看着前方。

车行至一个岔路口，大家都沉默着。司机忽然疑惑地“嗯”了一声。

只见前方道路上，影影绰绰有一片黑影，正相向驶来。

“是他们！”一名手下惊喜道。

像是为了反驳他的话，两道炽亮的灯光骤然亮起，笔直地打过来，所有人不得不紧闭双眼。

只有军用探照灯才会这样刺眼。

不等他们看清楚，“轰”的一声巨响，一道火龙像是红色闪电，朝他们射过来！火光也照亮了前方的情况——一辆武装装甲车正缓缓驶来。车顶上站着个士兵，双臂抓着车载火箭炮。

陈北尧猛地惊醒，目光如电看着前方。慕善条件反射地抱紧他的身体。她并不知道，如果真的被炮弹打中，这样只是徒劳。

好在充当司机的男人也算机敏，在这千钧一发的时刻猛地掉转车头，往一侧岔路狠狠拐过去，险险地避过锋芒。

炮弹一声巨响，正好命中后面那辆车的车头，巨大的冲击波差点掀翻了车子。

“砰砰砰！”后面两辆车立刻还击，前方装甲车又是一记火箭弹！双方竟然在公路上不由分说直接交火！

这边死里逃生的众人一头雾水，丁珩沙哑着低喝一声：“走！”

越野车以比之前快数倍的速度仓皇地朝这条不明方向的岔路口驶去，驶进深深黑暗中。

一名手下在拨接应人的电话，却发现信号已无法接通——毒枭割据区的手机网络信号本来就是他们出资架设的，现在极可能通信基地也遭到破坏。

大家双眼一抹黑，只能继续往前开。

然而乱局已经形成，这又怎么会是条畅通的路呢？虽然混乱的战场明显在他们后方，他们也没有再遇到武力恐怖的装甲车。但在途经一片山坡时，却遭受到山坡上一伙士兵的机枪扫射。司机拼了命踩油门逃脱火力范围，慕善趴在陈北尧身上不敢抬头。

因为害怕对方打爆轮胎走不了，前排两个男人不得不开枪还击，遏制对方火力。然而等车子终于驶离对方射程时，那两人也中枪倒在座椅上，俨然气绝。

两条同生共死的生命就这么断送，所有人越发沉默。在这片令人心慌的沉默中，夜色越来越深，身后远处的枪炮声越来越远，却彻夜不绝。

周围昏黑一片，他们不知道已经开到哪里，直到车轮陷进一片泥泞再也动不了。司机和慕善下车一看，才发现他们置身于一片茫茫的罂粟田里。

红色的罂粟花，在夜色里一朵朵都是暗黑的。远远望去，就像无数只手在撕扯着夜色。慕善跟司机把车上的死人全部抬下来，丢在罂粟田里。司机捣鼓了半天，也没把车从泥潭里弄出来。

两人没办法了，只能去问两位大佬的意思。慕善一上车，就看到那两人全看着自己。

她把情况简单说了说，问道："怎么办？"

"先找地方藏起来。"

"找个地方避一避。"

几乎异口同声，然后又同时沉默。

慕善一怔，点头："好。"

慕善在车上守着两人，过了大概半个小时，司机跑了回来。

"我们运气不错，后面有几户人家。"

担架只有一个，陈北尧躺在上面，慕善便建议先把他抬过去，司机略有迟疑，也就同意了。慕善当然能感觉到他态度的变化——之前他们人多势众，又有接应，只等逃出去后就对付陈北尧。现在他和慕善都有枪，都势单力薄，只有合作才有生路。

丁珩被单独一人留在车上，这多少有点危险。慕善这条命都是他舍命救的，心里就有点过意不去，柔声道："我们很快回来。"

她把自己的枪放在他手上。

这算是极信任的举动了，现在两把枪都在他们手里。丁珩的五指慢慢扣紧枪，哑着嗓子道："小心。"

慕善点头，跟司机小心翼翼地把陈北尧抬下车。月光下，她一低头，看到陈北尧尽管一脸倦怠苍白，清黑的眸却正望着自己。

他脸上似乎没什么表情。

慕善低声道："你们都不能死。"

走了有二十多分钟，果然看到一个小村落，稀稀疏疏十来户人家，有几家还亮着灯。这些人家大概是种植罂粟的当地居民。他们不敢大意，朝最深处、位置最偏的一户人家走去。

门被敲开时，一脸木讷的妇人神色有些惊恐，但在司机扔下的美金以及手中枪支的双重作用下，妇人惶然点头，让他们进屋了。

一个小时后。

陈北尧和丁珩都被放在房间的地上，中间隔着约莫一米五的距离。两人神色都有些倦怠，但都强撑着。

司机找来了必需的物品，丁珩胸口的子弹必须取出来。好在没伤到心肺，否则现在他早死了。

“你帮我。”司机对慕善说。

慕善点头，握了握陈北尧的手：“你先休息。”陈北尧看着她不说话。

慕善走到丁珩面前蹲下，司机把工具一样样摆好，头也不抬道：“把衣服撕开。”

慕善看着丁珩，他脸上有苍白的微笑，正看着她。她小心翼翼地解开他的衬衣，他隐隐抽了口气。

尽管有血污，他略带麦色的紧致皮肤、漂亮的八块腹肌，仿佛仍充满了男性的力量。慕善的手指时不时擦过他的皮肤，感觉到有些灼热的温度，她担忧地看了他一眼。

可这一眼在丁珩看来，实在太温柔。伤口本来是很痛的，可她的手指又凉又软，让他觉得舒服。

他的手缓缓覆过去，抓住她的手，看着她，不作声。

慕善被他抓得很紧，可她不忍心挣脱，司机见状道：“慕小姐，帮我压住老板，一会儿我取子弹，别让他动。”

慕善点头，可他身材这么高大，她怎么压得住？只得覆身在他身上，肩膀压着他的肩膀，手压着手，十指交握。

他当然反手将她的手抓得更紧。眼前正是她的腰，露出一小段光滑白皙的皮肤。而当他的呼吸喷在她的皮肤上，竟然激起一阵战栗。

刀尖划入皮肤和肌肉，丁珩闷哼一声，条件反射就要挣扎，一抬脖子，嘴唇就碰到她冰凉的皮肤。这触感奇异地令他镇定下来，他一口咬住她腰上一小块皮肤。她浑身一僵，却依然一动不动。

丁珩再痛也舍不得咬下去——就这么含在嘴里，扛过了整个取子弹的过程。

结束时司机满头大汗，拿着一大堆乱七八糟的血污物件走出去。慕善刚要起身，腰间一紧，竟已躺在丁珩的臂弯里。

极近的距离，四目相对，呼吸相接。

慕善尴尬极了，正要挣扎着起身，丁珩却在这时说："我没想到，有一天我会为女人拼命。如果再来一次，说不定我会后悔。"

他额头上全是疼出的汗，神色疲惫，声音却带着笑意。

慕善一下子愣住，想起今天在首领房间的情形——他气喘吁吁地站在门口，背着光，沉默而僵硬。于她却是绝望透顶时，忽然看到不可思议的希望。

"谢谢你，要不是你，我们都死了。"

他看着她，忽然闭上眼，头慢慢偏过来，那样子竟然是想要吻她。

慕善一下子撑着地面站起来。

"别碰她。"

慕善回头，只见陈北尧眸色阴沉地盯着丁珩。

"陈北尧，你还有什么资格开口？"丁珩看着天花板，"她在你手上出这么大的事，你对得起她吗？"

丁珩原意说的是慕善被挟持这整件事，陈北尧却理解成别的意思，一时竟无言以对。

慕善被抓，他为了一击即溃成功营救，冷静地布局，只是在重新看到她前，烟一根接一根，抽得很凶；

看到她衣衫不整，看到她额头、手腕上的伤痕，他伸手想要摸烟却发现没有。好在伤口的痛令他的压抑和躁乱稍微得到缓解，令他能冷静而冷漠地对自己说：来日方长。

那些碰过你的人，我跟他们来日方长。

他不会问她这几天的经历——她不说，他永远不问。

可丁珩的话，无疑令他心头一痛。他看向慕善，她的神色却淡淡："睡吧。"不知是对他说，还是对丁珩。

司机在这时进来说："我睡客厅，顺便看着那女人，有什么事叫我。"

慕善点点头，靠着陈北尧躺下。他不能像平时那样抱她在怀里，只能移动手臂，虚虚地将她纳入自己的臂弯范围。

而另一边的丁珩却闭上眼，没有出声，也没有看过来。劳累一天，三人很快陷入沉睡。

前半夜慕善还睡得很沉，到了后半夜，零零碎碎开始做梦。那梦明明是夸张的、离奇的，她在梦里却以为是真实。她看到无数只手在自己身后追赶，黑色的手，每只上面都是鲜血。

然后，是陈北尧穿着泰国士兵的军装，胸口是许多子弹造成的血洞，他面无表情地对她说："是你杀了我，慕善。"

她急了，大吼："不、不是！我开枪是为了救人，为了活命！"

"你杀了谁？"

又有一个声音在脑海里问她。她惶然转头，却看到在首领驻地时，蕈找来照顾她的那个妇人。她也死了，没有头，光秃秃的脖子冒着血，瓮声瓮气地问她："你杀了谁？"

慕善只觉得周围一切东西都重重地朝自己压过来，压得她喘不过气。她怕极了，闭着眼大声呼救——

"啊！"

她听到一声极惨烈的呼救，仿佛是从胸腔深处爆发的声音。

那是她的声音。

她睁开眼，满头大汗。

"善善、善善……"

她惊魂未定，这才发现陈北尧已将她整个搂进怀里。他又不顾伤口，强行扭转身体，把她的头压在自己胸口。

"做噩梦了？"他伸着脖子，在她脸上吻了起来。慕善这才感觉到自己已泪流满面。

"没事吧？"丁珩的声音也在身后响起。

慕善轻轻推开陈北尧，擦了把眼泪，在两个男人关切的目光中，哑声道："没事。"

今天一路逃亡，她紧张得几乎没精力想任何事。现在，她停下来了，白天她开枪杀死的那几个士兵，还有被她枪杀的首领，他们好像也全活了过来，冲进了她的脑海。

"做了什么梦？"陈北尧盯着她。

慕善心里好像被千斤重担压着，抬眸只见黑黢黢的房间，无比恐怖，她哽咽道："陈北尧，我今天杀人了……"

两个男人都没作声。

过了一会儿，丁珩道："慕善，你今天救了我。"

陈北尧眉目不动，过了几秒钟接道："你也救了我。你没有杀他们，你是在救人，你也救了他们，明白吗？别想了，我们很快就会离开这里回家。"

"回家？"慕善犹疑。

"嗯，宝贝，我带你回家。"他侧头在她长发上一吻，"我带你回家，宝贝……"

他轻轻哄着重复着，慕善昏昏沉沉又睡着了。他已是累极，抬眸看到丁珩还望着慕善，两人视线交错，谁也没说话。

第二天，慕善醒来的时候天已大亮。他俩大概因为伤势，全都没醒。

她想起昨晚的梦，一个念头狠狠地撞进脑海——她杀人了。这令她心里还是堵堵的。但也许是陈北尧的话起了作用，她脑海里还有他的声音在回荡："宝贝……宝贝……"

他竟然叫她宝贝。而这与他清冷性格完全不符的亲昵称呼，似乎真的减轻了她心头的压抑。

慕善走到客厅时，那泰国妇人正跪坐在地上择菜叶。看到慕善，她有些慌乱地站起来，比画着手势，又指了指桌上的米饭。

慕善感激地一笑。她对妇人有些愧疚，又跟妇人打了一阵手势。好在妇人其实懂一些简单的汉语和英语，双方也能简单交流。

慕善告诉她，自己和丈夫、哥哥来旅游，昨天路上发生枪战，他们才流落到这里，正在想办法联络中国的朋友接应。

妇人闻言一脸释然，连忙点头，却拿起昨晚他们给的一百美金要还给她。慕善推辞，表示会在这里住几天，希望妇人不要介意。她心里却想，金三角这么肮脏的地方，普通人却这么善良，真是天壤之别。

慕善吃了饭，妇人示意她跟自己去屋子后头。原来屋后有一条宽约十米的小河经过，现在的时间，偶尔有当地渔民划着小船经过。

屋后还有个凉棚，里面有一缸水，架子上还搭着条干净的纱笼。慕善这才明白妇人是让自己洗澡，心中感激万分。

泰国天气十分炎热，洗了澡，慕善只觉得一身清爽。回到屋里，她问妇人附近哪里有电话。妇人却说只有镇上有，距村子有一天的路程。问她这里是谁的地盘，这回她用汉语回答得很清楚："将军。"

唯一一个势力与死去的首领不相上下的军阀毒枭——君穆凌将军。

慕善还在客厅看到墙上挂着个男人遗照，穿着国民党军装，用中文写着姓名。她推测这位泰国妇人应该是一名军人遗孀，所以才被允许住在罂粟田旁。

可这里连电话都没有，可见君穆凌将军管制得厉害。慕善抬头看了一眼表，已经是上午九点，她忽然觉得有点不对劲，问妇人司机去了哪里。妇人摇摇头。

这让慕善觉得不妙。司机身上带着他们大部分钱，还有手机和枪，对了，还有越野车。如果他只身逃出去，只怕没人会注意吧？

想到这里，她立刻站起来，冲到门口。门外阳光明媚，一条小路直通村落的大路，三三两两的村民正往罂粟田里走。而那片茫茫的罂粟田里，哪里还有司机的影子？

慕善有些沮丧地走回房间。陈北尧和丁珩都醒了，看到她，两人目光都有些凝滞。

丁珩看过她穿纱笼的异域风情，但现在她刚洗完澡，湿漉漉的长发还贴着匀称白皙的肩头，皮肤显得水润清透，眉目格外生动。他的目光便有些移不开，也不想移开。

而陈北尧还是第一次看到她这样打扮，就像刚从冰凉宜人的河水里走出来，每一步都娉婷地踏在他的心尖上。

慕善在两人不约而同的灼灼注视下，下意识地抬手拢了拢头发。看到她明显有点不自在，陈北尧反应过来，余光瞥见丁珩也在牢牢地盯着她。

他挣扎着坐起来，慕善几乎是立刻跪倒在他身侧，扶着他："怎么又起来？"他顺势将她的腰轻轻一搂，柔腻香软全在怀中。他闻着她身上河水的气息，也不看丁珩，柔声道："出了什么事？"

丁珩看着这刺眼的一幕，抬手取了一边的水瓶，自己喝了一口。

慕善说了司机的事，两个男人的神色都沉寂下来。丁珩先对慕善道："既然是君穆凌的地盘，应该暂时安全。"

因为慕善和陈北尧身上的手机早被搜走，丁珩受伤后随身物品也都交给了手下，现在，三个人没办法跟外界联络。

陈北尧安慰道："不急。我估计覃找到我们最快也要七八天，这段时间，我们想办法脱身。"

说到这里，陈北尧看着丁珩："丁少，你怎么看？"

慕善和丁珩都有些意外。

"我同意。"丁珩淡淡道，"伤没好，再到处跑更危险。"

陈北尧又问慕善："这个泰国女人可靠吗？"

慕善点头："感觉还行。对了，你们饿了吗？先吃饭吧。"

慕善走出房门，丁珩却忽然问："你信我？"

陈北尧答："我信她。"

丁珩沉默后点头："一样。"

两人心里都清楚，慕善从昨晚到今天不偏不倚的态度，有意无意向两人暗示，他们中间谁趁机动了对方，她都不会同意。

对丁珩来说，杀父之仇不可不报，他当然不会放过陈北尧。但数日前，在调查得知陈北尧一家当年的惨状后，多少对他有些影响。不能说一笑泯恩仇，只是想到要杀陈北尧，心头感觉略有些复杂。况且现在还未逃生，慕善又夹在当中，轻举妄动可能会害了三个人，也可能被陈北尧反咬一口。权衡之下，他愿意回霖市再动手。只不过陈北尧是否可靠，他自会留意。

陈北尧的想法跟他差不多，唯一不同的是，他多少怀了点欲擒故纵的心思——慕善被丁珩所救，只怕这辈子都感激万分，甚至难免会对丁珩有好感。可这种好感，哪怕是一丁点，都会让他不痛快。要让她再次把全部心思放在自己身上，他必须先表现出宽容。

两个男人各怀心思，但基本的和平协议算是达成。

泰国食物重酸辣，妇人匆忙之间当然不会另外为他们准备。两人都稍微吃了一点米饭，便难以下咽。慕善向妇人借了锅，重新给两人熬上一锅肉粥。

时间到了中午，格外炎热。慕善回房间一看，两个男人都是大汗淋漓。这里气候湿热，慕善刚才又冲了个澡。可他们昨天逃亡至今，还穿着血淋淋的衣服，浑身早已黏热难受。

慕善看了两眼，用盆端了水，先在陈北尧身旁蹲下。想了想，觉得有点怪，还是跟妇人借来一条纱帐，挂在两人中间的空地上。

陈北尧见状便笑了。慕善这个举动当然合他的心意——她的睡相、她穿纱笼的样子，他当然不想让丁珩看到。

慕善其实没想那么多，只是当着一个男人的面给另一个男人擦身体，感觉怪异。

她跟陈北尧没那么多忌讳，小心翼翼地把他的衬衣解开，扯掉，再换掉他身下汗涔涔的凉席，然后一点点擦起来。

略有些手忙脚乱地解开他的绷带，用温开水一点点清洗。妇人给了她一些当地草药，说是对枪伤有帮助。她给陈北尧敷上，然后换了干净绷带。

尽管绷带包得形状很难看，但清凉的水和草药令陈北尧浑身有说不出的舒服。他抬头看到慕善神色严肃，眼神极为专注，这模样令他觉得可爱极了。

上半身擦完，到了下半身。慕善先擦干净他两条腿，换了药，然后看他一眼，脸略有点热："那里要不要？"

她是真的不知道。她对男人的身体了解不多，只是这么湿热的天气，她觉得他应该不舒服。

"嗯。"他答道。

慕善小心翼翼地脱掉他的内裤，饶是两人亲密多次，她却从没这样服侍过他。她红着脸，全无杂念，毛巾沾了水，轻轻擦拭。

只是陈北尧就算重伤，本能还在。眼见她微蹙眉头，两颊薄红，柔软的手时不时碰到他的……

慕善看着他一点点变化，心忽然跳得很厉害。好不容易擦完，正要端起水盆离开，却被他一把抓住手，牵到唇边，轻轻吻着。

"我真的不能理解你们男人，"慕善低声道，"这个时候居然还……"

陈北尧在这种情况下当然不会真的动欲念，有反应只是条件反射，他笑道："你不懂。"

慕善也不深究，把手抽回来，给他穿好托妇人买来的内衣裤。陈北尧浑身上下舒爽很多，低声道："谢谢。"

慕善看他面色苍白、浑身是伤，神色却极为平和温柔，她忽然就很想亲他。

她低头，在他幽深的注视里，吻上他的唇。

她的手就扣在他身体两侧，不敢压不敢碰，他也头一回没有把她紧紧抱入怀里。可两人分离颠簸数日，这还是第一个吻，而且还是她主动。陈北尧几乎是立刻反守为攻，带着刚刚被她撩拨却无法释放的浓烈欲望，他的唇舌格外凶狠，就像要把她吃下去。

慕善也是舍不得了，过了很久才移开。四目相对，她居然看到陈北尧脸颊一抹浅红。这令她心里说不出的舒服，端起水盆站起来，眉梢眼角却都是笑意。

陈北尧盯着她，却忽然想起什么，问：“你还要干什么？”

慕善一愣，顿了顿才道：“我请布玛帮忙，就是那位泰国大嫂，但是她不肯，给钱也不肯。”

“让他自己擦。”

“你自己擦个试试？”慕善低声道。

陈北尧百密一疏，又完全没办法反驳。他听到慕善的脚步声再次响起，看着她雪白的小腿出现在帘子另一侧，把水盆放在地上。

帘子上光影闪动。

丁珩之前把两人的对话听得一清二楚，一直没吭声。此时望着慕善一脸坦然地开始给自己擦拭身体，他笑道：“善善，你真是个天使。”

慕善觉得他的话有点不对劲，一时想不起是什么。

就在这时，帘子一挑，陈北尧神色平静地看过来。

“善善，给我瓶水。”

丁珩没看陈北尧，他双手枕在脑后，大大方方的姿态，就像在欣赏慕善的每一个动作、每一个表情。

“嗯。”慕善应道，正好也擦完了，她起身出门。

陈北尧看着她的背影，手一放，帘子重新垂下。

Chapter 10

为何总是这样，在我心中深藏着你，
说好不为你忧伤，但心情怎会无恙。
刘若英《为爱痴狂》

就这么看似“风平浪静”地过了一天。第二天一早，慕善却有了意外的收获。

因为对布玛多少还存着戒心，慕善每晚睡眠都很浅，早上天刚微亮，她就听到客厅传来响动，走出去一看，布玛背着个大筐，正要出门。

询问之下才知道，距离村落两公里的山谷今天有集市。镇上的贩子会到集市上倒卖生活物资。慕善心头燃起希望，也许能找到与李诚联络的方法。

那两人还没醒，她还真有点不放心他们独处。带枪并不安全，留给他们任何一个更不安全。她把枪偷偷藏在自己的衣物当中，留了个字条给他们，就跟布玛出了门。

逃亡那夜月黑风高，慕善一路根本没看清。今天艳阳高照，随布玛走下山坡，沿着罂粟田往前走，只见每隔百米左右，就架着个岗哨，一名持枪士兵站在山头。

慕善心里就有了计较——只怕那晚的动乱跟君穆凌将军也有关，否则如果士兵们值勤如常，他们哪里能逃到布玛家？

她对时局了解不多，这一点结论意味着什么，只能等那两尊大佛去分析了。

忽然有人高喊了句泰语，路上仅有的三五个人全停下脚步。布玛也停步，看了慕善一眼。慕善会意，心里一阵紧张。

是一旁岗哨上的年轻士兵。他拿着枪一路疾冲过来，隔着几米对准慕善。

布玛似乎认识他，用泰语跟他说了几句什么，又把慕善给的一张美金塞到他手里。他摆摆手推开，转头问慕善："中国人？"

他用的是汉语。慕善抬头直视着他，看起来只不过是个十五六岁的男孩，样子很敦厚，五官轮廓就是中国人的模样，只是皮肤略黑点。

她答道："嗯。我跟团到湄公河旅游，前天晚上不知道为什么，到处都在开枪，旅馆里也有，我害怕，就跑出了旅馆，有两个士兵追着我，我就跑到这里，被布玛救了。"

士兵沉默片刻："他们穿的什么衣服？"

慕善描述了一下首领手下士兵的穿着。

士兵点点头，又仔细问了慕善的一些信息，包括姓名、年龄、居住地。慕善说了个假名，说是北京人。士兵问完，把枪收起来："现在路封了，你不要乱跑。过几天路通了后，你来找我登记，我送你离开。"

慕善看他年纪小才出言哄骗，没料到他这么简单就信了，还肯送她走——虽然她肯定不会带着两个枪伤男人让他送。她感激道："谢谢你。"她再次加深这个印象，在毒枭割据的地方，普通人却充满温情。

士兵笑笑，露出雪白的牙齿，又说："我听说大陆女人都很凶，你看着很好。"他自小在泰国长大，这个凶，自然是和泰国女人的温柔相比。

慕善看着他充满阳光的笑脸，忽然想起前天葬身自己枪下的那些泰国士兵。会不会将来某一天，他也会跟他们一样，由于将军的一个命令，就不知死在哪里？

这到底是什么世道？

她答道："有空欢迎你来中国玩，我做东。"

"真的？"

她点头，给他留了自己在大陆的电话号码。这并不会有危险。可大概是被她的真诚感动了，士兵从衬衣领子上解下一个红边黑底白星的徽章，抓起慕善的手，放在她手里。

"如果还有人问你，给他们看这个。"

"谢谢，真的太感谢了。"

可士兵没有电话，只有军队内部对讲机，据说队长那里才有电话。慕善笑着说不用了，自己去镇上打电话。

离开的时候，士兵小跑着回到岗哨上。慕善一回头，就看到橙黄的天空背景下，小兵穿着军绿的短衫长裤，孤零零站得笔直。她忍不住想：人性本善，如果可以从善，谁愿意一开始就作恶呢？

那么陈北尧呢？曾经，他的外公说过，他虽然性子冷，却至仁至孝。那时，在她心中，他也是最为纯净的所在。如今时过境迁，他的双手沾满鲜血，他原本的善心，是深埋在利益和仇恨之下，还是在她看不到的地方，孤独地被血雨腥风磨砺着？

她跟他，又会走到怎样的尽头？

过了十几分钟，两人走到山谷的一片空旷地方。这一路偶尔有士兵盘问，慕善拿出那枚徽章，他们摆摆手就放她通行。

所谓集市，不过是小贩开着农用车，把货物从镇上拉到这里。因为路已经封了，今天小贩很少，也因为封路，他们才被滞留在山里。也有当地居民，拿出自家的东西在卖。两者很好辨认，小贩卖的是糖果、头饰、衣服之类，村民则是卖着鲜鱼、家禽等。

布玛自己织了十来条纱笼，跟村民换了米和蔬菜。慕善让她又买了一条鱼和一只鸡。可是药和绷带却没地方买，慕善只能买了些干净的白布和草药。

慕善想跟小贩借手机用，却被告知这片山区根本没有信号，看来必须去镇上才能与李诚联系上了。

小小一片空地，转了一圈，买完东西竟然也花了半个多小时。此时太阳已经很大，两个女人抱着背着所有东西，热得满头大汗。

终于回到屋里，慕善跟布玛把东西堆进厨房。她想，也许是被平民安居乐业的气氛感染，她的心情竟然轻松不少。转念又想，他们在金三角都能安然处之，为什么她和陈北尧在相对稳定很多的霖市却不能平静生活呢？

她没急着去看房内两人的状况，先去冲了个澡，身上爽利了才走过去。他们早醒了，她放在地上的粥两人也吃得干干净净。她不知道自己离开后，两人有没有聊天，但现在看他们各自的脸色，应该还算相安无事。

陈北尧想起她留下的“己所不欲，勿施于人”的字条，略有些恼怒。原本没觉得什么，可是后来丁珩拿起自己的字条低声念出，竟然也是这句话时，他才知道自己被一视同仁了。

不过看到她脸上挂着微笑，比昨天气色好了很多，那份恼怒，却又无关紧要了。

丁珩当然也注意到她的变化，柔声道：“有好消息？”

慕善摇头：“要让你们失望了，是坏消息。”她把道路封锁、这一片根本没有信号的情况说了，又掏出那枚徽章道，“就算有这个，也只能我一个人用，而且出了村子，就不知道管不管用了。”

陈北尧接过徽章一看，微笑：“你倒有办法，国民党的徽章都能弄来。”

丁珩也看了一眼道：“这士兵可靠吗？”

慕善把徽章拿回来，低头端详：“待人以诚，也没有想象的那么复杂。”

两个男人都没作声。

慕善却抬头笑道：“我们怎么去镇上，你们有办法了吗？”她知道这种时候、这种刀口舔血的关头，还得依靠两个男人的经验和机智。

陈北尧的目光停在她的脸上：“上午我跟丁少商量了，再过四五天，我们从水路走。”

“水路？”

丁珩接口答道：“半夜出发。”

慕善不由得抬头，看到房间窗外，静静的小河在阳光下璀璨如金。船好找，布玛房子边上就系了一艘。可这两个人伤得这么重，四五天后，能上船吗？

果然，陈北尧道：“你让布玛弄点鸦片，走的时候用。”

“好。我去做饭。”既然他们已经决定，自然已经是最好的方法。她只能这几天帮他们尽快恢复身体，免得他们强行用鸦片麻痹镇痛，反而加重伤情。

一说到做饭，陈北尧和丁珩都看着她。

三人多日颠簸，现在终于还算平稳地躲在小村落，又已商定逃亡去路，虽然依然可能是一条艰险的路，但三人生性都算豁达，不会再作无用的焦虑。现在听到慕善要做饭，陈北尧和丁珩都来了兴趣，只是出发点不同。

“你做？”陈北尧问。他还不知道慕善自己会做饭，少年时她说家里从不需要她下厨；前一段住在一起，又怎么会让她亲手碰油污？

慕善笑道：“什么语气？这几年我都是自己动手，至少不难吃。”

丁珩微微一笑：“岂止是不难吃，你的手艺很好，我已经觉得饿了。”

陈北尧目光静了半瞬，才道：“好，期待。”

布玛已经午睡了。慕善自己把鸡汤炖上，鱼清蒸了，又给两人擦了遍澡，这才拉开帘子，将换下的衣物装到盆子里，道：“我去洗衣服，你们如果没睡着，就听着厨房的火，万一汤溢出来，就叫我一声。”

陈北尧看着盆子里两个人换下的内裤，面不改色地拍拍自己身旁的凉席，柔声道：“你忙了大半天，过来睡会儿，让布玛洗。”

丁珩看她端着自己的衣物，已经觉得心头舒畅，也道：“休息会儿吧。”

慕善哪能开口说布玛观念保守，根本不肯洗男人的内裤。她也不能不洗就扔掉，直接让布玛去买新的——一个寡居妇人，每天去集市买两条男士内裤？

她笑笑："很快就好。"也不等陈北尧再说话，就走了出去。

慕善洗完衣服，回到房间，也确实有点累了，她把帘子拉上，在陈北尧身边躺下道："我睡半小时。"

陈北尧点头。慕善很快就睡得迷迷糊糊。陈北尧看着她额头一层细细的汗，抬手轻轻擦掉；想亲一亲，又怕吵醒她，便缓缓牵起她的手，握在掌心。她的手柔若无骨，跟身上的皮肤一样滑腻，只是因为长年打字，掌心和腕部有了茧。陈北尧想起她刚才的话——这几年都是自己动手。他再摸上那薄茧，就觉得像是错失的八年里，她自己磨砺的坚强轮廓。

他想要捧在掌心的女人，像玉一样温润，像玉一样坚硬。

他忍不住将她的手再次送到唇边，想要亲吻那年岁积淀的薄茧。嘴唇刚一触到她的皮肤，就闻到淡淡的河水清凉气息，他忽然想起对面躺着的丁珩，还有那盆子里的衣物，嘴唇就有点吻不下去。

过了一会儿，他自己哑然失笑，将纤纤细玉般的手指轻轻含在嘴里。看着她安静的睡颜，强烈的保护欲涌上心头。他有些不受控地沉醉在这种甜蜜而压抑的情绪里，脑子里只有一个念头——她这么好，她这么好。

哪怕前面是万丈深渊，他也要扭转乾坤，带她走出金三角。

慕善睡了不到一小时就醒了，睁眼时，陈北尧正望着她。不等她回神，他的大手就扣住她的后脑，嘴唇贴着嘴唇，开始吸吮纠缠。

陈北尧是情不自禁，想吻就吻了。慕善在他略显温柔的长吻里，有点失魂落魄，脑子里却忽然冒出刚刚在路上的念头——她跟陈北尧会走到怎样的尽头？她现在比以往任何一刻都不想离开他身边，可终究意难平。

在慕善的精心照料下，两人身体恢复得都不错，气色一天天好起来。慕善同时也打听到，夜里乘小船顺水而下，一夜就可以到最近的城镇。只是沿途常有士兵巡查，能不能躲过他们，还要看运气。

但也只能这样了。

这天晚上十一点的时候，慕善在布玛的房间换好衣服，走到客厅。布玛捂着嘴笑，目光慈祥。慕善看着镜中的自己，不禁莞尔。布玛亡夫的便装穿在她身上，像孩子偷穿大人的衣服，宽宽大大全没了形状。她走进房间，陈北尧和丁珩看到她都是一怔，笑了。

屋内鸦片烟没散，他俩穿着同样的半旧衣物，人还坐着，却显得格外高大挺拔。陈北尧指间还有鸦片烟卷，他微眯着眼，双眸却极为明亮。丁珩也比平时精神许多，对慕善道："很可爱。"

慕善很少被人夸可爱，听到也不以为意。上前先扶丁珩站起来，把准备好的一根拐杖递给他，再扶陈北尧。陈北尧站起来的时候，嘴唇不经意擦过她耳后整齐绾起的长发，低声道："很性感。"

原本慕善的心情随着时间推移越来越紧张，可见这两人一开始优哉游哉地吸着鸦片，现在更是有闲心出言调侃，她不知道他们是真的毫无畏惧，还是已经被鸦片弄得兴奋异常。

三人相偕走到客厅，布玛看到两人的样子，竟然有些难过，抹了把眼泪，大概是想起了亡夫的英姿。陈北尧和丁珩也知道这些日子多亏布玛，出言道谢。四人绕到房子后头，从山坡缓缓向下就到了河边。只见村中小河如同一条墨色的玉带，在夜色中寂静蜿蜒。唯一的光亮是沿岸稀疏的民居灯火，还有天际垂落的星星。

小船五米长、一米宽，像一片细长的叶子。船篷泛着暗光，里面空落落的。三人在船边向布玛告别。布玛双手合十，竟然用生涩的中文道："诸恶莫做，诸善奉行。再见。"

两个男人都没说话。慕善与布玛已经很熟，听到她的话，眼眶微湿，也双手合十，深深鞠了个躬。

上了船，顺流而下，村落和布玛瘦小的身影顷刻就看不到了。只有暗黑的河水，两岸丛生的杂草，像一个幽深而诡谲的梦。慕善摸着身旁布玛为他们准备的干粮，默默地想：布玛看似金三角的贫弱妇女，丈夫死了，也没有子女，可她其实心比天地宽，她活得比他们三个都通透。这样想着，慕善的心也平静下来。诸恶莫做，诸善奉行，她在心中默念，这句佛偈她不会忘，也不可以忘。

陈北尧和丁珩相对而坐，没有光，两人的身形轮廓都隐在阴暗里。怕被岸上的士兵发现，三人都尽量不说话，就这么沉默地走了有半个多小时，流速减缓，船行得明显慢了。慕善拿起桨坐到船尾，几乎悄无声息地开始划动——这还是她这几天专门跟布玛学的，好在她动作灵巧，力道掌握得很好，小船走得又快又好。

这大概还是两个男人第一次让女人做苦力，自己干坐着。可他们都知道，现在不是逞能的时候，只能静坐不动。两人拿着望远镜，一前一后观察两岸动静。只是在慕善累得微喘的时候，两人会不约而同地放下望远镜，转头看过来，然后对视一眼，沉默不语。

沿途也有稀稀落落的民居，甚至还有高达五六层的楼房，灯火通明。岸边偶有三两个人影，看到小船，也只当他们是普通渔民晚归，没有察觉异样。就这么一路安静疾行，没有惊动任何人，直到河岸旁出现一束格外明亮的灯光——军用探照灯。

一个圆形建筑物，在夜色里显得暗白而坚硬——那是河岸边的碉堡，灯光就是从那里射出来的。陈北尧低喝道："靠边！"慕善立刻调整方向，让小船沿着二十多米宽的河面的一侧，紧贴着河床行驶。

"慢！"丁珩低声道。慕善将桨一停，堪堪躲过从船头正前方十米处扫过的探照灯，吓出一身冷汗。眼见那灯光朝另一侧河岸扫射过去，丁珩和陈北尧几乎同时压低嗓子道："走！"慕善手势飞快，小船瞬间滑过窄窄的桥洞，离开探照灯扫射范围。

眼见身后碉堡消失在夜色里，那抹吓人的灯光也变得遥远，慕善满手是汗，桨也变得滑不溜秋。她想，果然事在人为。原本她听布玛打探到的消息，河上有两道关卡，只觉得前途渺茫。可第一道关卡就这么轻易过了，其实也没有想象中那么可怕。她抬头看着那两个男人，他们其实也不能预料这条路有多危险，却敢搏一把。是不是这个特质，令他们总能赚到更多的钱，走到更高的位置？也许他们生性就属于这个弱肉强食尔虞我诈的世界。

又走了有两个小时，接近凌晨三点，再没遇到哨兵。再过两个小时天就要亮了，三人越发警惕。慕善的手已经累得麻木，划桨的手势也有些变形。船身在河水中猛地一歪，眼看要原地打转，慕善连忙用力，才止住势头，调整回笔直的方向。与此同时，船舱里两个男人身形同时一动。

“你休息。”

“我来。”

两人同时道。

慕善估计很快要接近下一个关卡，再强撑只怕会害了大家，她干脆道：“丁珩划一刻钟换我。”陈北尧身形一顿，丁珩起身缓缓爬过来，从慕善手里接过桨。慕善让丁珩来接，完全是从全局考虑。虽然丁珩前几天伤口感染，但是只中了一枪，伤势比陈北尧还是要轻些，而且他双腿活动无恙，万一有事，也能及时反应。慕善没注意到，这似乎成为这些天来，三人相处的惯有模式——他们在各自的商业黑道帝国都是呼风唤雨，可现在遇到矛盾，竟然都是由她来拍板决定，她不知不觉充当了两人之间的润滑剂。而他们两人，对这一点倒是心知肚明，却也愿意默认。

慕善爬回船舱，只觉得双臂都不是自己的了，双腿也是麻木难当。陈北尧靠坐在她对面，一只手举着望远镜，另一只手无声地抓起她的手臂，重重地揉着。慕善舒服得都想叫出来，可又不敢大声，只能长嘘口气靠在篷上，一动也不想动。陈北尧见惯了她倔强独立，难得见到她疲软不堪，想起她一个手无缚鸡之力的女人连续划桨几个小时，骨子里明明也有跟他酷似的狠劲，他心疼之余，无声地笑了。

月光如水，暗河寂静。过了十来分钟，慕善觉得紧绷的身体得到缓解，低声对陈北尧道：“谢谢。”陈北尧将她的手牵到唇边一吻，双眼依然一动不动地透过望远镜注视着前方。慕善也拿起另一个望远镜注意着后方。丁珩低头划桨，微微有些喘气，船行得也算平稳敏捷。

终于，在几分钟后，他们来到了第二个关卡。同样的小桥、同样的碉堡、同样的探照灯，只是这一次，河里还停着艘小船，船头一盏白灯，两个士兵正坐在船舱里，举着酒瓶，吃着饭食。

三人都吃了一惊，原想照上次一样混过去，这下不成了。如果在这里掉头，只怕动静更大更引人注意。三人沉默片刻，只能看着船一点点行驶至桥下，行驶到士兵们的正对面。果然，一个士兵站了起来：“什么人？”他用的是汉语。

丁珩的桨缓缓停住，船身也为之一滞。他微抬起头，语气恭敬，还带着几分热络，完全像换了个人：“长官，我们是敏亚村的，刚从长水村探亲回来。路封了，就走了水路。”敏亚村就是离镇上最近的村落，长水村是布玛那个村子。这是他们早就商量好的说辞。路已经封了几天，他们只能说是滞留在封锁圈内，现在家中有人急病，想要赶回家。

“敏亚村啊？不可以，现在路封了，你们回长水吧。”那士兵答道，另一个士兵也放下酒瓶站起来。

“长官，通融一下啦！七十多岁的老母亲病了，赶着回去看最后一眼，求你们啦。”丁珩学着他们说话的语调，语气有些难过。慕善在舱中看着他，心提到了嗓子眼儿。陈北尧握住她的手，在黑暗里紧盯着对面的士兵。

“那你们过来，我们检查检查。”

慕善闻言，把准备好的一把泰铢递给丁珩。这个钱不能多，也不能太少。

小船缓缓靠近兵船，一个士兵跳过来，探头往舱里看了一眼。丁珩笑道：“这是我哥哥和妹妹。”陈北尧和慕善立刻起身，恭敬道：“长官好。”小船狭窄，他们这一半直起身子，显得特别拥挤。那士兵不耐烦地摆手：“坐下。”他抬头，正好在那一艘船灯光下，看清丁珩的脸，微微一愣——丁珩容貌出众，有点出乎他的预料。

丁珩当然察觉出他神色异常，忙掏出钱塞到他手里。他掂了掂厚度又看了一眼，转头对另一个士兵道：“我们中国有句老话，‘百善孝为先’，放他们走吧。”

那士兵没说什么，一弯腰进了船舱。先前那士兵道：“你们等等，我跟少尉说一声。”

船舱中传来一个不耐烦的声音：“两千？行，放，只要不是两男一女就可以。对了，都长得漂亮，上头说的。老子今天刚接到通缉令，明天军部就会派出搜捕队了。”

两名士兵明显一愣，而陈北尧三人这才知道船舱里还躺了个他们的上司。丁珩的反应也是极快，抬手就箍住身旁那士兵的脖子，另一只手将他持枪的手臂一绞。他吃痛低呼，枪落入丁珩手里。然而对方毕竟是训练有素的野战兵，枪一脱手，单手一拐，手肘击向丁珩胸口。

一记重击，丁珩躲闪不及，闷哼一声，身子几晃，却没倒，抬手就是一枪，打穿了那士兵的头。对面船头上士兵见状大怒，抬枪就射！丁珩也同时举枪，但被身前士兵遮挡牵制，这一枪，就比对方慢了半瞬！船中那名少尉低骂了句，黑影一闪，黑黢黢的枪口也对准了这边。

“砰、砰、砰、砰！”四声枪响。三具身体缓缓滑倒。

丁珩忍着剧痛，一把抱住怀中的娇躯；慕善紧咬着下唇，不让自己尖叫出声；陈北尧一下子从后面扑上来，手劲奇大，把慕善从丁珩手里夺回来。丁珩没有防备，手中一空，这才反应过来，抬手捂住慕善中枪的腹部，压住正缓缓流出的鲜血。

“快走！”陈北尧目光全在慕善身上，声音阴冷狠厉。丁珩静了几秒，抬手把慕善冰凉的手重重一握，这才松开，冲到船尾，拿起船桨拼命划。

对面船上，那名少尉趴在船舱口，另一个士兵仰面倒在船头。两发子弹都正中眉心，正是陈北尧的手枪射出的。然而陈北尧动作再快再准，也不能阻止已经射出的子弹！当那士兵向丁珩射击时，慕善看得明明白白，抓起船桨就朝士兵丢过去——射向丁珩的子弹打在船上，可少尉见状却掉转枪头，一枪正中慕善的腹部！

一切发生得极快，他们干掉三个人逃脱，枪声已经惊动了远方的营地，从河岸边到肉眼不可及的远处，高高的岗哨楼房灯光次第亮起，仿佛全部被河边的动静吸引，大军蓄势待发，顷刻即至要把他们活捉。现在耽误一秒都是危险的，陈北尧和丁珩只能轮换着拼命划船，希望在最后这段水道逃脱敌人的追捕。这一段河水湍急，谁能知道是他们杀了士兵顺流而下？他们逃脱的概率极大！

只是他们没想到，这次的代价，竟然是慕善。

黎明前夕，夜色最为幽深寂静。

前方，水道即将没入大河，隐隐可见河岸城市安静沉睡的轮廓。背后，并没有追兵的声响传来。

他们幸运地成功了。

陈北尧抱着慕善坐在船头。因为鸦片的原因，她已经睡着了。他给她包扎好伤口，鲜血淌满她的整个腰腹，也淌满他的双手。他看着怀中苍白的脸有些出神。他知道她活的概率很大，知道她现在只是昏迷了，只是睡着了。可他抱着她冰冷的身体，只觉得那寒意仿佛也侵入自己，令一颗心仿佛被冰雪覆盖，麻木得没有一点知觉。

丁珩半躺在船尾，隔着空空的船篷，望着对面的两人。他已经没有一点力气了，伤口大概又崩裂了，鸦片的效用大概过了，他的意识也有些模糊。现在随便来个人就能把他杀死。如此惊变的逃亡之夜后，他也不想动了，他只是看着他们。月光仿佛要赶在太阳出现前绽放最后的余晖，在头顶亮得吓人。暗黑平静的水面，波光如碎玉。天光水色间，他觉得这艘船就像一个漂浮的梦。而陈北尧抱着慕善长久孤坐的身影，就是这个梦里唯一的亮光。他的脸清寒如雪，她的脸也白得吓人。他们坐在那里，是一对至死不渝的恋人，在他们的世界里，痴痴凝望，天荒地老。

而他只能坐在这里，看着自己的杀父仇人，抱着自己心爱的女人，不能动，竟然也不想动。模模糊糊间，他拿着船桨站了起来，又“嘭”的一声摔倒在船上。他抬起头，看到陈北尧看了过来。他连滚带爬到了陈北尧面前，举起手里的船桨。陈北尧抬起枪，居高临下地对准他的额头。

不知过了多久，陈北尧的手缓缓放下来，不再看他一眼，只是将脸温柔地贴近慕善，仿佛已经睡着了。而丁珩手中的桨一松，落进水里。他往船舱里一瘫，疲惫地闭上了双眼。

曼谷，莲花国家大厦酒店，高层总统套间。

窗外的雨淅淅沥沥，天空苍白阴冷。陈北尧躺在宽大舒适的床上，拿着手机。电话那头李诚的声音干练沉稳："老板，嫂子怎么样？"

陈北尧看一眼内间的门，淡淡道："医生刚做完手术，她还没醒。"他说这话时，隔了一条过道，金碧辉煌的客厅里，一名中年医生和他的助手们正坐在沙发上，大气也不敢出。几名黑衣保镖拿着枪站在他们身后，他们稍有异动，哪怕只是低头喝口水，立刻有一支枪对准他们的后脑。

电话那头的李诚道："嫂子吉人天相，不会有事。老板，那是泰国国家医学院最好的医生，无论如何不能杀。"

"我有分寸。"

"其他事情，我全安排好了。那我现在上来？下一步要怎么做？"

陈北尧的眸色很安静："你半小时后上来。"

挂了电话，陈北尧抓起床边的拐杖，深吸一口气站起来。他靠着墙，慢慢走到里间。这是整个套房最深处的房间，只开了盏橘黄色的地灯，朦胧而柔和。

慕善静静地躺在床上，薄薄的被子一直盖到她脖子下方。陈北尧走到床边的躺椅上坐下，隔着半米的距离看着她。

她的头发她的脸，还有她的身体，已被女佣擦得干干净净，房间里再无血腥味，只有淡淡的草木皂的清香。她的眼睛闭得很紧，长长的睫毛一动不动，鹅蛋脸越发显得白。

陈北尧看了一会儿，手插进口袋，摸到那粒子弹。子弹头秃秃的，触手仿佛还有她身体的余温，他感觉自己的手指竟然比子弹还要冰凉。

他扶着床边，缓缓离开躺椅，将她的被子掀开一角，自己慢慢躺下。他一只手臂横在她的头部上方，摩擦着她的长发，轻握住她那一侧的肩膀，将她环住；另一只手却不可以像往日那样环住她的腰，只能轻轻握住她的手。她的手极凉，令他微微蹙眉。他没穿袜子，脚掌轻钩，将她的赤足包在当中。

她被子下的身体，除了受伤的腹部，不着寸缕，像一块光滑的玉。可他生怕牵动她的伤口，碰都不敢碰，只能这样头挨着头，手牵着手，足贴着足。

就这么一动不动躺了有十几分钟，他才小心翼翼地退开，为她盖好被子，缓缓站起来。

他拄着拐杖往门口走了几步，又觉得刚才哪里有点不对。回头一看，原来被子还是有点凌乱，她的一只足差不多都露在被子外。他走过去，微提起被子想给她盖好，低头却看到浑圆如玉珠的小脚趾上，有一点血痕。

大概是女佣漏擦的，又或许是从他身上蹭到的。陈北尧蹙眉，从旁边拿起湿毛巾，微弯下腰，仔仔细细地将那一点血迹擦拭干净。手中玉足光滑柔软，一如记忆中的粉嫩可爱。

他看了一会儿，把湿毛巾一丢，慢慢蹲下，一寸寸含在嘴里亲，然后，他仔细地把这边被子盖好，手又探进被子里，摸到她的另一只足，重复了一遍刚才的动作，这才缓缓站起来。

他走到门口，带上了门，上了几层反锁，又设了密码。确认安全无误后，他把门钥匙放进裤兜，这才回到自己的床上躺下。连续的运动令他喘了几口气，他拿过水喝了几口，闭目沉思。

过了一会儿，李诚敲门走了进来。

这次陈北尧等人遇险，实在出乎意料。李诚那天在封锁线外等了几个小时，眼见没有消息，就知道出了问题。他也试图雇佣当地士兵，强行突破封锁线。但雇佣军的消息匪夷所思——首领暴毙，蕈成为新的首领，投靠了君穆凌将军。现在，整个北部都是君穆凌将军的地盘。

混战中死了很多人，雇佣军也不敢接这样的任务。而李诚要靠自己带来的几十个人，从重兵防卫的金三角找到两个人，无异于大海捞针。

他通过泰国高官向君穆凌将军施压，君穆凌的回答是一定提供帮助。可他收到雇佣兵的内部消息，却是君穆凌对陈北尧和丁珩发出了搜捕令。傻子都知道，君穆凌吞并首领的地盘绝不是一时起意。可陈北尧却恰好在这之前，从首领手里套走一百亿美元，君穆凌得到的根本是个空壳，他怎么会放过陈北尧？

就在李诚拿着那份刚刚发出的搜捕令感到绝望之时，却接到一个陌生号码的电话——陈北尧竟然抢在大搜捕开始之前逃了出来。若是再晚上一天，只怕连只苍蝇都飞不出金三角。

李诚还记得昨天中午赶到小镇，找到陈北尧时的情形。那是一间普通民居，一家三口在角落里瑟瑟发抖。陈北尧举着枪，抱着慕善，浑身是血坐在客厅的地上。看到李诚，他只说了一句话："救她。"然后就闭上了双眼。李诚吓得心头猛跳，试了试陈北尧还有微弱呼吸，这才稍微放心。后来他才知道，陈北尧拖着伤体，整整三十多个小时没睡，才会一头栽倒。

而当他们终于回到安全的曼谷时，君穆凌显然也收到消息，他给陈北尧的口信同时送到。

"周亚泽在他们手上。"李诚道，"要我们把首领的钱全吐出来，他们才放人。我核算过，首领欠地下钱庄的几十亿已经成了无头债。他之前的身家是四十六亿美元。"

"四十六亿换周亚泽？"陈北尧缓缓重复，又问，"你怎么看？"

"我听老板的。"

"任何人都有价格。"陈北尧看他一眼，平静道，"除了慕善和你们。"

李诚闻言一时竟没说话。

陈北尧又道："不过，用钱不是最好的方法。"

李诚点点头。他跟了陈北尧几年，尽管不如周亚泽跟他亲近，但也算肝胆相照。只是陈北尧今天波澜不惊地说出这样的话，四十六亿巨资也不能与他和周亚泽相比，实在出乎李诚的预料。

即使一向沉稳内敛的他，也难免心头波动。平静片刻，他才重新冷静思考。他觉得陈北尧说得对，吃掉的钱吐出来，今后整个东南亚都会以为霖市陈氏是软骨头。

他们当然不是。

李诚笑道："原来我还不理解，你来泰国时为什么让我去趟台湾。"

陈北尧微微一笑。

李诚继续道："君穆凌说到底离不开台湾的支持。我已经查清楚，他性格清高，在台湾政坛虽然说不上话，但站位很明确。之前有几次无头公案，也跟他手下的杀手脱不了干系。不少人想把他置于死地，只是鞭长莫及。君穆凌支持的那位，说不定也想弃车保帅。我们又打通了泰国政府这边的一些关系。只要再花几个月，我有信心让君穆凌孤掌难鸣，只是周亚泽要吃些苦头。但主动权在我们手里，他肯定不会死。"

一席话直中要害，正是陈北尧心中所想。他点头："台湾青联帮帮主是我香港叔父的朋友，我再给叔父去个电话。加上本土黑道的力量，最多一个月，就该让君穆凌吃到苦头。"

"那我怎么回复君穆凌？"

陈北尧沉思片刻："我再想想。"

李诚又坐了一会儿，向陈北尧汇报了其他财务状况和人员安排，就离开了套房。陈北尧掏出钥匙打开门，回到里间，躺回床上。

此时已接近傍晚，他拥着慕善很快就睡着了。第二天一大早，阳光从窗户透进来，晒在两人脸上。陈北尧睁眼时，察觉慕善的头动了动。

他一动不动地盯着她，仿佛生怕打扰她。她的睫毛微颤，终于睁开眼。看到陈北尧，她的目光还有些迷糊。可麻醉剂已过，伤口是很痛的，她立刻皱眉，想起了一切。

陈北尧拿起对讲机叫医生，然后把对讲机一丢，柔声道："我们在曼谷，很安全。你中枪了，没有生命危险。等你再好点，我们就回霖市。"

他知道慕善会问什么，所以先把重要信息告诉她，免得她再开口。慕善点点头，近乎干涸的声音问："丁……珩？"

陈北尧沉默片刻，道："大概被他的人救走了。放心，我答应过你，就不会食言。"

慕善看着他，目露笑意。

这时，医生走了进来，陈北尧挪到躺椅上，静静看着她。过了约莫二十分钟，医生才被放走。女佣给慕善喂了些流食，也退了出去。陈北尧坐起来，把慕善的手一牵。

慕善有些虚弱地笑笑：“不要久坐。”

陈北尧又躺回她身旁，用之前的姿势小心翼翼地圈住她。慕善在他怀里，闻着他身上药味中似乎夹杂着烟味，她疑惑地看着他：“烟？”他枪伤没完全好，根本不可以抽烟。

陈北尧身形一顿。之前慕善做手术时，他的确抽了一两根。他沉默片刻道：“缓解压力，以后不会。”

压力？慕善有些心疼，又觉得自己跟他都很傻。其实那天夜里，她并不是勇敢到为丁珩挡枪。虽然丁珩对她有救命之恩，但她一个菜鸟，舍身救他实在不自量力。当时的反应完全是条件反射，只是想拿桨给丁珩挡一下，谁知道就中了枪，痛得死去活来。

她有些后怕，问道：“会有……后遗症吗？”

陈北尧在她额上一吻：“别乱想，你会很健康。等你好了，我们就要孩子。你刚醒，好好休息，什么也不必担心。”

慕善点点头。她睡了很久，此时也没有困意，靠在他肩头，望着天花板。陈北尧闭上眼，脸颊贴着她的长发，那里的触觉柔软宜人，令他身心舒畅。

“我……爱你。”微不可闻的声音。

陈北尧猛地睁眼，侧头看去，只见慕善也正看着自己，那双往日聪慧倔强的眼睛，此刻却很平静，好像这一句话再寻常不过，再自然不过。

这完全是出乎他意料的一句话。他仔仔细细地看着她的脸，不放过任何一丝表情。她却合上双眼，只有嘴角微弯，似乎承认了她爱他这个事实，她已经极为满足，再无半点渴求。

陈北尧缓缓问：“你知不知道对我说这句话意味着什么？”

慕善睁眼盯着他，只是这一次，她的目光里有明显的怜惜。

陈北尧好像模糊触到了她心中所想，却又不太清晰。

慕善目光不变地看着他，苍白的唇再次轻颤：“诸恶……莫做……”

然后，她的左手五指，悄无声息地张开。

陈北尧心头巨震——这场景似曾相识，只不过这一次，是她张开了手在等待。

陈北尧立刻握住她的手。他小心翼翼地拥着她，目光却看向窗外，看着极远的地方。

下午的时候，慕善吃了点东西又睡着了。陈北尧得到精心照料，身体恢复得很快。拄着拐杖走到外间，他拿起手机，沉默片刻，拨通李诚。

“告诉君穆凌，我同意给钱。”

“老板，这……”

陈北尧看着窗外朦胧的天色，漂亮的曼谷城在一年难得的阴雨天气中，展现出干净新鲜的轮廓。

陈北尧缓缓道：“除了钱，我不想因为这些毒枭付出其他代价。”

李诚闻言一怔。

他生性内敛稳重，其实陈北尧肯作这个决定，何尝不是他希望的？与金三角毒枭斗个你死我活，虽然有把握，但势必是一条腥风血雨的路。这次就差点让陈北尧和慕善回不来，谁知道下一次会付出什么样的代价。

只是四十六亿美元说放就放，有几个人能做到？

想到可以就此罢手，李诚紧绷的神经仿佛也就此放松下来，他恢复干练的语气：“好，我明白了，我会去安排。”

Chapter 11

愿意用一支黑色的铅笔，画一出沉默舞台剧，灯光再亮，也抱住你。

陈奕迅《不要说话》

陈北尧和慕善还滞留在泰国，丁珩已经躺在霖市的家中。他只中了一枪，又没伤到肺，在三人中算最轻的，而且他必须赶回霖市主持大局，所以不顾旅途劳顿，当晚就回来了。

逃亡那天清晨，他和陈北尧将船靠了岸，陈北尧抱着慕善转头就走。纵然丁珩放心不下慕善，也不可能再跟陈北尧一路。他知道，迄今为止两人还不动枪，只不过都顾忌着慕善，要以死相搏也不过是转瞬之间的事。而且陈北尧势必豁出命救慕善，他留下也是徒劳，万一陈北尧的人比吕氏的人早到，他的情况就不太妙。

更重要的原因是，这些天三人相处，尽管慕善一视同仁，可在她心中孰重孰轻，清楚明确。丁珩尽管这些日子历经磨难，性格沉实许多，但傲气仍在。每当想起慕善对陈北尧的柔声切语，他就觉得心头隐痛。饶是喜欢与慕善朝夕相处，饶是不愿在面上输给陈北尧分毫，更多的时候，他还是盼着这段日子快点结束。

但理智是一回事，感情又是另一回事。看着陈北尧抱着慕善远去，他原本朝另一个方向走，可走了几步，又悄悄转身跟了上去。陈北尧当时大概也有些痴迷了，一直没察觉他的行踪。他看着他闯入民居，安置好慕善；看他夺了主人的手机，联系好李诚。

丁珩这才放心离开，只是他永远记得这一天的感觉——他跌跌撞撞走在人群里，头顶的阳光晕眩刺眼。他想起昨晚陈北尧抱着慕善孤坐船头的样子，那幅画面反反复复提醒他，哪怕同生共死，到头来他也只是个局外人。

饶是家中突遭巨变，他历经磨难，重整旗鼓也能意气风发，可这一刻，他却产生一种从未有过的感觉——孤独。

回到霖市，好在吕氏平平稳稳，并无大乱。他掌控吕氏时间不长，家族中也还有不少人有异心。但金三角毒枭积威太重，饶是他失踪了这么久，也无人敢乱。不过，他再晚回来些，就难说了。

他未对外公布中枪的消息，只派几名心腹稳住局面，又趁机吞并了云南达沥的地盘。敌强我弱因缘际会，短短的时间，吕氏的毒品势力越发壮大了。

现在，他身体好了大半，在吕氏的声望也更高。可此刻他躺在大床上，听闻陈北尧滞留泰国，只为慕善身体好一些才返回，还听闻陈北尧主动服软，要退给君穆凌一大笔钱，他惊讶之余，又觉得在情理之中。

这些天忙于生意，加之刻意收敛，他自觉对慕善的心思似乎也淡了些。可此刻隐隐觉出陈北尧有彻底洗白的念头，却又忍不住有些恼怒地想——他们真的要在一起一生一世？

他不后悔为了救慕善中枪，可他真的有些后悔，那夜在船上，没杀了陈北尧。

步入冬季，与霖市的清寒不同，曼谷依然阳光炽烈，偶尔大雨淋漓。

慕善已经能够偶尔坐起，只是还不能下床。陈北尧每日陪着她，自己的伤已好了大半。他没有告诉她君穆凌将军的事，只说等她好些就回霖市。

这天是周六，陈北尧告诉慕善自己去跟泰国副总理吃饭，就离开了酒店。事实上也是如此。

宴会安排在另一家豪华酒店的顶层。除了保护副总理的军方，不管是陈北尧还是君穆凌，都只可以带一名手下进入。

陈北尧和李诚沿专梯而上，刚走进顶层大厅，便看到另一个电梯门徐徐打开，两个军装男人一前一后走了出来。

后面那个男人化成灰陈北尧都认识，正是蕈。他也看到陈北尧二人，眼中就带了漫不经心的笑意。他前面的男人二十七八岁，一身暗灰西装格外英挺颀长，两道浓眉之下，长眸锐利逼人。看到陈北尧，他脚步停住，微一点头，不怒自威。

尽管早知道君穆凌不到三十岁，但此刻看到他一表人才，与蕈的狡猾阴狠判若两人，陈北尧纵然对他无感，也不关心，却也微微点头。

“早就听说陈老板威名，上个月张痕天跟我喝茶，还说未来大陆教父非陈老板莫属。”君穆凌眼睛在笑，脸却没笑，“这次君穆凌为金三角未来生计不得不强人所难，希望陈老板不要见怪。”

他提到的张痕天，是传说中当今大陆唯一能称得上教父的人物。据说张痕天既是国内诸多百强企业背后的大额股权持有人，还是华北华中一带的黑道翘楚。君穆凌提到他，显示自己也与大陆渊源颇深，而他先挑明自己“强人所难”，反而显出几分坦荡。

陈北尧笑笑，不接他的话茬，反而道：“相见即是缘分，将军，请！”

君穆凌哈哈一笑，与他并肩走入宴会厅，心中却想，陈北尧看着年轻，被自己语言所激，却不骄不躁，果然性格坚毅深沉。只是他一口答应四十六亿美元，不知究竟是真心还是假意。

宴会厅足足有一个教堂那么大，装饰得富丽堂皇，只在巨大水晶吊顶灯下摆一张沉香木圆桌，只坐了三个人。另外就是几名政府保镖贴墙悄无声息地站立着。

虽然这次饭局是泰国副总理做东，这名五十来岁的政客却只坐了半个多小时。席间，他先问了陈北尧今后在东南亚的投资打算，感谢了他在上次金融低谷时对政府基金的鼎力相助，又询问了君穆凌台湾那边某人的健康状况，还问了部队的给养情况，然后就托词身体不适，先去楼下房间休息了。

副总理一走，君穆凌微笑道：“一直听说陈先生心狠手辣，倒没想到肯为个手下退还巨款，实在令人敬佩，我敬陈老板一杯。”

陈北尧淡淡道：“亚泽是我的兄弟，而且这笔钱是陈某正当投资所得，将军怎么说‘退还’？”

君穆凌浓眉微扬：“陈老板这话真对了我的脾气。不瞒你说，我筹谋多年，就是要除掉首领，眼看事成，却被你中途截和。我十年心血，比不上陈老板一夜豪赌。原本不想用这下作手段，只是八千子弟无国无党，我既为孤军之将，就要一力承担，逼不得已，希望陈老板不要见怪。”

陈北尧把酒杯一放，道：“亚泽失手落到你们手里，我付钱赎回，没什么不公平，也谈不上见怪。不过我有几个条件。”

“请说。”

“一，金三角的人和毒品，从此不许进入霖市。”

“这个条件有点霸道。国内贩毒网络四通八达，我没办法保证。”

“你能保证。”陈北尧笑笑，“金三角的货，不是都没能进入台湾吗？我跟苏议员吃饭时，他还不信。”

君穆凌闻言，神色微沉。他当然知道陈北尧说的苏议员是谁——那是他背后那人的敌对势力，最近几年很是嚣张。而台湾当地黑帮势力凶悍，非金三角可以撼动。

转念一想，他却心头一惊——陈北尧的话是敲山震虎，示意自己，他跟台湾政界和黑道都有渊源。可如果真的这样，陈北尧想对付自己只怕不是一朝一夕，为什么这次肯吐出巨款？

他心头惊疑不定，面上却不动声色道：“好，陈老板待我以诚，我就下这道死命令。请继续说。”

陈北尧笑笑："如果真的误入霖市，人和货的生死下落，陈某概不负责。"他继续道，"二，我要蕈的命。"

君穆凌一怔，沉下脸："不行。"

陈北尧淡笑："四十六亿美元不是周亚泽一个人的价格，是他们俩的。"

君穆凌话锋一转道："君某心里一直有个疑惑。陈老板宁愿舍身冒险也不肯委曲求全与首领合作，可见陈老板心高气傲。这一次陈老板妥协得太干脆，到底是为什么？"

陈北尧淡淡道："与你无关。"

君穆凌心中早有猜想，却觉得荒谬难信，此时见他执意要蕈死，越发肯定心中所想，笑道："陈老板，你何必置蕈于死地？我已经问清楚，蕈没有碰过你那位小姐，在金三角的几天也是以礼相待。掳那位小姐来金三角，说到底是首领的主意，你就不要再迁怒蕈了。蕈我是绝对不会让你杀的，他也是我的兄弟。"

陈北尧的手指轻轻捏住酒杯，沉默。

半小时后，陈北尧和李诚下了楼。刚坐回车上，就见前排一个男人仰面靠坐着。熟悉的身影，正是多日不见的周亚泽。

李诚拉开车门，一把抓住他的肩膀："你小子没事吧？"

周亚泽"哎哟"一声，俊脸神色挫败无奈。陈北尧默默看他几眼，弯腰坐到后排。

周亚泽看起来没受什么折磨，只是眼眶脸颊瘀青未退；肩头鼓鼓的，衬衣领子露出一小片雪白绷带，应该是受过伤。

他转头看着陈北尧，陈北尧也抬眸看着他。他问："老大，你真拿四十六亿美元换我？"

陈北尧淡淡道："算你欠我的。"眼中却露出些许笑意。

周亚泽知道他开玩笑，长叹一口气，沮丧道："老子这回真是倒霉透顶。"

原来那天他本来早早在佣兵站等候，却被蕈撞见。当时他带着十几个人，蕈就一个人，周围的佣兵他也已打理好，哪里肯放过蕈？

但蕈……实在是太厉害了，周亚泽以及他带来的国内高手很快就被他放倒了。其实蕈那天刚刚跟君穆凌将军秘密会面，看到周亚泽，也是大吃一惊。两人交手后，蕈怕泄露了自己的行踪，就直接把周亚泽绑了回去。

却没料到他这一失踪，打乱了陈北尧的全盘计划，也让君穆凌将军后来居上，以他为人质要挟陈北尧。周亚泽这辈子都没吃过这么大的亏，恨不得扒了蕈的皮，喝了他的血。

可陈北尧就此罢手，换他回来，他又感动又失望。待车子行了一会儿，听陈北尧说要放过蕈，周亚泽心中却暗暗发誓，一定找机会杀了蕈。

对慕善来说，回到霖市，就好像回到了人间。

飞机降落在熟悉的停机坪。看着匆忙的旅客一脸平静，看着霖市的夜色温柔而清冷，再没有亚热带的湿热难耐，也没有一望无际的罂粟赤红如海，慕善长长松了口气。

慕善还不能久坐，到了家中就被陈北尧打横抱起，放在床上。她想的第一件事就是给父母打电话。

可这个电话打得不痛快。尽管陈北尧心细如发，去金三角前就给他们去过电话，谎称慕善去美国交流，谁料一晃两个月过去了。

父母在那头很不高兴，母亲甚至对陈北尧也颇有微词——他们两个都联系不上。慕善哪里能说真相？只能低声认错，又说了几句调皮话哄母亲开心。到底是独生爱女，母亲很快笑起来，千叮万嘱慕善注意身体。

出了正月，医生宣布慕善的身体基本恢复，不过要孩子还得隔半年。第二天，陈北尧就安排车，陪慕善回家看父母。

比起上一次的如履薄冰，这一次两代人同聚一堂，气氛已融洽得毫无嫌隙。母亲做了一桌好菜，全当补过新年。慕善食指大动，抬筷就夹住麻辣兔肉。陈北尧正在跟父亲说话，筷子却像长了眼睛，轻轻压住她的筷子。

“前几天还抱怨皮肤不好，少吃辣椒。”他淡淡道。

慕善当然知道他说的是伤口，只是她刚才一时忘了，讪讪地收回筷子，瞪他一眼。一旁的父亲没什么表情，母亲却有了笑意：“就该让小陈管管你。”

陈北尧陪父亲喝酒聊天，慕善偶尔插话。正聊得投机，母亲插空道：“小陈，你们俩年纪也不小了，将来有什么规划？”

这话问得直白，慕善心头一跳。其实母亲在电话里问过她几次，都被她含糊应付，心想这下坏了，正中陈北尧下怀。

果然，陈北尧语气放缓，神色认真：“叔叔阿姨，只等慕善点头。”

母亲面露喜色，她倒不是急着嫁女儿，只是听说两人已经住在一起，而且陈北尧的条件实在是可遇不可求的，总要陈北尧表个态，当母亲的才心安。至于什么时候结婚，倒不是那么重要。

慕善立刻道：“我的公司刚起步，想过两年再说。”

父亲闻言点点头，沉吟片刻正要开口，陈北尧却先对母亲道：“叔叔阿姨，如果你们同意，我想先跟善善订婚。”

此言一出，大家全部沉默。母亲最先点头：“也是，你们住在一起了，订婚也是个意思。老慕，你说是不是？”

父亲观念比母亲更传统些，之前听说他们同居就有点不乐意，现在见陈北尧一力想要负责，倒高兴了些，点头：“嗯。”

慕善笑道：“这事回头再定，不急。对了，小陈给你们报了个旅行团，下个月有时间去吧？”父母连说破费，订婚的话题倒一时岔开了。

父母看旅行团资料的时候，慕善趁机在桌下狠狠捏了陈北尧一把。他端起茶杯抿了一口，淡笑不语。慕善看着他沉静温和的侧脸，心里透亮——他要逼她表态了。

陈北尧打定主意的事情，果然是没有回旋余地，并且来得比慕善想象的快得多。

吃了午饭，父亲去午睡，母亲看电视。陈北尧和慕善看了一会儿以前的相册，说了会儿以前的趣事。陈北尧极自然地抽出七八张她不同年龄段的照片，塞进西装口袋里，然后拉着她站起来：“出去走走。”

屋外新雪已经消融，远远望去，房屋树木仿佛都带着干净的湿气。慕善一下楼就发现司机已经等候多时，上了车，目的极为明确地开了出去。

“去哪儿？”慕善忍不住问。

陈北尧不作声，手搭在她背后，长眉舒展，黑眸深沉。慕善一下子猜到了，默然不语。

初春的山岭孤寒料峭，人迹罕至，偶尔有孩子不顾天寒地冻在山路上追逐嬉闹。山门入口，“北善公园”四个崭新的银色楷体大字镶嵌在大理石碑上，刚中带柔，气魄万千。司机和保镖被留在公园门口，陈北尧像少年时一样，牵着慕善的手，沿着山路蜿蜒而上。

青石小路经过修整，比以前好走了许多，道旁的绿树鲜嫩嫩的似乎就要滴下水来，这正是慕善记忆中家乡的景致。与她孤身在北方度过的七年完全不同，这里的冬季始终郁郁葱葱，仿佛永远充满希望。

两人一前一后，都没说话，慢慢翻过山，去往山谷深处。山涧处一道三米多宽的小溪挡住去路，虽然没冻住，但澄澈急流看起来清寒动人。慕善正迟疑着，陈北尧已经在她面前蹲下来：“上来。”

“你的鞋和裤子会湿。”慕善不动。

“前面有地方换。”陈北尧声沉如水。

“我很重的。”慕善爬上他的背。她说的是实话，她虽然不胖，但身材高挑，绝对算不上轻。

他却跟没事似的，利落地站起来，踩进水里，淡淡的声音道：“背老婆还怕重？”

慕善心里突地一跳。她的十指轻轻抓着他背上的衣服，感觉到他温热的体温，一点儿也不想动。他大手收紧，令她靠得更紧。

过了小溪，他却不放她下来，一个劲儿向前走。慕善也有点舍不得，又担心他身体刚好，柔声道：“放我下来，别太累了。”

他却不松手，低笑道：“对我的体力有点信心。”

慕善心头一软，双手抱住他的脖子，脸埋在他的背上：“你很久没这么背我了，上一次……”上一次还是八年前。

陈北尧沉默片刻，低声道：“那让我背一辈子好不好？”

慕善心头又甜又痛，默然不语。他把她放下来，慕善脚一下地，就踩到厚厚的枯树叶，发出枯骨般的脆响。陈北尧抓着她的肩膀转身，她看清眼前的景色，呆住了。

草绿的山坡上，一座白色小楼静静立着。她从没见过这么精致的小楼，干干净净，线条婉约，就像一位美人温柔侧卧在湖光山水间。

而周围的美景，仿佛要与这小楼融为一体：边上一棵高高的树，繁密掩映，绿意盎然；侧面是一面小湖，此时平静无风，像一片通透的镜；房子背后是山，深深浅浅起伏的绿。

“进去看看。”陈北尧拉着她，走到门口，掏出钥匙打开门。

屋内的布置更是简洁温馨，处处都是暖色调，尽管偌大的房子空无一人，却丝毫不觉得空寂，人只要往屋里一站，处处都是生气。

陈北尧带她参观了每一间房，二楼主卧边上，甚至还有个婴儿房，木质婴儿床静静地放在那里，地上堆满了玩具。最后来到主卧的阳台上，慕善又忍不住赞叹：小楼临湖而建，这里的视野极为开阔，整片水面在眼前展开，人宛如置身在画中。

“你记得吗？以前咱们看到有人在山腰上修房子，还说人家炫富。”慕善望着远处青山的轮廓，笑道，“现在你倒好，占了这么大片地……”

“慕善，嫁给我。”低沉的声音从背后传来，打断慕善的话。

慕善后背一僵，脑子里有片刻的空白，缓缓回身。

陈北尧隔着半米的距离站在她身后，俊脸微垂着，黑眸紧盯着她，阳光照在他黑色的短发上，令他整个人看起来都透着暖意。他抬起手，五指在阳光下白得有些透明。他从怀里掏出个黑绒盒子，打开，精致的钻戒在他手中璀璨生辉。他上前一步，先在她唇上落下一吻，然后握住她的胳膊，声音温柔如蛊惑：“把手给我。”

慕善的手抖了一下，下意识地收紧五指。他的手沿着她的胳膊缓缓下滑，眼看就要抓住她的手。慕善抬起头，与他的目光对上。那是双怎样的眼睛啊？沉静、温柔、不容拒绝，却又透着几分阴霾和迫不及待，就像一汪深潭，快要把她吞没。

慕善猛地把手一抽，干干地道：“我还要再考虑一下。”话一出口又有点后悔——其实不是需要考虑，只是……只是还下不了决心。

陈北尧没想到她拒绝得这么干脆，一时竟愣住了。他看着她，将戒指在指间把玩了一会儿，才重新放回盒子里塞进裤兜，淡淡道：“好。”

回程的气氛明显冷了不少。慕善有些后悔，又隐隐松了口气，心头乱成一团麻。而陈北尧筹谋多日却出师不利，虽然也有被拒绝的心理准备，不至于垂头丧气，但多少心头有些发冷。

把慕善送到家里楼下，陈北尧吻了吻她，柔声道：“别想太多，我等你。”

慕善点点头，下了车，陈北尧的车掉头开回酒店。

这一晚，慕善几乎彻夜未眠，她想了很多，想起两人多年来的分分合合，想起在金三角的同生共死，也想起他近乎痴迷地亲吻自己的样子。她模模糊糊地想，其实他才是一朵让她欲罢不能的罂粟花吧？

第二天，慕善精神很不好，却接到一个意外的电话——原来叶微侬恰好也回了辰县探亲。之前慕善回霖市时，叶微侬去了北京，这次回来两人还没碰过面，于是便约定上午见面。

慕善原定当天下午跟陈北尧回霖市，就给他电话。陈北尧的声音听起来还是淡淡的：“好，你们先见，晚点我去接你。”

这通电话让慕善颇有点怅然。她打了车，直接去了跟叶微侬约定的地方。那是一间寺庙。说来有趣，叶微侬这几年天南海北哪里的古刹没去过？回老家后听说这间小庙签文很准，非要慕善陪着来求签。

小庙真的很小，进了大门，直通通的就是大殿和两侧房舍，一眼就能望到底，也没什么人，只有一个青衣和尚坐在堂前烤炭火。和尚看起来四十来岁，肤黑干瘦，脚底一双运动鞋，也看不出高僧的派头。

叶微侬也很淡定，拉着慕善走过去。两人朝和尚作揖，然后在蒲团上跪下。叶微侬极为虔诚，闭目默念，三拜九叩。慕善对这些不太看重，可心里有事，仿佛也想找个寄托，也学她拜拜。祈愿时，脑海里直接冲出的念头却是：我想和陈北尧白头到老。

这念头令她有点坐立不安，好像终于直面自己的心思，又有点无能为力。叶微侬跟和尚求了签，又花了十块钱解签。和尚说的签意不多，大意是她为朋友求的功名签是上上签，必定飞黄腾达不可限量；而姻缘签却是“柳暗花明又一村”，虚虚实实，只听得叶微侬默然无语。

慕善没求签。她知道这些签文怎么解都好，你只要有心事，横竖都能往自己身上套。叶微侬大概是最近烦闷，才会寄托于此。两人捐了香火钱，跟着个小和尚去斋堂吃斋饭。

饭堂里也没什么人，和尚送上几个素菜，也就没再出现。叶微侬问了问慕善的近况，慕善也没隐瞒，大略说了说梗概，令叶微侬又担心又害怕，唏嘘不已。

慕善问及叶微侬的事，她虽然刚才求签时有些愁色，此时却粲然一笑：“有点阻力，但是没事，一切有老荀。”话锋一转道，“你们闹别扭了？”

慕善沉默片刻，道：“他跟我求婚，我说要再考虑。”

叶微侬略有些诧异。慕善虽然跟她交好，但并不是个会把心里话全都透出来的人，可今天她看起来明显有些失魂落魄，这令叶微侬有些心疼，想了想道：“慕善，你其实是个很矛盾的人。”

慕善一怔。

叶微侬道：“高二之前，你一直是好学生，条件再好的男孩追你，你看都不看一眼。你不知道，他们男生还把你评为最纯洁的梦中情人，因为你真的一尘不染。可就是这样的你，竟然会为陈北尧堕胎，像个不良少女。可也是这样的你，能够在毫无希望的情况下，八年不看别的男人一眼，傻傻地等下去。你总是这么矛盾。你看起来老老实实，可只要你认定的事，谁都改变不了。刚极易折，所以你才会进退两难。”

慕善默然片刻，想起叶微侬和荀市长其实比自己更加不易，忍不住问：“是不是我爱得不够？”

叶微侬叹息一声道：“不，我觉得不是不够，也许是你一直在追求错误的东西，所以才会觉得痛苦。慕善，你到底想从陈北尧身上要什么呢？一个完美无瑕的恋人？可他并不完美。他或许让你心有不甘，可是爱一个人，难道没有代价吗？”

慕善隐约觉得有什么念头一闪而过，可又抓不准，喃喃重复：“代价？”

叶微侬神色一顿，想到自己，自言自语般道：“谁能不受委屈？也许要一辈子委屈，一辈子心里都扎着刺——这就是爱他的代价。慕善，你是个善良的人，可也是个很自我的人，有的时候，多想想他。”

慕善心头巨震。

她想：叶微侬说得对，我一直在追求错误的东西。我离开他的目的是希望停止爱他，可我根本停止不了，这就是错的。

我还有个错——我总是想，“我”想要什么，“我”想要做个正直的人，“我”想要嫁给一个正直的男人，那都是从“我”的角度出发的。可换一个角度看，陈北尧说得对，这些都只是我不肯为他妥协，不肯为他付出代价。

一辈子委屈，一辈子意难平，甚至一辈子受良心的折磨，这就是爱他的代价。只是我以前，不肯这样过一辈子，不想委屈自己。

她忽然觉得困扰自己许久的纠结豁然开朗，但心里隐隐又明白，自己只不过一直想找个借口，一个不顾一切跟他在一起的借口——现在这个借口有了。

叶微侬见她想得出神，安慰道：“别愁了，前一段不是都打算要孩子吗？难道你们还能分开？”

慕善夹起一根青菜，细细嚼着。山野青菜出乎意料地清脆爽口，她抬眸笑道：“嗯，你说得对。”

吃完斋饭，来接叶微侬的车已经到了山门外。慕善作了这个极大的决定，虽然顺理成章，却又有些隐隐的激动，于是，她让叶微侬先走，自己在庙中再滞留片刻。

庙虽小，但也有古韵。她逛了一圈，还去跟斋堂要了些新鲜野菜，拎着晃悠悠地往庙门走。

庙门有一块巨大的照壁，上面雕刻着许多本地诗人的作品，有明清时期的，也有近现代的。慕善抬头就看到两句：一曲清溪一曲山，鸟飞鱼跃白云间。简约生动，意境优美，她忍不住暗赞，转念一想，自己是如释重负，所以看什么都是好的。

就这么一行行看过去，忽地瞥见前方一个人影，转身一看，便看到陈北尧负手站在照壁另一侧，也抬头看着墙上的诗。他穿着黑色大衣，整个人高大颀长，将俊脸衬得越发白皙。他没看到慕善，脸上神色一直淡淡的。看了一会儿，他伸手从裤兜里掏出烟点上，深深吸了一口，这才含着烟转头看过来，随即神色一怔。

慕善朝他走过去。因为他的目光一动不动地盯着她，令她略有些不自在。她的目光微微下移，盯着他的胸口。

走到他面前，她仿佛极顺手地把他嘴里的烟取下来，走了几步，扔进边上的垃圾箱里。不等她回头，他已跟上来，揽着她的肩膀。

“微侬呢？”

“先走了。你到了怎么不打我电话？”

“想一个人静静待会儿。”

慕善心头失笑，看着他：“我怎么听出可怜的味道了？”她说这话时，眉目舒展，语气含笑。陈北尧原本已收拾好失意心情，滴水不漏地打算再行图谋，可见她语气调侃，似乎与昨天的婉拒、前些天的回避都不太相同。

陈北尧心头一动，快步跟上。

出了山门上了车，陈北尧沉默不语，静观其变。慕善一时却不知要怎么开口，就把手中野菜给他看：“很好吃。”

陈北尧“嗯”了一声，两人于是又无话。

车刚下山，却下起雨来，淅淅沥沥落个不停，温度似乎也降了不少。慕善轻轻打了个寒战。陈北尧把外套脱下来披在她肩头，然后看着窗外道：“这里离我住的酒店很近，过了这趟雨，再回你家拿行李，回霖市。”

慕善点头。

小县城的酒店顶多是准三星标准，陈北尧住的是专为领导提供的套间，条件还过得去。两人走进房间，陈北尧问：“饿吗？”慕善摇头。

慕善在床边坐下，陈北尧给她倒了杯热水，站了一会儿，在她身边坐下。

“善善，昨天的事你不必……”

“北尧！”慕善手捧着水，温温热热的刚刚好，她直接打断他的话，“知道我为什么不能马上答应你吗？”

陈北尧的目光微微垂下，盯着她捧着水杯的纤纤十指，淡淡道：“我知道，三年之约……”

“你做得不对。”慕善再次打断他，紧盯着杯中颤巍巍的水面，“别人求婚都单膝下跪，你怎么能直接让我把手给你……”

陈北尧对着慕善，平生第一次反应迟钝。

巨大的惊喜突兀地冲上心头，令他略微有些晕眩，但他脸色还是极为镇定，牢牢盯着她，手则伸进口袋摸出戒指。

她的脸红得像要滴下血来。陈北尧微微一笑，扶着她的双腿，单膝跪在床边。

“慕善，嫁给我。”他抓起她早已放在膝盖上的右手，小心翼翼地将戒指套上无名指，然后紧紧握住，抬眸望着她。

“善善，你有任何要求，我都会满足。”他哑着嗓子，意有所指。

慕善轻轻摇头，无声地告诉他，她已经无所求。

陈北尧心头一震，抬眸只见她冰雪般干净的容颜说不出的妩媚可爱。就在这时，慕善双手将他脖子一搂，闭上双眼，红唇略有些局促地轻轻抿了抿，一低头就吻住了他。

简单的一个动作，瞬间令陈北尧意乱情迷。他长叹一口气，搂着她的腰，一起倒在床上。

慕善没想到这么快又见到丁珩。

而且还是在民政局门口，他一身黑色风衣倚在车前，仿佛已经等了很久。

慕善并不知道，丁珩一直派人留意她的行踪。她与陈北尧回辰县，在旁人眼中，很有女婿登门的感觉。丁珩不笨，隐约猜出他们打算干什么。所以，这天早上一收到消息，他就赶了过来。

丁珩望着两人下了车，真正是郎才女貌神仙眷侣模样，心头微觉刺痛。他诚然喜欢慕善，并且经历了金三角那些日子后，明知她心里没有自己，可那份喜欢却逐日加深。他想，大概一个男人曾为一个女人拼过命，就永远不会忘了她。

而今天他来这里，并不是要干“抢亲”之类的徒劳之事。一种说不清道不明的心理，有些恼怒，恼怒中带着不让他们顺顺利利的念头，就来了。

陈北尧看到丁珩，心头微觉厌恶，但想起他对慕善一片赤诚，偶尔又会有惺惺相惜的感觉。

慕善已决心跟陈北尧，早不把与丁珩的些许暧昧放在心头，现在看到他，虽然略有些惊讶，但还是大大方方地迎上去。陈北尧没有片刻迟疑，揽住她的腰一起跟过去。

“丁珩。”慕善笑道。尽管丁珩今天出现在这里绝不是偶然，但她坦坦荡荡，其实也不太在乎他干什么。

丁珩把烟头一丢，看看慕善，又瞥一眼陈北尧，目光复又回到慕善身上：“你们来领证？”

“嗯。”

丁珩沉默片刻，有种想要把心掏出来给她的冲动，让她知道自己并不比陈北尧差。可那只是冲动，他再爱她，此时也是无能为力。

想到这里，他反而笑了，忽然上前一步，抬手像是要拂过她的长发。慕善下意识地侧身避过，身旁的陈北尧已蹙眉：“丁少，我们大喜的日子，你不恭喜我们？”

丁珩哪里肯，只看着慕善道："善善，有些事，我永远不会忘记。"

慕善默默点头道："丁珩，你先走吧。我非常非常感激你的救命之恩，我把你当作至交好友，也永远不会忘记。"

丁珩淡淡一笑，语气有点狠："不过是一命换一命，你不用太在意。我今天来就是让你知道，任何时候，你想离开这个男人，记得还有我这个'至交好友'。你不是非跟他不可。"

这话说得有些过分了。陈北尧握着慕善腰的手刚一松，立刻被她抓住，这一拳就挥不出去了。丁珩笑笑，转身上车，绝尘而去。

两人含情脉脉来领证，却遇到这么个小插曲。慕善心头深感歉疚，神色略有怔怔。陈北尧知道丁珩输掉爱情，故意来给自己添堵，他心沉似海，自然不会真的动怒。他想起丁珩刚才说的话，心头微动，问："什么'一命换一命？'"

慕善沉默片刻，答道："9月7号下午，我在你病床前睡着了，大概是压着手机键盘，误拨出几个电话，都打给了他。他说那个电话救了他的命。"在金三角的时候，丁珩曾把这件事详细跟慕善说过，所以他现在一说，慕善就明白什么意思。日期之所以记得那么清楚，是因为全市人只怕都对那天记忆犹新——大名鼎鼎的吕兆言就在那一天死于非命。

陈北尧自然也是对这个日子印象很深，听她这么说，淡淡"嗯"了一声，也没再说什么。

两人相偕走到婚姻登记处楼门口，慕善略有些紧张。陈北尧脚步一顿，将她拉住。她疑惑地转头看着他，却见他神色极为认真。

"善善。"他低唤道。

慕善心头一跳，知道他要说极重要的话。果然，他执起她一只手，送到唇边轻轻一吻："谢谢老婆。"

慕善两颊微烫，却听他继续道："从今天起，站在你面前的，就是个百分百的商人。"

慕善心头一震，尽管隐有预期，却没料到他的承诺来得这么快——她那天不提任何要求，就是表明自己愿意等待的态度，等他回头。

陈北尧见她黑眸闪动，柔声道："你答应我的求婚，却什么也不要。可是善善，你是我的老婆，我知道你作这个决定有多艰难，我会给你最想要的。过去发生的事，我无能为力，只能尽量弥补；今后我只做个商人，做你的丈夫，做我们孩子的父亲。"

慕善心头大恸，扑入他的怀里，两人紧紧相拥，再无言语。

两人回到霖市家中时，已是中午。周亚泽、李诚早已收到消息，在屋里等候。见到两人进了屋，陈北尧难得地眉目含笑，周亚泽把李诚肩膀一拍："哥们儿，想不到老板要么禁欲八年，要么一解禁，转眼媳妇都有了。"

他身旁的Sweet正在吃瓜子，似乎也被感染，高高兴兴地站起来："嫂子，我要看结婚证！"慕善大方地将证件从包中取出来，沙发上几个人立刻传看，直夸慕善上相，照得漂亮。

"老板，你的呢？"周亚泽朝陈北尧伸手。陈北尧跟没听到似的，直接上楼，走入主卧。他拿出怀中的结婚证，仔细看了看，微微一笑，放入抽屉中。

一楼沙发上，周亚泽和李诚如何察觉不出陈北尧这沉默的意气风发？周亚泽凑近慕善，低笑道："嫂子，为了你，老板可是连带着让我也洗白了。你赶紧给老板生个儿子，我就不计较了。"

慕善心头感动，一时无言。一旁的李诚笑道："嫂子别听他胡说，其实我们正经生意本来就占了九成以上，老板早就想把那些赌船夜总会卖出去。"

"嘿，看你说的，那我手下九百多个人怎么办？"周亚泽佯怒，"他们只会砍人、看场子、收保护费。"

"凡事都要有个过程。"陈北尧的声音淡淡传来。他一出现，周亚泽不作声了，点点头，好像他说的什么都是至理名言。

慕善心头好笑，似乎从金三角回来后，周亚泽这个真真正正的桀骜不驯的黑老大，更服陈北尧了。也许一方面是因为愧疚，另一方面是知遇之恩吧！

陈北尧刚坐到慕善身边，李诚的电话就响了。他站起来，拿着电话走到一侧房间里，过了一会儿才回来，笑道："有个朋友叫我过去，老板，我去一下。"

陈北尧淡淡道："我还有事跟你们俩商量。"

周亚泽道："别婆婆妈妈的，你刚才还说中午陪老子喝酒的，叫你朋友一起过来。"

李诚顿了顿，道："好。"

饭菜都端上桌，慕善还亲手将从辰县带回来的野菜烹制。这时，李诚已从别墅门口将人接了回来。众人看到来人，都是一怔。

是个很年轻的女人。

女人看起来有二十三四岁，个头不高，却很漂亮，是那种又明朗又精致的漂亮。看到众人，她浅浅一笑，礼貌却淡然。

李诚站在她身旁，将手搭上她的肩头道："这是我女朋友，白安安。"

众人都吃了一惊——李诚生性内敛，这么多年也没见他近过女色，现在却冒出个女朋友，似乎关系还很亲昵。陈北尧和周亚泽脸上都浮现笑容。慕善先开口："欢迎你，请坐。"

白安安感激地看慕善一眼。李诚的手滑下，握住她的手："叫嫂子。"

"嫂子。"白安安乖乖喊道，将李诚的手反握。两人执手在饭桌前坐下。

陈北尧和周李二人的关系，是上下级，更是兄弟伙伴。这几年，还从没出现过今天这样，每人带个女人，共聚一堂的情形。这令男人们既感到温馨，又暗暗有些意气风发。

没过多久，大家都弄清楚了——原来白安安曾是李诚的大学同学，当时两人就有过一段感情，后来因为种种原因分开。现在白安安离开了前男友，重新来找李诚，两人重归于好。

这让大家都明白过来——难怪感觉李诚和白安安之间，似乎又亲密又有些疏离，慕善心头更是感慨——觉得他们跟自己和陈北尧有些相似。不过，白安安之前找了别的男友，李诚却始终孤身一人，令人略微为他有些难过。所以现在他对着白安安，心情也是十分复杂的吧。

事实上，李诚的心情也的确如此。看着阔别多年的恋人，前些天重新出现在自己面前，娇俏美丽一如当年，甚至比过去多了几分成熟妩媚，越发动人，只是眉宇间添了隐隐的哀愁，这份哀愁令他看得到却触不到，心中有些恨，更多的却是怜惜。

吃了饭，三个男人上楼谈事情，女人们则留在客厅。说到慕善今天跟陈北尧领证，白安安又惊讶又羡慕，很真诚地道："恭喜你。"慕善从她的语气里听出真实的艳羡，笑道："李诚是个好男人，你好好珍惜。"

白安安笑笑，点头："嗯，他是很好。"

一旁的Sweet安安静静，慕善看着她道："你跟亚泽呢？"Sweet摇头："嫂子，结婚这种事，好像跟我们不太搭。"

慕善不知道怎么接话，Sweet毕竟年纪小，性格前卫，自己虽然喜欢她的气质性格，却也难免有代沟。过了一会儿，慕善跟白安安聊了起来，聊得深入，竟然颇为投机。两人性格同样坦率爽朗，为人处世也同样成熟不做作，甚至爱好也大半相同。慕善回霖市创业之后，除了叶微侬，还真没遇到另一个知心朋友，一聊之下，很有相见恨晚的感觉。

等陈北尧他们下楼的时候，慕善刚和白安安聊完罗宾•威廉姆斯的音乐，正在聊慕善给企业做项目时的趣事。Sweet在旁边插不上嘴，拿着周亚泽的游戏机埋头苦玩。

三个男人见状颇为惊讶。周亚泽呵呵一笑："李诚，你女人跟嫂子，比跟你还亲热。"李诚微微一笑，走过去在白安安身边坐下。周亚泽笑道："好了，女人们各归各位。老板今晚洞房花烛，我们就不打扰了。"

四人相偕而去，屋内只剩下陈北尧跟慕善。陈北尧将她肩膀一搂："聊得不错？"

慕善点头："李诚眼光真不错。"陈北尧笑道："李诚说他恨不得把白安安的前男友杀了。"慕善微微有些吃惊——想不到沉稳内敛的李诚也会说这么露骨的话。

“他不会真的……”

“不会。”陈北尧望着她，“只是气话。听他说白安安前男友就是个无名小辈，很潦倒。”

“哦。”慕善顿时觉得白安安这个女人也挺不容易。

陈北尧望着她沉静的容颜，忽然失笑：“幸好。”他心道：幸好你没有过别的男人，否则我也想杀人。

慕善一怔，就明白了他的意思，一拳轻轻打在他肩头：“你也会乱想？”

“嗯，我比李诚运气好。”

两人领证是情之所至，当时跟慕善父母说了一声就敲定了，倒没考虑办酒席之类的琐事。过了几天慕善给家中打电话，父母想五一办酒席，慕善没有异议。陈北尧直接吩咐秘书安排一切事项。慕善回自己公司上班，每天关心一下婚礼进度，日子过得倒也自在惬意。

一眨眼到了3月间。这段时间慕善跟白安安倒走得很近。通过慕善，白安安也认识了叶微侬，三人很聊得来，经常一起逛街喝茶。

这天是周末，陈北尧既然致力于白道生意，中午在跟市政府的人吃饭。慕善跟白安安相约去南城一家新开的商场逛街买衣服，四名保镖跟着。

其实现在风平浪静，丁珩又不会对慕善下手，所以慕善出入其实很平安。但陈北尧执意要派人，只令女人们逛街也不自在。李诚刚与白安安团聚，也是关心则乱，四个保镖里有两个就是他安排的。

两个女人同样艳丽动人，站在商场橱柜前简直光芒四射。白安安虽然长得漂亮，却明显不太会搭配衣服。慕善给她挑了两身，一换上果然气质更加出众。白安安又感激又羡慕，直说要请慕善吃饭。两人又逛了一阵，慕善给陈北尧挑了两身衣服，想到他必然惊喜，心头甜蜜，转头问白安安：“你要给李诚买吗？”

白安安想了想，还是摇摇头。她的神色有些怔怔的，忽然问：“慕姐姐，其实我一直想问你，你这么好，老板他也很好……但他始终是国内有名的黑老大，你……”

她欲言又止，慕善却明白她的意思。两人相交已有数日，慕善能感觉出她是一个正直率真的女孩。她想问的是，既然你跟我一样，眼里揉不得沙子，为什么会留在陈北尧身边，成为黑老大的女人？

她想问这话，反而令慕善更加欣赏她。慕善想了想，却只能叹息：“岂能尽如人意？”

“但求无愧我心。”白安安接道。两人都看到对方眼中的无奈，其他的，已经无须多言。

有了这个话题和心境，两人感觉关系更近了一步。买好衣服，两人乘电梯往下一层。四名保镖隔着几步的距离，在她们前后方分布着。

慕善想到一事，转头问白安安：“你不是说现在没找工作？要不要来我的公司上班？”

白安安却正转头看着电梯扶手上方的白色金属墙壁，似乎在发呆，竟然没听见她的话。慕善拍了拍她的肩膀，她浑身一颤，这才转头看着慕善。

“慕姐……”她的目光警惕中带着惊恐，与之前的淡定爽朗判若两人，“有人跟着我们。”

慕善心里咯噔一下，压低声音道：“谁？”白安安不答。慕善转头想叫保镖，白安安却一把拉住她的胳膊：“没用的，他们不是对手。”

她抓住慕善这一下手劲竟然很大，令慕善隐隐疼痛。慕善皱眉，挥开她的手：“到底怎么回事？”

白安安目露歉疚，很快换上坚毅神色：“慕姐，他们是冲我来的，你不会有事。一下电梯，不管发生什么，你也别管我。麻烦你替我告诉李诚，对不起。”

慕善一震，知道多说无益，只能点头。就在这时，两阵铃声同时响起。慕善和白安安对视一眼，都接起包中电话。

"你在哪里？我马上过来。我收到消息……他的人来了。"李诚在电话中的语气是少见的焦急。白安安的手握紧电话："李诚，这事跟你无关，你……别管了。"

那头，慕善听到陈北尧清冷的声音问："在哪儿？"

"南城新世界百货。"慕善答道，"老公，安安说有人跟着我们……"

陈北尧几乎毫不停顿地道："不管发生什么，不要管白安安，保护好自己。我已经派人过来。离开商场，那是林鱼的地盘，他的车在下面接你。"

慕善"嗯"了一声，挂了电话抬头。不知道是错觉还是敏感，她看到电梯下方站着五六个男人，似乎有些异样。他们站在那里，好像看着这边，又好像看着其他地方。她一回头，看到电梯上方，可因为地势原因，什么也看不到。

"上面也有人。"白安安头也不回，低声道。

慕善不知道发生了什么事，但不忍心看她一人涉险。只是陈北尧那么嘱咐，她知道事态严重，只能沉默。

前方的两名保镖当然也察觉到不对劲，转头看一眼慕善和白安安。尽管他们一动不动，站在电梯密集的人群里，浑身上下却似乎充满蓄势待发的力量。

电梯笔直向下。

慕善和白安安的脚同时下地。

几乎是同一时刻，原本散布在电梯旁的几个男人一下子围了上来，将两人围在中间。慕善的四名保镖见状不妙，走过来低喝道："干什么？"其中一名保镖闪身就往包围圈中钻，却被两个男人扭住胳膊。那名保镖身手也不弱，一拳将其中一人打倒在地。然而敌众我寡，又上来两个男人，一下子将他扣住。

突如其来的斗殴，令周围所有人侧目，电梯口也被堵得水泄不通。眼见十来个黑衣男人扭打在一起，白安安咬咬牙，拉住慕善拔腿就跑。她跑得很快，慕善几乎跟不上。

一转眼两人就跑得离战团很远。

刚到拐角处，白安安忽然急停，慕善一时刹不住，差点撞上她。抬头却见她脸色煞白，一动不动。

正前方，零散的顾客正在穿行。一个年轻男人站在距离两人两米远的地方。他穿着一丝不苟的黑西装，长相硬朗端正，语气恭敬，脸上却没什么表情。

他身后还站着两三个同样沉肃的男人。

“嫂子。”他看着白安安，“老板让我来接你。”

与此同时，陈北尧微蹙着眉，坐在一辆车子的后排。虽然担心慕善的安危，但他还是冷静地告诉自己，不会有事的。

那人就算权势滔天，与自己无冤无仇的，大家都是生意为上，利益为重，那人只为白安安而来，自然没必要在他的地盘动他的女人。

而且南城老大林鱼已经来了电话，他的人堵住了整间百货，去接慕善。陈北尧知道，他的承诺，比任何人都可靠。

前排车门打开，刚刚赶到的周亚泽坐了进来。陈北尧命令司机立刻往南城疾驰，同时淡淡道：“亚泽，我身边有内鬼。”

Chapter 12

我不愿让你一个人，一个人在人海浮沉。
我不愿你独自走过，风雨的时分。

五月天《我不愿让你一个人》

明亮热闹的商场，人来人往。白安安、慕善与那几个男人的沉默对峙，暂时没引起旁人的注意。

“你先走。”白安安一步跨到慕善面前，沉声道。

这样的白安安，令慕善觉得有点陌生，小女人的一面全部不见，只余破釜沉舟的冷静，隐隐有不输男人的力量。

慕善有些不忍心，然而几乎是立刻作了决断，转身就走。她走得并不是很快，因为如果那些男人不放过她们，她再快也走不了。刚走了几步，猛地听到身后几声闷响。她转头一看，刚才的男人中，有一个已经捂着肚子倒在地上，另外两个矫健的身影沿着前方走道飞奔！

“站住！”其中一人大吼一声，而他们前方十几米的人群里，白安安俏丽的身姿一闪而过。

这样的白安安，深不可测。

慕善身后，两个保镖冲上来，将她护在身旁，另外两个保镖看着白安安逃跑的方向，立刻追了过去。三拨人你追我赶，大都衣冠楚楚，引得许多人回头张望。远远望去，只见几个身影在人流中快速穿梭，一眨眼工夫就消失在视线尽头。

慕善忧心忡忡地跟着保镖下楼，刚出大厦门口，就看到几辆车停着，黑压压站了一群人。林鱼站在一辆别克车前，身后站着二十多个面色不善的年轻人。陈北尧和周亚泽也在，他们身后的人个个西装革履，神色肃穆，却比林鱼那些混混看起来还要瘆人。

光天化日，这架势实在少见。门口的商场保安也都小心翼翼，站得很远，很多进出的顾客也绕到更远的门进出，甚至还有人偷偷拿出手机偷拍，但周亚泽手下很快有人走过去，夺了手机，什么也不用说，已经把对方吓得屁滚尿流。

慕善走过去，陈北尧上前一把将她搂进怀里，送到车里，然后朝林鱼点点头，自己也钻进车里。

门口的人迅速散了，几辆车朝不同的方向开去。陈北尧一手揽着慕善的腰，另一只手抓住她的手，侧头在她长发上一吻："没事。"

慕善倒没有太慌，比起金三角的惊心动魄，今天实在不算什么，可她心头疑云重重，问道："究竟怎么回事？"

前排的周亚泽嚼着口香糖转头："嫂子，我们被李诚这小子耍了。"

这个慕善心里已经有了预感：刚才的男人们叫白安安嫂子，而陈北尧在自己的地盘竟然什么也不管，甚至不派人去帮白安安——她是李诚的女人啊！可见白安安所谓的"前男友"，根本不是简单人物。

"他是谁？"慕善问。

周亚泽看她一眼，似乎对她敏锐地抓住关键问题有点意外，又有点赞赏。

"张痕天。"陈北尧沉声道。

"那是什么人？"慕善对大陆黑道知道的其实不多，也没有刻意了解。

"前辈！"周亚泽叹道。

陈北尧拿过一瓶水拧开递给慕善，淡淡道："他算得上大陆教父，人很低调，势力主要在东北、华中、华东，所以你没听过。"

周亚泽插嘴道："白安安居然是他的女人，还跑了，他的人才追到霖市。刚刚我们接到电话，他的人给我们打招呼了。看不出来吧？"

"看不出。"慕善心头微震，难怪白安安会露出那样的神情，问她为什么会跟陈北尧在一起——原来她们是一类人。慕善心头涌起怜惜，忽然又觉得不对——陈北尧视李诚如手足，白安安看起来跟李诚也有感情，就算陈北尧趋利避害，也不至于对白安安不闻不问，而且李诚今天怎么没在？

"如果她被张痕天抓回去，李诚怎么办？"慕善问。

周亚泽笑了："嫂子就是嫂子，每个问题都切中要害。诚哥……呵呵，我们没叫他。"

陈北尧却没笑，漆黑的眸中有淡淡的冷意，他道："回去再说。"

回到家中，慕善先去洗澡。她围着浴巾出来时，陈北尧正站在窗前抽烟。他沉着脸，颀长身姿显得有些难以接近的孤傲落寞。

自金三角回来后，他已经很少抽烟了，可今天慕善洗澡短短二十分钟，桌上的烟灰缸已经戳了好几个烟头。慕善知道他心中有事，走过去，想要取下烟头，他却偏头避开，然后单手取下烟，夹在指间却不扔掉。他看着她，声音中带了歉意："让我抽一会儿。"

"嗯。"慕善转身打算去穿衣服。她知道他遇到大事，也需要时间冷静，可刚转身，腰间一紧，已被他大手揽住，带入怀里。光影一闪，他的脸已经凑近，带着烟味的唇舌，重重吻上来。

他扣着她腰身的手依然温柔，他的脸色也很平静，可慕善却从这个略显热烈的吻里感觉到他某种需要发泄的情绪。

"怎么了？"她的手摸上他的脸。他在窗前站了很久，脸上冰凉凉的。

她的温柔怀抱，似乎令他压抑的情绪很快平静下来。他在床边坐下，将她拉过来放在大腿上，深深嗅了嗅她的气息，这才淡淡道："李诚是内鬼。"

慕善震惊，猛地抬头看着他的脸。可他的神色极为平静笃定，令她明白他的话已经有了十足的把握。

她抓紧他的手："可是他……他不是……"

陈北尧点点头："他救过我的命。上次我被吕兆言和丁珩联手暗算，如果不是他帮我挡枪，我当时就死了。他还帮我杀过人，我杀过的每个人，他也知道；我千亿资产从他手头过，他没拿过一分。"他极淡地笑了，"他为我连命都可以不要，这么一个人，却是内鬼。"

慕善听得掌心阵阵冒汗，只觉得心仿佛重重沉到谷底。

"你确定？"她颤声问。

陈北尧神色极冷，目光仿佛看着极远的地方："以前我就一直觉得哪里不太对劲，只是不明确，上次你说误拨给丁珩的电话提醒了我。善善，不可能有那么巧的事，丁珩本来是要死的。我的病房，只有你、周亚泽、李诚可以自由进出。李诚当时就躺在隔壁病房。"

"你怀疑是他拨出去的这个电话？"慕善心头巨震，又觉得合理——李诚大概也知道，只有慕善的电话才能引起丁珩的注意。至于时间为什么卡得那么准——只怕那天丁珩遇袭的农家乐，也有丁珩的人。

陈北尧点头："不止这一次。上次整垮榕泰，我安排李诚处理丁珩。丁珩被灌了海洛因，却恰好被警察发现救活。两件事联系在一起，应该都是李诚做的。"

慕善一怔。她所知道的他布局杀人，就这两次。现在他终于在她面前毫不遮掩地谈及，令她忽然有点不舒服。可她能说什么呢？她已经决定跟他在一起。但要让她跟他一样，轻描淡写谈及那些犯罪，实在太难。

她的脸色略有些冷，心头却是无奈。陈北尧将她的神色尽收眼底，沉默片刻，柔声道："老婆，这些已经过去了，今后我不会再做任何犯法的事。"

在这一瞬间，慕善心里有个声音在问——那么过去的事呢？过去的事可以抹杀吗？她仿佛看到自己心头有一片黑色的阴云，她立刻收敛心神，不去想这些，注意力重新回到眼前棘手的李诚上。

“李诚是丁珩的人？”慕善问，可话一出口又觉得不对。丁默言死那天，李诚也在现场。如果是丁家的人，早该通风报信，那样陈北尧早就完了。

可霖市没有其他敌对势力了，也不可能是张痕天的人——李诚自己还跟白安安纠缠不清呢。

如果黑道势力没有可能，那么只有一种可能……

陈北尧轻轻一笑，似乎有点自嘲，他淡淡道：“老婆，我竟然在自己眼皮底下，养了个警察。”

“可是……”慕善迟疑——陈北尧不贩毒，黄业和赌业也只涉及高端人群，影响面并不广，而且霖市的警察关系他打点得很好，怎么可能几年前就引起警察的注意？又是哪里的警察？

“应该是省公安厅的人。”陈北尧语气极冷，“某个打黑专案组，受中央直接领导。我花了些精力，只了解到很少的消息——这个专案组，大概在不少黑老大身边都安排了人。”

慕善一把抓住陈北尧的手：“你、你怎么办？”如果真的是李诚，陈北尧所有的犯罪证据，只怕都尽在掌握。

陈北尧沉默片刻，才微笑道：“别担心，我了解李诚，我有办法。”

正在这时，陈北尧手机响了。他接起来，听完之后，只低声说了句：“我知道了。”然后挂了电话，起身松开慕善道，“白安安逃掉了，张痕天的人没抓到她。”

慕善心头万般疑惑：白安安是什么人？也是警察吗？她显然跟张痕天关系亲密。陈北尧打算怎么处理李诚？会杀了他吗？她诚然不想让他杀人，尤其对方还是警察，可这次关系到他的身家性命！

她站起来，只说了一句：“你……保护好自己。”

陈北尧微笑着摸她的脸，落下轻轻一吻道：“放心，我答应过你的事，决不食言。”

他在这时还记挂着承诺，显然是真正放在了心里。慕善心中感动，点点头。

陈北尧离开别墅，很快与周亚泽会合。此时夜色已深，两人带着最精锐、最不要命的二十个手下，驱车直往郊区。几辆车开到郊县的一个收费站附近便安静熄火，停靠在高速入口旁的黑暗小道上。

周亚泽一直警惕地看着来路，手指一下下敲着方向盘。后排的陈北尧淡淡道："慌了？"周亚泽重重"哼"了一声道："为什么不直接做掉他？"

陈北尧冷笑："他跟我这么多年，要整我们早整了，何必等到现在？证据都在他手里，也许早就交给了公安厅，杀了他也于事无补。"

陈北尧想得很清楚。虽然他一直对几个心腹互有制衡，有些事周亚泽和李诚互不知晓，但李诚舍身救过他后，他确实给李诚的权限更大，所以几件要害的事李诚还是知道得清清楚楚，这令他防不胜防。可李诚是警察，又肯为他而死——这令他心头感觉复杂，又隐隐明白这一点很值得利用。

"你的意思是他还念着旧情？"

"对。"陈北尧微眯着眼，淡淡道，"李诚重感情，我就是要让他盛情难却。"

像是要响应他的话，后方公路尽头，一辆黑色别克小轿车在夜色中安安静静驶来。陈北尧与周亚泽对视一眼，等了一会儿。等小车缓缓开进收费站甬道，两人打开车门走下来。

同时下车的还有两人的精干手下。而收费站内外七八辆车同时启动，将那辆小车团团围住。那辆小车见状猛地掉头，可来路已封，哪里还闯得过去。

陈北尧和周亚泽也不急，各自点了根烟，靠在车门上，安安静静地等着。过了一会儿，只见那小车车门开了，下来个人。稀疏的月色下，那人身材高大，眉目端正，正是李诚。

他走到陈北尧面前，点头："老板，你们怎么来了？"

陈北尧还没说话，周亚泽先道："你不是要回老家几天吗？我们来送你。"

陈北尧抬头看着李诚，沉默不语。这沉默令李诚额头冒起阵阵冷汗，天生的警惕感令他感觉到事态有点不对劲。

"我都知道了。"陈北尧淡淡道，同时拍了拍周亚泽的肩膀。周亚泽不太高兴地走到后备厢，提出个箱子，交到陈北尧手里。

陈北尧把箱子往车前盖上一放，打开，整整齐齐全是一沓沓的钱。他合上箱子，丢给李诚。李诚接过抱在怀里，面色微惊。

陈北尧静静道："这些钱你拿着，跟白安安跑路。张痕天有任何事，我替你挡着。"

李诚讷讷不能言。陈北尧又低笑道："我一直把你当兄弟，这条命也是你救的。你哪天想要，随时可以拿走。只记得提前打声招呼，让我安置好你嫂子，你知道她是无辜的。"

李诚的脸难得地涨得通红，又羞愧又感动，沉默半晌，只是重重点头："老板……你保重。"说完缓缓转身，迈着沉重的步子，回到车上。

周亚泽挥了挥手，两旁的车辆全部让开放行。看着小车在夜色中绝尘而去，周亚泽叹了口气道："你不会真的等他回来抓你吧？"

陈北尧望着小车消失的方向，沉默不语。

陈北尧回到家里时，慕善还没睡，躺在床上，睁着双大眼睛，担忧地望着他。陈北尧心头失笑，抱着她缠绵亲吻了一阵，才去洗澡。

慕善听着浴室里哗哗的水声，心头自嘲——她现在真的像个教父的女人了，开始为他担惊受怕。可这次事态太严重，她真的怕哪天早上起来，他就被警察带走。

陈北尧洗了澡出来，见她还没睡，知道她的心思，有点心疼。他摸上床，从后面抱住她，柔声道："别担心，我会处理的。"

慕善不明白到这个时候，他为什么还可以这样镇定。可陈北尧像是执意要令她没有心思想其他的，又像是为了表明真的不要紧，大手探入睡裙，翻身压了上来。

过了一阵，慕善额头一阵细汗，松松软软地伏在他的胸口，又好气又好笑：“都什么时候了，你倒有闲心。”

陈北尧双手枕在脑后，淡淡一笑，声音低柔：“老婆，我们该要孩子了。”

慕善听到心头一荡，刚泛起甜意，忽然又觉得不安——隐隐约约冒出个念头，他是怕前路不明，所以想先要上孩子，避免不测吗？想到这里，她双手捧住他的脸：“答应我，不管有什么事，不许瞒我。”

陈北尧看她一阵，轻轻点头。两人紧紧相拥，昏昏欲睡。

不知过了多久，猛地响起一阵手机铃声。陈北尧单手搂着慕善，摸到台灯打开，拿起手机接起。

电话那头的周亚泽声音有点怪。

“老大，李诚死了。”

陈北尧静了片刻，坐起来，声音严厉：“张痕天？”

周亚泽答：“应该是。我刚收到消息，他们的车掉落悬崖，现在警察已经封了路。东城王队说现场有枪击痕迹，只有男尸，白安安应该被张痕天带走了。”

挂了电话，陈北尧看到慕善也坐了起来，抱着双膝，大眼惺忪。夜晚很安静，周亚泽的声音她也听得七七八八。

陈北尧第一反应却是柔声解释：“不是我做的，我给了他一笔钱让他走。我已经答应你不杀人，而且杀了他对我没好处。”

慕善如何不明白这个道理？李诚背后肯定还有人，如果真的想对付陈北尧，李诚死了，对方动机会更强烈。陈北尧刻意安抚李诚，其实是最好的做法。

可现在李诚被张痕天杀了，对陈北尧到底是好是坏呢？说不定……陈北尧运气好，李诚还没把证据交给其他人，他能就此逃脱吗？想到这里，她略微安心。

“你打算怎么办？”慕善问。

陈北尧点了根烟，淡淡道：“静观其变。”

慕善又想起白安安，心头微痛。不知为何，白安安总令她觉得感同身受。她问：“白安安会有事吗？”

陈北尧想了想道：“如果张痕天要杀她，不可能让她活到现在，你不用太担心。”

慕善闻言却心头一沉——白安安跟李诚关系密切，很可能也是个警察，并且真心相爱。可她又被人称为“嫂子”，显然跟张痕天已经有了夫妻之实。现在被抓回去，只怕生不如死。

在慕善提心吊胆、陈北尧和周亚泽也万般警惕的这段日子里，一切却风平浪静。没有警察上门，张痕天的人也再没出现过。可陈北尧知道，越是有大的变故，之前越是平静。他开始瞒着慕善，让周亚泽去办三人去国外的签证，以备不时之需。与慕善的婚期，却对她父母找了个理由，推迟到下半年。

时间一晃到了5月，慕善的肚子还没有动静。这天，陈北尧带着慕善去参加一个饭局。饭局是本市商会会长安排的，主管金融的副市长也会到，陈北尧自然要去。

这天天气晴好，陈北尧搂着慕善，沿酒店的旋转楼梯拾级而上。多日的平静，也令两人渐渐重拾新婚的甜蜜心情。

楼梯不仅是楼梯，还是透明的大鱼缸。蓝色澄澈的水里，一尾尾珍奇的小鱼游来游去，慕善忍不住驻足观看。陈北尧搂着她的腰，不看鱼，只侧头盯着她专注的容颜。她的双颊渐渐晕红，嗔怒地瞪他一眼。他竟不管身边还有人上下，将她扣进怀里，极爱怜地一吻。

“陈老板跟夫人感情真是好。”一道低沉醇厚的声音在头顶响起。

慕善心头微惊，陈北尧的手一紧，不动声色地抬头。只见楼梯上，一名穿着中山装的中年男人静静地负手站在那里。他的身材极为高大，看起来四十来岁，容貌硬朗方正，阔额挺鼻，双眼皮极深，看起来极为精神；温煦的眸仿佛含着笑意，可隐隐又似乎有锐利的光芒。

陈北尧淡笑道："张老板，久违。"

张老板？慕善心头一惊，暗自打量这个声名叱咤大陆的男人，这个曾经把陈北尧视为下一代教父的男人。他不是久居北京吗？怎么会出现在这里？

张痕天却微微一笑，手插进裤兜，转身先行走进了楼上的包房。

陈北尧见状，也笑了，牵着慕善的手，缓缓向上。

"既来之，则安之。"他柔声对慕善道。慕善嘴轻轻一嘶，压低声音道："我讨厌这个人。"陈北尧已经决心洗白，她一点也不想他再接触这种人。

陈北尧如何不明白她的意思，失笑道："好，都随你。"他的语气太宠溺，慕善心头一甜，柔声道："我们不理他，不怕他。"

"好，我们不怕他。"陈北尧抓起她的手指送到嘴边一吻，只觉得温香软玉在怀，真是如她所说，什么也不畏惧，哪怕下一刻身死，他也心甘情愿。

刚走到包间门口，粗略一眼，便见里头极为宽敞，富丽堂皇。饭桌在一侧，众人还没入席，华丽繁复的沙发上，坐了几个人。慕善看到坐在张痕天身边的女人，心头一惊。那人明艳动人，俏丽安静，不正是白安安？

身旁陈北尧已含笑道："周市长，苏会长！"自然而然又看向张痕天，"张先生！"

众人皆笑，互相寒暄客套。陈北尧带着慕善落座。张痕天坐在周副市长右手边，显然身为北京来的全国知名富商，地位极高。他把身旁白安安的腰一搂，笑道："陈先生、陈太太，安安在霖市承蒙你们照顾，一会儿我先敬你们三杯，聊表谢意。"

众人都不知道他们还有这段渊源，都好奇地询问打趣。张痕天滴水不漏地解释一番，目光始终温煦平和，完全不像杀了白安安的情人李诚、将她围追堵截追回去的教父。

事实上，按陈北尧所说，在公众面前，张痕天跟他一样，也是个商人。

男人们仿佛多年未见的知交好友，谈笑间觥筹交错。陈北尧和张痕天更是你来我往，都是一副风度翩翩相见恨晚的模样。慕善一脸矜持笑容坐在他身侧，目光却时不时打量对面的白安安。多日未见，她的容颜依旧美丽，妆容比当初还要精致，可脸色却显得有些苍白。她的神色很冷漠，有人敬酒，张痕天让她回敬酒，她也只是淡淡地端起酒饮了。

只有目光偶尔与慕善对上时，她的神色才有片刻的动容，但也立刻恢复冰冷。

她与这一桌的热络格格不入，在座的谁不是火眼金睛？见状都是不动声色。有人刻意讨好张痕天，笑道："白小姐又年轻又漂亮，与张先生真是郎才女貌。"

白安安跟没听到似的，话都没接一句。张痕天却微微一笑，将她肩膀一搭，语气极为认真："小安安是我的心肝。"众人都哈哈大笑，白安安嘴角扯了扯，眼中隐约闪过讥讽。

这顿饭看似吃得尽兴，男人们还约好下周一起打球。然后周市长还有会，先走了。送走了周市长，陈北尧正要告辞，张痕天却笑了笑："陈老板不急着走，我还有事想跟你谈一谈，请务必赏脸。"

在座的其他几个男人今天只是作陪，都知趣地偕家眷告退。张痕天叫来门口自己的保镖："先送安安下去。"不等保镖动手，白安安霍地站起来，不看任何人，径直下楼去了。

陈北尧转头对慕善道："你先回车上等我。"慕善点点头，两人目光淡然相对，平静移开。

慕善回到车上，坐了一会儿，注意到马路对面同样停着几辆豪车。虽然看不清车中情况，但白安安此刻应该正和她一样，坐在车中等候。今天见到她，慕善仿佛见到前些天被陈北尧禁锢的自己。可自己终是敞开心扉、不计得失地跟陈北尧在一起，白安安和张痕天的关系却似乎是复杂得多。只是各人自扫门前雪，在这些男人的世界里，她还不是跟白安安一样无能为力？只能站在男人身后，随波逐流。

等了有半个小时，才见陈北尧颀长清瘦的身影缓缓下楼。他的神色没什么起伏，上了车，淡淡地对司机道：“开车。”

回到家后，陈北尧先跟周亚泽和其他心腹通了电话，才走进书房。慕善看到他，心头大定，等他开口。

他抱着她坐进沙发里，开门见山：“张痕天想跟我合作，我拒绝了。”

“合作？”慕善疑惑。

“嗯。”陈北尧黑眸微沉，“他无论财力还是势力，都已经是大陆教父，可似乎还想做得更大。”

“他想让你做什么？”慕善有点烦躁。

陈北尧长眉微蹙：“一起做生意。他认为强强联手，更好赚钱。”

“他是想让你跟他混吧？”慕善冷冷道，“这人真不知足。”

陈北尧闻言眉头一展，似乎慕善的话正好解开他心头疑惑。他沉吟片刻道：“你说得对，他为什么不知足呢？我已经收到风声，他之前已经把华南、华中的一些老大归拢了。他很有野心，为什么？”

两人相对无言，却猜不透张痕天的动机。慕善担忧道：“你拒绝了他，他不会对付你吧？”

陈北尧淡笑道：“他要动我也不容易，而且我告诉他，我很快要洗手不干。既然我与世无争，他何必对我动手？”

慕善点头。

话虽如此，这天陈北尧却暗中嘱咐保镖，务必加强防备，尤其是保护好慕善。

这边陈北尧夫妻心灵相通互相怜爱，那边刚刚被拒绝的张痕天正坐在加长轿车的后座上，脸色沉肃。

白安安缩在角落里，尽量跟他隔得很远，他也不在意，自顾自沉思。车子走了一会儿，前排助理转头道：“老板，已经跟丁珩约好，明天下午三点。”

张痕天淡笑着点头道：“一山不容二虎，那就丁珩吧。”心意已定，他也就不再思虑，这才转头，看着神色冰冷的白安安。

“坐过来。”他声音含笑，略有狠意。

白安安极怨恨地看他一眼，声音狠绝：“张痕天，你杀了我吧。”

张痕天声音阴冷：“你是我的心肝，我的女人，我怎么舍得杀你？”

“你这个禽兽!”白安安身手如电，一拳狠狠打过去。张痕天猝不及防，脸上结结实实中了一拳，头被打得狠狠一偏。

“放了我的家人！”白安安打了他，反而又怒又怕。张痕天缓缓转头，脸颊有些红肿：“你的家人就是我的家人，你的父母、弟弟，就是我的父母、弟弟，你怕什么？过来！”

白安安咬着下唇，脸色涨得通红。张痕天头都不抬一下，对前排助理道：“砍掉她弟弟一只手。”助理拿出电话就打，白安安气得浑身发抖，起身就要去夺助理电话。张痕天伸臂将她的腰一捞，抱进怀里。

“老实回答我一个问题，我就不动你弟弟。”他盯着她的双眼。在那双眼里他看到了恨，却没看到他熟悉的爱意，这令他心头越发恼怒。

白安安沉默不动。

“那个警察有没有睡过你？”张痕天一把将她抱起，压在后座上。

白安安忽地笑了。

她的声音有些飘忽：“很多次，他比你强多了。”

张痕天静默片刻，抬头对前排道：“停车，滚下去。”

此时，车子已经开进张痕天在霖市买的别墅，偌大的花园里安安静静的。前排助理和司机闻声立刻熄火，打开车门走下去。后面几辆车见状也全部停下。助理对他们打个手势，全部走开十几步的距离，远远守着。

过了很久，车上的动静才停止。

白安安静静地瘫在后座上，张痕天抓起她的脸，狠狠一吻，这才淡淡道：“那些资料有没有流出去，你不说，我也能查出来。”

白安安坐起来，从地上捡起自己几近破碎的衣物，像木偶一样，缓缓穿上身。张痕天看着她纤细的腰身、漂亮的脸蛋，看着她堪称幼嫩的娇躯上全是与自己欢爱后的痕迹，他忽然叹了口气，笑道：“想不到我竟然为一个国际刑警神魂颠倒。”

这样的情话，令白安安越发心如死灰，又恨又痛。她双手紧紧抓住裙子下摆，关节都捏得发白。张痕天见她因自己情绪波动，反而笑了，推开车门走了出去。

自上次在民政局前见过慕善后，丁珩收敛心神，专心做生意。他虽然不像陈北尧是金融天才，却也擅长房地产和实体经济的商业运作，加之在慕善处受挫，多少令心高气傲的他心有不甘，做事越发果断强势。

几个月时间，他成功将吕氏的毒品生意与正当生意全部剥离，并且利用吕氏一些老臣的野心，让他们独立主导毒品生意，只需在他的监控下，每年上交一定比例的利润即可。

这个举措很快取得成效。原本被他打压的吕氏旧人如鱼得水，致力将毒品生意发扬光大。而他一方面做着幕后主导，另一方面手上只剩白道生意，但同时也控制了吕氏和曾经榕泰的大部分黑道势力。5月的时候，他正式成立新的榕珩集团，宣告与吕氏脱离。

收到张痕天的正式请帖时，丁珩没太在意。他当然听过张痕天的赫赫声名，但他跟陈北尧想的一样，并不觉得自己需要依附张痕天这棵大树，更不想自己的产业被他吞并。在霖市，他也不怕张痕天会把他怎么样，答应见面，只是因为他给这个“大陆教父”面子，见一面就罢。

可丁珩没想到，与张痕天见面的结果，竟出乎自己的预料。

他们约在一间茶社见面。丁珩到的时候，茶社内外已经被清空，只余张痕天的手下。丁珩将自己的人也安排在外围，只身走入包房。

初夏的阳光明媚，张痕天一身青色中式短衫，坐在竹榻上，抬头看到丁珩，微微一笑。他的容貌气质儒雅中透着英武，倒是令丁珩心生好感。同时丁珩注意到，一个年轻女人坐在距离竹塌四五米的窗边，静静看着窗外，容颜清冷似雪。

丁珩不动声色地坐下，张痕天提起刚泡好的工夫茶，替他满上，然后笑道：“久闻丁少大名，果然一表人才。”

丁珩客套两句，话锋一转："张老板今天约我来，想谈什么？"

张痕天目露赞赏："丁少快人快语，我也不兜圈子了。听说现在霖市是丁少和陈北尧二分天下，在整个西南的房地产市场更是竞争激烈。我有意在西南找一个合作伙伴，不知道丁少有没有兴趣？"

丁珩沉默片刻，忽地笑道："陈北尧拒绝了你？"

张痕天眉都没皱一下，点头："嗯，昨天。"

他身为教父，对于自己出师不利却大大方方毫不遮掩，这令丁珩有些刮目相看。不过丁珩不信天上掉馅饼的事，淡笑道："陈北尧这么精的人，他会拒绝的事，为什么你觉得我会答应？"

这语气并不客气，张痕天心头微怒，面上却不动声色，端起茶杯微抿一口，笑道："起初我也不信。他说要洗手不干，听说是想陪慕善小姐过安稳生活。"他看着丁珩眸色略冷，知道自己正好戳中他的痛处，继续笑道，"慕善小姐的确魅力很大，竟然让西南猛虎陈北尧拒绝送上门的好处。"

丁珩双眸微眯，暗光流转，似是讥讽，又似在思考。张痕天见好就收，缓缓道："不过相比之下，我更倾向于与你合作。陈北尧已经没有了斗志，你不同，你有杀父之仇、夺妻之恨。我喜欢心里有恨的人，才干得成大事。你跟我联手，有我支持，霖市老大的位置自然是你的。杀了陈北尧，你大仇得报，慕善也是你的，如何？"

他句句话直戳丁珩要害，以为丁珩必被自己所激。没料到丁珩神色依旧平静含笑，看起来没有丝毫的情绪波动。

这令张痕天对这个年轻人也略有些欣赏。他听说之前丁珩栽在陈北尧手上几次，今天一见，他觉得丁珩并不一定输给陈北尧，这令他与丁珩合作的意愿变得越发强烈。

"你要什么？"丁珩静静地问。

张痕天微微一笑："我的钱已经足够多，你的产业我不会碰，大陆其他区域，我还能为你的毒品和生意护航。我长你几岁，如果你不介意，可以喊我一声大哥，今后我在西南地区的生意，你多加照拂。当然，大哥有什么事，也要你的人马鼎力相助。”

一席话说得滴水不漏，丁珩思索片刻道：“你说帮我在霖市斗垮陈北尧，打算怎么下手？”

他问这话时，坐在窗前的白安安忽然转头看过来，低声骂道：“无耻！”

丁珩淡淡地看白安安一眼，却看到张痕天似乎毫不生气，只是看了白安安一眼，对丁珩笑道：“小姑娘脾气大，不用管她。我办事喜欢简单明了，擒贼先擒王，陈北尧我来处理。”

丁珩沉默片刻，点头道：“我需要几天时间考虑。”

张痕天停留在霖市，无疑令霖市黑白两道都肃然起敬、小心旁观。可这些天股市却大红，陈北尧赚得锅瓢满盈。周亚泽不懂股市，被陈北尧丢去房地产事业部历练，一段时间下来竟然不负众望，从临近几个县市拿到几块好地。周亚泽直嚷找到了事业的第二春，让手下的小子们全部学习房地产知识，倒也人人欢喜，只不过过程中他偶尔会忍不住动用暴力手段。陈北尧知道他本性难改，刹车也需要缓冲时间，只嘱咐他不要过头。

过了几天，周亚泽却收到消息，第一时间通知陈北尧——陆续有几条过江龙会来霖市。

“听说是丁珩找来的杀手。”周亚泽恨恨道，“大概是最近几笔房地产生意输给我，这小子急了。我说老大，在金三角那么好的机会，你怎么不趁机干掉他？”

陈北尧接到他这个电话时，正倚在浴室门口，看着朦胧水雾里慕善又羞又怒的神色和玉一般白皙柔滑的娇躯，听到周亚泽的质疑，他暗想——丁珩一条命，怎么比得上她的一个笑容？不过，这话不能对周亚泽说。他离开浴室走到窗前，淡淡道：“也不一定是丁珩。”有慕善的缘故，丁珩也一样，不会这么明目张胆地对自己动手。

周亚泽不明就里，但陈北尧说他就信，在那边点头道：“也许是张痕天。”

陈北尧想了想道："这些天盯紧点，别出事。"

接下来几天，果然如周亚泽所说，发生了几次暗杀事件。一次是有人在陈北尧车驾停靠在红灯时，忽然冲过来拔枪就射。经历过数次风波，陈北尧的保镖们也算国内顶尖水平，没等那人开枪，一枪将他的枪打掉，然后将他绑进后备厢；还有一次是陈北尧的车被发现装了炸弹，但因为每天开车前保镖都会仔细检查，提前就发现了。

这两三个过江龙的杀手，都被周亚泽让人挑断手筋脚筋，扔出了霖市。周亚泽直说放虎归山留后患，可陈北尧却淡淡道："我答应过你嫂子不杀人。"周亚泽这才相信陈北尧是真的狠下心要洗白——这要换成以前，陈北尧有仇必报、性格阴冷，还不把人切成一块一块的？

这几次袭击事件后，又过了几天风平浪静的日子。但陈北尧虽然想洗手，却不是坐以待毙的人。他与心腹们商议之后，决意必须下狠手，在不撕破脸的前提下，让对手知难而退。

陈北尧暗中收购张痕天控股集团的股份，让他的股价狠狠跌了三天，然后给张痕天去了电话，说手下不懂事，买了张氏的股份炒着玩。张痕天笑笑，说那点钱九牛一毛不足挂齿，反而夸陈北尧英雄出少年，再次表达希望陈北尧与他结盟的意愿，似乎暗杀完全跟他没有关系。

陈北尧又联络了泰国的君穆凌将军。自上次交锋后，陈北尧反而跟君穆凌一直有联系，加之陈北尧在香港结识的叔父辈老大跟君穆凌也有交往，君穆凌勒索四十六亿美元，还是有些理亏。所以陈北尧开口，君穆凌满口答应。过了几天，吕氏在国内的毒品生意就接连出事，亏了一大笔。陈北尧自然不屑于给丁珩电话，只是通过君穆凌的人警告丁珩。

大概没料到陈北尧的报复来得又快又狠，还不靠暴力暗杀，全用经济手段惩戒，在之后的几个星期，张痕天和丁珩都没有什么动作，张痕天甚至还向全国商会推荐陈北尧为副会长，陈北尧婉拒了。双方似乎达成默契，就此井水不犯河水。

这些暗中较量慕善都不知情。陈北尧自有主意，把她宠得密不透风。慕善的日子每一天都是甜的，浑不知这数日间，陈北尧已无声击退了数拨敌人。

很多年后，慕善想起这段日子，忍不住会假设——如果她知道当时情势这么艰险，如果她能料到结局，会不会提出跟陈北尧去国外避一避呢？又或者是会沉默不语，让一切都得到应有的结果？

这晚，陈北尧回到家中，对慕善道：“老婆，李诚没死。”

他的语气又缓又淡，于慕善却仿若平地惊雷。李诚没死？前些天传出他的死讯后，一直没有其他动静，慕善还侥幸地想，虽然李诚死得可惜，但对陈北尧来说，这个隐患也许就此消除。谁料到陈北尧现在却说，他没死。

慕善稍一推想，就能猜出，只怕上次李诚和白安安逃亡时遭到伏击，便假死蒙骗其他人。李诚应该已经获得他背后力量的支持，所以才能死里逃生。

“他找你了？”慕善问。

陈北尧见她神色，知道她已猜出大概，摸摸她的长发以示赞许。

慕善闻言，心头升起一丝希望——也许李诚的心还向着陈北尧。

陈北尧继续道：“他约我明天见面。”言下之意，却是要先见他一面，静观其变，一探虚实。慕善沉默片刻道：“不管发生什么，别瞒我。”

陈北尧神色认真地点头，算是答应了。其实之前发生的暗杀事件，他不告诉慕善，并不是刻意隐瞒，而是她知道了也起不到作用，反而徒增担忧。况且之前的事，在他看来更像是对方的试探，算不得大事。

今天则不同了，他对慕善情真意切，心灵相通，真的遇到大事，譬如杀手的来历、譬如李诚的死活，反而不愿瞒她。

慕善今天精神极度紧张，加之刚才又与他缠绵一番，很快体力不支，晚饭也不吃就睡了。陈北尧望着她在自己怀里长眉舒展，嘴角微扬，显然睡得极为安心。他心头一阵激荡，思绪万千。

他少年丧父丧母，对于仇杀已经司空见惯。这次猜测是被张痕天和丁珩联手暗算，他心头的怒恨竟然不像以前阴沉强烈，反而想，如果不早日洗手，总会有麻烦找上门。如果再牵连到慕善，十个陈北尧张痕天加上丁珩都补不回来。思虑之间，出国暂避几年的想法更坚定了。

第二天一早，陈北尧下楼，便看到周亚泽一脸警惕地迎上来。两人坐上车，周亚泽沉默片刻问：“万一那小子设埋伏怎么办？”

陈北尧却微微一笑：“他如果真的要抓我，直接带人上门。亚泽，警察不需要畏首畏尾。”

周亚泽一想也是，难得地叹了口气道：“李诚这小子到底想怎么样？”

与李诚约定会面的地点在城郊一间茶社。

虽然觉得他不会设伏，周亚泽还是调来人手放在外围，伺机而动。陈北尧却处之淡然，缓缓踏入茶社。

初夏的微风轻轻拂过，茶社外墙爬满绿藤，只消望上一眼，就令人心头升起沁爽的凉意。偌大的茶社，此时竟然一个人影也不见。陈周二人又往里走了几步，才见靠窗的雅座上，一个年轻男人持杯而饮。他衬衣笔挺，容貌俊朗，虽比前些天清瘦了几分，可那熟悉的容貌，不是死而复生的李诚又是谁？

听到脚步声，李诚也抬头，看到两人，他立刻站起来，神色却似有些凝滞，似乎不知该如何跟陈北尧打招呼。

却是陈北尧先出声，声音一如既往地沉静有力：“阿诚。”

一旁的周亚泽咧嘴一笑：“诚哥！”

李诚也笑了，但那句“老板”抑或是“老大”，无论如何不能喊出口，只能直呼姓名：“北尧，亚泽，很高兴你们肯来。”

周亚泽闻言心里暗骂他虚伪。陈北尧则微微一笑：“我不能不来。”

这话说得似有深意，李诚和周亚泽同时一怔，忍不住对望一眼，仿佛又回到昔日，三人共同进退配合默契的日子。周亚泽瞧着李诚，似笑非笑，李诚却目光坦诚明亮。周亚泽嘿嘿一笑，移开目光。

李诚提壶为两人满上清茶，道：“马来的女杀手已经移交国际刑警亚太总部，他们向你致谢。”

陈北尧点点头，话锋一转：“白安安还在张痕天手上，你没救她出来？”

李诚大概没料到陈北尧会说这个，一怔之后，眼神明显黯淡：“会救出来的。”

他这么说，陈北尧和周亚泽心里都有了计较——看来省公安厅暂时还不想动张痕天，否则李诚身为警务人员被张痕天伏击，现在却任由白安安被张痕天软禁？

果然，李诚收起些许悲伤神色，沉声道：“我今天来，是想谈谈你们的事。”

他的语气明显有些变化，“你们”的称呼一下子划清了敌我界限。周亚泽闻言“哼”了一声，陈北尧不动声色。

又听李诚不急不缓道：“这五年来的犯罪证据，我已经全部移交省公安厅……”他的话刚说到这里，周亚泽心头已经冒火，冷冷道：“犯罪证据？你跟了老大五年，他什么为人你不清楚？他妈的毒品不肯沾，杀的人总共不过那几个，还是被人欺负到头上才动的手。你当初说过什么？你说全中国大概只有咱们老大，夜总会两百个小姐，没有一个是被迫的，现在你跟老子说犯罪证据？”

“亚泽！”陈北尧冷着脸低喝一声，“让他说完。”

李诚正色道：“是，我还说过，如果全中国的黑老大都像老板这样做事，这个社会会有秩序很多。”陈北尧眉目不动，周亚泽一怔，又听他继续道，“这是我对公安厅厅长说的。”

“老板，亚泽，”李诚真诚道，“我们不是你们想的那样食古不化。厅长常说，你对全省经济发展有重大贡献，涉黑可惜了。”

周亚泽笑了：“怎么？这么说你那位厅长大人要放过我们了？”

陈北尧看他一眼，淡淡道：“段厅长是经济学和犯罪学双科硕士，他有什么高见？”

李诚顿了顿，缓缓道：“老板，段厅长虽然欣赏你，但也是个很有原则的人。杀人始终是犯法的。霖市黑势力沉疴已久，省公安厅下定决心铲除，并且已经得到北京的支持。”

这话相当于他终于表明态度，陈北尧和周亚泽都是一静。周亚泽心头冷笑，开口道：“铲除？哈哈！那今天还谈什么？”

其实来之前，陈北尧和周亚泽都料到李诚肯定有所图谋，否则还见什么面？但现在听他亲口说出他们犯法，周亚泽心头还是很有气。

陈北尧却极为沉静，端起茶喝了一口，静待李诚继续。果然，李诚又提起壶，不卑不亢地给陈北尧满上，然后道：“情况比较复杂。”他抬头直视陈北尧，目光锐利明亮，“老板，只要你愿意做污点证人，我可以为你……争取减刑。”

周亚泽一愣，哈哈大笑。连陈北尧都冷冷地笑了：“谁的污点证人？”

李诚一字一句吐出那个令他恨之入骨的名字：“张——痕——天。”

陈北尧沉默不语。周亚泽讽刺道：“我们跟张痕天井水不犯河水，污点？污点个屁！哦……你知道张痕天想跟我们合作，让我们当你的卧底？李诚，你够狠的啊！我们有几条命去玩张痕天？嗯？”

眼见周亚泽已经动怒，陈北尧抬手拍了拍他的肩膀，示意他冷静，然后他看向李诚：“这是你的主意，还是你们厅长的？”

“都不是。这是我们配合国际刑警亚太总部的行动。”李诚眼中闪过一丝阴霾，“张痕天也嚣张不了多久——国际刑警手上的证据足以判他死刑。”

他这么说，陈北尧和周亚泽都有些意外。既然已经有证据，还需要什么污点证人？

李诚静了片刻，似乎才能暂时压下对张痕天的恨意，维持头脑冷静。他条理分明地将来龙去脉全盘告诉了两人。

原来白安安和李诚是警校同学，早就互生情愫，只是毕业后一个当了国际刑警，一个留在省公安厅。工作一两年后，又各自成为卧底。不同的是，李诚当时通过陈北尧进入榕泰，原意是要收集丁氏父子的犯罪证据，而白安安则混到了张痕天手下。

后来的发展也不是两人所能够控制的。陈北尧一夜翻身，李诚也一跃成为霖市老大的左右手，而白安安的运气却没那么好。

“张痕天强暴了她，并且强迫她做他的情妇。”李诚说到这里时，语气冰冷，脸色阴沉。

周亚泽心头冷笑，陈北尧不动声色，两人心里都在想，看白安安对张痕天的态度也不是完全不愿意，只不过李诚不肯信而已。

然而出乎他们意料，张痕天之所以是国际刑警的重点关注对象，是因为他的罪跟陈北尧等人根本不是一个层次。

“他贩卖军火，支持国内和国际恐怖分子。”李诚道，“安安已经掌握了他的犯罪证据，交给了亚太总部。但几天后，就被张痕天发现了。”

陈北尧和周亚泽听到，心下了然。大概也只有枕边人，才能掌握详细的犯罪证据。

李诚又简要说了后续缘由。原来张痕天势力太大，亚太总部也有人被他收买，这导致白安安交回证据的第二天就被张痕天发现了身份。白安安潜逃离开，却差点被约定好来接应她的国际刑警俘虏——那也是张痕天暗中安排的。白安安没办法，千里迢迢从北京来到西南霖市，投靠李诚，同时试图与总部其他高层联络。只是这时亚太总部也乱成一团，有人企图偷走张痕天的犯罪证据。白安安的直属长官——一名警方高官被暗杀，所以白安安一时走投无路，又被张痕天抓了回去。她跟李诚逃亡那天，李诚已经与省公安厅提前联络。当时双方火拼，李诚被同事救走，对方却不惜死了好几个人，抢走了白安安。

“既然有证据，为什么还不抓他？”周亚泽问。

李诚顿了顿道：“因为我要他死得更彻底！”

周亚泽觉得这话有点怪，陈北尧却敏锐地注意到，他说的是“我”，而不是“我们”。

原来白安安用自己作为代价查探到的证据里，只有张痕天违法贩卖军火的合同以及与恐怖分子通话的录音，但是他运送军火的线路和方法却没有半点端倪。因为张痕天虽然宠爱白安安，却不让她碰生意，所以白安安能够偷到合同并偷偷录音，却对张痕天的通路一无所知。

陈北尧听到这里，心下了然。无论国内还是国外恐怖分子，他们都有相同的特点——都有极严密的等级制度和工作流程，就算张痕天被抓枪毙，他的手下还是可以把恐怖活动进行下去的。陈北尧冷冷一笑道：“连白安安都查不出通路，你为什么觉得我们可以？”

李诚的动机被陈北尧一语道破，他也不惊慌。其实，他向厅长和国际刑警长官提出，让陈北尧转为污点证人，就是存了双重私心。一方面，陈北尧的犯罪资料，他交出去时就有保留，他不想陈北尧死；另一方面，张痕天手眼通天，他对张痕天恨意极深，如果有陈北尧帮忙，一定能整得张痕天死无葬身之地。

想到这里，他反而更加平静，微笑着对陈北尧道：“根据国际刑警那边的推测分析，他千方百计想和你还有丁珩合作，就是想打通西南的军火通路，也可能他的活动要往西藏、新疆转移。出了白安安的事，他防备极严，我们的人混不进去。你不同，他把你当成同类，只要你答应合作，顺藤摸瓜，一定能有所收获。”

话尽于此，李诚的所有目的已经坦诚相告。周亚泽听到这里，早已不耐烦，他当然不是狂妄到不把警察当回事，在他看来，李诚的建议就是狗屁。他看向陈北尧，却没料到陈北尧沉思片刻后，淡淡地问：“怎么减刑？”

周亚泽心头一惊，李诚犹豫片刻，露出一丝尴尬，但很快被沉稳坚定的神色取代。他道：“所有财产没收，有期徒刑十年。”他顿了顿又道，“老板，钱还可以再挣，十年过后，你可以跟嫂子平平稳稳过下半辈子。我想，这也许是嫂子最希望的。”

他提到慕善，陈北尧微垂的眸光抬起，看他一眼，点点头：“我考虑几天。”

周亚泽闻言阴恻恻地看一眼李诚，再看向陈北尧时，欲言又止。李诚见陈北尧没有一口拒绝，心头一松，又道：“老板，你当初涉黑也是逼不得已，只要能帮助我们把张痕天一网打尽，就是为国家立功。以嫂子的性格，也会支持你的。”

陈北尧不置可否，却道：“我跟你嫂子下个月举行婚礼，我希望给她一个盛大幸福的婚礼，在此之前，你给我个面子。”

李诚点头：“好，我等你消息。”

陈北尧和周亚泽站起来，李诚也起身。周亚泽忽然道：“你既然是警察，一开始我们杀丁默言时，你为什么不阻止？为什么三番两次放走丁珩？”

陈北尧听到他的疑问，淡淡一笑，也看着李诚。李诚的目光不躲不闪，正色道：“丁默言本来就是败类，死就死了，丁珩是无辜的。”

“是吗？你现在还觉得他是无辜的？”周亚泽冷笑。

李诚静了片刻，摇头道：“他也会得到应有的惩罚。”

从茶社出来后，陈北尧一直没作声。周亚泽心头有气，沉默片刻，忍不住问：“十年？你真的打算听这个叛徒的话，坐十年牢？”

陈北尧盯着窗外淡黄色的阳光，此时才不过八九点钟，街上的行人和车辆也逐渐多起来。陈北尧脑海中浮现出慕善清丽绝伦的容颜，长眉舒展，忽地笑了。

十年？他怎么舍得？

周亚泽看他微笑，心头一定，再想起刚才陈北尧忽然说下个月要举行婚礼——他们的婚礼明明已经决定推迟到年底了，这么看来，很可能是让李诚分心。

陈北尧看着周亚泽又关切又犹豫的神色，微笑着拍了拍他的肩膀道：“我们一起走。”

周亚泽这才释然，嘿嘿一笑道：“我说嘛……不过，李诚这小子肯定暗中派人盯着我们，没事，要走的时候，我去摆平。”

陈北尧点点头道：“先别伤他，留点余地。”

Chapter 13

只要你一个眼神肯定，我的爱就有意义。

梁静茹《勇气》

见完李诚之后，陈北尧忽然不想去公司了，让司机直接把自己又送回了家。

车子停在别墅楼下，陈北尧让司机和保镖先走，自己没有立刻下车，而是点了根烟，静静坐在车里。这时刚上午十点，太阳已经很大，照得车子顶盖黑黝黝的。陈北尧抽了有半个小时，才在明晃晃的阳光里下车走回家中。

偌大的房子里空荡荡的，慕善不知去了哪里。陈北尧原本准备好的许多话，只能又往心里压一压。在他的处世准则里，与慕善相守是首要目的，所以在李诚提出污点证人坐牢十年的建议后，他几乎是立刻想到金蝉脱壳逃到国外这条路。而且当年决意扳倒丁默言父子报仇时，他就已经有了逃亡海外的心理准备。

要让他坐牢？他还真的没这么纯洁高尚，一直都没有。事实上，比起很多看起来干干净净的人，他又真的干了多少坏事呢？只是陈氏这块肥肉太肥，这也是政府对他下手的原因之一吧？

可慕善是不同的。陈北尧孑然一身，赚的钱已经足够用几辈子，只要有慕善相陪，出国更逍遥。可慕善如果跟他走，也许会背上“共犯”的罪名，也许今生不能再见到父母亲朋，还要隐姓埋名提心吊胆过一生。

这令陈北尧心头歉疚。可按照他的判断，一起出国依然是对两人最好的选择，他不会改变这个决定。可要他开口告诉慕善这个事实，终究有点心疼。

没过多久，他就找到了慕善。她正在二楼他的琴房里，捧着本书坐在飘窗上。黑色钢琴米色长裙，她的长发垂落肩头，素美的脸沉静而温柔。看到陈北尧，她把书一放，站起来，神色怔怔的。

她知道他去见李诚，已经担心了一个早上，此刻见到他平平安安回来，心头一块大石落下，只是隐隐还有不安。

陈北尧走过去，圈住她的腰，一起坐在飘窗上。慕善将头靠在他的肩头，沉默着。

陈北尧吻了吻她的脖子，柔声道：“在想什么？”

“想你会对我说什么。”

陈北尧静默片刻，将她十指都抓在掌心，这才缓缓开口：“老婆，跟我去国外。”

慕善失声：“国外？去哪里？”

“南美。”陈北尧听到她略显惊讶的语气，心头一软，但还是把今天见李诚的情况简要说了一遍。

慕善听完，心头越发沉重。且不说李诚的十年承诺是否靠谱，单就让陈北尧假意与张痕天合作、探明军火通路这一条她就不愿意。那些恐怖分子都是丧心病狂，让陈北尧与虎谋皮，李诚这招借刀杀人真是狠！

她其实不用考虑太多，心里已经有了答案。既然当初选择接受他，早已预料到会有风雨波折，只是没料到一切来得这么快这么猛，转眼她就要随他背井离乡，众叛亲离。

她的沉默，令陈北尧越发心疼。虽然在她不愿意的时候，他卑鄙地强

迫过她、禁锢过她；在金三角的时候，她也拿起过枪，保护过他。可在他心里，慕善始终是自己捧在手心呵护的女人。他对她付出，付出爱意、付出精力、付出金钱、付出一切，都令他乐在其中，并且认为理应如此。

可现在不同了，这一次，是他要让她牺牲，而且牺牲得很大，更甚者，他还有点没把握，没把握她是否愿意跟自己走。毕竟天平那一端，是她二十六年来，除了他以外的所有，她的父母、朋友、事业、声名，她的全部。

“让我想想。”慕善低声答道。她心里已经有了答案，可要让她就这么干脆地说“好”，她竟然一时说不出口。

接下来的几天，陈北尧忙于公司事务——虽然早有准备，一些核心资产已经提前转移，但现在真的要走，既要不动声色，又要稳稳妥妥，所以每天他都忙到很晚才回家。

婚礼如期筹备，定在6月末，距现在还有整整一个月时间。陈北尧专门指派了人负责，订酒店、印制请帖，仿佛煞有介事。只有极少数几个人知道，一切都是假象，婚礼不会如期举行。婚礼前一个星期，新郎、新娘、伴郎都会在某次晚宴后，开车坠入山谷，车体爆炸，足量的炸药，会炸得一点儿骨肉都不会留下。陈氏企业会在一夜间分崩离析，荡然无存。

6月初的一天，慕善去婚纱店试婚纱。

陈北尧这天安排了一天的会议，没有陪同，一则是忙，二则是明知这次婚礼是假的，他心头终究有愧疚，所以不让自己去看她穿婚纱的样子。他要留到出国之后，也许是在陌生的海岛，也许是在偏僻的教堂，哪怕只有他们两个人，他再去看她穿婚纱的样子。

慕善也不想让他陪同。这些天，她只想一个人待着。

到了婚纱店，随行助理很快跟店经理挑了几套漂亮的婚纱，满心期待地送到慕善面前。慕善看着雪白无瑕的精美婚纱，心情好了些，索性暂时不去想，走进了试衣间。

店经理把婚纱放下，一拍脑袋：“您稍坐会儿，刚才竟然忘了给您倒水。”

慕善摆手说不用，店经理却坚持，走了出去，带上了门。

慕善站在原地，摸着挂在架子上崭新的婚纱，心头怅然。

试衣间是间三十多平方米的屋子，周围挂满了婚纱，摆了几面大大的穿衣镜，灯光亮堂堂的，舒适明亮。慕善正沉思着，身后的门响了。

她以为店经理回来了，头也不回地道：“先试哪套？”

那人脚步停住，清朗的声音传来：“嫂子。”

慕善身子一僵，立刻转身，便看到李诚静静地站在身后，俊朗的容颜沉沉静静，没有笑意，看不出端倪。

慕善心头电光石火——看来是他提前查知自己在这里试婚纱，所以早就有安排。也许店经理不是真的店经理，而是他的人。

慕善不动声色，淡淡道：“有事？对不起，我要试婚纱，请你出去。”

李诚微微一笑，在旁边的淡蓝色小茶几前坐下：“嫂子，我来找你。”

慕善道：“你知道我从来不插手陈北尧的事，有什么事你跟他谈。”虽然不知道李诚今天为何而来，心头却略有些鄙视——难道他想对女人下手？

李诚似乎没听到她的拒绝，不急不缓道：“嫂子，就是因为知道你很关心老板，所以我才来找你。前些天，我找了老板，我跟他说……”

“那些我已经知道了。”慕善冷冷道，“你让我的丈夫坐十年牢，过了这个婚礼，我的老公就是罪犯，你还有什么想对我说的？李诚，没错，你做得没错。他坐牢我其实更安心，以后我再也不用担惊受怕了。可是你自己难道对得起他？你应该知道，他不贩毒、不害人，他比其他人都要好！你扳倒一个陈北尧，很快就会有人代替他的位置，下一个只会更糟！”

话一出口，慕善自己心头一惊。尽管这些话只是为了对李诚做戏，可她发现，说出这些话竟然令她心头畅快——她模模糊糊地想，原来她也会有自私的念头，他坐了牢，她就能安心；原来，她已经开始理解他，她觉得他比其他任何人都好！

李诚目光一敛，沉默片刻道："嫂子，我今天来，的确是想做你的工作。陈北尧答应我考虑几天，但始终没有给我正面答复。我知道你是个是非观很强的人，是个正直的人，我希望你能从长远角度劝劝他。按照我的建议，他也能为国家立功，这样对你们夫妻、你们的孩子其实是最好的，千万不要只顾眼前利益……想别的路子，跟政府作对，那是很不明智的。"

他这么说，慕善心头微惊。她吃不准李诚是已经察知陈北尧准备出国的动作，还是真的只是来做她的思想工作，她能理解陈北尧为什么还没答应——答应得太快，才显得假。他一定是想再拖几天，临近婚礼的时候，才郑重地告诉李诚同意合作，然后在李诚放松警惕的时候，金蝉脱壳。

而她刚才的反应，应该也是恰当的。一个女人，不管她再正直，如果能冷静地看自己老公坐牢，也就不正常了。

想到这里，她叹了口气道："李诚，你别说了，你走吧。"

李诚见她神色难过，也不好再劝。他站起来，往门口走了几步，忽然又停住，转身对慕善道："嫂子，有件事你大概还不知道。"

慕善心头一震，看着他意有所指的眼神，忽然隐隐有不好的预感。

李诚静了片刻，才继续道："去年夏天，你被几个混混挟持，逼问榕泰案的凶手，被虐待，还差点被轮暴，你知道是谁安排的吗？"

慕善心中一凛，脱口问道："是谁？"

李诚直视着她，目光略有些不忍，却很快坚定。

"是老板。"他淡淡道。

慕善脑子里"嗡"的一下，足足愣了有半分钟，才反应过来他说的"老板"就是陈北尧。她的脑子里还是蒙蒙的，怎么会是他？怎么会是他呢？

那是她最耻辱的记忆、最痛苦的经历，她再也不想再想起、再提及，可李诚此刻却告诉她这个匪夷所思的事实——是陈北尧安排的！

不，不可能！她猛然抬眸望着李诚，李诚看着她震惊的样子，脸色略有些不忍，可还是继续道：“嫂子，我跟你说这个，只是希望你好好规劝老板，配合政府，不要有别的想法，也不要为了他搭上你的一辈子。”

说完这些，李诚转身走了。慕善几乎想大笑——不可能的，这是李诚的计谋，想要让自己对陈北尧心生怨恨，想让自己不跟陈北尧走。李诚知道她对陈北尧有多重要，如果她不肯走，陈北尧也一定不会走。

想到这里，慕善心头稍定。这时门一响，店经理走了进来，端着杯茶水，若无其事地对慕善道：“陈太太，咱们开始试吧！”

慕善呆呆地看着她手里的婚纱，忍不住想，这些婚纱真好看，只可惜是假的。他那么爱她，不是假的，怎么可能做这样的事？

慕善站起来，在店经理诧异的目光中，笔直地向门外走去。她一直走一直走，视线里到处白花花亮堂堂的，在她眼里却都变成了苍茫的背景。她走了一会儿，外间的助理和保镖沉默着跟上来。慕善根本当他们不存在，脑子里反反复复浮现当日的情况。

她想起胖子混混的下流眼神，想起那几个男人的坏笑，想起自己被人卡住下巴灌进药水，想起自己万念俱灰恨不得一死，却依然不想说出陈北尧的罪行。

怎么可能是陈北尧？他明明在救出她后一脸隐痛和痴迷，怎么会在她受苦的时候，就站在某个能看到她的暗处沉默不动？

恍惚间，她已经走出了大厦。外头的太阳很亮，亮得刺眼，她却骤然觉得冷。她抱住自己的双臂，跟着保镖走到车前。她的十指紧扣住自己的胳膊，冰凉的触感，却忽地想起一种感觉。

那是陈北尧抚摸拥抱她的感觉，冰凉的、略有薄茧的手，坚定的、饱含压抑的情欲，抚摸她的身体。那种感觉很熟悉，熟悉到她闭着眼就能够分辨。

她坐到车里，面沉如水，心若悬谷。车子开动了，她觉得喉咙又干又涩。她知道李诚没有骗她，真的是他，真的是陈北尧。李诚不需要说这样一个谎言来欺骗自己。

而且，其实她比谁都清楚，是他做的，因为那双手，在仓库的黑暗里摸上自己的那双手，那种感觉，她怎么会分辨不了——这辈子，只有他一个男人这样抚摸过她，跟梦境中一致，跟现实里一致。她当初没认出来，也许是因为潜意识里，她一直不肯面对这个事实。

也许是她的忽然变脸离开婚纱店令随行保镖不安，很快，她接到陈北尧的电话，语气关切："老婆，出什么事了？"

"没事。"她听到自己的声音有点冷。

陈北尧怎么会听不出来？他顿了顿道："你在哪里？我一小时后开完会，过来接你。"

慕善心头微痛，只觉得电话那头的男人有点令她心痛的陌生。她深吸一口气，缓缓道："不用，我只是有点想家了，我想回家一趟。你不用过来，我想单独跟爸妈待两天。你别担心，好好忙你的事，我过两天就回来，成吗？"

"好。"

车开到家楼下的时候，慕善却迟疑了。近乡情怯，想到数天后，父母就会得到自己和陈北尧双双身亡的消息，她竟然一时不敢去见他们。

待了片刻，她先拨通了母亲的电话。电话那头传来母亲喜气洋洋的声音："善善？怎么今天想着打电话了……嗯，婚礼筹备得怎么样？我不在家，我在你大姑家呢，我们在商量你们在辰县的婚礼怎么办。你今天下午回家？小陈不来？好，你爸现在也没在家。你几点到？我下午回去给你做好吃的。"

挂了电话，慕善抬头望了望家的窗户。这是上世纪90年代的福利分房，已经有了些年头。可这套房子、这个院子里的一草一木，慕善都非常熟悉，闭着眼都能勾勒出它的形状。慕善默默地想，是该多看几眼了，以后就看不到了。

想到这里，她竟然不想上楼，怕自己站在空荡荡的房子里，看着母亲拾掇好的整洁明亮的家会忍不住泪流满面。

"你们先走吧。"她下了车，对保镖道，"我上楼了，不会下来。小区很安全，你们明天再来。”

她走上两层楼，却见保镖和车依然停在原地。大概是陈北尧的死命令，要让他们寸步不离。慕善看了几眼，转身又下楼，楼梯后有道极窄的小门，那是通往地下室的后门。慕善从那里一个人绕了出去。

她沿着熟悉的小城街道走了很久。这里跟霖市完全不同，空气清新，节奏缓慢。不知不觉走了有一个多小时，她停住脚步，才发现自己又走到上次跟叶微侬来过的那间小庙。

人总是需要有点信仰的，她看着冷清的庙宇，默默地想。

庙里依然没人，只有那名和尚。他还穿着灰白的僧袍，袖子挽起，站在天井前，手叉着腰，抬头望天。看到慕善，他也没啥表情波动，又动了动胳膊，伸了伸腿。慕善这才知道这和尚在做操。

一侧的走道上，还晾着一排衣服，有僧袍，有袜子，甚至还有男人内裤，在阳光下迎风招展，光明正大。那和尚自顾自做着操，吆喝了句什么。过了一会儿，一个十五六岁的小和尚跑进大殿，盯着慕善，故意装出很老成的语气问："你求签还是上香？求签十块，上香有十块、二十块和五十块的。”他毕竟是少年，看着慕善艳光容颜，神色有些窘迫，脸微微地红了。

不知怎么，看着眼前的一切，慕善纷乱的心就平静了下来。她在蒲团前慢慢跪下，抬头望着面前两人多高的金漆佛像，眼眶忽然湿了。她并不信佛，可二十六年来却从未像此刻这样感觉到眼前的法相这样庄严。那沉默而老旧的宽厚容颜，那微微拈起的圆润五指，只消看上一眼，就让人想要掉下泪来。

她双手合十，静静地伏下身躯，只想就此长跪不起。

小和尚静静退开了。中年和尚做完操，看她一眼，又往院子门口看了看。那里有个男人，不知何时来的，慕善跪了多久，他就站了多久。和尚没吭声，转身走了。

慕善只觉得周围万籁俱寂，心也宁静无比，浑然不觉陈北尧在她身后已经注视了她很久很久。

陈北尧当时挂了电话，中止了会议，开车就往辰县赶。到她家楼下的时候，却只看到保镖无奈的表情。他上楼敲门，没人，手机也关机了。他不知道她去了哪里。

他回到车上抽了一会儿烟，挥手让保镖们先走。他一直把她这些天的隐忍看在眼里，他知道她有压力，而今天，大概是她的压力爆发，承受不了，所以才突然想回家吧？

想到这里，他也明白让她独处会对她更好一点，只是没看到她，他也心头烦闷。然而虽然是一个小县城，也有五条大街、无数小道、数不清的人。他一个人在街上走了一阵，始终没看到她的倩影。

不知不觉，他竟然走到了上次找到她的寺庙。上次她陪叶微侬来过后，回头还对他抱怨说这个寺庙没意思，他以为她不会来这里。而他为什么会来，他也不知道。也许是因为她解开心结、第一次对他露出宽容的笑颜就是在这间小庙外，所以他下意识又走到这里。

可是刚踏进大门，远远就看到大殿的金像前，一个纤细的身影静静跪在那里，那熟悉的身形轮廓，陈北尧闭上眼都能细细勾勒。他心头涌起阵阵喜悦，正想上前，却见她双手合十，缓缓俯低身子，轻轻朝佛像磕了个头。

陈北尧愣住了。

他从没见过这样的慕善。

金黄色的阳光洒在她身后青石嶙峋的天井里，越发显得大殿寂静幽深。她跪在漆黑的地面，却像跪在遥不可及的云端，身影朦胧而美丽，长发散落她的肩头。从他的角度，只能隐约看到她雪白无瑕的侧脸微微扬起，有一种令人不敢触碰的圣洁坚定。

她双手合十，低头，弯腰，磕头，再抬头，沉默地注视着眼前的佛像，不知在想什么。过了一会儿，再合十，低头，弯腰，磕头……

这只是一间名不见经传的破败小庙，她是个从不信佛的职业女性，可就在这个几乎远离尘世的地方，在他差点看不到的角落，她像中了魔一般一次又一次叩拜着，无比虔诚，无比脆弱，无比依赖。

她在拜什么？她在求佛祖什么？是什么令她心头纷乱？是什么令她沉默难言？

只有一个答案。

陈北尧胸中泛苦，盯着她如蒲柳般折弯的身躯，只觉得像有一把薄薄的刀轻轻割在自己心尖上。

他看了一会儿就转身离开了寺庙，开着车，沿着小城的河堤转了一圈，来到北善公园。正值夏天，绿树繁花美不胜收，公园里很多人，尤其是带着孩子来公园的一家三口，个个幸福美满。

陈北尧径直开到属于他和慕善的白色小楼前，相比于外间的喧嚣，这里非常安静。他打开门走进去，处处光明几净，温馨整洁。他走到主卧的阳台上，往躺椅上一靠，望着窗外碧绿的湖水，一坐就是整个下午。

傍晚的时候，他拨通慕善的电话。那头有些喧嚣，慕善的声音听起来很愉悦："老公，你在哪儿呢？"

原来只是听到她的声音，都能令他无法抑制地心神沉醉。

"我到辰县了。"他柔声道。

"你到了？到哪儿了？爸妈做了好多菜，你有口福了。"慕善在那头笑，隐约还可以听到她母亲的声音似乎在问："小陈也来了？那得加菜啊！"

"我马上就到。"他站起来，快步下楼，上车，一路疾驰。

陈北尧把车开到楼下的时候，慕善已经站在楼门口等候。她穿着件宽宽大大的T恤，一看就很舒服。陈北尧下车朝她走过去。她极自然地抬手挽着他的胳膊，抬头看着他，长眉一弯："害你丢下工作跑过来，抱歉。"

陈北尧看她神色，就知道她是真正下定决心跟自己浪迹天涯。也许她已经把所有委屈和不甘埋在了那个寺庙里，剩下的这个慕善，为了他可以放弃一切。

陈北尧心头忽地剧痛，突然站住，一把将她拉进怀里，紧紧抱着，几乎令她喘不过气来。

陈北尧突如其来的拥抱令慕善浑身一僵。过了一会儿，他才拥着她往楼梯上走。慕善虽然还浅笑着，但嘴里一时竟然说不出什么话。

陈北尧心里有事，一时对她的沉默浑然未觉，只是柔声问："白天怎么了？"

这时两人已经走到门口，慕善笑笑，抬起手，越过他高大的身躯，拍拍他的头顶："没什么，我原谅你了。"说完径直推门走了进去。

陈北尧望着她的背影，脚步一顿，也跟了进去。

这天母亲准备的饭菜格外丰盛，全是慕善自小喜欢吃的菜。慕善全程言笑晏晏，完全看不出下午还跟陈北尧发过脾气。吃了约莫一个小时，慕善和母亲都吃完了，陈北尧陪父亲喝酒。自家人不用太拘束，母亲哼着歌去楼下院子里乘凉，慕善心里舍不得，也跟着下去了。

屋里只剩慕父和陈北尧两个人对酌聊天。

若是平时，陈北尧侃侃而谈，陪慕父饮得半醉，尽兴而归。可今天他话不多，慕父也从来不是话多的人，所以大半时间，两人只是酒杯一碰，各自饮了。

过了一会儿，父亲微笑道："酒品如人品，小陈，你是个厚道人。"

多年来这还是第一次有人夸陈北尧厚道，他心下一怔，也笑了："陪您喝酒，不敢不老实。"

慕父注视着他，叹了口气，面有得意："我这个女儿，哪里都好，人人都羡慕我，就是性格太倔强了点。小陈，你很好，本来你们已经领了证，这些话不该我说，你是男人，以后要多让着她。"

陈北尧笑："不敢不让。"

慕父也笑："你看，她妈妈性格多倔，这么多年，我都让着她，男人就该这样。别看慕善自己做生意精精明明，其实性格大大咧咧，更像我一点。"

陈北尧点头："是的，这性格很好。"

又喝了十来杯，慕父大概也是喝得半醉了，眯着眼，脸上一直挂着笑容。两人也吃得差不多了，慕父点点头："以后不用像这样经常回来看我们，年轻人事业为重。"说完摇摇晃晃站起来。陈北尧连忙伸手扶他，他却摆摆手，自己走进了房间，过了一会儿，鼾声大作。

陈北尧一个人坐在沙发上，十指交握，抬眸望着周遭温馨而宁静的一切，沉默不语。

过了一会儿，母亲和慕善回来了。慕善脸上笑容浅浅，母亲脸上明显有喜气。慕善即将出嫁，只怕邻里都羡慕得不行，母亲自然高兴了。

慕善给陈北尧放了洗澡水，自己帮母亲拾掇了碗筷。陈北尧洗了澡，在房间里坐了很久，已经临近十一点，才见慕善眼眶略红地走了进来。

陈北尧长臂一伸，将她搂进怀里："怎么了？"

慕善看到他就破涕为笑："舍不得。"她直言心中感觉，令陈北尧松了口气，却隐隐越发歉疚，柔声问："都跟妈妈聊了什么？"

慕善一时没吭声，她竟然说不出口。刚才母亲笑嘻嘻地问他们什么时候要孩子，还说早点让他们抱孙子，说陈北尧父母早逝，到时候他们愿意越俎代庖，过来帮他们带孩子。慕善说可以请保姆，带孩子太辛苦。母亲却皱眉说，保姆怎么会有自己带放心。聊得高兴，又很是憧憬，她头一次赞陈北尧相貌也不错，两人生下的孩子一定非常漂亮可爱，到时候其他邻居该羡慕死了。

想到这里，慕善抱着一丝希望问："北尧，我们以后不回来，孩子……可不可以送回来几年？"

陈北尧的背挺得笔直，沉默片刻，看着她问："你舍得吗？"

慕善毕竟还没有过孩子，还不能亲身体会亲子分离的难受，只觉得心里略有些痛，忍忍也就过去了，她点头道："舍得，不然爸妈……"

她没说完，陈北尧已经点头："好。"过了几秒钟又道，"过几年风头过去，我们可以接你爸妈出国，或者你回来，也是可以的。"

慕善虽然心里隐隐有不妥，但她实在太盼望两全其美，下意识不往里面深想，只是单纯为他的话而高兴起来："太好了。"

陈北尧没说出口的是，如果两人诈死出国，不管是送孩子回来，还是她单独回来，还是接父母出去，都会被揭穿，那时不光他们危险，甚至父母都会受到牵连，这一点他心里比谁都清楚，可对着慕善，他说出口的却是另一番话。

慕善和他并肩躺在床上，喃喃道："那你说我们生几个？"

"一个。"

他答得干脆，慕善忍不住侧头看他："为什么？"

陈北尧幽深黑眸盯着她："我怕你痛。"

怕她痛？连生孩子的痛都不忍心让她多经受一次？

慕善压抑一下午的情绪忽然如泄洪般涌了出来，她瞬间觉得全身无力，忍了忍，还是没忍住，缓缓问道："去年，在仓库，让那些混混拷问我的人，是你？"

陈北尧的表情瞬间僵住。

慕善一看他的样子，就知道他是默认了，她心头剧痛，可看着他清俊容颜瞬间惨淡，居然有些心疼。她心中忍不住嘲讽自己：慕善啊慕善，你下午已经下定决心不问，可怎么还是问出口了？

"没事的……都过去了。"慕善转头不看他，"我知道你当时有苦衷，你要向兄弟们交代。"

陈北尧半天没说话，过了一会儿，才从后面将她抱住，声音有点哑："宝贝，对不起。"

慕善将脸埋在枕头里，泪水缓缓流下来。

陈北尧没吭声，只是将脸紧贴着她的后颈。过了一会儿，慕善感觉到后颈上隐有温热的湿意，这令她又震惊又心疼，喃喃道："不要紧的，以后我们都别放在心上，不要紧。"

第二天天还没亮，慕善猛地惊醒，一睁眼，身旁已经没人。她和衣起身，便看到陈北尧靠在房间的阳台上，点了根烟，目光看着远方。朦胧晨色中，他的脸一如既往英俊如画。慕善沉默片刻，走过去，从身后将他抱住。

"在想什么？"她闷闷地问。

陈北尧拿过她的手，将她转了个身，抱进怀里，目光却没收回来，只是淡淡道："没什么，想通了一些事。"

慕善在他怀里抬头，双眸晶亮地盯着他，仿佛想从那清冷容颜中看出端倪。他似乎被她提心吊胆的样子逗乐了，温柔的笑容在脸上徐徐绽开。他低头吻住她："别乱想，我爱你。"

天一亮，慕善父母就起来了。慕善只说嘴馋，让母亲带着自己去市场买了很多当地土特产。母亲觉得女儿童心未泯，忍俊不禁。慕善又偷偷从家里相册中拿了很多父母的照片，塞进包里。下午离开家回霖市的时候，父母俱是喜气洋洋，目送他们的车离开。慕善从车厢望着后方日渐苍老的父母，差一点就对陈北尧脱口而出说自己不走了。

她只能在心里对自己说，我没有犯罪，过几年，我还是可以偷偷回来的，有钱能使鬼推磨，陈北尧一定可以搞定。她只能这样安慰自己。

因为那天陈北尧是丢下工作赶去辰县的，一回到霖市，他越发地忙。接下来几天，他都忙到半夜才回来。

一转眼又过了一星期，这天是周六，陈北尧竟然没有加班，陪慕善睡到八九点才起床。

慕善有点奇怪："你不是说要一直忙到走吗？今天怎么有空？"

这时，陈北尧正与她肌肤相贴，声音难得有些懒洋洋："今天专门陪老婆。"慕善失笑，正要起身，却又被他拉到床上。

厮磨到中午，陈北尧才放她下床。她穿衣服，陈北尧就在一旁看得目不转睛。尽管已经是夫妻，她却忍不住脸红。陈北尧却柔声道："善善，今天想吃你做的饭。"

虽然慕善厨艺不错，但陈北尧早出晚归，吃的次数很少。慕善闻言也是精神大振，从冰箱里翻出材料，一头扎进厨房。

没料到过了一会儿，陈老板也跟进了厨房。他以前说自己从不进厨房，今天却饶有兴致地看慕善切菜煲汤。慕善让他帮忙，他却说："君子远庖厨。"只是抄着手在边上看着。慕善只要一回头，就看到他盯着她的脸，竟是一副欣赏的姿态。慕善抵不住那灼灼目光，终于将他赶了出去。

这天吃了饭，陈北尧牵着慕善的手，只在楼下散步。下午也没出去，就抱着她，在沙发上看电视。也许是难得的假期，晚上他也越发卖力。慕善向来沉默，今天每每被他逼到极致时，却被他擒住腰，低声哄道：“叫我，乖，老婆，叫我。”

“老公，老公……”慕善又羞又喜，他却心满意足，后半夜，竟是伏在她身上，两人相拥而眠。

大概是这晚太耗费体力，慕善觉得自己睡了很久才醒。她还没睁眼，手往边上一摸，却是空荡荡的。

她睡眼惺忪地坐起来，刚看清周围环境，便愣住了。

陌生的房间，只有她一个人。

她的心一下子提到嗓子眼儿，低头只见自己穿的根本不是昨晚的睡衣，而是一套整齐的便装。她连忙站起来，举目四顾。房间很大，装修摆设很是精致，床单白得像雪，一眼就能看出是酒店的房间。

她觉得哪里不对劲，又四处看了看，恍然惊觉——窗外，窗外是一片湛蓝的大海！

她拉开阳台窗户走出去，炽烈的海风吹过来，她震惊地看着眼前的一切——海洋、岛屿、帆船、高耸入云的华丽建筑。

这……是哪里？

从昨天开始，那隐隐的不安就开始在心中逐渐放大，一个她难以置信的可能逐渐变得清晰。她转身就往房间门口冲去！

一声轻响，门却从外面先推开。来人身材高大，只穿着背心短裤，麦色的皮肤、精壮的胸膛、淡淡的笑容，像一头不怀好意的猎豹。

蕈！

慕善此刻一点儿也不怕他，反而怒不可遏，上前一把推在他胸口：“你浑蛋！”

蕈一把抓住她的胳膊，轻轻将她一推，又推回房间。他也不生气，粲然笑道：“慕，搞清楚状况再骂人，你以为我愿意来这里？”

慕善听得分明，瞪大眼看着他，等他解释。

蕈走到外间，慕善跟着他走出去。原来这是酒店套间，床上还胡乱扔着几件衣服，看来之前蕈就睡在外面。

蕈在沙发上坐下，点了根雪茄，见慕善不再乱骂，这才笑道："这是巴拿马。全世界大概只有陈老板会想到让我这种级别的杀手来保护一个女人。"

慕善心头巨震。尽管之前跟蕈是敌对关系，可他此刻的话却令慕善觉得是真的。

"巴拿马？"她颤声问。

蕈点点头："嗯，我竟然是你的保镖，好笑吧？陈北尧异想天开，将军居然同意了！我只能当度假了。"

慕善不理他的讥讽抱怨，只觉得心重重沉下去："陈北尧呢？他人呢？"她多盼望蕈说陈北尧只是出门了，他也来了巴拿马。

蕈看着她，淡淡道："陈太太，陈老板打算为国捐躯了，你不知道吗？"

慕善脑子里"嗡"的一下，一字一句问道："什么意思？蕈，你到底想说什么？"

蕈低笑着，抬头看了看墙上的钟，从怀里掏出一个手机丢给慕善："别聊太久。"说完起身去了浴室。

慕善心头纷乱难言，一时间竟然什么主意都没有，握着那手机，怔怔出神。就在这时，机身一阵震动，屏幕上一个陌生的号码，前缀是086。

她几乎是立刻接起，颤声道："喂？"

电话那头沉默了几秒钟，陈北尧清朗的声音透过电话传来："善善……"

慕善视线一片模糊，定了定神，才将手机握得更紧。之前她还抱着侥幸，是蕈掳了自己来的，说谎话骗自己，可现在接到陈北尧的电话，她知道蕈说的都是真的。

不等她发问，陈北尧柔声道："别担心，蕈是我请来的，不会冒犯你。"

慕善颤声问："为什么？"

陈北尧沉默片刻道：“善善，现在我身边不太安全，你在巴拿马先待几个月。”

慕善尽管气急，却不会连这点推断能力都没有。如果他还打算在国内待几个月，那么只有一个答案——怕她不肯走。他竟然先斩后奏，把她送出来。

她眼泪一下子涌出来：“你要跟李诚合作？你要去坐牢？张痕天是恐怖分子啊！你跟他作对？你……”

“善善！”陈北尧打断她的话，“别乱想。整垮张痕天，也没那么难。”又放柔了声音，“过几个月，你就能回来了，到时候跟父母解释一下。”

他的声音温柔无比，听在慕善耳中却如晴天霹雳。

“那你呢？”她听到自己哑着嗓子问。

陈北尧顿了顿，声音竟然含了笑意：“其实我很高兴，有机会给你想要的生活。”

慕善胸口仿佛有大锤无声落下，击得她呼吸都有些费力。她缓了缓，一字一句道：“不，我不要了，我只要你，你来巴拿马，马上来！”

陈北尧不为所动，柔声道：“善善，那个陈北尧没死。”

慕善一怔，又听他道：“你说你希望爱一个贫穷、正直、善良的男人。等我出来后，我们重新开始，不让你有半点委屈，我们干干净净、堂堂正正地在一起。”

他说的每一个字都清清楚楚，平和温柔。慕善把电话攥得死紧，脸上泪水滚滚而下。

两人都沉默下来，慕善的低声抽泣却清晰地透过电话传了过去。那头的陈北尧忽然笑了，柔声道：“别想得那么糟糕。李诚提的条件我还没还价。我的财产已经转移出去一大半，足够养你一辈子，而且十年也太长。”

慕善知道他的话只是安慰自己，紧咬下唇，脑子里却只有一个念头：不要跟他分开！

她心念所及，嘴上已不由自主地说了出来。

陈北尧呼吸一顿，声音中顿时没了笑意，缓缓地像是从很远的地方传来：“好，永远不分开。”

挂了电话，慕善坐在沙发上，呆呆地流着眼泪。过了一会儿，蕈从浴室出来，一头湿润的短发，看着她失魂落魄的样子，嗤笑道：“生离死别啊？”

慕善冷冷瞪他一眼：“我要回国。”

“不行。我得到的任务是在巴拿马保护你。”

“那你回国保护陈北尧！”他身边明明更加危险。

“不行。”蕈还是漫不经心地笑，“我的任务是保护你。”

慕善盯着他，不吭声。

巴拿马炎热难当，霖市却是刚刚降下今夏以来最大的一场暴雨。

陈北尧就在轰鸣的雷雨声中，坐在别墅的沙发里，蹙眉沉思。周亚泽坐在他身旁，终于忍不住道：“你十年，我十五年，李诚的账算得很精啊，不过打死我也不会去坐牢。”

陈北尧闻言抬眸看着他，微微一笑：“等事情差不多，我送你走，从香港去东南亚，再转巴拿马。”

“我当然要走，所以你一个人留下坐牢？”周亚泽冷哼一声。

陈北尧淡淡点头：“我已经决定了，你不用再说。”

周亚泽骂了句“操”。明明湿漉漉的雨气令整间屋子透着股清爽劲儿，他却没来由地觉得胸闷气躁，扯了扯衬衣领口，脸色极难看。

陈北尧也没生气，反而淡淡道：“我有分寸。”他说了几个人名，“这些人，我已经打点好。我们的财产，百分之八十会转移到国外，李诚查不到，也追不回来。至于十年十五年，我已经让律师做好准备，再跟李诚谈。”

周亚泽没吭声，过了一会儿，点了根烟，深吸一大口道：“如果将来李诚不守承诺，我帮你做掉他。”

第二天，李诚和陈北尧二人再次见面。

依旧是郊区茶馆，依旧是天蒙蒙亮的早晨。李诚把详详细细的协议送到两人面前。

陈北尧提出十年太长，李诚沉默了一会儿，打了个电话，然后丢出他的底线——七年，并主动表示待陈北尧入狱后，他会努力帮他减刑。陈北尧不置可否地笑笑，终于在协议上签字。周亚泽也签了字，不过他打定主意，回家后就把协议烧了丢进垃圾桶，以泄心头之恨。

时间过得飞快，一转眼就是一个月。霖市步入初秋，凉爽的气候，令这个城市成为这个季节西南地区著名的旅游景点。

张痕天就在这个季节再次来到了霖市。抵达的第二天，他就约了丁珩打球。照例带了白安安，只不过这一次，两名保镖小心翼翼地跟在白安安身后——她怀孕了。

张痕天前妻早逝，只留下一个已经十五岁的女儿，所以这次白安安怀孕，他格外看重。原本进出都喜欢带着她，现在更是时时刻刻不让她离开自己的视线。

早期他还不知道时，白安安就什么招都试过了——剧烈运动、大吃螃蟹，还偷偷找机会买打胎药——却被张痕天发现，这才知晓她怀孕。她身手好，他怕她自己对肚子里的孩子下重手，头三个月，晚上甚至用手铐把她铐住，这才保住了胎。现在五个月了，白安安大概也起了恻隐之心，每天开始胎教，不再折腾了。

张痕天人逢喜事精神爽，连赢丁珩两场。末了，两人站在山坡上喝水，丁珩看一眼不远处树荫下静坐的白安安，语气颇为真诚地笑道："恭喜。"

张痕天看着远处，难免有几分意气风发："谢谢老弟。大女儿要搞音乐，不肯做生意。好在安安争气，我的事业终于后继有人。"

丁珩笑笑，看着眼前苍茫的绿色，不作声。

张痕天沉默片刻道："老弟，我这次过来，是想跟你加深合作。

西南地区我不熟，吕氏原来运毒的通路，水陆空三方的关系能不能借我一用？”

丁珩干脆地点了点头——这是两人合作之初就说好的条件。而现在，丁珩在全国其他区域的生意，也已经得到了张痕天的照顾，而且张痕天人脉极广，丁珩已经获益良多。

见他毫不迟疑，张痕天露出满意的笑，拿起手中矿泉水瓶，跟他轻轻一碰。

过了一会儿，丁珩有些随意地问道：“大哥用通路运什么？走私？”

张痕天淡淡道：“差不多。运些军火。”

其实，张痕天要用他的通路，即使丁珩不问，回头也能查到。现在说开了，两人反而都觉得自然而然。丁珩点头笑道：“回头给我弄点好枪。”

张痕天将矿泉水瓶往边上一丢，不远处的球童连忙捡起来。两人并肩往山坡下走，张痕天拍拍他的肩膀：“应有尽有，随你挑。你要好枪，不会是打算对陈北尧下手吧？”

丁珩不答反问：“不行？”

张痕天哈哈大笑道：“我这次来，还有另一件事。陈北尧是个人物，上次轻轻巧巧害我们哥儿俩亏了不少。西南大部分通路还在他手上，我志在必得。”

“你想怎么做？”

张痕天露出几分轻蔑的表情道：“陈北尧的运气最近可不太好啊，年轻人想玩政治，胆子太大了。”

丁珩一怔，隐隐面露喜色。

三人到会所的贵宾区坐下休息。丁珩独坐，张痕天一手揽着白安安肩膀，另一只手抚着她的肚子，将她拥在怀里。白安安面无表情，张痕天却毫不在意，低头在她唇上轻轻一啄，这才不急不缓地向丁珩透露了他最新获得的消息。

原来自金三角回来后，陈北尧在君穆凌手上吃了哑巴亏，一直伺机报复，最近更是联络台湾方面官员，想要整垮君穆凌背后的政治力量，借以打击君穆凌。可在这场黑道与政治的利益纠葛中，陈北尧却输了，不仅没能撼动君穆凌，还赔了一大笔钱进去。

“他还真是有仇报仇，虽然输了，我倒是越来越欣赏他了。”张痕天倒了杯红酒，轻啜了一口道，像叹息又像不屑，“黑道和政治的关系，要近，也要远，把握不好度，就会被人拉去当垫背，陈北尧还是太自大。”

丁珩神色略冷：“我还以为陈北尧真为慕善洗白，看来他之前拒绝你，只不过是防备心太重。”

张痕天微笑道：“台湾我也有些关系，这次他在台湾败北，不好意思，我在中间也插了手。他要是机灵，把通路地盘交给我，我倒是能替他摆平君穆凌。你说，我们现在不痛打落水狗，更待何时？”

两人相视一笑，就在这时，张痕天手机响了。

他接起，神色微变，浓眉一扬：“你好，陈老板。”

丁珩和白安安闻言都抬头看过来，张痕天却站起来，拿着电话走到隔壁雅间。

过了一会儿，张痕天走回来，给自己和丁珩都倒上酒，示意丁珩干了，然后他微眯着眼，硬朗的脸上笑容平和有力：“陈北尧是聪明人，主动要跟我合作。老弟，你要给老哥一个面子，暂时跟他化干戈为玉帛。”

丁珩神色一怔，沉默片刻，一口将酒饮尽，然后把杯子一丢，淡淡道：“张老板，你明知道陈北尧是我的仇人，你选择跟我合作在先，现在他一回头，怎么就成了好朋友？”

张痕天哈哈大笑道：“老弟啊，你和他不同。你对我掏心掏肺，所有通路毫无保留地借给我，哥哥我都看在眼里。陈北尧现在是走投无路，谁知道有没有半点诚意，不过赚钱才是最重要的。先赚够钱，你再跟他算账也不迟。”

丁珩长眉紧蹙：“多久？”

张痕天想了想：“三年。等我西南的通路成熟，你想让陈北尧怎么死，我就让他怎么死。他约了我明天晚上吃饭，一起去？”

丁珩沉默片刻，点头。

次日晚上十点。

陈北尧一身酒气下了车，周亚泽今天开车送他，跟着他走进客厅。

陈北尧在沙发坐下，往后一仰，闭目休息。周亚泽给他倒了杯热水，大咧咧地在对面坐下，道："跟恐怖分子谈得怎么样？"

陈北尧睁开眼，喉咙有点干，却不想喝水，他淡淡道："顺利。"他说顺利就是非常好了，应该已经迈出了跟张痕天合作的第一步。不过，要想取得他的信任，继而探明他在整个亚洲的军火通路，并不是一朝一夕的事。

周亚泽看他高大的身躯窝在沙发里，似乎有些疲惫，而清冷的容颜，越发显得冷漠而难以接近。似乎自慕善被他送走后，他就鲜少露出笑容。

周亚泽看在眼里，脸上却笑："咱们现在从良了，革命事业一向任重道远，必须及时行乐，晚上跟我出去转转？"

陈北尧无声地摇摇头。

周亚泽无奈地站起来，正要离开，目光落在陈北尧沙发背后的楼梯上，忽然顿住。他目不转睛地盯着，手却伸过去，拍拍陈北尧的肩膀。

陈北尧抬头，看到周亚泽脸上有些古怪的神色——好像很吃惊，又好像有些激动，还有些愤怒。

陈北尧转头，浑身一僵。

柔和的灯光下，幽暗的楼梯上，俏生生站着的，不正是慕善？

她也呆呆地望着他，双眸格外明亮，仿佛含了千言万语，却不知如何开口。

陈北尧一下子站起来，三步并作两步走过去。

"抱歉，陈老板。"懒洋洋的声音传来，是站在慕善身后几步的蕈，"陈太太闹绝食，还每天打我，我实在搞不定，送回来给你。"

他话音刚落，陈北尧长臂一伸，隔着两三层楼梯把慕善拉进怀里。

与此同时，陈北尧身后的周亚泽背着手，慢吞吞走过去，看着蕈：

"找你保护嫂子，果然靠不住。"

蕈嘿嘿一笑，正要说话，周亚泽一拳狠狠挥过去。蕈眼明手快，一把抓住他的拳头，将他胳膊反手一扭，就把他压在墙上。

楼梯下方，陈北尧二人哪里还顾得上身后厮打成一团的两人？沉默地抱了很久，陈北尧才将她松开，细长的黑眸盯着她晕红的双颊，声音有点哑："看来找蕈保护你，的确是个错误。"

慕善既然回国，就抱定了不再离开的打算，此时听到陈北尧半真半假的话，反而正色道："是你错了，不该送我走。"

陈北尧这么多年还是第一次被人说"错了"，也不生气，反而与她执手在沙发上坐下。

原本先斩后奏送她出去，一是未来几个月不知会有怎样的腥风血雨，把她送出去，他才能安心做事；二是他既然已经决定和李诚合作，将来就有锒铛入狱的一天——他不想让她亲眼看到。虽然七年也好，十年也罢，他不需要问，都知道她会等着自己，但他也有私心，至少不想让她亲眼看到他入狱。

可现在她回来了，不知怎么的与蕈沆瀣一气，而蕈这么个冷酷成名的杀手居然会听她的，实在出乎他的意料。

"明天一早，我另派人送你走。"陈北尧盯着她道。

慕善神色不变，沉声道："派谁去都是一样的，他们敢硬拦我吗？老公，夫妻就该同甘共苦，你要是再自作主张，我、我就……"

陈北尧黑眸微沉，语气低柔，隐隐有些好笑："你就怎样？"

慕善想了半天，竟没想出一个自己能狠下心"贯彻"，还对他有威慑力的威胁。硬的不行只能来软的，她蚊子般的声音闷闷道："我就不理你！"

这话着实孩子气，近乎撒娇了。除了在床上，陈北尧很少看到她这样小女人的娇态。虽然知道她故意让自己心软，可他还是无法避免地心头一软。

身后却有人扑哧一笑，两人都回头望过去，却只见蕈神色冰冷地站着，乌青着左眼圈，单手将周亚泽扣在沙发背上。周亚泽一脸戾气，鼻青脸肿。

蕈却嘿嘿一笑道："陈老板，我的耐性有限，这个废物再不住手，我就要杀人了。"

周亚泽受制于人却丝毫不慌，反而冷笑道："世界第一？我看也就这样！"

陈北尧站起来，拍拍蕈的肩膀，蕈这才松手。周亚泽得到自由，像一把紧绷的弓，一下子弹起来。陈北尧拉他一把，示意两人都坐下。

之前蕈掳走慕善，令陈北尧心生杀意；君穆凌利用周亚泽勒索，更是让他吃了闷亏。但君穆凌也是个言而有信的人，之后陈北尧有要求，君穆凌无不言听计从。君穆凌虽然受台湾支持，却是坚定地反对恐怖分子和分裂主义。这次陈北尧要对付张痕天，虽然没跟他明说，但他在得到国际刑警方面的一些暗示后，愿意全力支持陈北尧。

陈北尧虽然有仇必报绝不吃亏，但什么事一旦跟慕善扯上关系，轻重缓急就是另一套逻辑。他既然可以为了慕善坐牢，自然不再把跟君穆凌和蕈的恩怨放在心上。他会放心让蕈保护慕善，就是最大的信任。

周亚泽何尝不知道蕈现在是友非敌？只是他生性不羁，就算要以大局为重，心中也打定主意要找机会在蕈背后插上一刀。今天仇人见面分外眼红，实在把持不住，先打了再说。

"慕，我渴了。"蕈却忽然道，神色自然地看着慕善。慕善站起来，走到客厅一侧酒柜前，打开一瓶，倒了一大杯，把酒瓶和酒杯都拿过来，放在他面前。他端起抿了一小口，神色舒展，又喝了一口。

慕善回到陈北尧身边坐定，却见他目光微沉，而一旁的周亚泽明显一脸不赞同。她脸上微热，低声对陈北尧道："学你，软硬兼施，不然，他怎么肯送我回来。"

这话令陈北尧失笑，心头原本的些许不悦，也烟消云散。

蕈却自己走到酒柜前，又拿出三个杯子，回到桌前一一满上。

一杯放到陈北尧面前："陈老板。"

一杯重重放到周亚泽跟前：“你的。”

再递一杯给慕善，然后，他举起自己那杯先干了。

这已经是赔罪的意思了。陈北尧微微一笑，先干了，又拿起慕善那杯喝了。周亚泽冷笑一声。陈北尧低喝一声：“亚泽。”周亚泽看他一眼，端起杯子，却只喝一半又放下。

陈北尧也不勉强，吩咐厨子准备饭菜。慕善之前注意力一直在陈北尧身上，这才忍不住看向蕈，目露恰到好处的惊讶和钦佩。蕈端着酒，没看她，嘴角却微微一弯。

其实，跟蕈在巴拿马相处的这一个多月，慕善已经很清楚，什么时候该对蕈硬，什么时候该对他软。

人的气场是种很奇妙的东西，从慕善遇到蕈的第一天起，就对这位世界顶级杀手毫不畏惧，反而充满鄙视和愤怒。

奇妙的是，蕈竟然丝毫不因她的这种情绪而生气，似乎招惹慕善这种正直干净的青年就是他的乐趣所在。慕善越不知好歹地不把他放在眼里，他越对慕善退让。不过慕善也次次适可而止，不敢真的惹毛他。

这次她坚持要回国，蕈原本没当回事。她不吃饭沉默抗议，他冷笑着强灌；她一顿胡乱拳脚，没伤到他半点，却被他绑了起来。

“要不是将军现在把陈北尧当兄弟，我才懒得管你死活。”当时他冷冷道。

慕善听到“陈北尧”这个名字，眼泪就往下掉，哭了一阵，身上绳子却松了，抬头却看到蕈不耐烦的容颜：“还有比你更麻烦的女人吗？”第二天，却直接带她去了机场，买好回国的机票。

“我要保护的人，就算在地狱，也不会有半点损伤。”他坐在头等舱里，声音很轻很跩。慕善却感激得不得了，低声道：“谢谢！”

他却戴上眼罩往后一靠，懒洋洋道：“我饿了，蛋糕。”慕善依言叫来空姐。于是这一路，他颐指气使，却换成她甘之如饴——只要能回陈北尧身边，给蕈端茶倒水算什么？

此时见饭菜端上来，蕈毫不客气地端起饭碗就吃——大概已经受够了飞机上的饭食。慕善心头失笑，居然觉得他十分可爱。不过，就不必跟陈北尧说这感觉了。

陈北尧问了问君穆凌将军在台湾的情况，又聊了聊霖市现在的形势。谈起正事，三人倒是毫无芥蒂，颇有些心灵相通的感觉。

等到一小时后，情况已经有了变化。周亚泽大概是因为不能杀蕈，格外郁闷，狂喝一通，终于醉了。蕈是国际化人才，喝洋酒比较多，在金三角顶多也就喝喝将军的金门高粱，哪里料到五十年茅台后劲太足，自己喝掉两瓶，也就不省人事。

等陈北尧把他们两人都放倒，目光清亮拥着慕善上楼的时候，这两人一左一右歪在沙发上，周亚泽的脚还踩在蕈的脸上。慕善看着这一幕，不禁笑问陈北尧："你故意的？"故意灌醉他们两个，让他们一笑泯恩仇？

陈北尧却不答，微笑着借着酒意，走到门口时就把她打横抱起。

一起沐浴缠绵后，陈北尧靠在床上，慕善趴在他怀里。小别胜新婚，加之慕善今天又刻意令他无法割舍，此时陈北尧摸着怀里的娇躯，竟真的难舍。慕善圈着他的腰道："要走一起走，要留一起留，要死一起死。"

陈北尧听她语气格外坚定，知道再也勉强不了，沉默许久后，将她抱得更紧。

过了一个星期，张痕天约"合作伙伴"吃饭。陈北尧明白，涉及军火的生意即将展开。为显得信任，这次陈北尧打算带慕善去。有了这一次，今后的会面，他却打定主意不再带慕善。

所以，会遇到丁珩，是意料之中的事。

灯火辉煌、装饰精致典雅的会所门口，慕善跟陈北尧下车时，正好看到丁珩站在门口瀑布假山景观前低头抽烟。幽深夜色里，他的身材显得格外高大挺拔。他跟身后手下隔着几步远站着，长身玉立，却有了几分落寞的意味。

张痕天早已在门口等候，看到两人同时到来，也不惊讶，笑道："陈老板，丁老板，请进！"

丁珩缓缓回头，慕善心头一紧。那沉黑明亮的眸平静如昔，淡淡道：“陈老板，陈太太。”

慕善心下惭愧，近日来波折不断，她都没想起过丁珩这个人，甚至在有一次遭遇杀手时，她隐隐对他心生怀疑——尽管直觉告诉他，他不会再对他们夫妻下手。

此时听他疏离地喊一句“陈太太”，既是意料之外又是情理之中。她脑子里突然闪过一些迷梦般恍惚的画面，耳边似乎又响起他压抑的低叹。慕善心头蓦然一软，怔怔地望着他。而他也恰好看过来，四目相对，看似波澜不惊，却都能看到对方眼中的隐痛。

“丁少现在是张老板的拜把子兄弟，也就是我的兄弟，以后叫善善嫂子，也不为过。”陈北尧淡笑的声音，打破了暧昧的沉寂。

丁珩笑笑，眉宇间的抑郁一扫而光，扬眉道：“陈少不计前嫌，弃暗投明，真有意思！”

周围人听得都是一愣，丁珩淡笑着，率先走进大厅。陈北尧落后几步，扶着慕善的腰，沉默地往前走。快到电梯的时候，陈北尧忽然低声道：“别那么看他。”

慕善还没答话，前方已经有人跟陈北尧寒暄客套起来。慕善带着笑意应对着，心里却想着“那么看他”，她怎么看丁珩了？

张痕天携白安安以及两名心腹坐在包间里。几个男人见面，俱是言笑晏晏，完全看不出几个月之前的明争暗斗。慕善心想，没有永远的敌人，只有永远的利益，果然是这些男人的金科玉律。

按照陈北尧之前告知慕善的情况，今天的酒席更像是张痕天为他和丁珩摆的和解酒，真正的秘密，当然不会在这个场合谈及。男人们觥筹交错，偶尔聊上几句生意，点到为止，心知肚明。

慕善并不想插话，索性埋头慢吃，这也是陈北尧希望的。不过，她看到白安安白着一张脸，肚子已经很大，一直沉默着。吃了一点，她就坐到一边沙发上，似在沉思。慕善吃了一些，便走过去坐到她身边。

这举动落在一桌男人眼里，陈北尧是视而不见，丁珩是事不关己。张痕天看到白安安对慕善抬头一笑，心念一动。他看一眼一侧的保镖。保镖会意，上前一步，静静立在沙发后，听着两人说话。

“几个月了？”慕善盯着她圆滚滚的肚子。

“七个半月。”白安安脸上浮现几分柔色，目光真诚，“慕善，上次一直没来得及谢谢你。”

慕善笑笑，问：“男孩女孩？”

“男孩。”白安安握住她的手放在自己肚子上，“你摸摸。”

慕善的手掌轻轻放上去，屏气凝神，过了一会儿，果然感觉到胎儿在动。这感觉实在奇妙，她惊喜地看着白安安：“你……真好。”

白安安脸上早无前几次看到时的戾气，只是微笑：“你们呢？打算什么时候要？”

慕善闻言脸上一热，抬眸看一眼陈北尧。陈北尧原本在跟人交谈，目光一闪，就捕捉住她的眼神，神色一柔。

坐在他身旁的张痕天将两人神色尽收眼底，反而看向丁珩，笑道：“老弟，成家立业成家立业，先成家后立业，堂堂榕珩董事长，连女人都没有一个，要不要老哥给你介绍？”

一旁心腹笑道：“上个月老板不是刚跟军区副司令吃过饭吗？司令的独生女儿刚研究生毕业。”

众人都笑，丁珩没笑。他长指夹着烟，深吸一口，毫不顾忌地看着两个女人那边，微眯着眼道：“谁说我缺女人？”

在座谁不知道霖市最著名的三角恋？外界传闻慕善原本是丁珩的女人，陈北尧一夕夺势后，卷走了榕泰的财产，慕善也变心跟了陈北尧。

但是，此时丁珩望着慕善的目光虽然大胆直白，态度却坦荡自然，既显出一番风流傲然的公子气度，又似乎隐隐透着固执的深情。众人为他的风度所折服，也忍不住随着他的目光看过去。

白安安固然艳光四射，但穿着宽松的孕妇裙，加之脸色苍白，神色恍惚，坐在浅笑低颦的慕善身旁，一时竟被比了下去。

慕善今天是以陈太太的身份到来，穿了条端庄大方的深蓝色长裙。V

领之上，垂肩吊带，露出玉一般纤秀匀称的肩膀；黑色长发铺落肩头，衬得肤色越发莹润动人；腰间一条浅粉流苏，松松系了个蝴蝶结，更显得腰身轻盈，身肢修长；而雪白的鹅蛋脸上，黑眸波光流转，红唇清雅含笑，于灯光下，静秀端凝，眉目如画。

男人们都是一怔，连张痕天都对慕善多看了两眼。

“丁老板在看哪里？”平平淡淡的声音，正是陈北尧，一下子令众人恍若从梦中惊醒。他的声音中听不出任何情绪，可他的问题却直接得令人感觉到隐隐的压力。

丁珩闻言收回目光，淡笑不语。其他人也收回目光，不敢再看。室内一时沉寂，略有些僵硬尴尬。

丁珩自己倒了一杯一饮而尽，这才抬头看着陈北尧。陈北尧也看着他，目光清冷逼人。

丁珩声音含笑清朗：“在看嫂子。”

众人都笑，只觉得气氛瞬间缓和。慕善是嫂子，白安安也是嫂子，丁珩的回答很是讨巧，好像只是身为老弟，欣赏两位嫂子的姿容，直言坦诚，仿佛没有半点邪念。

可陈北尧自然知道，这句“嫂子”是回赠给他的。他也不恼，淡笑道：“长嫂如母，丁老板有心了。”

张痕天哈哈大笑：“英雄美人，珠玉在侧。老弟，你两个嫂子可都是难得的美女。来，我们敬两位佳人。”

他敬酒，大家都得端起杯子，这一段小插曲就这么掩盖了过去。

离开会所的时候已经是夜里十点。慕善挽着陈北尧坐在回去的车上。她实在没料到，时至今日，他们两人还会像在金三角一样，你来我往。虽然刚才众人的目光和丁珩的话令她略有些恼怒，可此时对着陈北尧，忽然觉得他刚才冷冷一句“丁老板在看哪里”又威风又可爱。她满腔柔情涌上来，靠在他怀里：“怎么办？丁珩真把张痕天当大哥了……唉！前有狼后有虎。”

陈北尧没回答，大手轻轻拂过她的长发，送到唇边轻轻吻着。

到了家，慕善上楼洗澡。过了一会儿出来，见陈北尧一人独坐在客厅，蹙眉沉思。

“怎么了？”她柔声问。

陈北尧静静地看着她：“李诚一会儿到。”

慕善点头。其实李诚之前已经来过一次——城东都是陈北尧的势力，一个陌生人踏入这一片，都会被周亚泽的手下察觉，张痕天也无法监视。所以李诚来家里见陈北尧，反而比在外面安全。

陈北尧又道：“他说，给我们安排了帮手。”

“谁？”

陈北尧摇摇头。

过了一会儿，周亚泽也来了，骂骂咧咧道：“帮手？李诚这小子能安排什么帮手？先讲清楚，老子不喜欢跟条子合作。”

蕈之前一直窝在偏厅打游戏，这时轻轻“啧啧”了两声。慕善坐得离偏厅近，听得清清楚楚。周亚泽没听到，慕善也没提，免得这两人又干架。

半小时后，保镖探头进来，朝陈北尧点点头。过了几秒钟，李诚走进来，身后跟了个高大的男人。李诚朝陈北尧点点头，把身后的人让出来。

陈北尧面无表情，周亚泽低声骂了句娘。慕善心中惊喜。蕈靠在房间门口，看了看慕善，又看看那人，转身又走了回去。

“老板，今后丁珩跟你，一个在明一个在暗。我也直说了，希望你们……放下成见，才能有双赢的结果。”李诚声音诚挚。

丁珩站在原地，目光淡淡划过众人，最后停在陈北尧身上，道：“张痕天在北方的军火通路，我已经有了些眉目。”

Chapter 14

鱼嗜水之欢，不清楚谁能够原谅
……贪婪的欲望，醒来的人不知去向。

林忆莲《玫瑰香》

慕善看着丁珩神色沉静地坐下，只觉得世事难料，莫过于此。

“你先上去。”陈北尧握了握她的手。慕善点点头，若非必要，陈北尧也不让她涉入太深。她转身上楼，眼角余光只见丁珩一动不动地坐在那里，似在沉思。

慕善拐过楼梯，楼下众人已经看不见，却隐约听见陈北尧淡淡的声音问：“你判多少年？”

只听丁珩清朗的声音答道：“只会比你多。”

楼下俱是一静，慕善推门入房，下面的声音再也听不见。

她望着一室温馨，自己先叹了口气。

从巴拿马回来，原定的婚期已经延误。而陈北尧决意坐牢，两人也都不想在之前再大举婚礼，对外只说慕善身体不适，婚礼延后。父母那边虽然不太高兴，但慕善想到未来几个月即将发生的事，也就顾不得那么多了。

她坐到飘窗上，望着幽深的夜色，心头百转千回。其实她早已想过，陈北尧身边有卧底，丁珩身边难道就没有？可眼见丁珩与张痕天走到一路，她只怕丁珩一条道走到黑，却没料到丁珩有朝一日成为陈北尧的“自己人”，终究算是一件好事。

只是他涉毒，又不知道会被判多少年。

“他有什么理由坐牢？”这晚其他人走后，陈北尧这么问慕善。

慕善想了想，摇头。

陈北尧便不再说话。慕善明白他的意思，又道：“但是警方也会盯着他。”

陈北尧正在脱衬衣，随手摸摸她的脸，语气淡然：“想走不难。”

不难，慕善当然知道不难。李诚是省公安厅专案组也好，哪怕是国际刑警也好，他也有自己的位置。只要有位置，就有上下级，就有关系，就能活动。在这个钱权通天的时代，陈北尧和丁珩又不是罪恶滔天，要买一条命买一辈子的自由，真的不难。

可是如果丁珩都不会坐以待毙，那么陈北尧又为什么要心甘情愿去坐牢呢？慕善心中隐痛，她当然知道答案。他执意要用七年，换她一辈子心安。

时光如梭，很快已是深秋。

霖市的秋天虽然秀美，却没有北京秋高气爽，苍茫大气。慕善没料到会在今年秋天回到北京——因为要参加张痕天儿子的满月宴席。

陈北尧、丁珩之下，所有心腹都前往北京祝贺。为什么这么兴师动众，慕善看得清楚：对于张痕天这种男人来说，利益和实力固然是他与陈丁二人联合的主因，但如果不是对两人心存欣赏，张痕天肯定不会亲自出面跟他们合作。

所以，陈北尧和丁珩也极有默契地跟张痕天发展“交情”。这跟慕善在商场上学到的道理一致——感情，有时候比利益更打动人。陈丁二人虽然不至于那么快跟张痕天推心置腹，但几个月的合作十分顺利，不拿出几分真心是不可能的。甚至某一次陈北尧对慕善谈及张痕天时说道："他是个很有魅力的商人。"

慕善反问："你难道不是吗？"

陈北尧只是抱着她微笑。

满月宴设在市区一家著名的御膳酒楼。慕善虽在北京待过好些年，却也从没来过这样顶级、奢华、烧钱的饭店，看到门口一溜的"太监""宫女"恭敬迎客，她就有点想笑。

张痕天并没请很多人，大厅里只摆了二十余桌，已经坐了七八成。陈北尧和慕善被领到首桌，便见丁珩已经早早坐在那里。陈北尧照例只是冷冷地看丁珩一眼，随意点头。慕善微笑致意。丁珩对陈北尧的神情同样冷漠，看向慕善时，却明显柔和许多。

慕善把这两人的神色尽收眼底，不由得想——他们的神态互动，到底是装了，还是没装?

就在这时，门口响起掌声，所有人都看过去——只见张痕天一身笔挺的中山装，既儒雅又英武，微笑着朝众人拱手致意，极为潇洒地一路穿行过来。他身旁还站着两个人，他几乎走两步，就转头对他们说两句，三人相视而笑——不用说，那两人是最为尊贵的客人，所以张痕天亲自去迎接。他们身后隔着几步，白安安抱着个孩子，神色颇为温柔地低头看着，在一堆保镖的簇拥中，也走了上来。

灯光璀璨，金碧辉煌。

张痕天上台宣读了祝酒词，大家举起酒杯共饮，宴席正式开始。

大概是要给张痕天面子，陈北尧和丁珩今天没有任何针锋相对你来我往，饭桌上气氛一片祥和。只是慕善偶尔抬头，撞上丁珩若有所思的目光，立刻掉转开。

酒席过半，张痕天的电话响了。他接起后，说了两句，笑容微敛，站起来对众人道："不好意思，老家有点急事，失陪接个电话。"又专程对那两位贵客道，"抱歉！"然后在白安安额头一吻，转身走进大厅一侧的内间。两个随行人员迅速把门拉上。

陈北尧和丁珩看都没往那边看一眼，继续与同桌人交谈。慕善心中微动，知道应该是出了什么事，否则张痕天不会丢下贵客、避开众人去接一个电话。她之前听陈北尧大略提过，李诚会在满月宴期间动手，逼张痕天向陈北尧等人求助，不知道是不是就是这一次。

她的心情略有些紧张激荡，忽地一阵发晕。恰好陈北尧给她夹了片鱼肉在盘子里，她平日最喜欢吃鱼，今天闻到新鲜的海鱼却忽然一阵恶心，捂住嘴闭上眼，一阵喘气。

“怎么了？”陈北尧几乎是立刻放下筷子，单手搂着她的腰。对面的丁珩目光如电看过来，看清她略显苍白的脸，眉头也是一蹙。

白安安在这时抬头看着慕善，仔细看她两眼，忽然问：“你最近是不是特别容易犯困？”

慕善略有些吃惊地点头。最近她一直提不起精神，天一黑就想睡，睡到上午十点还不想起，胃口还不好，月信也推迟了。她觉得很可能是上次中枪后身体虚弱不少，加之那次之后，月信也不太准，所以也没往那方面想，也不想跟陈北尧提起。

白安安微微一笑：“你去检查一下，是不是有宝宝了。我头三个月也是睡得昏天暗地，胃口也不好。”

她一说完，一桌人竟然都神色各异地安静下来。

最先出声的是其他几位客人，客套地对陈北尧道：“陈总，恭喜恭喜！”陈北尧沉默片刻，紧紧握着慕善的手，柔声问：“是吗？”

“我不知道……”慕善也是目瞪口呆。这几个月两人一直采取安全措施，或者在安全期，但听白安安这么说，倒像是极有可能。她心头又喜又忧，喜的是她真的很想为他生儿育女；忧的是，现在真不是一个好时机。

而丁珩看着慕善，胸口倏地隐痛，片刻后就将目光移开，更没有开口说恭喜。

这一段小插曲之后，饭桌上的气氛明显更加热络。陈北尧之前虽不想慕善单独抚养孩子，可此刻真的有可能，言谈举止中难免带了几分浅浅的喜色。白安安则一点点询问慕善的细状，越发肯定她已经怀孕。

宴席快结束的时候，张痕天还没回来，助理代替他向大家道歉，宴席就散了。慕善起身时，看到陈北尧和丁珩交换了一个眼色——她心里咯噔一下——虽然陈北尧没跟她说具体安排，但现在看来，应该就是了。

“你先回酒店。”陈北尧对慕善道，“我们等等张老板。”慕善点点头，随保镖回到车上，先回了下榻的酒店。

等慕善洗了澡，连蕈的声音都在外间响起，陈北尧还没回来。慕善心念一动，把蕈叫进来。原来蕈今天乔装成中年人，粗粗的眉毛黑黑的皮肤，只是眉宇间跟原来还有几分相似。他听慕善说完后，深深看她一眼，转头走了。过了十几分钟，他回到房间，丢给慕善一个塑料袋，转身带上内间的门。

陈北尧回来的时候，慕善已睡得昏昏沉沉，抬眸只见一室阴暗，只有一盏夜灯，柔柔地亮着。陈北尧连外套也没脱，微垂着头坐在床头，在灯下看着什么。慕善迷迷糊糊，顺手一摸，发现自己手上已经空了。

“好像真的中了……”她低低地嘟囔一句，便看到陈北尧转身看过来，只是脸隐在阴影里，看不清晰。慕善实在太困了，眼皮一沉，又睡着了。

等慕善再次醒来的时候，窗外已经大亮。她精神一振，转头一看，却见陈北尧已经神清气爽地站在窗边，一身笔挺西装，清冷俊逸，宛如天神。

“我约了妇产医院。”察觉到她苏醒了，他低声道，“走吧。”

慕善忽然有点不明所以的迟疑，低声道：“那个，验得也不一定准。”

陈北尧闻言微微一笑，一直插在裤兜里的右手伸出来，又低头看了看那条细细的验孕棒，清清楚楚两条杠，一夜之后，颜色并未淡去多少。他复又将它放入裤兜，这才走到她面前：“所以，我们去确定一下。”

上午十一点的时候，两人从医院出来，重新上了车。陈北尧一坐定，就拨通霖市妇产医院院长的电话，听到对方说恭喜，陈北尧嘴角露出微笑。这种事打个招呼对方就会全程安排好。挂了电话，陈北尧想了想，又对慕善道："你让叶微侬那边给院长再打个招呼。"

慕善心里正惊喜着，闻言一怔，明白过来——陈北尧是怕在孩子出生前就坐牢，他的面子不再管用，所以让她找叶微侬，双重保险。这令慕善心里百般不愿，立刻抓住他的胳膊问："现在有孩子了……你还是不肯出国？"

陈北尧静了片刻，这个问题昨晚他已经考虑过了。他反手握住她的手，慢慢道："你希望孩子有个怎样的童年？有个怎样的父亲？"

慕善说不出话来。

再次回到酒店房间的时候，慕善听到一名保镖在打电话，让公司助理退了几天后的飞机票，改成火车软卧。而陈北尧则揽着她，径直走到内间，让她坐在沙发上，又给她倒了杯热水，自己试了试温度，才递给她。见房间开着空调，皱眉关了，还在她肩头盖了条毛毯。

慕善热得发汗，扯掉毛毯，失笑："你不用这么小心，医生说状况很好。"

陈北尧却淡淡道："回霖市后，不要到处跑了，平时就在家里花园走走。"

慕善摇头："不行，怀个孕你就把我关起来？"

"嗯，是要关起来。"他抱着她，坐在沙发上。

过了一会儿，他淡淡道："张痕天在北方的几条运输线路虽然隐蔽，但几个头目最近都被警察抓了。他昨天说，这两天让北方的人把一批军火直接转到我们手上出境。"

慕善一呆："快了？"

陈北尧点头："快了。"

慕善心里一痛，半天说不出话来。他们对张痕天动手的时候快到了，那么离他入狱也不远了。

"善善，这次我不会让你一个人，我会看着孩子出生。"陈北尧见她神色一变，起身蹲在她面前，靠着她的双腿，抓起她的手指一根根吻着，

“我保证。”

慕善的孕吐反应非常严重，天一黑就昏昏欲睡，睡足十二个小时还不够，白天更是吃什么吐什么，顶多就能吃点水果。

她不想让陈北尧分心，在他面前尽量多吃。可实在心有余而力不足，米饭吃了几粒就反胃得不行，牛奶鸡蛋更是沾都不想沾。这些如何逃得过陈北尧的双眼？他直接停了几天没去上班，二十四小时陪伴着她。

她晚上七八点就想睡，他就抱着她，直到她睡熟了才起来工作；上午十点多她一睁眼，就会看到他从书桌前站起来，陪着她洗漱，仔仔细细看着她有无半点异状；她不肯吃东西，他就请来营养师专门搭配可口饭菜；她还是吃不下，他就拿起碗筷，像哄小孩子一样，一点点喂她……在这样细致的照料下，慕善盛情难却，脸上终于恢复了血色，不再消瘦。而陈北尧一头忙着工作，一头密谋拿下张痕天，还要照顾她，人越发清瘦。

这天，慕善早早就上床睡了，陈北尧照例抱着她，在床上守着。慕善很快就睡着了，只是也许这天白天看了关于《刑法》的东西，夜里竟然做了梦。

只见黑黝黝一片，眼前只有数根老旧的金属围栏，她定睛一看，陈北尧就站在围栏后。他穿着暗蓝白条纹的囚犯服，蓬头垢面地站在那里。而她抱着孩子，呆呆地站在围栏外……

慕善一下子惊醒，猛地睁眼，只觉得后背一阵冷汗。

“老公……”她下意识就要找他，伸手往边上一摸，空的。窗外夜色深沉，她抬手打开台灯，却见房间里空荡荡的，哪里有陈北尧的身影？

事实上，这天夜里两点，陈北尧正在距离市区一百公里的荒郊。

这里是一片深山，幽暗的国道在月光下显得阴森煞白。陈北尧和周亚泽坐在车里，远远看着国道那一头的动静。

刘铭扬带着十几个人、七八辆车，就停在道路这一头。隔着数百米的距离，他的声音从监听器中清晰传来：“老板，他们来了。”

他的话是对陈北尧说的，陈北尧闻言蹙眉，只见远远的国道尽头，果然有几辆大卡车平稳地驶过来。

近日，警方暗中对张痕天在北方的军火运送频频施压，张痕天迫于无奈，要将一些运送中的军火转向西南出境。今晚，就是他在北方的通路人员直接将货在霖市边境交给陈北尧。据说，另一批货也会在这几天交给丁珩。

从明面上说，陈北尧身为老大，对于两人第一次交易亲自来监督十分合情合理，而暗中来看，这也许是追查到张痕天其他通路的唯一机会。

很快，那些卡车在刘铭扬的车队前方数十米处停下。黑黢黢的夜色中，似乎还有几辆大型挖掘机、推土机跟着那些卡车。

“张痕天那老小子还挺会折腾的。”周亚泽笑骂一句。

陈北尧微微一笑：是啊，难怪警方查了这么久也没有查出端倪——谁会把军火藏在大型机械设备中？

耳麦中很快传来刘铭扬跟对方对话的声音。

“你好，我是陈老板的助理。”

“陈老板人呢？”

“在那边。”答完这句，远远可看见两人似乎都转头朝这边看过来。陈北尧敲出根烟，让周亚泽点了。黑夜中一点红光，模模糊糊却已足够醒目。对方似乎这才放心，又道：“这是目录，放好了。”

耳麦中响起刘铭扬低喃的声音：“麻雀100、加菲猫5……”这自然是他们的军火代号了。

双方都是干练简洁的人，很快，数箱印着五金零件的大箱子尽数搬到刘铭扬开过来的卡车上。还有那几辆挖掘机，对方将钥匙交给刘铭扬，然后一行人悄无声息地上车，迅速消失在国道尽头。

刘铭扬虽然领受这次任务，却不知道内情。一切办妥后，遥遥往陈北尧这边看了一眼，就带着车队，朝相反的方向，把“货物”运回指定的仓库。

陈北尧和周亚泽开车远远跟在后头，好在一路有惊无险，军火安全抵达霖市南郊的仓库。东西刚一入库，刘铭扬等人离开后，很快便有李诚的一队人过来清点查看。

陈北尧到家的时候，已经是早上六点。他觉得这个时间稍微有点晚，但慕善应该没起床，所以他并不是很担心。

他虽然精力过人，熬夜一整晚还是略有些疲惫。走进一楼客厅后，他先在沙发上坐下，闭目缓了缓。

这一迷糊再睁眼时，墙上的钟已经指向七点。虽然困意袭来，但他想到楼上慕善正香甜沉睡，不由得精神一振。他捏了捏眉心，正要起身上楼，忽地看到沙发另一头，跟自己隔着一尺不到的距离，慕善竟然就蜷在沙发上。

他这才看到，自己身上不知何时被人盖上了条毛毯，而慕善也缩在这条毛毯下，脸蛋苍白，双目紧闭，睡得香甜。

他心里咯噔一下，几乎是立刻想要伸手将她抱到楼上，可又怕惊醒她。淡白的阳光从窗户照射进来，她的呼吸均匀悠长，眉宇间却隐有忧色。毫无疑问，昨晚他的行动令她担忧了。也许她半夜醒来发现自己没在，就没再睡着过。

陈北尧略一衡量，还是轻轻伸手探入，将她打横抱起。她迷迷糊糊一睁眼，看到他，眼中闪过激动的神色。可也许是困意太浓，她的眼皮又耷拉下来。

“你回来啦……”她闭着眼喃喃。

“嗯。”

“唔……老公，别走……我很想你……半夜，很想你……”说完这句，她的声音渐低。

陈北尧心头微痛，忽地心念一动，低声问道：“老婆，上次怀孕，是不是也这么难受？”

“嗯。”慕善低低应了句，呼吸逐渐平稳，显然已经沉睡。陈北尧站着没动，静静凝视半晌，低头轻轻一吻，才将她抱上楼。

慕善睡到中午十二点才起来，却对早上半梦半醒中的呓语全然不记得。她只记得自己给陈北尧盖了条毛毯就睡在他身边，醒来却在床上。陈北尧抱着她，他还在睡，手把她箍得很紧。她轻轻掰他的手指，他立刻睁眼，深深看着她。

“昨晚去哪儿了？”慕善问。

“去交易。”陈北尧言简意赅。

慕善看着他：“我都想知道。”

陈北尧看着她漆黑坚定的双眸，点点头。

慕善最近精力不济，有关张痕天的事，陈北尧原本就不想让她知道太多，所以已经很少跟她提及。慕善本来觉得没什么，她只要知道大概进展，心里有数就好。可昨晚半夜惊醒，看不到陈北尧，虽然后来他回来了，她却一阵后怕。

她不敢想，可她真的怕，怕哪天忽然醒来，陈北尧就再也回不来了。

所以她不要再一知半解。尽管她帮不上忙，但至少要知道他什么时候如履薄冰，什么时候蓄势待发。而她一说，陈北尧就懂了。

陈北尧便将昨晚的种种细节说给她听。听到张痕天用挖土机运军火时，慕善一愣，扑哧一笑：“他可真有办法。那你的人是不是跟踪那些人去找他的老巢了？”

陈北尧赞许地看着她，却答道：“不，李诚的人去了。”

慕善高兴：“对，这种危险的活儿，咱不干。”

“蕈也去了。”

慕善一听，明白蕈的确是追踪的最好人选。可她居然有点担心蕈的安全。

好在两天后的晚上，蕈安全归来了。

跟蕈几乎同时抵达家中的，还有李诚、丁珩和周亚泽。当时，陈北尧正陪慕善在客厅看电视，看到他们来，也没让慕善上楼。这些人都是人精，见慕善没像平时那样回避，也不多问，只叫一声嫂子就都坐下。丁珩没叫嫂子，看到她明显消瘦的容颜，却是一怔。慕善脸上一红，假装没注意。陈北尧和丁珩目光相接，俱是不动声色的沉默。

首先开口的是李诚："我的人跟踪那些运输人员，有了些线索。"

他将几张照片放到桌上。慕善低头一看，只见夜色中一些高大的建筑，门口的标识却很鲜明。十几张照片上重复出现两个名字：

"久洲矿业""华来食品"。

慕善听过这两家企业的名字，都是国内行业十强企业，非常有成长力的公司。可李诚追查到的线索，怎么会跟它们有关系？

其他几个男人拿起照片看，却都是不动声色。

"我记得这两家名声不错啊，怎么跟张痕天搭上了？"周亚泽皱眉道。

李诚答道："我的人只跟踪到那些运输人员进入这两家企业在华中的分公司。他们到底是这两家企业的人，还是只是假借这两家企业作掩饰，目前还不明确。"

他这么说，等于线索又陷入重重疑云。

慕善心念一动，有了些想法，正斟酌着，却听身旁陈北尧沉声道："这两家企业的老总是同一个人，叫蓝羽。"

其他人都看过来，又听陈北尧继续道："蓝羽十年前是张痕天公司的职员，因为挪用公款被开除，还差点被起诉。据说跟张痕天闹得很僵，现在两人也不合。如果说张痕天在中国还有什么对头，第一个就是蓝羽。"

周亚泽摸了摸下巴，道："老大，你怎么知道得这么清楚？欲盖弥彰，我看这蓝羽八成是张痕天的人！"

众人一听，都觉得匪夷所思，却又理所当然。李诚更是心头一喜——隐隐觉得这就是真相！难怪追查张痕天多年也没有线索，如果他一直把军火通路藏在"对头"那里，警方当然查不到！

慕善心里骄傲——陈北尧心思缜密，要整什么人，自然上天入地，无所不用其极。只怕张痕天的祖宗十八代，他都记得清清楚楚，更何况一个蓝羽？

蕈忽然道："他们的确是这两个企业的人。"说完，从怀里掏出一本册子，往陈北尧面前一丢。陈北尧抬手接了，低头一看，居然是"久洲矿业”的公司通讯录。

陈北尧打开翻看，只见厚厚一本通讯录上，隔几页就有一两个名字，下面用红笔画了线。只听蕈漫不经心道：“我跟着他们进了子公司，又回到北京的集团总部。这天晚上，跟陈老板交易的一共二十五个人，我把名字勾出来了。”

众人俱是一静，大概是都有些震惊。

蕈却笑笑，不再说话。慕善忍不住看向他，他几乎是立刻捕捉到她的目光，咧嘴一笑，有点得意的样子。慕善心头失笑，却十分高兴——如果说陈北尧的推断是直觉，蕈拿到的，却是最直接的证据。只要顺藤摸瓜，离大功告成就不远了。

慕善想了想，还是把心里的想法说了出来：“我记得这两家企业经常资助慈善事业，尤其对海外慈善捐助很多，每次都捐助一些机械和食品。既然他们会用挖掘机……运军火，会不会慈善事业也是个幌子？”

此言一出，大家都看过来。李诚笑道：“嫂子说的是一条很重要的线索。”周亚泽看一眼慕善，又看一眼陈北尧，笑了。

一直沉默的丁珩目光幽深，却也隐隐有笑意。

陈北尧的胳膊搭在她身后沙发背上，听她说完，微微抬头，看着她的侧脸，没有笑，目光却温柔无比。

几个男人又聊了一阵，都是之后追踪分工的细节。不知不觉时针已指向十二点，慕善其实从他们来的时候就已经犯困，此时更是困上加困，忍不住往陈北尧肩头一靠，耳中听到他们的对话声也像是从很远的地方飘来。

恍惚间只听到一个声音说：“各位老板，我还有一个发现……”她却听不清晰了，恍惚中只感觉到两道灼灼的视线盯着自己，眼皮一沉，就睡着了。

陈北尧正听蕈说话听得入神，忽地蕈声音一顿，闭嘴看着他，他这才察觉到慕善柔软的头发蹭着自己的肩膀。他侧眸一看，却只见雪白的一张脸上长睫轻合，慕善竟然已经睡得极甜了。

蕈不吭声，其他男人也看过来。看到慕善睡着了，都是一怔。

“要不先抱嫂子上去？”李诚低声道。

陈北尧盯着慕善的睡颜，只想等她睡得再沉些，便压低声音道：“没事，继续。”

蕈看一眼慕善，继续道：“张痕天可能有一个地下兵工厂。”

众人一愣。

原来蕈听那些运输人员打电话，几次提到一个叫“冷库”的地方。他根据他们的说话内容推测，那里很可能是张痕天在大陆的地下兵工厂。这个可能的发现无疑令所有人目瞪口呆，如果能把张痕天的兵工厂连根拔起，简直会有无法估量的影响。

等大家商量好如何深入兵工厂查探时，时间又过去了半个小时。周亚泽叫厨子弄了夜宵，几个大男人都饥肠辘辘，默不作声开吃。

陈北尧悄无声息地移动慕善的身子，将她打横抱起。刚一站起，却听她喃喃念了句什么，双眼忽然睁开，波光一闪，又忽然合上。

陈北尧立刻不动。他略显僵硬的动作让原本低头大吃的男人们也注意到，全都看过来。只听慕善含含糊糊的声音，甜软中带着几分撒娇：“老公……别走……”

声音不大不小，所有人听得清清楚楚。只有蕈扑哧笑出了声，周亚泽虽然没笑，可表情也跟蕈差不多。李诚目光却柔和很多，丁珩的目光却像凝滞了，盯着面前的餐盘。

陈北尧见怀中女人长眉微蹙，左手垂在身侧，紧握成拳，右手却无意识地轻轻抓住他的衣襟。这份依赖令他心头一荡，只想快点把她抱上楼，不让其他人看到她睡梦中的娇态。

谁知刚一移动，却又见她睁开眼，呆呆地看着自己，闷闷的声音道：“丁珩，丁珩其实很可怜的……”

他不知道，慕善睡得昏天暗地，猛地睁眼，只看到他在灯下英俊的侧脸，恍惚还以为是前天夜里，他半夜回来，她睡在沙发上等他。

而丁珩第一次来家里那天，淡淡一句他的刑期只会比陈北尧多，当时她听着没什么，潜意识里，却记得清清楚楚，所以现在迷迷糊糊，就把心里话脱口而出了。她根本没意识到周围还有人，丢下这句话，就把头埋在陈北尧怀里，又睡着了。

只余下略有些僵硬的陈北尧和神色各异的男人们。

丁珩不再低着头，死死盯着前方。可从他的角度，只能看到陈北尧抱着慕善的高大背影。而陈北尧没有看他，抱着慕善径直走向楼梯。

走回主卧，陈北尧轻手轻脚地将慕善放回床上，静静注视她片刻，执起她的手送到唇边吻了吻，这才起身走到主卧的卫生间。

他打开水龙头，捧了把冷水浇在脸上。他抬起头，看到镜中的自己神色冰冷，眼神阴霾，隐有血丝。

也许是连日的操劳太压抑，也许是慕善的温柔太动心，又也许是被她刚才提及丁珩时的怜悯所刺激，他忽地心潮澎湃，宛如以前每一个备受欲望煎熬的夜晚，只觉得全身仿佛被那汹涌而强烈的爱意再次侵袭。此刻，他什么也不想管，不想坐牢，不想赎罪，只想马上走过去，抱着她，吻着她，无比贴近。

他拉开卫生间的门，略有些急躁地走出去，刚抬起头，猛地一怔。

柔和的灯光下，丁珩竟然不知何时走了进来，静静坐在床边，英俊侧脸仿佛一座沉默千年的雕塑，低头看着沉睡中的慕善。

陈北尧的脸色有点冷了。

“出去。”

丁珩察觉到陈北尧，居然也不慌不忙，淡淡地看着陈北尧：“我竟然不想杀你了。”

陈北尧闻言双眸精光一敛，挑眉看着他。丁珩却不再看他，转而低头看着慕善，无比温柔的声音，一字一句道：“善善，你觉得我丁珩可怜？”

梦中的慕善自然听不到，如果她现在睁眼，就会看到眼前的男人，宛如他们第一次遇见那天，宝石般的黑眸含了笑，极黑极亮。

然后，他双手插在裤兜里站起来，微抬起脸，身躯高大挺拔，似乎已经恢复了平日的洒脱随意。他目不斜视地走出了卧室。

陈北尧在他身后静静地注视着，最终只是看向床上的女人，沉默不语。

虽说是决意深入兵工厂查探，但这个举动到了陈北尧这些人精手里，自然演变成一系列繁复细致的计划。两个月来，他们通过各种渠道安插人手，黑白两道软硬兼施，终于探明了兵工厂的所在。现在只差证据，李诚就能申请搜查令，将兵工厂连锅端。

在这看似平静的时光里，慕善的肚子也终于微微隆起，孕吐反应完全消失，她的胃口开始变得很大，脸色也逐渐红润。满五个月的时候，她第一次感觉到了胎动。可是让陈北尧覆手过来后，却根本捕捉不到小东西轻微的动作，只能作罢。

平静的表象，终止于某个深夜。

这晚，慕善早早睡了，半夜又习惯性地惊醒，转头一看，陈北尧果然不在身旁。时值初冬，她披着衣服起身，刚走到客卧门口，就望见里面灯光暗淡，陈北尧站在床头，背影料峭。

蕈一身黑衣，站在他身旁，头上看起来湿漉漉的，黑色短发紧贴着额头，脸上……一脸的血！

慕善有点怕了，连忙走进去，却见床上躺着个人。床单血痕斑斑，那人双目紧闭，呼吸虚弱——正是周亚泽！

“怎么回事？”陈北尧冷冷地问。

蕈的声音格外平静：“有两个人发现了我们，朝我们开暗枪。”

慕善听到这里，一下子反应过来——一定是蕈和周亚泽夜闯兵工厂了。他们是陈北尧手下身手最好的两个人，这种危险任务非他们莫属。原来蕈身上的血是周亚泽的，那他还能活吗？慕善紧张地看着周亚泽，心提到了嗓子眼儿。虽然与周亚泽交往不多，慕善也一直不喜欢他纯黑帮的做派，可此刻见他奄奄一息地躺在跟前，居然深感揪心。

听到蕈的话，陈北尧脸色彻底沉下来，转头对慕善道：“叫医生。”

他的视线立刻回到周亚泽身上，阴暗的目光，沉默得有些可怕。

慕善立刻转身出去，让保镖去打电话。蕈给自己倒了杯水，在沙发上坐下道："我解决了那两个人，做了些手脚，能不能瞒过张痕天，要看运气了。路上我稍微处理了一下周的伤。"他说稍微处理，只是沿路闯入一间诊所。处理好之后，自然也把在诊所里留下的痕迹处理掉了。只不过这些他稍微一提，陈北尧自然心知肚明，他也不用细说了。

陈北尧面无表情地拍了拍蕈的肩膀，转身离开了房间。

回到书房后，他拨通李诚的电话："我们拿到了兵工厂的照片和账册。亚泽中枪了。"

李诚沉默片刻，答道："我派人过来取，立刻申请搜查令。"顿了顿又道，"亚泽怎么样？"

"死不了。"

因为怕引起张痕天注意，他们不能把周亚泽送到医院，只能请医生到家里。医生动手术的时候，陈北尧一直在边上沉默地看着。慕善握着他的手陪着他。蕈背着周亚泽一夜逃亡回来，此时也是累极，靠在沙发上睡着了。

等一切忙完的时候，天已经大亮。陈北尧安置好医生才跟慕善回房。慕善忽然想起陈北尧跟自己提过的一件事，忙问："后天的奠基仪式，你还去吗？"

她指的是陈北尧、丁珩与张痕天合资在霖市修建的大型度假村。原定后天三人共同出席，霖市许多官员也在邀请之列。可今晚不知是否令张痕天起疑，她忽然没来由地有点担心。

"去。"陈北尧摸摸她的头，"李诚打击兵工厂之前，我们不能打草惊蛇。"又微笑道，"荀市长也会出席，这种场合，你不用担心。"

慕善想想也是，但还是补充道："那天让蕈去保护你。"

陈北尧沉默片刻，点头。

"亚泽他……不会有事吧？"慕善担忧道。

陈北尧几乎立刻答道："他跟我一样命硬，死不了。"

同样的夜晚，张痕天正抱着白安安熟睡，却被电话铃声惊醒。

他看一眼时间：三点。能让心腹在这个时候打电话，绝不是小事。

“老板，冷库出了点小问题。两个保安斗殴，死了。”

张痕天手一顿，蹙眉道：“斗殴？”他之前有严令，有关兵工厂的任何事，无论大小，都要对他直接汇报，所以心腹才会半夜打电话过来。

“是的。”心腹答道，“我检查过伤口，的确是从他们的枪里射出的子弹，现场也有打斗的痕迹。尸体我已经处理了，应该没事。”

张痕天静了静道：“好，处理干净，这些天加强注意。”

张痕天只打了个盹，就起身来到书房。过了半个小时，几名心腹全部抵达。他们大多都听说了冷库的小乱子，有的没太在意，有的却忧心忡忡。

张痕天靠在沙发上，他的神色看起来比手下们轻松多了。他含笑道：“前几天收到消息，李诚没死，警察盯上了我，看来果然没错。”他说得轻松，却没说这条简单的消息花了他一笔巨款。

心腹们面面相觑，其中一人道：“是警察闯入了冷库？可是我们的通路那么隐蔽，警察怎么会知道？”

张痕天闻言心头一震，看了他一眼道：“也许我身边养了内鬼。”他对其中一人道，“你牵头，给我仔仔细细查！谁出卖我，我剥谁的皮！”

众人在他的目光逼视中，都有些不寒而栗。他却转而淡笑道：“既然李诚没死，就先查查陈北尧吧。”

然而这天下午的时候，张痕天却笑不出来了——兵工厂那边清点发现，一本多年前的生产账册失踪。如果不是负责生产的人特别细致，根本不会发现少了这一本。张痕天听说之后，立刻命令一名手下开着自己的车前往机场，结果果然在半路遇到临检——显然警方已经盯上了他，防止他出国逃亡。

张痕天收到这个消息时，只是冷冷一笑，让管家挑了一套最得体的西装，预备出席后天的奠基典礼。

他穿着华贵的西装站在窗前沉思时，白安安走进了书房。

“后天我去吗？”她神色疏淡地问。

“不，你留在家里。”张痕天缓缓一笑，“否则你跟小警察跑了怎么办？”

白安安脸色大变，掉头就走。

奠基典礼前夜，南城某别墅区。

慕善沉着脸，坐在沙发上。对面是多日未见的林鱼，朗声笑道：“北尧老弟，你放心，弟妹在我这里，不会有事。”

陈北尧坐在慕善身旁，握着她的手，点头：“我还会留十个人在这里。”

林鱼看着慕善的脸色，知道小两口闹了不愉快，索性站起来：“你们休息会儿，我去看看亚泽。”

他走到卧室去看周亚泽了，保镖都在楼下，楼上小客厅里只有陈北尧他们两人。陈北尧圈着慕善，低声哄道：“别担心。”

“不担心？”慕善觉得不可思议，陈北尧把她和周亚泽藏在这里受保护，明显是未来几天会有危险。

陈北尧却失笑：“别乱想，这几天警方就会对张痕天有动作，你们在这里更安全。”

“那你呢？”慕善问。

“我没事，你不是让蕈跟着我吗？”陈北尧柔声道。

“为什么警察还不抓张痕天？”慕善急道。

“只是一本账册和照片，还定不了罪，而且他在北京……影响很大，李诚那边有些阻力。”

“明天你去参加奠基典礼？”慕善问。

陈北尧点头。

慕善不知该说什么。明天明明只是个普通典礼，连荀市长也会出席，张痕天似乎也没什么异状，她知道陈北尧和李诚是不想打草惊蛇，可她总有不祥的预感。

只是，如果真有危险，官员怎么会参加？这么想，应该没事吧？

天刚微微亮的时候，慕善睡得正沉。陈北尧穿好笔挺的西装，在床边坐了半个小时，这才起身去隔壁房间。

周亚泽已经醒了，只是伤重不能动，俊脸也极为苍白。

陈北尧微微一笑，拍拍他的手背："好好养伤，伤好就送你出去，Sweet还在巴拿马等着你。"

周亚泽微不可见地点点头，却问："他们……什么时候动手？"

陈北尧沉声道："就这几天。"

周亚泽沉默片刻，有些无奈地笑笑："哈……我……这次丢人了……"他说的是夜探兵工厂那晚，正因为他身手不如蕈，动作慢了，才被对方发现，结果中枪。虽然他为人放荡不羁，心思却十分缜密。事情发生后，稍一回想，便觉得张痕天可能有所察觉。他说丢人，实际上是觉得自己拖了陈北尧后腿。万一张痕天察觉，陈北尧就危险了。

陈北尧如何不知道他的心意，反而笑道："你嫂子就在隔壁。我看你伤也不是很重，替我保护她。"

周亚泽哈哈一笑，声音嘶哑，很快咳嗽起来。陈北尧端来水给他喝了，这才起身下楼，坐上了车。蕈今天是他的司机，看他下楼，吹了声口哨，漫不经心地驱车直往陈北尧在市区的别墅。

天大亮的时候，陈北尧三辆车十多个人，径直前往郊区度假村工地。

这天，张痕天比任何人起得都早。他抵达度假村的时候，刚好凌晨三点。

荒芜的工地在夜色中显得格外寂静空寥，只有施工队居住的一长排工棚茕茕孑立。他的黑色加长轿车停在天亮后即将举行奠基仪式的地基前，而他一个人站在那里，站得笔直。

过了大概十几分钟，远处才有一名心腹走上来，低声道："都安排好了。"

张痕天点点头，望着幽深的天空，忽然问："你嫂子说了什么？"

心腹顿了顿，才答道："把她和少爷送往机场的时候……她骂您。"

张痕天露出笑意："骂我什么？"

"骂您……丧心病狂。"

张痕天笑意更深。他在国内蛰伏许久，现在兵工厂终于暴露，国外的朋友已经为他铺好了退路，可信仰却令他不甘就此黯然离场。今天的奠基仪式，就是一个契机。他希望让那些人从此提都不敢提"张痕天"这个名字，而白安安和孩子当然要先送出国。不过，那女人居然会骂他丧心病狂，显然是察觉到他会有不同寻常的举动。不过，他想知道，这句咒骂里，究竟是怨恨多一些，还是担忧多一些呢？

想到这里，他独自走到预备奠基的那块地基上，踩着冷硬的水泥板，仿佛自言自语道："那不是丧心病狂，那是自由。"

上午八点。

慕善被肚子里的孩子轻轻一脚踢醒，她举目四顾，陈北尧早已不知踪影。她抚摸着肚子，感觉到孩子似乎就此安稳下来，这才起床。

霖市的冬季一向阴冷，今天却是个难得的晴天。窗外白亮的天空上，已有半轮红日温柔地升上来。慕善发了一会儿呆，这才走到隔壁房间。

周亚泽正呼呼大睡，容颜看起来很憔悴。慕善知道他虽然只中了一枪，那一枪却正中要害，半条命已经丢了。慕善以前从未认真打量过他，如今因为陈北尧对他心生感激，静静看了他一会儿，却是一怔。

晨光如同薄金，洒在洁白的床上，这个霖市著名的大魔头，睡颜居然有几分安详和……孩子气。细而淡的双眉下，睫毛黑密修长，鼻梁挺秀，唇角微抿，看起来居然也有几分眉目如画。只不过下巴上些许青黑的胡楂，令他看起来有几分往日的放荡不羁。

"水……"他忽然在这时含混道。慕善见旁边就是水壶，马上倒了一杯，送到他唇边。

杯子刚触到他的唇角，那细长的双眸骤然睁开，宛如两点黑星闪亮。

慕善被吓得一呆，他的神色却是一松：“嫂子啊。”就着她的手，喝了几口。

慕善没料到他重伤之下居然还这么警醒，柔声笑道：“你接着睡，我走了。”

周亚泽没吭声，等慕善走到房门口，他却忽然道：“我饿了。”

慕善忍不住笑了。她左右无事，下楼端了份早饭上来。端上来才发现还需要给周亚泽喂食，她倒也不介意，递给他漱口水后，又拿起了勺。

“虽然我更喜欢……美女服务，”周亚泽看着她，“不过……叫他们来做。”

慕善笑道：“长嫂如母，张嘴。”

一勺香喷喷的稀粥送过来，周亚泽条件反射地张嘴含住。慕善的话令他神色略有些呆滞，等他回神时，已经吃掉了小半碗粥。他也就不再客气，瞟一眼餐盘，指挥慕善先吃什么后吃什么，什么不要。

慕善忍俊不禁：“你精神很好啊。”

周亚泽嘿笑一声：“我现在……能和人单挑。”

正说着话，楼下传来车子引擎声。慕善没太在意，周亚泽凝神听着，神色却微变。

“怎么了？”慕善走到房间的阳台，“咦”了一声，对周亚泽道，“来了很多车。”可过了一会儿，连她也皱起眉头——至少二十多个男人下了车，围在了别墅楼下。

她立刻退回房间，又吃了一惊——重伤的周亚泽不知何时坐了起来，脸色煞白一片，精壮的胸口还缠着厚厚的绷带。他淡淡地对慕善道：“嫂子……站在我边上。”

楼下响起凌乱的脚步声和对话声。

过了几分钟，一个高大的身躯迈着阔步走了上来，正是林鱼。他的神色有些凝重又有些不屑，朝慕善点点头，对周亚泽道：“他们说是便衣，还给我看了警官证，要搜查。我把他们赶出去了。”

话音刚落，楼下响起两声清脆的枪声，然后有人厉呼一声：“不要命了！”林鱼神色大变，扭头就走。周亚泽什么也没说，喘了口气，从枕头下摸出把黑黝黝的手枪。

慕善迟疑地望着门口，周亚泽像是猜透她的心思，淡淡道：“开着门。”慕善点点头，不过还是上前几步，凑到门边向外看。

枪声此起彼伏，有的尖锐，有的沉闷。慕善不知道是不是自己的错觉，只觉得每一枪仿佛都令整个房子一震。楼梯对面雪白的墙壁上，许多人影晃来晃去，像是鬼魅在晨光中扭动。而林鱼高大的身躯就站在楼梯口，威风凛凛。至少七八个男人站在他前面的楼梯上，朝楼下疾射。

慕善的太阳穴突突直跳，耳朵里也似乎因为枪声嗡嗡直响。腹中的孩子似乎也感觉到她极端焦躁的情绪，开始不安地乱动。虽然他还很小，可这动静足以让慕善更加紧张。慕善看到林鱼前面的男人倒下去了一个，只觉得自己喉咙里仿佛结了层冰，又干又痛。她倒退到周亚泽身旁，只见他一脸阴鸷的狠意。

慕善忽然想起什么，掏出手机就给陈北尧打电话，可那头响了很久也无人接听。她放下手机，对周亚泽摇摇头。周亚泽跟她想的一样，恨恨道：“张痕天这老小子想要鱼死网破！”

这些人只可能是张痕天派来的。可慕善给陈北尧打电话，想的却不是求救——远水救不了近火，她想的只是提醒陈北尧——张痕天已经动手，他那里必然更加危险！虽然不知道今天的场合张痕天能做什么，可显然正如周亚泽所说，他要鱼死网破！

时间一点点推进，电话那头还是无人接听，而枪声却逐渐消歇。对方自称是便衣，慕善一时竟不敢报警。她转而拨通叶微侬的电话，叶微侬闻言大惊，说立刻给荀市长的亲信打电话。

可是，这是城南偏僻的别墅，叶微侬的人就算来，也要穿过大半个市区，至少需要半个小时。慕善捏了把冷汗。

过了一会儿，隐约听到林鱼在嘶吼：“叫人！他妈的！”

几分钟后，林鱼的声音也消失了。慕善只觉得大脑阵阵发晕，除了自己的心跳声呼吸声，偌大的别墅，居然什么声音也听不见了。

她和周亚泽对望一眼，都看到彼此眼中的凝重——难道，都死了？

像是要回答他们的疑惑，楼下响起一个陌生的声音：“我上去看看，你守着门口。林鱼叫了帮手，很快就会到。”

慕善一呆，只觉得后背冷汗直流，回头只见周亚泽拧着眉头，悄无声息地朝她招了招手。她走过去，周亚泽将她的手臂一拽，往下轻轻一拉。慕善顺势蹲下，这才明白，他让自己躲在床边上。

楼梯上响起轻不可闻的脚步声。如果不是慕善早留意，只怕根本听不见。她的视线被床挡住，看不清门边的动静，只觉得双手一阵热汗，腹中也似乎隐隐绞痛起来。

忽地一只冰凉的手轻轻握住她伏在床边的手。她抬眸一看，周亚泽垂眸看她一眼——这是他无言的安抚。

慕善心头一热，脑中只余一个念头——一定要活下去。

一支短短的黑色枪口，静静出现在门边。慕善感觉到周亚泽握着自己的手一紧，然后只听见“砰”的一声闷响，门口传来重物落地的声音！

慕善悄悄探头一看，只见门口地上躺了个人，一枪正中眉心，鲜血正缓缓从他额头的小血洞中渗出来。

不过楼下还有一个人。

慕善现在只企盼楼上的动静能令那人不敢上来，而各路援兵能尽快赶来。

她转头看向周亚泽，只见他嘴角微弯，松开握住她的手，只是脸色越发有些白了。慕善蹑手蹑脚走过去，从那死人身边捡起一把枪，又退后到周亚泽身边。周亚泽在这种情况下，居然还目露戏谑。

然后他轻轻喘了口气。慕善看到他胸口绷带渐渐有血色渗了出来。慕善皱起眉头，他却无声地朝她摇摇头，示意自己不要紧。

楼下安安静静一片，每一秒如一年。

就在这时，慕善的手机铃声突兀地响起，屏幕上的名字正是叶微侬。她看一眼周亚泽，他点点头。慕善复又蹲在地上接起电话。

“慕善……我们马上到！情况怎么样了？”叶微侬焦急的声音传来。

慕善心头一喜，只压低声音说了个“快”字。那头的叶微侬明显一顿，答道：“好，等我。”

挂了电话，慕善正要起身，忽地肩膀上一股大力传来！她一下子跌在周亚泽的床上，被他死死压在身下。然后只听“砰砰”两声闷响，“哗啦”一声，玻璃崩碎的声音从背后传来。

伏在她身上的周亚泽身体随着其中一声枪响猛地一颤，慕善吓得魂飞魄散！她想要起身，可周亚泽的力气大得惊人，只压得她喘不过气来。

泪水模糊了慕善的双眼，她再也忍不住，大声惊呼：“周亚泽！你怎么了？”

回答她的是周亚泽手劲一松，她终于挣脱，直起身子。

眼前的一幕令她惊呆了——一侧通往阳台的玻璃门已经碎成了碴儿，满地碎片，一个陌生的男人倒在那片碎碴儿里，脑后一个大血洞，显然也是被周亚泽一枪射中眉心，瞬间气绝。

可是……可是周亚泽呢？

他还靠坐在床上，苍白的脸微微向后仰着，两只手垂在身侧，枪已经脱手落地，他的右胸多了个小小的血洞，穿破了绷带，穿破了血肉，那里正是他的肺部。

泪水一下子模糊了慕善的双眼，她颤抖着双手想要扶他躺下来，可刚一碰到他的身体，就听到他极为痛苦地呻吟了一声。慕善不敢动他了，颤声道：“你……怎么样？他们马上就到了，你挺住！一定要挺住！”

周亚泽刚才的精气神似乎已耗尽，神色极为疲惫，很勉强地睁开眼看她一眼。他的声音低不可闻：“嫂子……哭什么，老子……又不会死……”

慕善一把抓住他的双手，哽咽道：“你当然不会死！Sweet还在国外等你，别说话了！我马上送你去医院。”

可周亚泽似乎没听到她的话，与她交握的手也虚弱无力。他似乎看着她，又似乎透过她不知看向哪里。

“长嫂如母……”他哑着嗓子，神色居然有一丝赧然，“嫂子，你亲亲我……我就不死了……”

慕善一呆，身体已经比意识更快行动，凑过去在他冰凉如雪的脸颊，落下轻轻一吻。他头一偏，唇瓣就吻上了她的唇。

慕善微微一惊，一时忘了退却忘了拒绝，她只感觉到冰凉的薄唇后，他温热的舌头带着几分疯狂几分盲目，与她的舌纠缠。陌生的男性气息，强烈地侵袭着她的唇舌她的神经，只令她喘不过气来。

这个吻极短暂，可对慕善来说，却像隔了一个世纪那么久。

然后，他的舌头也不动了，仿佛刚才的激吻已经耗尽了他最后的力气。慕善往后退了退，只见他双目紧闭，脸色越发难看，嘴唇也泛起青色。

“一直想试试……老大的女人什么……味道。”他忽地睁开眼，只是目光已经有些涣散，仿佛自言自语道，“是很好啊……”

慕善的眼泪一下子掉下来，又听他低喃道：“对不起他了……哈……”

他的声音终于没有了。

慕善全身僵冷似铁，呆呆地抓着他的双手，一动不动。

过了一会儿，身后传来响动，有人低喝道：“她还活着！”

然后是叶微侬喜极而泣的声音：“善善……你没事吧？”

慕善看着周亚泽睁着双眼躺在那里，像是在沉思，又像睁着眼睡着了，浑身上下再没有一点儿生气。

Chapter 15

只要你轻轻一笑，我的心就迷醉。

只有你的欢颜笑语，伴我在慢慢长途有所依。

齐豫《欢颜》

上午九点，霖市东郊度假村在建工地。

冬日艳阳白煞煞地透着几分冷意，远处低矮的青山掩映，近处一条大江绕山而过，更显得这一片空地风景独佳。只是天气已经转凉，地上的青草似乎也有些萎靡，黄黑的土地远远望去，就像一片荒芜的苍原。

正中规整好的水泥地上，已经搭好一座五十平方米左右的平台，鲜红喜气的背景板竖在平台后，背景画面是从天空俯瞰霖市灯火辉煌的夜景，上方一行苍劲有力的行楷：腾龙度假村，霖市经济发展新起点！

背景板上还挂满了一排红色的大灯笼。一条猩红的地毯，从舞台一侧延伸至前方的水泥路上，地毯边沿还撒满了鲜花。这些布置，令这处粗陋工地立刻显得隆重鲜活。

张痕天就坐在第一排正中。他点了根烟，转头对陈北尧道："俗气了点，不过大家都喜欢。"陈北尧淡淡一笑。一旁的丁珩却道："我觉得不错。"

张痕天笑了笑，转头看着台上。

他们身后的几十张椅子上坐满了人——市里乃至省里的记者、其他中小企业负责人，当然还包括大佬们的随行保镖。

过了一会儿，背后传来喧哗声。众人全都转头望去，只见一行人紧密簇拥下，灯光闪烁中，一个中年男人微笑着缓缓走来。他穿了件夹克，容颜清隽儒雅，正是如今风头正劲的荀市长。

众人全部站起来，张痕天领着陈丁二人迎上去。今天到场的除了荀市长，还有两位副市长，可谓给足了几位企业家面子。几人见面，简短地寒暄几句，一起在第一排坐下。

音乐声响起，首先是一群舞者登上了舞台。她们跳的是欢快的民族舞蹈，曼妙的舞姿，几乎吸引了台下所有人的目光。

荀市长以下，第一排的领导和企业家们都微笑看着表演，这是姿态，也是品位。

一曲终了，舞者们冲下台，向他们献上花环。荀市长率先起身，与领舞者握手。待舞者们退下去后，领导们个个脖子上戴着个鲜红嫩绿的花环，气氛登时越发热烈起来。

这时，一名男司仪不卑不亢地走上台，用低沉悦耳的嗓音宣布奠基仪式开始，同时介绍到场领导。众人一阵阵热烈的掌声中，荀市长第一个站起来，微笑致意后坐下，对身旁的张痕天道："张总这个奠基仪式办得很不错。"

张痕天朗笑道："荀市长，后面还有更精彩的安排。"

荀市长微笑着点头。

张痕天说这话时，陈北尧抬起头，恰好与丁珩的目光对上。两人目光一撞，都看到彼此眼中的疑惑，又立刻不动声色地同时转开目光。

灯光闪过，陈北尧眼角余光瞥见，场地外围，隔了几步就站着身穿黑西装的男人，至少有二十多人——那是负责荀市长安全的随行武警。他毫不怀疑，警方在周围也设下了安全警戒。张痕天一向精明，绝不可能在这个场合做什么，除非……

除非张痕天要殊死一搏！

这念头，令陈北尧掌心生出些冷汗。他抬头看着远方，可是远处树林茂密，什么也分辨不出来。

一名侍者走过来，添上茶水。陈北尧淡淡看他一眼，又挑眉看了看远处的树林。侍者恍若未见，添好茶水就退开了。

过了一会儿，陈北尧手机震动，拿出来一看，是蕈的短信："张有埋伏，人数不明。"陈北尧神色疏淡地将手机收回怀里。一旁的张痕天将他的动作尽收眼底，笑道："小陈，有什么事？"陈北尧笑道："没什么。"

此时，司仪激昂的声音传来："下面，欢迎霖市市委副书记、市长荀彧先生，副市长张明熙先生……启动奠基仪式！"

灯光闪成一片，张痕天与荀彧含笑相偕走到台旁的一块空地上，真真正正谈笑风生、气质雍容。陈北尧站起来，与丁珩并肩，一步步也跟了过去。在场其他人也都站起来，簇拥过去，将奠基处包围起来。

一声巨响，礼花弹在青天白日下划出白亮的流光，竟然也璀璨无比。几位达官显贵手上都有把小铲子，按理说应该荀彧铲第一把土，覆盖在白色的基石上。他举起铲子，人还没动，旁边有人手一扬，一捧土轻轻撒在基石上。

荀彧转头，看到张痕天随手将铲子一丢，笑道："荀市长，我第一个来，没问题吧？"

周围人全静下来，甚至连记者们都放下镜头，不明所以，也不敢乱拍。荀彧微微一笑："张总是投资霖市的重要企业家，我原本就想请你先来。我代表霖市人民感谢你。"说完毫不在意地轻轻铲起土撒上去。

周围人虽不明白张痕天为什么忽然失礼，但见荀彧气度非凡、谦逊宽容，心中全暗叫了声好，热烈地鼓起掌来。陈北尧铲起土正要跟其他几名官员一起撒上去，忽地背后一紧——什么冷硬的东西抵了上来。

他不动声色地将铲子放在地上，抬头只见对面的荀彧神色也是一怔。还没等他有任何反应，一直紧随市长的两名黑衣保镖厉喝一声："干什么？！”其中一人揪住站在荀市长身后的一个男人，一把掼倒在地！另一人抬臂护住荀彧，就要往人群外围走。

可是来不及了。

紧挨着荀彧站立的张痕天，手中不知何时多了把枪，轻轻巧巧地抵住荀彧的脑门。

“都不许动。”他淡淡道。

荀彧的两名贴身保镖顿时一僵，立刻有人走上来下了他们的枪。而陈北尧和丁珩的保镖在这种场合不能贴身保护，全都隔了几步站在外围，此时要救援也已经来不及了。

惊变突生，在场一百多人，瞬间安安静静。偌大的空谷，只有舞台上的音乐，没有察觉到杀机，自顾自地响着。台上的司仪似乎有点呆，举着话筒道：“这是……这是……”

张痕天远远一眼看过去，站在舞台旁的一名男子抬手就是一枪，那司仪哼都没哼一声，仰面倒下。

众人一片哗然，荀彧已被张痕天指着走到了人群外，两名手下过来钳制住他。可看到如此惨状，荀彧怒道：“张痕天！你疯了！”

外围训练有素的便衣武警察觉到场地中的变故，全都沉默着掏枪，眼看就要逼近。陈北尧和丁珩的手下见状，也立刻冲上前，想要营救自己的老板。

人群中，张痕天的手下不过十几个人。因为安全原因，这些保镖都不能带枪，三帮人瞬间厮打成一团，场面一片混乱。

相比之下，被人用枪指着的陈北尧和丁珩则平静许多。他们被张痕天的贴身保镖押着，一起退到荀彧身旁。

就在这时，陈北尧望见远处树林中一片响动。他心头一震，再也顾不得许多，朝那些武警厉喝一声：“快退开！”

话音刚落，只听“嘭”的一声巨响，平地蹿起个巨大的火球，刹那间血肉横飞，狼藉一片！

是炸药！正好在武警们站立的位置爆炸！二十余名武警，瞬间被炸死了有五六个。反应较快的幸存者瞬间倒地，但也被冲击波震得头晕目眩。

“嘭嘭嘭——”接连又是数声巨响，竟然在武警站立的沿线同时爆开！

场地正中的众人全部惊呆了，也停下了厮打。张痕天的保镖们趁机制伏了不少对手，局面瞬间被控制了！

硝烟退去，武警们死伤大半，众人面面相觑，也有眼尖的看到前方树林中几辆越野车开了出来。有几个人走下车，肩扛着粗粗的炮筒，这景象令众人越发心惊。

众人俱是沉默。张痕天看向陈北尧：“小陈，你身手好，不过，你后面的人枪法也很好。别乱动，人的拳脚总是没有子弹快的。”

陈北尧冷着脸，一动不动。张痕天又转向丁珩道：“老弟，今天委屈你一下，等我办完事，保证你平平安安。”

丁珩扫一眼荀彧和其他被制伏的官员，神色也有几分紧张：“赚钱最重要，你这是要干什么？”

张痕天反问道：“我赚钱是为了什么？”说完，不再看丁珩，让人把他带到一旁，却不再用枪指着他了。

然后他笑了笑，对隔着十几步远的记者们道：“拍啊，你们怎么不拍了？不拍的全部死。”记者们慌乱地举起照相机，白光一片。张痕天似乎这才满意，转头对荀彧道：“他们是连你都瞒了，还是你傻里傻气以身犯险？”

荀彧苦笑道：“我没想到你这么丧心病狂。”

陈北尧和丁珩一听，心下了然——荀彧已经提前被告知张痕天可能是叛国嫌疑犯，但为了稳住这名嫌犯，他不惜以身犯险。但是张痕天的疯狂，的确出乎所有人的意料。

可荀彧的话，却令张痕天露出淡淡的笑意：“没错，我是丧心病狂。”

荀彧竟无半点慌乱，沉声道：“你要什么，说吧，但是不许再杀人。”

张痕天将枪上了膛，走到陈北尧身后，瞄准他的后脑，淡淡道：“我要的东西很多也很贵，不过我要的，荀市长都能给。只要荀市长答应我的条件，我可以不杀其他人——除了这个跟警察串通的叛徒。”

陈北尧竟然一点儿也不慌，缓缓转身，额头正对着沉黑的枪口，淡淡道：“你不会杀我。”

张痕天闻言居然笑了，只是将枪口往前轻轻一抵：“走！”一旁的手下也会意，将荀彧一起押着往度假村入口处走去。

僵局终止于他们经过被围困的其他闲杂人等身边时。

陈北尧忽地脚步一顿：“李诚带人来了！”他的声音急促响亮，只令张痕天不由自主地抬头向度假村入口处望去。就在这一瞬间，蕈从人群中欺身而上，一枪抵住了张痕天的后脑。

如果陈北尧说的是其他话，以张痕天的老谋深算，大概不会轻易停住脚步。可陈北尧偏偏提到李诚，张痕天听到这个名字就恨意横生，会分神完全是条件反射。

蕈自然早不动声色地从其他人手中夺了枪，看准时机就下手。他还穿着侍者的衣服，脸上也贴了胡子，伪装后的容颜甚至还有点猥琐。可他此刻长身而立在张痕天身后，只令所有人都惊呆了。

“一命换一命。”蕈言简意赅。话音刚落，他抬手捂住自己左侧腹部。众人目光全都随着他的手势望过去，只见雪白的衬衣上缓缓渗出鲜血。众人不知道，蕈自己心里清楚，这是刚才夺枪时被张痕天的一名手下刺了一刀。

此刻的情景有点诡异了。

陈北尧被张痕天用枪指着，张痕天被蕈指着。蕈看似是最占优势的人，可他腹部大滴大滴鲜血在滴落，只要拖一段时间，他必定失血而死。

张痕天已从对面的手下眼神中看出端倪，不转身反而笑道：“是东南亚的蕈吧？放下枪，陈北尧给你什么好处，我给你十倍。”

蕈脸色有点苍白地笑笑：“好啊，先放下枪。”

张痕天纹丝不动，语气高傲：“你执意救他，你也要死。难道君穆凌愿意为个陈北尧得罪我？”

蕈闻言，枪口居然真的离开张痕天的后脑。他用漆黑枪身拍了拍张痕天的脸颊，带着几分轻蔑道：“你这个老流氓，你以为你背地干了什么，将军不清楚？将军说，台湾是乱，人心不齐，但也不至于被人拿着当枪使。将军最恨恐怖主义，影响社会稳定，不管将来哪个政党执掌台湾，将军都不希望他们跟东突分子有瓜葛。”

蕈说这些话期间，一共开了两枪，然后枪口又回到张痕天的后脑。

第一枪是说到“将军不清楚”时，他背后竟像是长了眼睛，忽地转身，将某个胆大的、没听过他名头的、企图开枪偷袭他的保镖一枪射倒；

第二枪是说到“恐怖主义”时，他一枪射中张痕天持枪的手腕。距离这样近，细小的子弹精准地打在张痕天手腕正中，投射而出，弹在地面上，发出清脆轻微的声响。在他开第一枪后，人群已发出一片惊呼，原本被张痕天的手下制伏的众人隐有乱响。等他射出第二枪时，陈北尧第一个做出回应——他竟然在张痕天这种亡命徒的挟持下，不要命地转身。他见机极快，抓起张痕天完好的手腕，重重一扭，同时一脚狠狠踢向他的膝盖。张痕天身手本来就一般，而且已经不年轻，这一连串的重击，只令他闷哼数声，已被陈北尧反剪双手、被蕈的枪指着头。

“多谢！”陈北尧淡淡对蕈道，侧身从张痕天已经废掉的右手取了枪，同样指着他。蕈这才收起枪，缓缓退了几步。鲜血已经在他站立的地方形成一个小血泊。他从边上抓起一张椅子，重重一坐，再不管其他人，开始自己给自己包扎。

局面瞬间逆转，众人都看得惊心动魄。此时，张痕天数名手下齐声叫喊：“放了老板！”而陈北尧那些被围困的手下也想要挣扎。只是张痕天的手下也非泛泛之辈，刚有两人企图徒手夺枪，就被察觉，很快又有几人饮弹倒下。一时双方僵持，又都不敢轻举妄动了。

张痕天微喘着气，缓缓转身，脸正对着陈北尧的枪口。他似乎毫不惊慌，笑道：“可以，一命换一命。”

陈北尧神色微变。

只听张痕天继续道："慕善在我手里，拿我的命换她的命。哦，不对，还有孩子，我赚了。"

陈北尧神色大惊。

这时，山谷间由远逼近的警铃声渐渐清晰，这表示一定有大批警察得到消息赶来了。在场有人心中欢喜有人忧，几位大佬却是不动声色。

又过了一会儿，入谷处响起密集的脚步声，远远望去，只见上百名警察持枪沉默地在外围展开包围圈。一位身材壮硕的警装男人拿着喇叭，洪亮的声音传来："张痕天，放了市长和其他人！"

张痕天根本不理他们的合围，神色很倨傲地对陈北尧道："让我带荀市长走，否则我杀了慕善。"

陈北尧沉着脸，枪口一直稳稳逼近张痕天。荀彧却在这时冷冷道："小陈，抓他，不用管其他。"

正在这时，外围警方又喊话了："张痕天，你的老婆孩子都来了，她有话对你说。"

张痕天浑身一震，这才转头望去。陈北尧等人也侧目，却都是一愣。只见人群前方，几名警察近身保护中，站着三个人。

一位美艳的少妇，怀中抱着个婴儿。当众人望过去时，那婴儿像是能感受到局势的紧绷，忽然开始大声啼哭——正是白安安抱着孩子！此时张痕天看到她，简直急怒攻心——他早已命人送她出国，按理说她现在应该在南美洲，怎么会出现在这里？

其实，是他低估了白安安。生了孩子之后，白安安对他仍然抗拒，但偶尔也表现出挣扎的一面，这令他认为，她心里还是有自己，慢慢就会习惯。这几天警方盯得紧，兵工厂出事，他看似不动声色，实际上筹谋着在度假村制造一起能够震惊中外的恐怖事件，将堂堂荀家的幼子绑架，才是他的最终目的。他以为白安安并未察觉，谁知白安安这些天已经与李诚取得联系，所以在他前往度假村时，李诚带人接应，她伺机脱身。

此时张痕天看到她，有片刻的心神大乱，可片刻后立刻平静下来，神色越发冷漠。

刚刚赶来的另一个人自然是慕善了。周亚泽死在她怀里，对她震动极大。此刻望见陈北尧用枪指着张痕天，她松了一口气。她在心中头一回盼望一个人死，那就是张痕天。只是看到陈北尧长身而立，带着几分孤傲的意味，她心里又有些痛，不忍心将周亚泽的死讯相告。她又看到那几人背后，丁珩跟几个人沉默地站着，她关心则乱，一时竟无法判断这丁珩此刻到底站在哪边。周亚泽的死，如今陈北尧、荀彧被挟持，到底是张痕天的算无遗漏，还是丁珩暗中搞鬼？她心乱如麻。

站着的第三个人，自然是李诚了。他的手轻轻在后方虚扶住白安安的腰，冷冷看着场中情形，然后示意警方的现场最高指挥给了自己一个扩音喇叭。他递给了白安安。

白安安神色一直很僵硬，缓缓道："痕天，你投降吧，你的兵工厂已经被警察一锅端了，你跑不了了。"

张痕天远远盯着她，目光阴冷，沉默不答。

白安安叹息一声，这一声透过喇叭传来，十分清晰，只听得在场所有人心中一动，仿佛透过这一声叹息，能感受到这个女人的心灰意冷。

接下来的变化出乎所有人的意料。

白安安拿到了一把枪。

其实不算拿到的，而是抢到的。她身手如电，从李诚腰间拔出枪。以李诚的机警敏捷，居然失察，下一秒，枪已在她手中，枪口对着一个人——

她自己。

"放了他们，不然我自杀。"白安安的语调很温柔，听起来好像在说情话。

张痕天眼睛瞪得通红，这时才扬声道："白安安，你以为我会为了一个女人进监狱？"

白安安沉默地看了他一会儿，忽地笑了："好，那你走，记得走得远远的，永远不要回来。"她身旁的李诚神色猛然一变，抬手就想夺枪。

可是晚了！"砰"的一声，白安安眼神有些呆滞地看着前方，又缓缓低头看了看怀里的孩子，嘴角露出温柔无比的笑意。她右侧额头一个小小的血洞，慢慢渗出血痕。她猝然倒地。李诚惊痛万分地抱住她的身躯。她倒在李诚怀里，双目平静，眼看活不了了。

一旁的慕善也是神色大变，眼看白安安怀里的孩子就要滑落，她一把接住。孩子的啼哭声越发震耳欲聋，只听得人心惶惶，黯然难过。

眼见白安安嘴角的笑容，慕善原本极为震撼怜惜，忽地了悟——她自杀，到底是对张痕天失望，还是为了救张痕天？有她和孩子在，张痕天只怕狠不下心走！她现在死了，警方绝不会为难婴儿，张痕天再无后顾之忧了！

慕善能想到，其他人当然也能想到。然而当局者迷，旁观者清，张痕天呆呆地望着李诚怀里生死不明的白安安，瞬间暴怒了："你骗我！警察不舍得死，你更是怕死怕得要命！白安安，别装了！带着孩子滚！我现在就走！"说到这里，他猛地转身，怒视着荀彧，"杀了他！"他吼道。

用枪抵着荀彧的手下，微微一迟疑。

就是这一迟疑，救了荀彧的命。这名手下的反应很正常，此刻张痕天急怒之下想要玉石俱焚，可杀了荀彧，在场所有同党都走不了，这等于让这名手下去送死。虽然他忠于张痕天，但转眼之间让他开枪杀市长，让他断了自己的生路，他当然会迟疑。

就在这一瞬间，砰！砰！两声枪响，重叠得几乎毫无间隙。

第一个中枪的是刚才那名手下。子弹从他背心射出，正中他的心脏。他脸色大变，手枪脱手，他抬手捂住胸口，有些不可思议地低头看着怀中血洞，踉跄着往后退了几步，撞上另外一个人，然后扑倒在地。

第二个中枪的人是张痕天。陈北尧再无迟疑，刚刚他下令杀荀彧，陈北尧铤而走险，再无迟疑，一枪射中他的后脑。子弹从他右侧脑门透射而出。他脸上惊怒的表情像是瞬间僵住，整个人一动不动。

局面瞬间扭转了。

挟持着这几位大佬的其余几个人，眼见张痕天猝然倒地，生死难辨，哪里还有抵抗意志？纷纷丢了枪，举起双手蹲在地上。陈北尧长吐了口气，抬眸望去，只见丁珩拿着枪走过来，扶住荀市长：“市长，您没事吧？”刚才正是他在关键时刻背后开暗枪，救了荀彧的命。

警察们一拥而上，荀彧和其他官员被迎了出去。陈北尧等拿枪的人，全部被原地缴械扣押。慕善把白安安的孩子交给身旁人，快步就想向前冲，却被警察拦住。她朝李诚厉喝：“李诚！让我过去！”可白安安已死，李诚呆呆地抱着她，根本没听到慕善的话。

隔着百米的距离，陈北尧双手抱头蹲在地上，静静望着慕善。而慕善单手捂着自己的肚子，泪水夺眶而出，却不能前进一步。

之后的一个月，慕善过得疲惫、惶恐而坚定。

陈北尧被捕的第二天，警察便上门搜寻。与署名她的房产证同时发现的，还有一张不知何时准备好的离婚证。叶微侬亦从中斡旋，这使得慕善在短暂的聆讯后就被释放。

慕善立刻动用几乎所有的资金、人脉，上下打点，希望能对陈北尧有所助益。然而所有钱都被退了回来。她只知道，他和其他人都被关在省公安厅，任何人不能探视。

这令慕善越发不安。

她在网络、电视上看到过关于看守所的报道，虽然不至于偏激地认为里面暗无天日，但她脑海里总是会浮现出陈北尧穿着浅蓝色囚服、满面胡楂却温柔微笑的样子。

叶微侬只说让她放心，可她怎么放心？

那天张痕天被击毙后发生的一切，可谓有惊无险。陈北尧本来并未抵抗，可在听到手下告知周亚泽已死的消息后，整个人仿佛呆掉了。三名警察跟着他，却被他闪电般夺了枪，转身就朝地上已经重伤的张痕天补了一枪。

这个明显反抗的举动，引来数名警察更加猛烈的镇压。慕善最后看到他的场景是，他被警察制伏压在地上，枪被取走。可他阴霾着脸，狠狠盯着地上的张痕天。慕善看到他的样子，心里难受极了——即使是陈北尧，也会为了兄弟有不冷静的时候。

那天第二个惊变，是丁珩的死讯。慕善当时也被警察带走，并未亲眼见到。只听说关押丁珩的车走了没多久，就被人用炸药炸上了天。警方给的结论是张痕天的余党作祟——因为其他车辆也不同程度地遭到袭击，只是丁珩那辆恰好行至爆炸点——燃烧的汽车从桥上开进了江里，车子打捞出来，丁珩却已不知陈尸哪里。

慕善听到消息时，怔然掉了眼泪。她对叶微侬道："丁珩明明已经决心坐牢了。他开枪救了荀市长，自己却死了。"

叶微侬却道："慕善，没你想的那么简单。你家老陈的确比其他黑老大干净很多，但是丁珩……他已经是西南最大的毒枭，你真的以为政府会放过他？"

慕善听得不寒而栗，忽然想起什么，问道："那么周亚泽如果活着，是不是也一样？"

叶微侬点头："周亚泽身上的命案有几十起，他跟丁珩，至少是无期。"

慕善就没说话了。

这一个月来，警方一连串的搜查追捕，还有随之而来铺天盖地的新闻，终于令整个霖市翻了天。人人都知道，数个黑老大被连窝端起，违禁枪支被缴了成千上万。霖市，这个西南经济最发达、黑道势力最猖獗的城市，终于跟其他城市一样，变得安全而平静。

与新闻同时到来的，还有慕善父母的电话。

"善善，我看新闻，陈北尧、陈北尧他是黑老大？"母亲的声音听起来很焦急，隐隐有压抑的愤怒。

慕善沉默片刻，只能柔声道："妈，这事不是你想的那样，他只是涉黑……"

慕善的话没说完，母亲就摔了电话。慕善听到那头传来母亲尖厉的声音："这是要我的命啊！居然把女儿嫁给一个罪犯！"

慕善握着听筒，心尖微微发抖，声音却沉静：“妈，你听我说，他的生意基本都是正当的……”

电话很快被人拿起来，是父亲震怒的声音：“你立刻回家！离开霖市！”

慕善手心都是汗，将听筒换到另一只手：“爸，对不起，我现在走不开。”

第二天上午，父亲就驾车跟母亲到了慕善的别墅楼下。

昔日兄弟簇拥云集的陈北尧的住所，如今门庭冷落。慕善早料到父母会来，但真的在门前看着父母阴沉着脸下车，她还是心头一震。

母亲看到她苍白的脸色、已经凸显的肚子，眼圈一红。她看一眼慕父，才呜咽道：“善善，还有孕吐反应吗？”

慕善微笑着摇摇头。

父亲站在车前，离她有几步远，没动，眼神阴霾。

“上车。”

慕善不动：“爸，妈，你们回去吧，等孩子生下来，我就回去探你们。”

“孩子？”父亲一下子火了，“你还要生那个畜生的孩子？立刻打掉！”

母亲眼泪大滴大滴地掉：“你怎么还这么不懂事？他要坐牢了，你难道要生一个罪犯的儿子？你还年轻啊！不行！”她的语气骤然变得狠厉，“不能生！一定不能生！生下这孩子，你一辈子都抬不起头。”

慕善这些日子本来就劳心劳力，强忍着心头的悲痛焦躁。父母要来，她打起精神应付，但她完全没料到，他们竟然要求自己打胎！

记忆中那次堕胎的经历，灰暗的诊所、冷漠的医生，忽地无比清晰地浮现在心头。她感觉到阵阵恶心，最后想起的却是陈北尧，他曾经一字一句地道：“慕善，我去了那个诊所。知不知道我站在那里，是什么心情？”

慕善的心渐渐冷下去，有个悲凉而自嘲的声音在说：幸好你长大了，慕善。

幸好你长大了，慕善。

就算全世界跟你为敌，你都可以选择爱他。

“对不起，爸，妈。”她慢慢地、恍惚地笑道，“我要生下孩子，我要陪着陈北尧。他坐多少年，我就等多少年。我已经浪费了七年，现在，我一天都不想浪费。”

一天都不想停止爱他。

春天到来的时候，慕善已经大腹便便。

时隔五个月，她连陈北尧一面都没见到，渐渐地，也就习惯了等待。

既然决定了要等待，她也一天天变得安然。

八九点钟的太阳已经有了几分热意。慕善靠在躺椅上，身旁的叶微侬察言观色，笑道：“昨晚睡得挺好？”

慕善微笑着点头：“他一晚上都没闹，就天亮时踢我几脚，还挺有劲的。”她的手抚摸着肚子。她当然已经有渠道得知，腹中是个男孩。

“是个听话的男孩子。”叶微侬笑道。

慕善不由得想起，这跟陈北尧的预期还有点偏差——还是在刚怀孕时，两人讨论过孩子的性别。陈北尧那时除了严谨地关注她的一切，对孩子的到来却很平静。有一次慕善问他想要男孩还是女孩，他淡淡道：“无所谓。”

慕善有些失望的神色落在他眼里，他就淡笑着吻了吻她的额头，亡羊补牢道：“女孩吧。”

“为什么？”她讶然道。

陈北尧语气平静：“女孩会像你一样可爱。”

那时候慕善愣住了——这是她听到过的有关孩子的性别最甜蜜的情话。

往事已矣，如今，只剩下腹中孩子陪着她，等待着不知何时能够归来的陈北尧。

“中午想吃什么？”叶微侬站起来，微笑道。

慕善笑道：“让堂堂市长夫人每天给我下厨，我于心有愧。你随便做，我都吃。”她临近预产期，叶微侬竟然搬到她家里与她同住。得友如此，夫复何求？

两人起身进屋，叶微侬进了厨房，慕善在沙发上坐下看书。过了一会儿，叶微侬放在茶几上的手机响了。她冲出来接起，神色立刻柔和起来。慕善听她说道：“你回来了？不，我不回来，慕善快生了……好，晚上你来接我吃饭。”

看她神态甜蜜，慕善既替她高兴，又有些羡慕。正在这时，她的手机居然也响了。她黯然地想——只是她却接不到爱人的电话。

屏幕上显示的是陌生号码，她恹恹接起：“喂，您好。”

那头却是沉默。

慕善又问：“哪位？”

却只有平稳的呼吸声传来。慕善心中一动，看一眼厨房门口打电话的叶微侬，起身，走进了距离最远的书房。

“你不说话我挂了。”慕善听着那人均匀的呼吸声，呼吸竟然也随之加快。

这时，那人低声道：“慕善，是我。”

“啊……”慕善低声惊呼，有些激动，“你……”

那人笑道：“我没死。”

慕善心情激荡，忍不住笑了：“那就好！”

两人都静了片刻，他才又问道：“生了吗？”

“没。预产期已经过了两天。”

“男孩女孩？”

“男孩。”

“嗯……还以为会是女孩，男孩也好。”

“为什么？”

丁珩却在那头静了片刻才答：“像你。”

慕善心里突地一下有些难受，沉默了一会儿，才问：“你还会回来吗？”

丁珩却没说话，听筒中的声音有些改变，“呼呼呼”作响，却透着些空寂的意味。慕善听到丁珩温柔地说道：“慕善，每天对着这片海，我经常会想起你。”

“嗯。”

“你知不知道我多希望你能陪在我身边？”

“嗯。”

泪水模糊了慕善的双眼，她哽咽的声音令丁珩呼吸一促，他的声音也干涸起来，缓缓道：“慕善，再见。”

慕善心里揪了一下：“你……”

丁珩仿佛查知她未出口的话，径自答道：“是的，慕善，我们不会再联络了。”

慕善有些难过。她知道，他打这个电话必然风险极大，而他诀别的不光是故人，还有感情。

“再见。”慕善柔声真诚地说，“丁珩，我祝你幸福。”

丁珩“嗯”了一声，却没挂断。

他沉默了很久，慕善耳畔只有他温柔的呼吸声，终于，他慢慢说道：“慕善，我爱你。”

他的声音竟然隐约有些哽咽。没等慕善有任何回应，或许他心里明白不会有回应，话音刚落，他就挂断了电话。

慕善捏着电话，怔怔地站在窗前，只见淡黄的阳光下，满园新绿，娇嫩欲滴，空寂宁静。

就在这时，慕善腹部猛地抽痛，还没等她定神，紧接着又是一下。她觉得不对劲，连忙靠坐下来，盯着墙上的钟，默默记了一下时间。很快，在毫无规律时快时慢的宫缩阵痛后，快速的、逐渐加强的痛楚朝她袭来。这痛来势汹汹，十分霸道。她连忙叫来叶微侬。叶微侬没生过孩子，见状当机立断，叫来司机，一起扶慕善下楼去医院。

慕善痛了有一个白天，骨缝才只开到七指。傍晚的时候，羊水终于破了。全市妇产科金牌专家不让她用力生，让她继续忍着憋着，叶微侬在旁给她加油打气。

慕善已经痛得脑袋糊涂了，只觉得一波波的痛快要把自己整个身体都吞没了。她一向是个意志坚强的人，此时也忍不住呻吟出声。迷迷糊糊间，终于听到医生笑道："好了，开到九指了，我再帮帮你，可以用力了。"

慕善如释重负，闭着眼开始用劲。可她这些天一直为陈北尧的事四处奔波、担惊受怕，身体早有些虚弱，此时痛了一天，再用力竟然感到十分虚弱。按医生的叮嘱，用了几次力，却只感觉到胎儿往下走了几次，总是生不出来，又缩回原处。

也不知医生是不是故意吓她："你好好用力！不然胎儿卡在中间，时间久了可不行。"

慕善紧咬牙关，憋足了劲，开始继续用力。不过，生孩子哪是一小会儿就能搞定的事，她满头大汗，整个人都要虚脱了，还是不行。好在医生还是肯定了她的进步，低头摸了摸，点头道："加油！用力的方法对了，已经能看到胎儿头顶了。"

慕善口干舌燥，想要喝水补充体力，抬头却没看到叶微侬。她心中微觉诧异，可也顾不了太多，对旁边助产士道："我渴了。"助产士点头，过了一会儿，端了杯冒着热气的水过来，上面插了支吸管。慕善抬头说："谢谢！"正要伸头去喝，忽地只见斜里伸出一只白皙修长的手，从助产士手中取走了水杯。

慕善完全没反应过来，就看到一个高大的人影在产床边蹲下，吸管已送到自己唇边。她渴得急，一口咬住喝了，却听到那人笑道："这么凶……看来还有力气。"

熟悉的嗓音，令她整个人触电般僵住。她一侧头，就看到陈北尧的脸，温柔含笑，隐有泪光。

"你……你！"慕善急了，一时竟忘了自己在生孩子，手撑着产床就要坐起来。旁边的医生助产士全呆了，连忙把她摁回去。

“善善，你受苦了。”他穿着件普通的白衬衣，脸瘦了一圈，精神却很好。他轻轻握住她的手，柔声道：“其他的先别问，专心。”

慕善有千言万语想对他说，此刻却很听话地点点头。握着他温柔的手掌，仿佛隐隐有一股力量传来。就在这时，又一波猛烈的疼痛袭来，她深吸一口气，憋足了劲，拼命使劲……撕裂般的疼痛将她贯穿，她“呀”的一声大叫，只觉得什么东西一股脑滑出了体外。她睁大眼，只看着陈北尧。他一脸心疼，将她的手攥得很紧。

“哇……”婴儿嘹亮的啼哭声忽然传来，几个助产士忙成一团，陈北尧却只淡淡看了一眼，目光又回到慕善身上：“好样的！”

医生捧了满身血污的孩子送到两人面前：“陈总，是个很漂亮的男孩。”慕善虚弱地看过去，只见一团嫩嫩肉，尖尖一张小脸，漆黑透亮的一双大眼睛，呆呆地望着他们。

医生很快把孩子抱去清洗。慕善心疼地看着陈北尧，声音嘶哑：“你怎么……”

“叶微侬帮忙。”陈北尧蹲在她面前，抬手轻轻拂过她汗水淋漓的脸颊，亲了亲她的唇，“我说过，会陪着你，看着这个孩子出生。”

孩子被包得严严实实，重新送过来。陈北尧站起来，小心翼翼地接过抱在怀里，这才正眼看孩子一眼。孩子也不哭了，大眼睛四处看着，五官很秀气。陈北尧神色越发柔和，将孩子送到她面前：“像你。”

他动作僵硬地抱着孩子，慕善虚弱地看着他，笑着哭了。

五年后。

霖市监狱坐落在西郊。正值3月阴雨天气，整个监狱像一只灰蒙蒙的大铁兽，矗立在田野间。偏偏高大的狱门附近已长出许多新绿，葱郁湿软，平添几分生气。

儿子等得有些不耐烦了，打了个哈欠，眯着眼拽了拽慕善的裤子：“爸是不是睡过头了？”

慕善摸摸他的头：“困了？谁让你昨晚兴奋得不睡觉。”

儿子答得义正词严：“那是因为我喜欢爸爸。”

慕善还没作声，身后几辆车旁的人都笑了出来。儿子正是人来疯的年纪，特别喜欢表现，见大家都笑，很是得意，冲过去抱住蕈的大腿：“蕈，当然，我也喜欢你。”

蕈斜眼看了看慕善，一本正经地答道：“你母亲也是这么说……”

慕善瞪他一眼，把儿子抱过来。儿子却不干，一会儿要刘铭扬带自己去开车兜风，一会儿又拿李诚手上的烟卷，一会儿又闹着明天要去外公外婆家。

正吵吵闹闹间，忽听背后“吱呀”一声。

所有人动作一顿。

慕善缓缓回头，儿子已经撒开腿，屁颠屁颠冲了过去。

“爸——”他的声音忽然带了哭腔。

慕善呼吸一滞。

监狱铁门前，陈北尧穿着白衬衣、黑西裤，简简单单，清俊逼人，岁月仿佛并没在他脸上留下任何痕迹，嘴角淡淡的笑意依旧。而这个笑意，在儿子冲到他面前时，逐步放大。他蹲下高大的身躯，一把将儿子抱在怀里，抬头朝她看过来。

“老板。”

“老板。”

身后的男人们声音都低了八度，有的还带着哽咽。慕善觉得双腿莫名有些发颤，缓缓地、一步步朝他走去。他亦单手抱着儿子，加快步伐，几乎是冲到她面前。

他紧紧地将她抱在怀里。

慕善的眼泪打湿了他的衬衣，他捧着她的脸，低头道：“别哭，我回来了。”

儿子一看慕善哭，反而慌了，抢上来也捧着她的脸：“妈妈不哭，妈妈不哭。”兴许是被她感染，小家伙眼圈一红，也流了眼泪。

一家三口拥抱了许久才松开。慕善抱着儿子，陈北尧揽着慕善，三人回身，看着身后几个面带微笑的男人。他们一个个上来跟陈北尧拥抱，无声，却已胜过千言万语。

天空是浅浅的蓝色，浮云从头顶掠过，微湿的山林仿若绿色的潮水，在天地间缠绵。

慕善站在他们身后，眼里却只有陈北尧宽阔消瘦的脊梁、清俊温和的侧脸。

她心头一阵踏实的温暖。

她忽然想起了从前。

她想起风流英俊的丁珩，想起清俊如画的陈北尧，想起放荡不羁的周亚泽，想起内敛干练的李诚，想起孩子气的蕈，甚至想起斯文儒雅的吕兆言，还有温柔体贴的微侬、气质非凡的吕夏……往事一幕一幕，故人一出一出，仿佛就在眼前。而如今物是人非，错的到底是谁？

抑或他们谁都没错，只是在这个唯利是图的时代，他们有的肆意沉沦，有的清苦坚守，有的掏心掏肺，有的麻木不仁。而现在，他们依旧年轻，可尘归尘，土归土，有的死了，有的活着，可时间从未停止。

最后，她还是想起了陈北尧，她今生唯一的爱人，她的灵魂，她的所有。

他终于回来了，洗净一身血污，沉默痴情如同当年赤诚少年。

他们没有错失，也从未分离，他们的生命和时光依然鲜活如初。

她和他的人生，才刚刚开始。